La Femme Sauvage

DU MÊME AUTEUR

Trouble, *Stock, 2019* ; *Le Livre de Poche, 2021*

Jeroen Olyslaegers

La Femme Sauvage

roman

Traduit du néerlandais (Belgique) par Françoise Antoine

Stock
la cosmopolite

TITRE ORIGINAL :
Wildevrouw

This book was published with the support of Flanders Literature
(www.flandersliterature.be)

FLANDERS LITERATURE

ISBN : 978-2-234-09232-7

Sy je parle langages des homes & des anges,
& que n'aye point charite, je suis faict de l'aerain qui resone,
ou la cimbale qui tinte.

1 Corinthiens 13

Mundus vult decipi. « Le monde veut être trompé. »

Sébastien Franck, 1542

À ma mère
À la Nymphe

BRVEGEL

L'HOMME SAUVAGE

Quand un homme a dû rendre à la terre trois femmes l'une après l'autre, et que deux d'entre elles ont en plus quitté ce monde avec un enfant presque à terme dans leur ventre, alors il considère sa semence comme maudite. La dernière est morte juste après avoir donné naissance à un fils. Les deux premières ne sont même pas arrivées à l'accouchement. Chargées comme des bateaux pleins d'avenir, elles ont sombré dans les abysses de la mort avant même d'avoir pu accoster avec leur cargaison. La première se sentait méprisée et était effrayée par mes manières, la deuxième me pissait à la raie de très haut et faisait comme si j'étais un vrai taureau au lit, la troisième regardait dans le noir de mes yeux et avait tout compris.

La première m'enfermait sans le savoir. La deuxième me faisait peur, comme un bourreau qui fait déjà tinter ses instruments de torture. La troisième avait tellement d'aplomb qu'elle donnait l'impression de se moquer de moi et du monde entier. Et ce n'est qu'après, toujours après, qu'un homme se rend compte à quel point tout a été insensé ; comme si chacune avait cherché à vivre avec moi à moitié son rêve, à moitié sa vie, sans savoir, et sans que je sache moi-même, où commençait le rêve et où le rêve était dévoré par la vie. Mais non, soyons honnête, sans que nous sachions rien l'un de l'autre. Et pourtant, chaque fois, il y avait eu dès le début mon désir de fusionner avec une femme que je pouvais appeler mienne, sans savoir si cette femme le souhaitait aussi. C'était le désir de ce plus qui transcende tout, le désir d'une force qu'on partage à deux, de cette union qui s'appelle le grand amour dans le cœur de tout un chacun. Mais comment dit-on ça à quelqu'un ? Ça reste un rêve impossible qu'on s'efforce de poursuivre au lit et qu'on tait à la lumière du jour. Peut-être que les rapports entre homme et femme se déroulent dans un éternel purgatoire, dans l'attente de cette fameuse libération qui élèvera l'un des deux, ou les deux. Mais dans ce cas, ça voudrait dire aussi que les jours qu'on est obligé de passer dans ce purgatoire pourraient être raccourcis, pour peu qu'on les rachète à n'importe quel curé avide qui, la bouche pincée, dans un nuage d'encens, accepterait le vil argent qu'on lui tend afin de construire encore plus d'églises et de boire et se bâfrer sous le signe de l'égalité entre escrocs, pendant que les petites gens continuent de se voir inoculer la peur et l'obéissance. Le purgatoire existe-t-il vraiment, se demande-t-on tout haut, ou est-ce un lieu que les faux dévots à Ton service nous ont refourgué à leur profit ? Peut-être ce purgatoire existe-t-il surtout dans nos têtes, sous la forme d'une pièce où réside la douleur, et dans la mienne on trouvera des femmes mortes.

Margreet, la sage-femme, glissa une pierre cornée polie dans la paume de Godelieve, ma première femme, qu'elle aidait à accoucher. Godelieve… il ne reste plus que son prénom désormais. « Je suis là pour toi », disait ma première femme. Avais-je été là pour elle ? Au lit, ses mains me cherchaient, plus par devoir que par envie. Elle voulait remplir son ventre d'un fils de moi le plus vite possible, et j'ignorais si c'était par piété ou parce que c'était ce qui était attendu d'elle. Enceinte, elle était resplendissante, comme s'il y avait eu auparavant en elle quelque chose de caché, anxieux et oppressé, qui par notre acte, par notre volonté à tous les deux, pouvait enfin s'épanouir. Souvent, je voulais qu'elle continue de me regarder pendant que je la regardais, ce qu'elle acceptait rarement. Parfois, avant de nous coucher, je soulevais sa chemise de nuit pour regarder son ventre gonflé et murmurais un « sois béni », après quoi elle rabaissait le bord de sa robe en répondant : « Il l'est déjà, j'en suis certaine. Notre fils est béni. Il est béni parce qu'il est attendu. » Cela s'avéra un vœu pieux. Après un combat déjà trop long, j'entendis ma femme crier si fort que je me ruai dans la chambre et tombai sur un champ de bataille, comme si un démon sanguinaire avait tout saccagé. Les cuisses écartées sur le siège d'accouchement, ma femme poussa son tout dernier soupir et laissa rouler sa tête en arrière. Dans ce silence, quelque chose tomba par terre. Dans ma stupeur, sans encore comprendre qu'à ce moment j'avais perdu femme et enfant, je ramassai la pierre.

« C'est un jaspe d'Orient, dit Margreet, puis elle secoua la tête. Il m'a déjà tellement aidée. »

Je le lui rendis. La sage-femme détourna le regard en le laissant tomber dans l'une de ses poches.

« Ce n'est pas à cause de la pierre… » répondis-je, et c'est alors que le chagrin ouvrit sa gueule noire et m'engloutit tout entier.

Roos était connue de tous. C'était la fille d'un marchand de tissus qui venait souvent dans mon auberge, dans le quartier du Zand ; il avait constaté que j'y accueillais chaque jour beaucoup de monde, et souvent des gens riches et puissants qui parlaient à voix basse de sujets importants. C'était sa dernière fille à marier, et il me la présenta, un peu gêné, la soumettant ainsi à mon examen. Mais en réalité, c'est Roos qui m'examina. Ses yeux verts ne toléraient aucune contrainte, ni de son père ni d'aucun homme que ce soit. Au grand dam de son géniteur, après m'avoir détaillé, elle haussa les épaules et dit : « Il a l'air moins mal que les autres. » J'éclatai de rire pour cacher mon malaise. Dans la vie, elle était intouchable. Sa petite taille et ses yeux coléreux faisaient reculer les gens. Peu de choses l'impressionnaient. Elle ne parlait jamais de mon passé, et si par mégarde je l'appelais Godelieve, elle me toisait d'un air interrogateur, comme si elle attendait un éclaircissement ou une explication à propos de ce nom qui apparemment ne lui évoquait rien du tout. Elle criait toutes sortes de choses lorsque je pénétrais en elle. Si j'étais maussade, elle murmurait : « Beer, viens par ici. » Elle pouvait être si douce tout à coup que ça me coupait le souffle. Je voulais être là pour elle, mais elle ne le permettait pas. Rien, aucun compliment, aucun cadeau, aucun mot emprunté à un rhétoricien ne lui faisait plaisir. Elle était comme elle était. Elle m'apportait une paix profonde, simplement en faisant comme si mon passé n'avait jamais existé. Elle n'évitait pas Margreet. Elle passait souvent chez la sage-femme pour des conseils. Lorsqu'elle tomba enceinte, elle voulut absolument que Margreet lui dise si nous attendions un garçon ou une fille.

« Ton ventre porte à gauche, ce sera une fille. »

Elle reçut une pierre de sang à serrer pendant l'accouchement.

« C'est une coriace, me dit alors Margreet, mais il faut rester prudent. Cette pierre aide contre les saignements. »

Comme je devenais fou, je les laissai toutes les deux. Je n'entendis pas vraiment de gémissements. Deux heures plus tard, la sage-femme se tenait devant moi, muette, les mains couvertes de sang.

« Tu n'es plus la bienvenue dans cette maison ! » hurlai-je alors.

Elle hocha la tête, mais dit qu'elle voulait d'abord laver le corps de ma femme. Je la laissai faire, et quand elle prit congé, ma rage s'était changée en peur désespérée et plus rien ne pouvait sortir de mon gosier. On aurait pu penser que ça devait s'arrêter là. Qu'on ne veut plus rien avoir à endurer après ça, mais on se berce d'illusions. On subit autant qu'on peut en supporter, c'est tout.

Clara n'a eu besoin de personne pour me trouver. Ni de père pour me la présenter, ni de parent pour servir d'intermédiaire. Elle se tenait soudain dans mon auberge, seule. Je ne cherchais plus, je ne voulais plus de bonne femme trop près de moi. J'avais l'intention de boire jusqu'à m'envoyer en enfer. Les gens commençaient à m'éviter. Beaucoup de clients avaient arrêté de venir. Et ceux qui venaient encore le faisaient pour avaler la nuit avec moi et souvent à mes frais. Au début, je pensais que Clara m'avait été envoyée par le Cornu, ou peut-être même par Toi, parce qu'à l'époque je ne voyais plus grande différence entre Toi et le Diable. Elle avait les yeux sombres et posa tout à coup sa main sur la mienne. C'était une veuve qui avait perdu son mari avant même d'avoir des enfants. Elle savait l'une ou l'autre chose sur la souffrance, même si elle-même semblait relativement épargnée. Il fallut du temps avant qu'elle me laisse la regarder dans les yeux. Mais je finis par penser pouvoir me perdre en elle et, qui sait, évacuer le passé en l'étreignant, nuit après nuit, comme un cavalier lancé sur son cheval au grand galop. Parfois, assis au bord du lit, épuisé, je l'entendais rire doucement. À mon pourquoi, elle répondait toujours : « Encore ! » Elle me rendait fou de désir. C'était comme si la noirceur en moi subissait une saignée. Je rêvassais dans mon auberge. Ses « encore » résonnaient, et je revoyais ma tête entre ses cuisses mouillées. Quand il s'avéra qu'elle était enceinte, elle insista pour se marier. Elle balaya mes craintes, ne voulait rien entendre, et, malgré mon interdiction, alla consulter Margreet.

« Cette sorcière est une malédiction », m'exclamai-je en le découvrant.

Ma femme me répondit calmement de ne pas prononcer trop vite de tels mots. Margreet avait mis au monde d'innombrables enfants en bonne santé. Même après ce qui m'était arrivé, peu de femmes en ville doutaient de sa compétence. Qui sait si ce n'était pas moi la malédiction, si ce n'était pas moi qui étais puni pour des péchés que j'ignorais ? Si ça se trouve, il n'y avait même pas de malédiction, car qui oublie les péchés qu'il a commis ? Je la laissai faire, car elle m'avait dit tout ça en riant, ce qui m'avait jeté dans une profonde confusion. La vie pouvait-elle vraiment être aussi simple ? Clara et Margreet devinrent même amies. Et à un stade avancé de la grossesse, j'étais convaincu. Le malheur avait été conjuré grâce au rire, à la légèreté, à tout ce que j'avais cru impossible auparavant. Les contractions n'arrivant pas, Margreet donna à ma femme un peu de bière mélangée à de l'ergot de seigle en poudre.

« Ne t'inquiète pas, Beer. C'est un champignon séché, ça va m'ouvrir la matrice, dit ma femme en voyant mon regard inquiet. Va donc faire un tour, que je puisse mettre ton fils au monde ! »

On aurait dit une comédie de tréteaux, où l'on n'était pas à deux morts près.

J'entendis l'enfant pleurer. Je rentrai précipitamment. Margreet tenait mon fils dans ses bras.

Un miracle. Une malédiction.

Le siège d'accouchement était vide. Clara était étendue sur le lit, secouée de spasmes, l'écume aux lèvres, comme frappée par la foudre. La sage-femme se dépêcha de mettre mon fils dans mes bras et tâcha de calmer les soubresauts de Clara. Ses convulsions ne s'arrêtaient pas. Je hurlai Ton nom aussi fort que je pus.

« Aide-la ! »

Margreet voulut donner une autre potion à Clara, mais c'était impossible, les tremblements l'en empêchaient.

Je pleurai, l'appelai par son nom, ne la reconnaissais presque plus.

Puis il y eut un cri, un seul.

Et ce fut tout.

Même l'enfant se tut.

« En général, je mets au monde des miracles, s'exclama Margreet en pleurs. Chez toi, j'apporte la mort. Pas une canaille, pas un adorateur du diable, pas un salaud n'attire autant la mort sur sa maison que toi. »

Elle me dévisageait comme si je lui devais une réponse, une explication qui éclaircisse ma souffrance, qui justifie mon sort, qui conjure le mystère de mon incompréhensible malchance.

Ma femme gisait sur le lit conjugal, une morte aux seins gonflés, au lait tout prêt à étancher une bouche neuve d'où jaillit tout à coup un hurlement glaçant, qui me fit penser que l'enfant savait que le dernier acte de sa mère sur terre avait été d'expulser son petit corps.

« Il est vivant », dis-je d'une voix rauque.

Margreet acquiesça, s'efforçant d'apaiser l'enfant, sans détacher le regard de la mère, ma troisième femme, dont l'entrecuisse était comme dévoré par un loup, ses beaux yeux clos comme ceux d'une sainte qui aurait rendu l'ultime bénédiction, et son cœur qui avait arrêté de battre.

Quand j'y repense, je me revois les poings levés vers Toi, jurant comme un forcené, sans plus prendre la peine de me signer. La colère me mordit jusqu'au sang, la peur planta ses crocs dans ma chair; comme deux chiens méchants, la peur et la colère se battaient pour m'avoir, secouant leurs gueules féroces.

« Noooon ! »

Je le hurlai tellement de fois que j'y laissai ma voix. J'envoyai Margreet au diable, la traitai de sorcière, lui souhaitai de mourir pendue au bout d'une corde ou brûlée vive dans les flammes d'un bûcher. Qui sait si je ne m'en pris pas physiquement à elle. Je ne me rappelle plus. Je ne me souviens pas non plus des frères cellites, vêtus de leur ample tunique marron, le visage à moitié caché sous leur capuche noire, qui vinrent mettre en bière le corps de ma femme avant de l'emporter, ainsi qu'ils l'avaient fait avec les deux premières, comme s'ils passaient enlever des déchets d'abattoir. Je ne sais plus rien des funérailles à l'église Saint-André, si j'ai pleuré ou non, si je me suis maudit à plein gosier ou si j'ai à peine dit un mot. J'ai dormi, c'est tout ce que je me rappelle. Je me revois tituber dans le couloir, ouvrir la porte d'une chambre vide où je me suis enseveli sous les draps. Je voulais rester au fond de ce trou noir. Chaque fois que je fermais les yeux, j'invoquais la mort. Je serrais les paupières. Je voyais se tortiller toutes sortes de choses dans des couleurs violentes. Des diables ou des dragons, c'est ce que j'espérais, qui venaient me chercher ou m'encourageaient à laisser les ténèbres m'engloutir tout entier. Je ne m'explique pas pourquoi j'ai fini par me lever, ce qui m'a poussé à descendre, faible et vacillant, pour me rendre dans la cuisine. C'était un matin. Je me suis mis à table et j'ai regardé le dos de Margreet, qui préparait de la soupe. Mon fils dormait paisiblement dans une crèche à côté d'elle. J'étais là, défait, comme si je devais tout réapprendre. J'étais comme un spectre qu'on avait rappelé, forcé d'abandonner son désir de mourir sans savoir pourquoi. Margreet n'était pas partie. Elle avait pris l'auberge en main, avait fait tourner la baraque et s'était occupée de mon fils. Et à présent, sans mot dire, voilà qu'elle déposait un bol de soupe devant moi. La cuillère pesait une tonne, mais je mangeai. Une cuillerée après l'autre, j'avalai, tout en regardant mon fils, qui s'éveillait doucement et se mettait à babiller, et Margreet, qui prenait son petit poing et pressait ses lèvres dessus. Alors j'eus honte de l'avoir vouée au bûcher. Je le vis dans les larmes qui montaient à ses yeux; je l'avais vu dans les plis des draps ensanglantés autour des cuisses de ma femme; je le voyais à présent dans le pelage de mon fils beaucoup trop velu, comme si ma femme ne s'était pas accouplée avec moi, mais avec un animal sauvage. C'était Toi, là-haut, et Toi seul. Ton doigt me montrait, moi. Je regardais l'amour immédiat et inconditionnel que Margreet donnait à mon fils. C'était folie que de la blâmer. C'était même sacrilège. Ç'aurait voulu dire que je n'avais pas reconnu Ta main.

Trois femmes avaient eu des choses à m'apprendre sur la vie, toutes les trois avaient eu leurs jours comptés, et leurs paroles à toutes trois devinrent précieuses après coup. Leur mort me brisa à tel point que je me mis à considérer mes couilles comme mon plus grand ennemi, ma fertilité comme un tueur dans l'œuf, avec ma queue pour arme. Voilà l'impression que me donnait cette malédiction. Par trois fois, Tu m'avais montré un siège d'accouchement couvert d'un sang dont une femme éventrée était la triste source. Ce n'était pas moi que la mort avait dans son viseur; elle s'était abattue sur les femmes à qui j'avais offert mon amour, de sorte que pendant des années je me suis estimé plus maudit dans mon auberge que rôtissant sur une broche en enfer, puant le soufre et les excréments. Je voyais l'amour qui était en moi comme un tonneau maudit dans ma cave, intact parce que personne ne voudrait en boire. Plus jamais de femme à mes côtés, plus jamais de corps qui touche le mien, plus rien à partager.

Et ce n'est encore que le début de mon histoire.

Pendant des années, ces trois femmes furent les fantômes de ma vie.

La malédiction demeurait. Je ne savais pas pourquoi tant de malheurs m'étaient arrivés.

Et ce n'était pas fini.

Une autre épreuve m'attendait, une épreuve qui m'obligea à tout abandonner derrière moi.

Une quatrième femme entra dans ma vie.

Une femme que je n'ai jamais pu appeler mienne.

C'était une femme sauvage et elle venait du Nord.

Elle prononça une seule phrase.

Et ce n'est qu'après, aussi cruel cela soit-il, que je sentis de nouveau mon cœur.

La nuit tombe à Amsterdam, cette ville où je ne suis pas né. Le mois d'août est de retour. Il y a dix ans, jour pour jour, en l'an de grâce 1567, je me suis enfui d'Anvers avec la Femme sauvage et son enfant. Pendant la fuite, la Femme sauvage me fut enlevée. J'ai dû enterrer son corps ensanglanté pendant que sa petite pleurait, et je me sentais tellement maudit que je voulus mourir sur place, sur cette tombe au milieu des dunes, non loin d'une cabane de pêcheur.

Tu m'as mis à l'épreuve, mon Dieu. Beaucoup de ce que j'ai enduré ressemble à l'histoire d'un pauvre fou qui perd la tête à une époque devenue démente, et condamné par-dessus le marché à des moments de lucidité. Chaque démence a son histoire. Je pourrais hurler la mienne sur les toits, du Damrak jusqu'à l'Oorgat, mais chaque année, c'est à moi-même que je la raconte.

Que se passe-t-il quand l'horreur absolue devient réalité ? Que se passe-t-il quand le cœur continue de battre, malgré tous ces cruels adieux ? Il se cache quelque chose de quasi miraculeux dans le grand malheur. J'allume une bougie et la pose sur la table de ma petite chambre à l'étage de mon auberge dans la Warmoesstraat. Le miracle, c'est que j'ai continué d'avancer, en trébuchant, à l'aveugle, et qu'après le premier pas, un autre a suivi, et qu'avec un enfant qui n'était pas le mien, j'ai laissé derrière moi la tombe de sa mère, la Femme sauvage, et qu'avec mon cheval et ma charrette j'ai poursuivi en direction du nord. A posteriori on ne cesse de s'étonner d'avoir survécu malgré tout et de voir que la douleur nous restera jusqu'à ce que la mort vienne nous chercher à notre tour. Personne ici ne sait ce qui m'est arrivé, à part quelques vieux copains d'Anvers qui viennent parfois me rendre visite. Mais même eux ne connaissent que des bribes de mon histoire.

Écoute-moi, ô Dieu. Combien de fois ai-je prononcé ces mots, en murmurant ou en jurant ? Mais Tu ne m'écoutes pas. Tu ne m'as jamais accordé de signe. Après toutes ces années, le désir de T'entendre s'est éteint. La tempête a cessé dans ma tête. Mon impuissance a été conjurée. Après la mort, tout le monde entend Ta voix et écoute Ton Jugement. Si à la suite d'un accident, d'une maladie, d'une maladresse, je devais soudain comparaître devant Ton tribunal, je pourrais témoigner que toutes ces malédictions n'ont pas réussi à m'abattre. La douleur ne disparaît pas, mais j'ai accepté Ton silence.

Le mois d'août est celui où je regarde en arrière, où inlassablement j'essaie à nouveau de percer le mystère de ce qui m'est arrivé. Marie, que je considère comme ma propre fille, sait qu'elle doit alors me laisser en paix le soir. Quand les derniers clients sont partis, je me retire à l'étage et attends que les bruits du dehors s'éteignent, avant d'allumer une bougie et de plonger mon regard fixement dans la flamme. C'est le mois où je retourne dans mon passé. La première année après la mort de la Femme sauvage, j'ai revécu ma douleur, et elle semblait encore plus vive qu'avant. C'est ma faute, pensais-je alors, bon sang, c'est ma faute à moi si elle est sous terre maintenant. Je n'aurais pas dû m'enfuir. J'aurais dû rester. À cause de toutes ces femmes mortes dans ma vie, j'avais perdu la raison. N'était-ce pas parce que je me sentais à ce point maudit que j'avais voulu protéger la Femme sauvage et son enfant en prenant la fuite ? Si je n'avais pas pris mes jambes à mon cou, elle serait encore en vie, et son enfant n'aurait pas perdu sa mère. Je créais ma propre cave de torture et mon propre tribunal, j'étais à moi seul juge et accusé, bourreau et supplicié. Le remords est la première porte du deuil, ai-je appris, et cette porte s'ouvre sur un couloir long et étroit qui semble interminable et qu'il faut traverser, qu'on le veuille ou non. Ma faute, ma très grande faute. Mais petit à petit, chaque fois que ce maudit mois d'août revenait et que je n'avais pas d'autre choix que de revivre l'horreur, le couloir s'élargissait un peu. Je commençais à entrevoir non plus seulement ma propre souffrance et ma propre folie, mais aussi celles de la ville où je suis né. Nous étions liés, elle et moi. Et de nombreuses raisons que j'avais eues de fuir Anvers avec elle et son enfant regardaient la ville elle-même, ainsi que le rôle funeste que j'y avais joué. Pendant des années, j'ai haï ma mémoire et considéré mes souvenirs comme des démons qui venaient me torturer. Je me suis souvent laissé sombrer dans l'apitoiement sur mon sort. Mais le temps passant, cette mémoire est aussi devenue un ange qui me tendait un miroir. Tu es ainsi, me disait le miroir, et c'est ainsi que tu as toujours été. La malédiction était mon désir d'union, me dis-je à présent, et il ne concernait pas que les femmes. Tout désir est toujours un acte d'orgueil. Je m'étais laissé croire qu'avec mon auberge à Anvers je faisais partie d'un tout, qu'avec les autres Anversois je formais une seule ville et que c'était nous contre les autres, aussi différents fussions-nous. Je pensais posséder une force supérieure que je partageais avec tous les habitants d'Anvers. Quoi qu'il arrive, m'étais-je souvent dit, nous veillerions ensemble à cette union. À l'intérieur des murs qui nous entouraient, nous ne faisions qu'un, et les ennemis potentiels devraient d'abord prendre ces murs d'assaut avant de nous soumettre. Le désir est orgueil, et l'orgueil rend aveugle. À cause de ma douleur et de son usure lente, j'ai commencé à me rendre compte qu'il n'en avait jamais été ainsi. Il est vrai que les Anversois ont souvent connu le désespoir durant ces années-là. J'ai vu la ville dévastée par un hiver rigoureux et des autorités négligentes échouant à protéger la population. Mais le malaise allait bien au-delà d'un sentiment d'impuissance. Nous nous sommes laissé diviser. Nous avons renié notre possible union. Nous nous sommes révélés les uns pour les autres l'ennemi et le traître derrière les remparts. Anvers est aujourd'hui occupée par des troupes espagnoles qui sont d'abord entrées dans ma ville natale sous le commandement de l'infâme duc d'Albe et qui y sont restées, même après le départ de ce salaud. Elles y ont sévi de façon si atroce que la ville a dû confiner à l'enfer à un moment donné, avec des mercenaires saouls en guise de démons. Depuis dix ans, ces soldats mènent la ville à leur guise. Mais ce ne sont pas eux qui ont mis la ville de l'Escaut à genoux. Ce sont les Anversois eux-mêmes. Nous avons été aveugles. Elle est là, notre malédiction. Et c'est ainsi qu'en ce temps de moisson, les yeux rivés à la flamme, je revois se dérouler ce spectacle, mon histoire tout entière et celle de la ville, toujours avec douleur, mais aussi avec la ferme volonté, année après année, de tout comprendre le mieux possible. Un homme doit devenir fou pour apprendre la vraie sagesse, mentionne quelque part Ton Livre. Aujourd'hui encore, cette phrase sonne à mes oreilles comme une cruelle plaisanterie. Ma folie reste de vouloir témoigner, année après année. Car j'espère encore qu'un homme apprend à s'accepter totalement et arrive à supporter sa douleur quand il commence à se raconter sa propre vie, ce qu'il a vécu et d'où il vient, et ce, le plus impitoyablement possible.

Sur les armoiries d'Anvers, les emblèmes de la ville – un château à trois tours et six roses du bonheur, blanches et rouges, représentant les libertés – sont flanqués de deux personnages : un homme sauvage et une femme sauvage. Ils sont symboles d'union et garantissent la liberté de cette ville fluviale. Mon histoire est celle de cet homme sauvage dont je jouais le rôle, et de la Femme sauvage qui resta simplement elle-même et me guida ainsi vers son cœur. C'est en même temps l'histoire d'une ville qui s'est déchirée toute seule, où l'union a engendré la liberté, qui a ensuite dévoré cette union, comme j'estime moi-même avoir été dévoré par l'horreur.

Ceci est ma parole intime.

Ceci est mon Anvers, où cette parole intime est née, une ville qui a renié sa richesse.

Mon père est le premier à m'avoir ouvert les yeux sur ce qui m'entourait, sur une ville qui à l'époque semblait faite à sa mesure, à une période où même le dernier des traîne-misère se savait béni (du moins, c'est ce que se racontaient les Anversois).

Je vois encore mon père déambuler dans les rues avec un Anglais ou un Portugais, le tirant parfois de justesse par le bras afin de lui éviter un accident avec un cheval fou, un voleur ou un porc hargneux, au besoin pour le préserver d'une giclure de boue, d'un crachat ou du contenu d'un pot de chambre vidé d'un étage – ce qui pourtant était interdit depuis des années. Pour mon père lui-même, on s'écartait volontiers, c'est vrai. C'était un homme extrêmement jovial, mais qui dissimulait son jeu et voyait dans son auberge bien plus qu'un endroit où les gens montaient dormir après un repas copieux. Il ne lui fallait guère plus de quelques minutes pour savoir ce que chacun faisait et les raisons de son séjour en ville. Il n'était pas rare qu'il les emmène à la Bourse, au pont du Meir, ce temple de l'argent labyrinthique où il connaissait tout le monde et où il introduisait son hôte illustre auprès d'un banquier italien, lequel lui en savait gré. Il était capable de mettre en relation tout et tout le monde. « Je suis comme le beurre qui coule sur le rôti », disait-il parfois. « On a besoin de gens comme moi, mon petit Beer, répétait-il sans cesse, des gens qui rendent ce monde appétissant. Ces étrangers ne savent rien, ils sont surpris par ce qu'ils voient, mais ils se disent juste après que cette ville impressionnante avec ses cinquante tours doit sûrement être comme toutes les autres, car c'est comme ça que pensent les commerçants et les marchands. Ha ha ! Mais ce n'est pas le cas, et c'est ça qu'il faut réussir à leur vendre. Que nenni, *señor* ou *my good sir*, ce n'est pas comme ça que ça marche ici. Votre marchandise peut être aussi excellente qu'elle veut, toute prête à combler un monarque, mais sans les bonnes personnes, vous finirez meuglant comme une vache aux pis pleins sans une main secourable à l'horizon. Tu comprends, mon fils ? Les Romains disaient que Mercure était le dieu des commerçants et des voleurs, tout homme avec un peu d'éducation sait ça, mais c'est aussi le dieu de la langue. Ta bouche, voilà ce que tu dois vendre à quelqu'un qui débarque ici pour la première fois et qui veut faire des affaires. Ta bouche explique, je l'espère dans une langue riche, qu'on peut aller beaucoup plus loin ici que n'importe où ailleurs, à condition de savoir rassembler autour de soi les bonnes personnes. Et quand tu vois le couillon dresser l'oreille, plisser les yeux et acquiescer lentement, comme s'il venait tout seul d'avoir eu l'idée d'engager un guide, sache que les carottes sont cuites, tu es devenu ce guide, toi et personne d'autre. Ensuite, tu seras récompensé non seulement par lui, mais aussi par tous ceux chez qui tu l'amèneras. Voilà comment tu construis quelque chose avec ta bouche. Ne te laisse pas berner par tout ça, ces lits et ces tonneaux, ces tables et ces chaises. Veille à ce que tout soit propre, à ce que le linge de lit ne moisisse pas et que la pitance ne soulève pas le cœur, assure-toi qu'il y ait de la bière et du vin au goût de chacun et fais danser les bonnes femmes sur les tables, mais n'oublie jamais que tout cela n'est qu'un décor de théâtre pour ce que tu peux réellement faire : des affaires, encore des affaires, toujours des affaires. »

Mon père lui-même ne pouvait pas se targuer d'avoir beaucoup d'éducation, mais il veilla à me faire connaître livres et professeurs, et j'en tire suffisamment de vanité pour savoir qu'il ne s'agit jamais de simplement « faire des affaires ». Mais ce n'est peut-être pas une bénédiction de voir ce à quoi d'autres préfèrent rester aveugles.

Tout à Anvers commence au bord de l'eau.

Cette force fluide de la nature aux larges méandres, avec de la prestance à revendre, a gratifié la ville d'une liaison directe avec les océans, gardant sous sa surface ses caprices et sa violence impitoyable. La source douce d'où elle jaillit se trouve au sud-ouest. Son cours fait cap au nord, puis vire en chemin vers le nord-est, s'engageant, plus large que jamais, sur des terres vaseuses, fangeuses et limoneuses, avant d'enfin se jeter dans l'eau saline, aux senteurs d'un monde sans cesse à conquérir. Tombez dedans, et vous êtes perdu. Elle vous attirera vers ses abysses glacés et vous recrachera un peu plus loin, les poumons pleins, sur ses rives boueuses. Mais entretenez-la, et elle fera de vous un homme riche. Creusez les berges côté est, de sorte que les navires puissent venir en grand nombre, et elle devient une déesse qui distribue paresseusement ses faveurs et tolère les bateaux autant que vous en souhaitez. Ses caprices ne sont alors plus qu'un vague souvenir, que le père oublie de raconter à son fils. Cette mémoire courte fait partie de sa dangerosité. Un trou creusé ne reste pas éternellement le même trou. Tout ce qui coule est porteur de changement constant. Ce qui est éternel, c'est le limon qui en forme le voile sombre. On dit qu'elle est dévouée à cette ville, et les prêtres jettent des fleurs dans son giron les jours de fête pour l'honorer. Mais de telles offrandes ne suffisent pas, et ne pas s'en rendre compte est risqué. On dit que ce fleuve est une femme, une mère comme Notre-Dame, une voie navigable que Tu as rendue possible pour nous, et donc en réalité une douce bénédiction prononcée par Toi sur cette ville. Mais elle peut tout aussi bien devenir un homme, arrachant tout le monde à son illusion de sécurité, et ne plus rien avoir d'une bénédiction. Donnez-lui de l'attention, creusez-la, elle restera une femme. Négligez-la, et elle deviendra un homme sans profondeur, indifférent à ce qu'il offre, qui ira en sinuant chercher son plaisir ailleurs.

Contemplez ce que l'eau a apporté.

Arrivèrent d'abord l'argent et le cuivre allemands, chargés sur des navires portugais de plus en plus grands et expédiés vers les Indes lointaines ou les Moluques, pour y être échangés contre du poivre, du gingembre, de la cannelle et moult autres épices. D'Angleterre furent acheminés des draps et des étoffes pour tous les goûts. Toutes ces marchandises étaient mises en vente sur des marchés qui au début duraient quelques semaines, puis qui ne s'arrêtèrent plus jamais et où tous, assassins, traîtres, escrocs et seigneurs de guerre errants compris, étaient graciés le temps de commercer. À cela s'ajoutaient les grues, les canaux, les écluses, les entrepôts et leur main-d'œuvre, prêts à accueillir les navires par centaines et à les aider à distribuer leurs cargaisons aux quatre vents. Les quais de cette ville furent submergés par les sonorités de toutes les langues placées sous Ta Miséricorde. On devait assurément les entendre jusqu'au sommet de cette unique tour achevée de Notre-Dame. Tout le monde n'était pas vaniteux au point de vouloir contempler cet affairement de là-haut, la plupart des gens ne souhaitent pas partager la vue que Tu as de nous ici-bas. Mais si un homme à la présomption morbide l'avait fait, il aurait eu le vertige, non seulement à cause de la hauteur, mais aussi à cause de tout ce qui se passait ici quotidiennement, de tout ce qui était acheminé et mis sur des bateaux. Il aurait pu contempler les canaux, les remparts et les voies d'eau veinant le tout, les rues encombrées de transporteurs et les jurons maudissant la cohue. C'est ici qu'on tamisa le sucre de canne brut qui adoucit tant de choses. Ici que les orfèvres transformaient en bijoux l'or et l'argent apportés de l'est et du sud par les Navarrais et les Castillans. Ici que les peuples de la mer Baltique, que nous appelions les Orientaux, construisirent dans la Nouvelle Ville une maison de la nation, énorme, avec des centaines de pièces, dont l'achèvement nécessita moult étés. Ce sont eux aussi qui organisèrent depuis leurs régions du Nord-Est – combien de fois ne l'oubliait-on pas – l'importation par bateaux de seigle pour nous nourrir. L'année où cet Espagnol de Philippe devint notre roi, Tu levas un doigt et la récolte de froment fut mauvaise. Il ne fallut pas trois semaines pour que la ville soit obligée de mendier des rallonges de seigle à des centaines de milles à la ronde. Même les crève-la-faim de l'époque se dirent bien vite qu'il s'agissait d'une contrariété temporaire de Ta part et que prier empêcherait une récidive. Et quand la famine les frappa à nouveau, plusieurs années plus tard, ils poussèrent des jurons stupéfaits. Ceux qui ont fait des études pensent qu'une disette est provoquée par la phase de la Lune ou quelque autre corps céleste au caractère versatile. Les Anversois semblaient partir du principe que parfois Tu étais là, et qu'à d'autres moments Tu Te retirais, par ennui. Parfois on espérait Ton intervention, et à d'autres moments on était soulagé qu'il ne se passe rien et que chaque jour ressemble au précédent, en espérant secrètement que le lendemain n'éveillerait pas Ton courroux. Et si tout allait bien pendant quelque temps, on préférait oublier la mauvaise politique. En fait, Tu étais le bouc émissaire préféré. Les dirigeants parlaient volontiers de « Ta main » quand ça menaçait de mal tourner. C'était accueilli par de vagues acquiescements. Bah oui ! ça venait de Dieu, et ne pas le reconnaître pouvait tenir du blasphème. Mais c'était une façade, car même les gens en colère jugeaient en général plus malin de prendre leur mal en patience. Au fond de leur ventre, beaucoup cachaient un ressentiment perpétuel à l'égard du gouvernement, surtout lorsque les dirigeants dissimulaient leurs échecs derrière « Ta main ». Si quelqu'un n'arrivait pas à garder sa tirade pour soi, on haussait les épaules, on relançait une tournée, on riait un bon coup, et la comédie continuait normalement. Voilà comment se déroulait la vie sur les quais et dans la ville tout entière : fenêtres grandes ouvertes sur demain, et latrines surplombant le canal du passé.

Je me souviens des marranes qui faisaient semblant d'accepter Ta Parole, mais qui dans leur for intérieur restaient juifs, ce qui était toléré sans problème. Tant qu'ils s'occupaient de cliver et de vendre les diamants portugais, ils étaient protégés de la colère de cet Espagnol de Philippe, qui les considérait comme des porcs impies, mais qui, tout roi qu'il fût, se révéla forcé de manger dans une auge de dettes. On l'appelait le « Guère Prudent », une plaisanterie qui ne faisait plus rire personne.

Louez le Dieu de Toutes Choses, buvez du vin et laissez le monde être ce qu'il est. Louez et buvez, et advienne que pourra. Sur ces rives ont triomphé les banquiers, les Allemands du Sud et les Italiens, qui ont posé leurs culs plumeux sur tous ces nouveaux nids d'argent afin de faire éclore encore plus d'argent. Les assureurs approuvaient avec enthousiasme, eux qui conjuraient d'éventuels malheurs à des prix exorbitants, et derrière eux les comptables qui se multipliaient spontanément en autant de formes légales ou illégales, selon la nature des clients qui ne cessaient de se présenter et qui, éblouis et hébétés, cédaient au désir d'être trompés, indissociable de la soif d'encore plus. L'argent et le commerce sont les grands moteurs de la vie.

C'est ainsi qu'en 1549, Philippe le (tout sauf) Prudent fut accueilli pour la première fois, alors encore en tant que prince, par un spectacle qui parlait de Toi, ô Dieu, qui faisais pleuvoir sur nous, l'humanité, des ducats d'or et d'argent. Un étage plus bas sur la scène gigantesque, lors de cette fameuse « Joyeuse Entrée », le dieu Saturne forgeait des métaux précieux pour Moneta, la déesse de l'argent, qui, comme je l'ai lu un jour dans une épopée d'amour, « en paix se tient et repose, mais sait se venger en reine, et sans les ménager, des serfs qui la tiennent enclose »... C'était la grande fête d'une ville qui voulait se transcender, qui avait dit adieu à la vie barbare d'autrefois, sans règles, sans lois et sans argent. Autour de Moneta étaient rassemblées quelques très jeunes et pieuses pucelles représentant les nouvelles vertus de la richesse, de l'abondance, du commerce et de la civilisation. Je trouvais ça un peu osé, mais comme personne ne disait rien, je me dis à nouveau que j'étais le seul à penser ainsi. En effet, mon père me pinça le bras en s'exclamant : « Tu vois, maintenant ? L'argent, y a que ça qui compte ! C'est ce qui nous lie vraiment ! Tout tourne autour de lui ! » Moi, je ne voyais que l'attitude farouche de cet Espagnol pâlot, à la barbe blonde et duveteuse, qui serait bientôt proclamé notre roi. Je regardais sa lèvre supérieure toute fine, que la méfiance faisait se retrousser un peu, et vis soudain ce qu'il allait devenir : un souverain à distance qui se fiche bien de nous comprendre, un type qui prend ses désirs pour des ordres, quelqu'un qui n'a pas envie de voir une ville, mais juste une source de revenus.

Je revois devant moi les imprimeurs, certains dotés d'un mystérieux capital de départ, qui confiaient au papier tout ce qui était connu ou non, et qui ainsi élargissaient, rendaient malades ou guérissaient les esprits, les apaisaient ou les troublaient profondément, les fâchaient ou les attristaient, les faisaient rire et jurer, étouffaient ou libéraient la piété, ou expliquaient comment notre destinée était liée au mouvement des planètes, tel qu'il était déterminé par Toi. Toutes connaissances qui, il n'y a pas si longtemps, étaient encore réservées aux dignitaires de l'Église et aux nobles, et qui proliféraient maintenant sans trop de distinction, sans que quiconque sache si cela s'avérerait un poison ou un remède, s'il y avait dedans quelque vérité ou seulement de grossiers mensonges. Les livres sont dangereux, j'en suis venu à les détester, mais leur contenu reste séduisant. En quelques années à peine, les imprimeurs avaient fait de leur encre une arme et un divertissement qui se vendait bien, et de tous côtés on lisait ces liasses de papier imprimé qui, la plupart du temps, comme la bière ou le vin, quittaient la ville dans des tonneaux pour être diffusés par voie de terre et de mer dans un flux sans fin.

Le métier n'était pas sans risque. Par un morne matin d'hiver, l'imprimeur Frans Fraet fut décapité pour avoir imprimé un pamphlet, écrit par quelqu'un qui était apparemment déjà mort et parmi les papiers duquel on avait retrouvé des prédictions. Sur la base de la position des planètes, elles indiquaient clairement que, dans les années à venir, les oiseaux de proie du pouvoir devraient faire attention aux petits oiseaux du peuple, que des vers sortiraient de terre pour tout dévorer, et que le clergé serait ridiculisé et accablé de fléaux en série. L'un de ses collègues avait imprimé exactement la même chose, mais lui n'eut même pas à comparaître devant le tribunal. Il se chuchotait que Frans Fraet avait été trahi par ce confrère, mais de façon si sournoise et adroite qu'on ne pouvait rien reprocher au traître.

Ceux qui n'étaient pas encore des bourgeois de la ville portuaire aspiraient à le devenir, car les privilèges étaient considérables, et un bourgeois demeurait, en vertu de la loi, préservé des poucettes du bourreau. En principe du moins. Car ce qu'on en pensait, et ce qu'on imprimait aussi, c'était qu'il régnait, parmi les bourgeois, une liberté qu'on ne pouvait pas ouvertement appeler telle, parce qu'un homme trop bavard – oui, même un bourgeois – pouvait se retrouver sur le bûcher ou décapité. Dans ces cas-là, on regardait le pauvre diable et on pensait : il n'a pas joué le jeu de la prudence, il s'est arrogé le droit d'avoir une pensée propre, qu'il a ensuite proclamée comme étant la seule vérité ; soit il s'est laissé embrumer l'esprit par un livre ou un sermon prononcé hors des murs de la ville par un de ces illuminés à la bouche écumeuse, qui prêchent pendant des heures dans un champ derrière une haie jusqu'à ce que tous leurs auditeurs soient convaincus qu'ils sont capables de chasser les démons juste en lâchant un pet d'encens ; soit il s'est mis dans une situation tellement impossible que nulle amitié ne pouvait plus le sauver. Dans cette ville aussi, il existait des gens – pas beaucoup, on n'avait pas non plus tant d'imbéciles que ça – qui par Toi se sentaient obligés de clamer à tout le monde qu'ils étaient les seuls à avoir vu la Vraie Lumière. Même le bailli qui était censé amener ce genre de fous devant le tribunal secouait la tête face à tant de stupidité. Cela n'empêche que la bêtise hantait parfois aussi le tribunal, surtout lorsque ses juges sous-estimaient la colère explosive du peuple lors de l'exécution de quelqu'un qui avait été trahi ouvertement. Ainsi comme quand la bonnetière surnommée la Grande Margriet avait, par ses bavardages malveillants, conduit au bûcher un prédicateur du nom de Christoffel Fabricius. Les mouchards arrogants, qui trahissaient des gens non pas furtivement mais au grand jour, déclenchaient la fureur populaire, à tel point que, dans ce cas précis, le bourreau et les forces de l'ordre ne purent même pas allumer le feu et se dépêchèrent de fracasser le crâne à ce pauvre Fabricius et de lui planter un poignard dans le cœur avant de déguerpir en hâte, pendant que, neuf rues plus loin, la traîtresse était contrainte de s'abriter dans un magasin à la porte Saint-Georges pour échapper à un lynchage.

Il faudra que je parle de Jean Grouwels, un traître qui avait vu en rêve sa propre mort – sanglante – avant de mener lui-même des milliers de gens à l'échafaud. Cela ne me réjouit guère, ma propre naïveté et ma conduite honteuse ayant contribué à sa trahison. Je ne raconterai ses actes que quand je sentirai que je ne peux plus y couper. Lui-même se considérait comme un joueur qui savait manier l'arme de la prudence. Mais ce qui le caractérisait, rétrospectivement, c'était sa témérité. La trahison irréfléchie, au vu et au su de tous, ébranle trop. La trahison irréfléchie engendre chez les victimes ou chez leurs proches un désir de vengeance, et la vengeance offre aux gens un but, aussi temporaire soit-il. Les plus grands traîtres se gardent bien de se mettre tout le monde à dos. Leur trahison est rarement remarquée, et il se trouve toujours assez de partisans pour pointer le doigt ailleurs. Un grand traître ne s'attache pas à une ville ni à un peuple et, si ça sent le roussi, il file à l'anglaise pour faire ses petites affaires autre part. Il se nourrit des fables qu'il se raconte, convaincu d'avoir raison, et en attendant, il mène tout le monde par le bout du nez. Mais, se dit le sage pour se consoler, celui qui trompe les autres se trompe lui-même en premier.

Le fleuve a donné du travail à cette ville, l'a rendue riche et a engraissé nombre de ses habitants. Est-ce vrai que la prospérité crée l'union ? Si l'on oublie les mendiants et les traîne-misère, ceux qui n'ont pas su profiter de tous ces bienfaits, alors peut-être que oui. Mais en temps de prospérité, l'habitude est un risque, car on s'habitue vite à l'argent qui fructifie, aux bateaux qui ne cessent d'arriver chargés de marchandises et aux articles déjà vendus avant même d'être disposés correctement sur les étals. Bien souvent, ceux qui se sentent bénis oublient d'où vient la manne, ils deviennent paresseux et avides et veulent tout pour eux et rien pour les autres, et traitent avec désinvolture l'ensemble dont ils font partie.

L'Anvers que j'ai connue était une maison de Dieu aux pièces nombreuses, où l'apparente union régnant sous un même toit engendra un désir aveugle de plus de liberté. Depuis des siècles, les papistes étaient des fainéants, les couilles trempées dans l'huile sainte du pouvoir et donc arrogants, même s'ils devenaient minoritaires. Ils continuaient de clamer que les malfaiteurs qui ne croyaient pas comme eux à Ta parole devaient être punis, et que ça saute, mais à la nuit tombée, ils comptaient leur argent, se signaient et pensaient tout bas qu'ils n'étaient pas si mal dans cette Babylone aux relents de soufre où ils prétendaient se trouver. Les luthériens voulaient surtout faire des affaires et maugréaient contre les abus des papistes, mais en général on les laissait tranquilles, car ils se disaient partisans de l'ordre établi et plaidaient donc pour garder l'église au milieu du village, ce qui en fait ne voulait rien dire et n'était que du calcul travesti en sagesse. Ceux qui considéraient Calvin comme leur grand prophète préféraient cracher trois fois par terre avant de s'adresser à leurs frères luthériens, auxquels ils reprochaient leur lâcheté. Les calvinistes affirmaient qu'on ne pouvait pas ainsi adorer l'argent, voyaient le déclin, l'idolâtrie et la luxure partout, et rêvaient en secret de tout renverser. Ils s'étaient disséminés dans toute la ville dans des centaines de maisons, mais eux aussi préféraient rester en vie plutôt qu'être noyés incognito au 's Heeren Steen[1] par l'Inquisition, comme ce fabricant de tapis qu'on avait voulu noyer dans un tonneau trop petit, deux ou trois ans

1. Le « 's Heeren Steen » est un ancien château fortifié situé sur la rive droite de l'Escaut à Anvers qui servait de prison. *(Toutes les notes sont de la traductrice.)*

auparavant, et qu'on avait alors poignardé comme un porc. Les huguenots français ayant cherché refuge à Anvers après le massacre sanglant de leurs pairs devaient prétendument être signalés par tout aubergiste à qui ils demandaient le gîte, mais même si l'un de nous avait voulu obéir, perdant au passage des clients potentiels, c'était devenu impossible car ils étaient désormais partout. Ils étaient bien déterminés à se venger, c'est ce qui se criait sur tous les toits. Allons bon, le seul souci qu'ils me causèrent, ce fut leurs sempiternelles récriminations à propos du beurre qui était utilisé dans toutes les auberges d'Anvers. L'un d'eux se retrouva à un moment donné dans ma cuisine à agiter de l'huile d'olive sous le nez de ma cuisinière dans l'espoir de la faire changer d'avis. Ça donnait juste envie de les envoyer paître. Quant aux anabaptistes, ils avaient poussé si loin leur droiture qu'ils étaient les seuls à leurs propres yeux encore capables d'honnêteté. Ils étaient méprisés par pratiquement tout le monde et voyaient chaque soir le soleil se coucher sous Ton œil sans avoir avancé d'un pas en direction de leur ville rêvée, où tout le monde aurait dû penser comme eux et où toute propriété aurait été abolie. De plus, ils étaient fauchés comme les blés, ce qui dans cette ville signifiait qu'ils n'avaient aucun droit de cité.

Les espions de la gouvernante étaient partout, chaque aubergiste le savait. Tout le monde savait tout sur tout le monde, et en même temps personne ne savait rien, à moins d'attirer un peu trop l'attention. Parce que ce qui n'était pas dénoncé publiquement et jugé par le tribunal à ciel ouvert n'existait tout simplement pas. Tel était l'accord, qui d'ailleurs n'existait pas non plus. C'était le règne des apparences. Pendant ce temps, Philippe s'excitait dans la lointaine Espagne, sa remplaçante n'exécutant que ce qui lui paraissait raisonnable. Ainsi l'épée ardente du pieux souverain disparut-elle dans le fourreau protecteur de sa demi-sœur Marguerite, gouvernante des Pays-Bas. Elle savait combien cette ville rapportait à son frère et tâchait d'adoucir les décrets rageurs qui se succédaient et par lesquels il voulait soumettre cette province à sa volonté divine, de sorte que cette ville reste le « meilleur des mondes ». Vivre des taxes rapportées par la ville tout en nourrissant de la colère à l'encontre de ses blasphèmes en tout genre, voire de ses crimes de lèse-majesté, n'était pas une position simple. En réalité, ce monarque endetté était fort démuni face aux idées hérétiques du peuple dont il était débiteur, d'autant que cette prétendue hérésie était répandue au point de faire passer les papistes pour les vrais hérétiques. À vouloir la combattre par la potence et le bûcher, il se serait retrouvé avec moins de la moitié de la population. Et ça, la Marguerite de Bruxelles le savait, et agissait en conséquence. Ce que mon père comprenait surtout, c'était ceci : le marché régit tout. Mais quand on ne veut plus se souvenir par quelle grâce capricieuse les bourses restent remplies, apparaît le danger. Car même ceux qui maîtrisent parfaitement leur jeu n'ont pas forcément la compréhension du jeu plus grand, dont nous sommes tous des personnages. À Anvers, même les gens fortunés traitaient nonchalamment les bienfaits que le fleuve leur avait apportés, oubliant à quelle vitesse ils pouvaient être aspirés dans les failles et les crevasses.

Ceux qui croulent sous les cadeaux désapprennent l'art de la gratitude.

Un marché règne toujours sans mémoire.

Les commerçants préfèrent se célébrer sans se tracasser.

La nuit n'apporte aucune fraîcheur à Amsterdam. J'ai laissé ouverts les volets de la chambre, et la bougie allumée se laisse caresser par un faible vent du sud. Je me moque un peu de moi-même, avec mes théories sur ce que font ou ne font pas les commerçants et la puissance du marché. Un homme qui regarde en arrière se prend toujours pour un sage.

La dernière fois que l'Escaut porteur de fortune fut célébré en toute humilité, ce fut en cette plutôt agréable année 1561. Mais nenni, voyons ! Il n'était pas question de gratitude évidemment, et les célébrations furent tout sauf humbles. Il n'y a que les curés du haut de leur chaire pour dire des choses pareilles et employer des mots qui donnent même aux bigots des désirs de lit clos. On ne faisait pas la fête par gratitude envers l'eau maternelle qui donne la vie, mais de soulagement qu'il règne enfin une certaine paix entre les Espagnols et les Français, et que le commerce puisse reprendre son essor malgré l'ardoise qu'avait accumulée le roi espagnol auprès d'un grand nombre de personnes. Les royaumes croient s'enrichir en faisant la guerre. Les villes, en revanche, comme Anvers jadis, voyaient leur profit dans la paix. La passion de l'argent est ce qui lie villes et royaumes. Ce sont des scènes qui semblent ne révéler leur véritable sens que bien des années plus tard, donnant l'ivresse de la sagesse, comme on savourerait un vieux vin tiré d'un fût longtemps perdu de vue dans la cave de son auberge.

Il n'y avait plus eu de *landjuweel* depuis vingt ans. Il n'était pas de plus haut honneur dans le Brabant que de pouvoir participer à cette grande fête et à son tournoi dramatique. Un *landjuweel* mettait une ville en effervescence pendant des semaines, à plein renfort de cortèges et de concours d'éloquence. Celui qui gagnait l'une de ces compétitions sur scène grâce à la beauté de ses mots, de sa diction et de son interprétation pouvait à juste titre se considérer comme un maître. Les rhétoriciens ne manquaient pas d'occasions de déclamer leurs vers devant un public, mais gagner un *landjuweel*, c'était autre chose, c'était – comme ils le susurraient entre eux – le « nec plus ultra », la distinction ultime dans les pays brabançons. Nos rhétoriciens de la chambre des Giroflées, les *Violieren*, avaient remporté le dernier concours grâce à un esbattement comique truffé de rimes oiseuses. Les petits malins auraient cependant préféré la sécurité à l'incertitude et soudoyé le jury en pourpoint de velours. Vrai ou faux ? Quoi qu'il en soit, les six coupes en argent qui avaient récompensé leurs prouesses théâtrales valaient à présent à la ville l'honneur d'accueillir l'événement. Pendant des années, nous avions rongé notre frein, et même si le vent tournait enfin, il avait fallu encore bien des palabres avant qu'arrive l'autorisation de la gouvernante et de son frère le prince. La méfiance restait de mise. En effet, Dieu sait ce que certains rhétoriciens risquaient de sortir de leurs chapeaux de non-papistes si l'on mettait une tribune à leur disposition. Les mots pouvaient porter loin, et le peuple restait instable. Si un foulon ou un boueux, un barbier ou un tisserand avaient dû subodorer un langage insurrectionnel, ils se seraient grimpé dessus pour se rapprocher de la scène et beugler en chœur leur ras-le-bol : « Marre d'être les cochons payeurs ! Marre de regarder les curés et les chanoines de Saint-Michel festoyer comme des gros lards ! Pendant que nous, oui, nous... » Si l'on avait été honnêtes, on aurait simplement admis que n'importe qui ayant le don du verbe aurait pu mettre le feu aux poudres. Des mots rebelles pouvaient faire trembler sur ses fondations une ville pleine de tréteaux, de tribunes et d'estrades, et avant même d'avoir compris ce qui se passait, le sang aurait coulé. Mais bon : on n'allait quand même pas se priver de célébrer la Prospérité et la Paix ! Au diable ce dieu guerrier de Mars et ses manières belliqueuses ! Et puis : si une majorité de commerçants souhaitaient une fête, on sortait certes les flatteries et les courbettes pour obtenir la permission royale, mais en fin de compte il y aurait une fête, et en grande pompe, c'était certain. Un *landjuweel* était la plus grande fête qu'une ville puisse héberger, et c'était synonyme de recettes en florins et en ducats. Dans cette ville en perpétuelle expansion vivaient à l'époque environ cent mille personnes, pour lesquelles on ne cessait d'aménager de nouvelles rues et de construire de nouvelles maisons. Plus de dix mille personnes étaient descendues à Anvers pour se joindre à la fête. Presque tous les lits étaient occupés, des tonneaux acheminés toutes les heures dans toute la ville et, en tant qu'aubergiste, il fallait vraiment avoir un taudis et servir une nourriture infecte pour ne pas afficher complet ces jours-là. On riait, on festoyait, la joie était à son comble. Mais pour les conseillers communaux, pour les commerçants fortunés et pour les nobles, qui avaient permis ces réjouissances, une fête n'était jamais une simple fête. Le noyau dur du fruit juteux qui avait pour nom *landjuweel*, c'était le commerce et la façon dont il fallait que le petit peuple le considère. Nous pouvions faire la fête tout notre saoul et nous amuser du spectacle qu'offraient tous ces rhétoriciens, mais nous devions, comme des enfants, retenir la leçon. En d'autres termes : on pouvait penser ce qu'on voulait et venir d'où on venait, à condition d'honorer et de le célébrer tous en chœur. Chaque représentation avait trait au commerce d'une manière ou d'une autre. Car le commerce était ce qui nous liait tous, et celui qui l'oubliait n'était qu'un être indigne qui méconnaissait sa propre fortune. Et chaque fois que, sobre ou ivre, on plantait ses dents dans le fruit juteux du *landjuweel*, on tombait sur ce noyau dur.

Mais avant que tout ce commerce ne soit louangé *ad nauseam*, il y eut un cortège.

C'était un dimanche après-midi du mois d'août de l'année 1561. Mon fils Ward marchait à côté de moi en me tenant la main. Il avait environ dix ans et était toujours velu comme une bête. Aucune paire de ciseaux ou rasoir ne pouvait venir à bout de cette pilosité sauvage. Je m'étais résigné au fait qu'il était différent des autres, mais je n'aimais pas qu'on m'en parle. Je tâchais de cacher à mon fils la honte que je ressentais. Sa mère avait donné sa vie pour le mettre au monde, deux femmes l'avaient précédée sur ce même siège d'accouchement et, souvent, dans cette toison exubérante, je voyais Ton doigt pointé de là-haut, comme si j'avais défié mon sort en devenant père malgré tout. À ceux qui osaient toutefois insister sur sa pilosité, je disais que sa défunte mère avait regardé trop longtemps les cheveux de Marie-Madeleine dans notre église paroissiale de Saint-André, car tout le monde savait qu'une femme enceinte faisait mieux de s'abstenir de regarder les mèches de cette sainte, et l'explication suffisait. Après quelques secondes de réflexion, certains se rendaient compte qu'il n'y avait pas de statue de la sainte à cet endroit. C'était l'explication qui comptait, c'est tout. Mon fils pour sa part n'éprouvait pas la moindre honte. C'était incroyable de voir comme ce petit se fichait royalement des regards et même des insultes. Ceux qui osaient l'embêter pouvaient s'attendre à un crachat bien ajusté de sa part. Ward trouvait même amusant de forcer le trait en se comportant comme une bête quand il remarquait que des gens étaient mal à l'aise autour de lui. J'admirais secrètement sa force de caractère et sa sauvagerie foncière, qui le conduiraient plus tard dans sa vie à des endroits où je n'étais jamais allé. Un destin particulier lui était réservé, que je n'aurais jamais pu imaginer.

Le cortège partit de la Keizerspoort, longea la Lange Gasthuisstraat et la Huidevettersstraat, traversa le pont du Meir, puis serpenta à travers le Kiekenmarkt, le Melkmarkt et le Lijnwaadmarkt, avant de passer le Torfbrug et d'atteindre enfin la Grand-Place, où nous attendions le défilé. De nombreux bourgeois avaient fabriqué des gradins en bois devant leurs maisons. Les magistrats, les échevins et autres augustes étaient installés sur leur tribune devant l'hôtel de ville en construction et recouvert d'énormes toiles, de sorte que tous ces potentats richement accoutrés sur fond de velours rouge et taffetas doré avaient l'air de personnages prêts comme les pitres à ravir le public avec de sottes maximes et d'intelligentes bêtises, et un chahut à même de cacher le tintement de nos pièces de monnaie dans leurs bourses ou d'étouffer un pet causé par un perdreau mal digéré. Tout près de ces édiles se trouvait une véritable scène sur laquelle les participants allaient présenter leurs moralités au cours des prochaines semaines. Les murs en bois peint d'un blanc immaculé étincelaient sous le ciel bleu. Au milieu étaient gravées les armoiries des présidents d'honneur et des princes. Tout en haut, entre les rideaux de velours, trônait une déesse nue, Dame Rhétorique, qui allait bénir tous les orateurs de sa raide mais impartiale affection, seule condition de paix véritable. Des coups de clairon retentirent. De temps à autre, je soulevais mon fils pour qu'il voie mieux. La foule se tenait sur neuf ou dix rangées de chaque côté de la place. Ça poussait et ça jurait un peu à l'arrière, mais rien qui puisse gâcher l'ambiance. Duffel, le bouffon un peu décrépit du président d'honneur des Giroflées, reconnaissable de loin à ses gros yeux de crapaud, faisait des cumulets et soufflait dans sa trompette.

« Taratata ! On baigne dans le gras ! Je suis le plus beau, regardez-moi ! Ma splendeur mérite un poème ! Je ne me reconnais point moi-même ! » claironnait-il à la cantonade, en faisant mine de poser pour un grand peintre. Les yeux fous, il regardait son sceptre de bouffon comme s'il s'admirait dans un miroir, avant de se remettre à souffler dans sa trompette. « Visez-moi ce fanfaron ! Quel frimeur ! Tu ressembles à une vieille femme, Duffel ! » entendait-on crier çà et là, et c'étaient les enfants qui riaient le plus fort. Duffel faisait une révérence à tous ceux qui lui lançaient un petit mot ; toute injure lui était hommage. Derrière le bouffon, lentement et solennellement, au rythme des tambours, marchaient des dizaines de laquais, vêtus aux couleurs des Giroflées – rouge mat, blanc brunâtre et violet pâle. Tout devant, quelqu'un tenait le blason en bois qui devait être présenté aux édiles. Derrière venaient les porte-drapeaux, les musiciens qui frottaient les cordes en boyaux de mouton de leurs vielles, entourés des tambours qui donnaient la cadence, les pages habillés en Romains et enfin les fiers cavaliers. Parmi eux, sur son cheval, le prince des Giroflées, par ailleurs membre du collège échevinal. En ce jour si glorieux, l'homme espérait que son allure majestueuse force suffisamment le respect pour nous faire oublier, ne serait-ce qu'un instant, qu'il osait parfois embellir son jardin d'agrément en puisant dans l'argent des impôts. À côté de lui chevauchait le président d'honneur des Giroflées, qui était en même temps le bourgmestre extérieur. Avec sa barbe, il ressemblait à un prophète biblique, juché sur sa superbe monture, une main à la taille, juste au-dessus de son épée, les brides enroulées à l'autre main. Il brillait presque encore plus que le soleil d'août. « Un général en campagne sans campagne », toussota quelqu'un, parce qu'en ce temps-là on préférait encore se moquer discrètement des édiles, avec un sourire en coin et un faux clin d'œil, comme si ces pontes étaient des enfants gâtés qui nous avaient à leur merci, nous, leurs parents indulgents. Les habits qu'arboraient cette soixantaine de cavaliers étaient confectionnés dans les meilleures étoffes qui puissent s'acheter sur les marchés. Eux oui qu'ils baignaient dans le gras ! comme l'avait dit le fou. D'abord venaient les rires, puis la gravité, pas l'inverse. Les chars déclenchaient des cris d'admiration.

Là, une baleine semblait vomir une magnifique boule transparente dans laquelle des gens pâles nous faisaient signe. Il y avait des dieux et des déesses gigantesques assis sur un trône. Un homme couronné à deux têtes donnait sa bénédiction des deux côtés. Un héros levait son épée contre un lion rugissant. Les chambres de rhétorique des autres villes se succédaient. Certains de leurs chars étaient illuminés par des torches. Le plus beau recevait un prix, on le savait, et chacun essayait naturellement de surpasser l'autre à coups de couleurs, de cavaliers, de numéros délirants sur la vanité et la cupidité, incarnant eux-mêmes avec beaucoup de plaisir et de fierté ce qu'ils étaient censés dénoncer, en une débauche d'étoffes scintillantes, que la plupart des spectateurs n'avaient encore jamais vues de près, encore moins senties sur leur corps.

« Regarde ! Regarde ! Regarde ! braillait Ward, fasciné par ce monde merveilleux. C'est toi, là, papa, et tu es à deux ! »

Ward montrait deux hommes sauvages, masqués et barbus, marchant devant un char, leur nudité à moitié couverte par des peaux de bêtes, un gourdin posé sur l'épaule droite, lançant des regards de forcenés, prêts à en découdre avec n'importe lequel d'entre nous.

« C'est comme toi, papa, comme toi ! » brailla Ward à nouveau.

Cela ne faisait que six mois à l'époque qu'il m'avait reconnu derrière mes oripeaux d'homme sauvage à la Chandeleur, alors que je me rendais d'auberge en auberge avec les trois autres membres de ma Ligue de l'Homme sauvage, respectivement déguisés en roi, en chasseur et en femme, et qui faisaient semblant de me chasser hors de la ville, pour accélérer le dégel et accueillir le printemps. L'Homme sauvage symbolisait la puissance redoutable et déconcertante de la nature. Dans une ville gouvernée par le commerce, il était regardé avec condescendance car, aux yeux des commerçants, un homme aussi bestial n'était qu'une réminiscence comique des temps anciens, juste bon à figurer sur les armoiries d'une ville avec moult fioritures. Mon père aussi voyait les choses ainsi, même si c'était chez nous une tradition familiale ancestrale d'annoncer le printemps déguisé en homme sauvage.

« Les gens aiment bien, me disait-il, vêtu de sa peau d'ours, et c'est aussi comme ça que tu dois le voir : un homme qui sait rire de lui-même inspire davantage confiance que le couillon qui s'agrippe à son sérieux. Et c'est avec la confiance du plus grand nombre que tu remplis ta bourse, Beer. N'oublie jamais ça. »

Je souris car, avec le recul, ce joyeux drille n'avait qu'une seule leçon à m'apprendre, qu'il n'a cessé de me répéter jusqu'à la fin. La dernière fois qu'il a joué l'Homme sauvage devant une foule de spectateurs, il a porté la main à son cœur et est tombé raide mort dans la boue, tandis que les gens continuaient de rire, attendant la singerie suivante. Mais son rôle était terminé, de façon si claire et si nette que j'en éprouvai de la paix, après le chagrin. Au printemps suivant, c'était moi qui rugissais dans les rues pour la première fois. Le costume me métamorphosait. Pour moi, l'Homme sauvage n'était pas un monstre surgi d'un passé à l'agonie. Ce n'était pas non plus un bonnet de fou qui disait la vérité ou faisait tinter des grelots pour amuser les badauds. Pour moi, l'Homme sauvage que je ressuscitais chaque année à la Chandeleur était peut-être même notre véritable forme à tous, le passé immémorial qui nous reliait tous. Chaque printemps, je pensais sincèrement que mon spectacle costumé était nécessaire pour attirer Ta miséricorde sur cette ville, même si l'on tournait en dérision des rituels anciens. Même la perte de mes épouses, qui m'avait tant accablé, ne m'empêcha jamais d'accomplir ma mission. Il y avait des années où j'oubliais mes vicissitudes en jouant avec mes camarades déguisés en roi, en chasseur et en femme, et où je devenais vraiment le serviteur d'un tout bien plus grand que ce qui m'affligeait. Celui qui souffre et qui n'y comprend rien compte sur ses doigts ses maigres bonheurs. Quand mon fils me reconnut pour la première fois derrière le masque de l'Homme sauvage, je ne perçus aucune peur dans ses yeux. Il semblait plutôt dévoré de curiosité à l'égard de cette nouvelle apparence de son père. Tant d'années plus tard, cela m'émeut encore, comme ses cris et ses éclats de rire devant cette découverte. Un père n'oublie jamais la joie de son enfant.

Le lendemain du cortège, les concours commencèrent, et de nombreuses rues se mirent à retentir des mots des rhétoriciens, déclamés par des acteurs venus de nombreuses villes. Ils jouaient sur de petites et de grandes scènes et, avec leurs visages maquillés et leurs mimiques exagérées, nous tendaient un miroir. Mon auberge au Zand était pleine à craquer de rhétoriciens et de pitres de Lierre, qui avaient déjà gagné des prix lors de la messe solennelle du mardi. La chambre de rhétorique qui faisait étalage de la plus grande piété à l'église Notre-Dame était en effet honorée d'une statue du Christ de trois onces d'argent. Ces gens de Lierre fêtèrent leur victoire toute la nuit. Les prostituées avaient bien entendu senti de loin l'ivresse festive et contribué à mettre tout mon établissement sens dessus dessous. Les cornemuseurs se relayaient et l'on dansa à qui mieux mieux. Vers trois heures du matin, ce fut la consternation quand il s'avéra que le trophée avait disparu. La paix ne revint qu'une heure plus tard, lorsqu'on retrouva l'un de leurs rhétoriciens ronflant comme un sonneur dans son lit, avec à côté de lui l'effigie en argent du Sauveur.

Quelques jours plus tard, je laissai à Margreet l'auberge et mes clients, qui cuvaient chaque matin leur gueule de bois en jurant, et me rendis moi-même en ville.

Un tel *landjuweel* faisait rayonner les gens, les pitres comme les spectateurs. J'adorais regarder toute cette effervescence. Quand j'y repense, c'était comme si chacun vivait son propre âge d'or. Certains se distinguaient encore plus que d'autres, resplendissaient en princes de la fête et irradiaient ce qui faisait qu'Anvers était Anvers. Hans Franckert, par exemple, un mécène de la chambre de rhétorique des Giroflées, était déjà bel homme en temps normal. Les femmes mariées lorgnaient sa silhouette svelte, son port élégant et sa riche cascade de cheveux blonds sous son chapeau large comme elles auraient regardé une volaille déjà désossée et nappée de sauce qu'elles auraient directement mise en bouche si elles avaient eu l'heur d'être conviées à pareille table coupable. Quant aux pucelles, elles évitaient son regard, craignant une contamination fatale de leurs entrailles. Franckert grenouillait, comme tant d'autres, dans les arts et les affaires; plus rusé qu'un renard, il vous vendait le peintre avec le tableau et une maison lors d'un simple placement. Il aimait se regarder jouer, ce qui en faisait l'un des joueurs les plus éminents de cette ville. En semaine, l'homme était toujours prêt à se travestir en miséreux hilare ou en modeste artisan. Il le faisait souvent avec son ami peintre, qui partageait sa passion secrète pour le déguisement. Pieter Bruegel emportait partout son carnet de croquis, et les deux complices se rendaient ainsi à des fêtes auxquelles ils n'étaient pas invités. Il y avait de la provocation dans ces libertés qu'ils s'arrogeaient lorsqu'ils étaient déguisés. Bruegel avait besoin de la forfanterie de Franckert. Derrière les grands gestes de son copain, le peintre se cachait pour mieux observer les autres. Franckert prenait par exemple un malin plaisir à encourager le dévergondage des femmes. À chaque saillie osée de leur part, il riait d'un air fripon, comme le grand connaisseur du sexe féminin qu'il avait l'audace de se croire être. Alors qu'entre hommes, je l'avais déjà entendu brailler que « quand la poule chante avant le coq, et que la femme parle avant le mâle, le cuistot fout la poule au pot, et la femme se rosse à coups de poêle ». Aucune femme n'avait jamais entendu ça de sa bouche...

Sur le Lijnwaadmarkt, à côté de l'église Notre-Dame, j'aperçus les deux compères Franckert et Bruegel avec quelques camarades et leurs épouses. Franckert m'avait immédiatement repéré au milieu de toute cette foule et me héla comme on hèle les gens comme moi qui apportent chaque jour que le bon Dieu fait du vin et de la bière aux tables. En tant qu'aubergiste, on s'y habitue et j'ai appris à m'en moquer. Franckert n'était pas idiot. Il se rendit compte tout de suite de sa grossière désinvolture et tâcha d'y remédier en feignant sa grande joie de me revoir, même si ses amis et lui considéraient mon auberge comme une seconde maison et que je les y saluais régulièrement. Je me joignis à eux et eus droit à un clin d'œil jovial du sieur Bruegel. Le peintre me gratifia même d'une tape sur l'épaule, avant de se mettre à inspecter les environs à la recherche d'un bon emplacement au milieu de tout ce monde. Il avait visiblement l'intention de confier tout le spectacle au papier. Je serrai la main à l'imprimeur Willem Silvius, qui était à côté du peintre. Lui et moi faisions affaire depuis un certain temps. En général, il rémunérait en nature ceux qui écrivaient pour lui un pamphlet ou un livre, en leur offrant quelques nuits dans mon auberge, soupers bien arrosés inclus. Personne n'y trouvait à redire, car mon Auberge de l'Ange était fréquentée par des gens intéressants, ce qui pouvait donner lieu à de nouvelles commandes.

Le brouhaha autour de nous cessa.

Une voix tonitruante nous souhaita la bienvenue. Un homme tout peinturluré entra sur scène et se présenta comme la « Grande Gueule ».

« Oyez ! Oyez, gais commerçants ! »

Au deuxième couplet déjà, il fut interrompu par des cris et des sifflets. Aucune pièce n'était jouée sans un prologue rémunéré par un marchand, qui attendait en échange de son argent une élogieuse publicité. Pour en avoir vu plusieurs échafauder ce genre de plans après une pinte de trop, je savais que ces gens étaient persuadés que ces vers rétribués susciteraient une vague d'amour pour leur activité. Dès qu'un bonhomme commençait à se dire que l'orgueil n'était pas forcément un péché mais une possibilité d'accroître son prestige, l'étouffante stupidité venait étrangler le sens. Ce n'est que lors de la mise à exécution que les marchands étaient forcés de constater que, contrairement à leurs prédictions, le public appréciait peu cette succession de réclames durant les semaines du *landjuweel*.

Franckert jeta avec nous un regard amusé à la ronde, tandis que les cris de protestation s'amplifiaient.

« C'est encore cet imbécile qui vend la merde de son pot de chambre ! Baratineur !

– Toujours à parader ! À faire des banquets ! M'as-tu-vu !

– Bave de crapaud commerciale !

– Mon pied dans ton cul de margoulin ! »

Franckert regardait la foule autour de lui :

« On peut dire ce qu'on veut, mais nos gaillards n'ont pas dû endurer le dixième... »

Il se tourna en riant vers l'imprimeur Willem Silvius.

« J'aimerais connaître votre avis à ce sujet, très estimé monsieur Silvius, car s'il y en a un qui suit de près l'ensemble de la compétition, c'est bien vous. »

L'imprimeur soupira, puis se gratta l'oreille. Je connaissais Willem comme étant un vrai gentilhomme sachant toujours s'exprimer avec courtoisie. Partout il passait pour quelqu'un qui dévoilait rarement ses cartes. La concurrence était forte en effet, et se laisser aller à trop en dire de ses commandes était une coquetterie qu'aucun d'entre eux ne pouvait se permettre. On disait que Silvius était devenu l'imprimeur du Roi en soufflant une commande à son rival Plantin, ce qui ne signifiait pas que ces deux-là s'en voulaient maintenant à mort. Ils jouaient un jeu âpre, mais, si les circonstances l'exigeaient, ils collaboraient sans sourciller. Un manque de discrétion pouvait être fatal, car il leur arrivait à tous d'imprimer des livres illégaux pouvant être qualifiés de blasphématoires. Ceux qui jouaient de malchance ou ne jouaient pas les innocents pouvaient se retrouver dans de sales draps. Sa grande réserve maintenait en vie Willem Silvius. Bien sûr, cela l'obligeait régulièrement à quelques contorsions, et c'est pourquoi Franckert, taquin à en devenir lassant, lui demandait son avis.

La voix de l'imprimeur trahit son hésitation.

« Vos Giroflées étaient...

– Oui, mesurez vos paroles, maintenant que vous avez su ruser pour emporter le contrat d'impression de tous les textes du tournoi. »

L'imprimeur regarda Franckert comme s'il l'avait accusé du vol des bijoux de la gouvernante.

« Allons, Hans. Ceci n'est pas utile maintenant. »

Blême, il regarda autour de lui.

« C'est moi qui dois le dire, alors ? dit Franckert en riant. Notre petite troupe s'est livrée à la plus répugnante séance de léchage de culs jamais exécutée sur une scène à Anvers !

– Il faut tout de même spécifier que votre chambre de rhétorique était un peu sous pression... »

Franckert haussa les épaules.

« Cela fait partie du jeu, non ? J'ai offert à nos hommes une somme généreuse pour qu'ils fassent le contraire et disent pis que pendre du commerce. Mais aucun argent n'a su les convaincre.

– Vous pouvez voir les choses autrement. Regardez-nous ! En paix, par Dieu ! Qui l'eût cru ? Et ça, nous devons le célébrer, tous ensemble, car notre avenir est là : tous ensemble, quelles que soient nos opinions, nos origines et même notre vision de la religion. C'est de ça que tout nous parle, non ? Regardez le nombre de gens accueillis ces dernières semaines. Tous attirés par ce qui fait la grandeur de cette ville : le commerce, la paix, la liberté, la...

– La liberté ? Vous voulez rire, monsieur Silvius. Ne parlons pas de liberté, je vous prie. J'étais prêt à payer une rallonge pour quelques piques sur les fariboles des papistes et de l'Église, mais apparemment on n'a plus le droit de dire tout haut ce genre de choses. Ça ferait trop de tintouin.

– À mon avis oui, un peu trop. »

Silvius toussota derrière sa main.

Le petit sourire triomphal de Franckert disparut, et il regarda discrètement alentour. On pouvait cracher tant qu'on voulait sur l'échafaud et penser qu'on n'avait peur de rien ni de personne, mais tout le monde avait des oreilles, et certaines de ces oreilles pouvaient accompagner une langue de vipère. Après s'être brièvement joint aux rires de la conversation, son camarade Bruegel s'était quant à lui tourné vers la scène et se frottait la barbe, comme il le faisait toujours lorsqu'il était capturé par une pensée ou une vision.

« Ô vous tous, contemplez l'enfer, où apparaît cette femme redoutable ! »

Avec ses grands pieds, sa drôle de gestuelle et ses yeux globuleux, on reconnaissait le Sécot au premier coup d'œil, même s'il était déguisé en bonne femme égarée, qui avait visiblement ramassé tout ce qu'elle pouvait sur un champ de bataille. D'ordinaire, le Sécot gagnait sa croûte en tant que bouffon. On se connaissait bien. Il était membre de ma Ligue de l'Homme sauvage. Il avait le chic pour faire du moindre rôle qu'on lui attribuait un rôle principal.

Pas un son, pas un mot ne sortait de sa bouche.

Il se contentait de marcher sur les planches, mais il le faisait de façon magistrale, imitant le héron ou la cigogne, avec de temps en temps un mouvement bref après lequel il se figeait tout à coup, la tête inclinée – on aurait dit que l'oiseau avait totalement pris possession de lui – puis il se remettait en mouvement, pour la plus grande joie du public, comme s'il se réveillait d'un mauvais rêve. Il avait une épée à la main et serrait un coffret sous son bras. Sa bouche était ouverte, comme si la source des mots était tarie à jamais.

C'était à la fois savoureux et glaçant.

Franckert en cessa même de taquiner Silvius. La Grande Gueule fit savoir que « la Margot était tellement folle qu'elle pillait devant les portes de l'enfer, et qu'elle et toutes les autres bonnes femmes feraient mieux d'aller à la Bourse, avec leur folie, vu tout ce qu'il y avait à voler là-bas ».

Les huées se déchaînèrent. Certains s'étouffèrent dans leur brioche au sucre. Le public confondait le Sécot et son personnage, et prit au premier degré les paroles de provocation prononcées par la voix.

« Pas touche à notre bourse, salope !

– Eh, la Sécote, combien tu vas toucher pour ce pillage ? »

Le Sécot se figea, comme saisi par un démon. Suivit un silence un peu trop long. L'homme qui interprétait la Grande Gueule eut l'air nerveux. Les gens se mirent à crier tout et n'importe quoi au bouffon déguisé, qui ne remuait toujours ni pied ni patte. Un autre personnage se précipita sur scène pour nous dire en vers un peu hachés qu'il était une joyeuse petite dame qui allait au marché pour voir si elle pouvait trouver autre chose pour contenter sa minette. Tandis qu'il se fendait d'un clin d'œil bien gras pour que même le plus bouché des paysans comprenne qu'il y avait du sous-entendu salace, le Sécot prit une grande inspiration et fit résonner sa voix stridente :

« La folie n'a pas de maître ! La folie n'a pas de maître ! Et elle fait de vous tous des esclaves ! »

C'était comme si une lame avait transpercé l'assemblée. Du moins pendant quelques secondes. Un flot d'imprécations accompagna la sortie du bouffon.

Bruegel referma son carnet de croquis et nous lança un de ces regards... comme si une dangereuse muse venait de l'embrasser avec la langue.

La folie n'a pas de maître... Je contemplais la ville entière, ivre morte des douze coups de midi à la cloche des voleurs, parfois même dès potron-minet, titubant sur ses jambes pendant des jours. Pas un fût de vin ou de bière ne survécut à cette longue fête. Même la bière de mars, qui montait à la tête et qu'on n'utilisait normalement que pour couper d'autres bières, n'allait pas réchapper de ce *landjuweel*, pire même : j'en ai vu beaucoup y verser une poudre avant de la boire, pour décupler leurs rires et délires. J'ai vu des gens enveloppés dans les vapeurs du chanvre, le regard tourné en dedans, enchaînant les crampes de rire. J'ai vu des pauvres et des mendiants, boiteux, manchots, la gueule cassée ou de travers, parader dans les rues l'écume aux lèvres, à cause d'une herbe bon marché trouvée chez une sorcière. J'ai vu des boueux cuver sur la montagne de détritus qu'ils devaient venir chercher. L'ivresse débitait ses sagesses de comptoir, et plus personne ne se réveillait avec les idées claires. Et toutes ces fadaises que j'entendais, ceux que je voyais se vautrer dans une flaque ou dans un escalier, ronflant par terre, cette haleine aigre qu'on sentait partout et ma salive putride, que j'avalais pour humecter ma gorge sèche, faisaient oublier que tout cela était suscité par le *landjuweel*, ce triomphe de la raison et de la paix, comme on disait à l'époque, cette célébration des beaux esprits, des mots raffinés, témoin de l'amour de Dieu. Et le commerce !

Et les commerçants !
Animés envers nous des meilleures intentions !
N'oublie pas ça, petit peuple !

Et je revois, dans mon souvenir, au terme du *landjuweel*, le Sécot, caché dans un coin, et son sourire faussement modeste, dû à une énième pinte gratuite. Il n'avait pas fallu longtemps pour que des femmes s'attroupent autour de lui. Il n'était pas de bouffon qui ne pêche dans les eaux profondes de Vénus, et pas une femme qui ne veuille être prise par lui, qu'il soit déjà saoul ou en bonne voie de l'être.

Ce fut le dernier *landjuweel.*

L'auberge de l'Homme sauvage : ainsi s'appelle mon établissement dans la Warmoesstraat à Amsterdam, une rue si riche et distinguée que c'est une chance infernale de m'être retrouvé là. J'ai fait peindre une belle enseigne, avec de jolies lettres entourant une tête d'homme sauvage à la barbe hirsute et aux cheveux pleins de lierre, des roses blanches et rouges et des cœurs dans les coins. Mon auberge dans cette rue chère est petite. Je n'ai pas autant de chambres qu'à Anvers. Il est rare que des gens y passent la nuit. Je reçois des commerçants qui veulent surtout parler affaires et qu'on les laisse tranquilles. On n'organise pas de fêtes, Marie et moi. Elle est aux fourneaux et m'aide à servir lorsque la salle est pleine. Chacun de ses gestes est gracieux. Elle pose un bol comme si la table était un autel et sert la nourriture comme si elle était en présence des personnes les plus nobles qui soient. Dans la cuisine, elle manipule tout avec un profond respect.

Parfois, elle dit : « Tu regardes encore dans le vide.

– Je me sens tellement maladroit à côté de toi, lui réponds-je en général. Quand je te regarde, j'ai peur de toucher quoi que ce soit. J'ai l'impression d'être un gros empoté. »

Ça la fait rire, alors je ris un peu aussi, mais mes propres mots me font mal, tant ils viennent du cœur.

Les gens qui entrent ici pour la première fois nous regardent parfois de travers, à cause de ses yeux en fentes et de ces épais cheveux noirs qu'elle porte le plus souvent en tresse, sans coiffe par-dessus.

Certains voudraient savoir si nous couchons ensemble.

Parfois, ils le demandent carrément.

Dans cette ville, les gens disent volontiers ce qui leur traverse l'esprit.

« C'est ma fille », je grogne alors d'une voix basse et légèrement menaçante.

Même celui qui s'est contenté d'une allusion grivoise baisse les yeux, gêné. Je n'ai plus aucune patience envers les crâneurs ou ceux qui persistent dans des comportements énervants. Si à Anvers j'étais accommodant, trop accommodant même, à Amsterdam je suis franc du collier. Celui qui cherche la bagarre, je l'attrape par le col et le flanque à la porte avec mon pied au derrière. Ici règne la paix, et j'entends que ça reste ainsi. Quand je repense à tout ce que j'ai laissé faire dans mon auberge à Anvers, j'ai un frisson qui part d'entre mes omoplates et me parcourt l'échine jusqu'à la raie. « Sois content d'en être quitte, Beer », me dis-je alors à haute voix. Marie ne s'étonne plus. Plus je vieillis, plus il y a de phrases qui jaillissent de nulle part, que je n'arrive pas à retenir ; comme en cas de nausée, je les éructe, de honte, parfois encore de tristesse. « Comment tu as pu te laisser… » Ça aussi, je le dis parfois, mais je ne termine pas la phrase. Manipuler ? Rassure-toi. Je me suis laissé manipuler, mais ce n'est pas une excuse, car je le savais déjà à l'époque et j'ai laissé faire parce que je… Allez, vas-y, dis-le tout haut ! « Parce que tu ne voulais pas perdre tes amis distingués, parce que ton auberge était pour eux un port d'attache. » Voilà ce que je me raconte. Il y avait aussi la fierté, à l'époque, de pouvoir jouer un rôle d'une façon ou d'une autre dans les projets de gens importants. C'est aussi à ça que servent les auberges, non ? Mais cette fierté avait un prix. À Anvers, j'ai dû écouter les fadaises d'un nombre incalculable d'ivrognes, pas tous distingués.

Je savais presque toujours exactement ce qu'ils allaient me raconter. Je les regardais dans les yeux, et j'avais déjà compris. Les femmes pouvaient encore me surprendre, mais pas les hommes. C'est sûr qu'à Anvers, les femmes jouaient un grand rôle dès qu'elles entraient dans une auberge au bras de leur gars. Sans attendre leur tour, ces épouses ou petites amies exprimaient le fond de leur pensée, elles se disputaient avec les têtes de mule qui se permettaient de la ramener sur « les bonnes femmes », ou pouvaient tout aussi bien appeler un joueur de luth ou de cornemuse et improviser une fête dansante, bruyante et animée. Je n'ai jamais rien vécu de tel à Amsterdam. C'est curieux de voir comme deux villes peuvent se montrer si différentes. À Anvers, c'était en général la femme qui tenait les cordons de la bourse, et c'était elle aussi qui tirait sur le bras de son mari quand il risquait d'offrir une tournée de trop. Dans cette ville-ci, j'ai compris que les épouses sont tout autant au courant des affaires de leur homme. Mais elles ne se montrent pas souvent dans les auberges. Ça a le mérite d'engendrer moins de malentendus. À Anvers, en effet, j'ai eu des clients espagnols qui pensaient que l'effronterie des femmes ne pouvait signifier qu'une seule chose, et qui s'empressaient de faire des avances à ces belles « gourgandines », un mot qu'ils prononçaient avec autant de maladresse que de lubricité, et dont ils croyaient savoir qu'il désignait les femmes légères et les putains. À tous les coups, cette façon de draguer sans connaître les mœurs locales se retournait contre eux. D'abord, parce que les maris sortaient leur poignard, mais c'étaient les femmes surtout qui effrayaient ces chevaliers de la morale en rut, avec des mots cassants qui auraient fait rentrer à un lion son sexe dans sa fourrure. Ici à Amsterdam, il n'est pas question d'effronterie, et l'ivresse reste limitée.

Mais la vraie différence entre mes deux établissements, mon auberge de l'Ange à Anvers et mon auberge de l'Homme sauvage à Amsterdam, c'est l'amitié. Je ne veux plus d'amis. Je ne permets plus ça dans mon auberge de la Warmoesstraat. Je considère l'amitié comme une traîtresse, c'est quelque chose que j'ai appris à mes dépens. L'amitié m'a trahi. Et moi-même, bon sang, j'ai trahi l'amitié. Dans les cercles que je fréquentais, l'amitié était à un degré superlatif. Eux se considéraient mutuellement comme les membres secrets d'une même famille et me considéraient, moi, comme l'un d'entre eux. Franckert, Bruegel, Silvius et bien d'autres appartenaient à cette Famille. Mais il y avait un homme en particulier qui prônait l'amitié et cette solidarité familiale secrète comme si rien n'avait davantage de valeur spirituelle.

Abraham Ortelius, le désormais célèbre cartographe que son récent atlas a fait passer à la postérité, était mon cadet d'environ cinq ans, mais possédait une vieille âme. Sa tête de penseur était finement ridée, et son sourire, empreint de compassion. Je n'ai jamais rencontré d'homme plus gentil ni plus généreux que lui. Chaque jour lui apparaissait comme un cadeau, une source d'émerveillement. Les gens et la comédie humaine lui étaient chers. Bien sûr, il savait que je me sentais maudit par la mort de mes épouses, et il me fit savoir qu'il y pensait souvent et qu'il priait pour moi. Dans ses yeux, je pouvais lire qu'il était sincère, et aujourd'hui encore cela me fait monter les larmes aux yeux, après toutes ces années et malgré tout ce qui s'est passé entre nous. Personne ne peut imaginer en effet ce que fait de vivre avec trois fantômes, de subir un sort aussi insensé et de devoir continuer de vivre. On est seul et on reste seul. Je me suis relevé parce que je ne pouvais pas faire autrement, parce que la vie demeure la vie. Et c'est ça qui fait mal, plus que toute autre chose. On n'imagine pas non plus à quel point les autres peuvent être cruels. Cruels, oui. Je n'ai pas d'autre mot. Voir tant de malheur chez quelqu'un fait reculer la plupart des gens. Nombre d'entre eux, y compris des amis, jugeaient plus confortable de faire comme si c'était du passé. Parfois, j'étais ce gars avec une poisse telle que la seule réaction possible semblait être de secouer la tête avec incrédulité. D'autres fois, j'entendais derrière mon dos des rires discrets qui me ravalaient au rang de pauvre type, solidement couillonné par trois bonnes femmes mortes sans prévenir. Mais il y avait aussi dans le tas des gens sérieux, qui affirmaient que les trois femmes que j'avais eu la chance de connaître et d'aimer m'avaient été prêtées temporairement par le Créateur. Car en fait, selon leur raisonnement, j'aurais dû être trois fois reconnaissant d'avoir été choisi pour subir trois fois cette épreuve. L'idéal ayant été – c'est ce que recommandaient les Anciens de la Vraie Doctrine – de ne même pas considérer ce chagrin comme un chagrin, mais comme un privilège, dont je pouvais ressortir trois fois plus fort et qui ne méritait même pas que je gaspille mes larmes, tout au plus ponctuellement un soupir de résignation. Ce que faisaient des gens pareils, tellement courtois, tellement sereins, c'était vous jeter dans un cachot, mais sans bourreau pour vous sortir de là, ne serait-ce que pour poser votre tête sur un billot et que la comédie s'arrête. Vous étiez enfermé, avec interdiction de bouger sous la torture. Vous aviez croqué la vie à vous en mettre partout, fêté et partagé, été si prodigue qu'absolument tout le monde vous avait considéré comme son ami, mais après toutes ces femmes mortes, plus personne ne croquait la vie avec vous, presque plus personne ne se montrait généreux. À la place, vous aviez le droit de montrer de la gratitude pour la leçon de morale offerte par des gens qui en général n'avaient pas encore trop souffert eux-mêmes, ou d'autres qui pensaient que leurs souffrances et leurs chagrins leur avaient montré le vrai chemin. Ils se réjouissaient secrètement d'être rejoints par un nouveau, qui avait mal comme eux et pourrait bénéficier de leur grande sagesse. Cela m'avait tout de suite frappé : les gens qui consolaient les autres parlaient le plus souvent d'eux-mêmes. Les pires, parmi ces bons Samaritains, trouvaient que je devais avouer mes péchés, pour que l'obscurité cesse et que je puisse accueillir la Lumière. J'en aurais pleuré de colère. Mes péchés, mais quels péchés ? Où avais-je fauté ? Qu'est-ce que j'avais fait de mal ? Avais-je tué quelqu'un ? Déshonoré quelqu'un ? M'étais-je compromis en passant un accord avec le Cornu ? Non ! Rien de tout ça. Mais de telles questions rageuses n'étaient pas les bienvenues. Personne n'aimait les entendre. Et c'est ainsi que, lors de ce genre de conversations, j'envisageais d'arrêter de jouer les aubergistes et de partir errer sur les routes comme un ermite, dissimulé sous ma cape, sans biens, sans avenir, et surtout sans personne autour de moi.

Mais l'endeuillé qui tourne le dos aux autres risque de se faire dévaliser par-derrière par un vagabond déguisé en Monde[1]. C'est ce que m'avait murmuré Ortelius un jour où j'étais sombre.

« On a écrit des livres là-dessus, Beer ! »

Bon sang, mais bien sûr : les livres sont des échelles tendues vers l'impénétrabilité de Dieu. Ah, Ortelius ! Évidemment, ce n'était pas malintentionné de sa part. Et même si cela ne m'intéressait guère de savoir que les livres pouvaient conjurer la souffrance, je lui étais reconnaissant, simplement parce que lui n'oubliait jamais ma douleur et que, contrairement aux autres, il ne laissait pas entendre que je devais d'urgence corriger ma conduite, ou ne décidait pas tout seul qu'il était temps pour moi de passer à autre chose.

Ces raisons faisaient que je le considérais sincèrement comme un ami. S'il lui arrive encore de penser à moi

1. Clin d'œil à un tableau peint par Pieter Brueghel l'Ancien en 1568, *Le Misanthrope*, dans lequel un vagabond, entouré d'un globe crucifère et symbolisant la vanité du monde, tente de subtiliser la bourse en forme de cœur d'un moine. Le tableau est pourvu d'une légende disant : « Parce que le monde est si perfide/ Pour cela je vais dans le deuil. »

aujourd'hui, j'imagine que, malgré sa distinction, il crache par terre ou du moins soupèse de le faire.

À l'automne 1564, trois ans après le *landjuweel*, cette belle personne organisa une fête dans mon auberge. Pas pour lui-même, ce n'était pas son genre, mais pour un autre, un jeune homme plein d'audace et de talent.

Cela commença par une commande que me passa Ortelius pour deux fûts de malvoisie qui devaient venir de Grèce. Pour être sûr de les avoir à temps, j'avais payé d'avance un négociant de confiance. Et exceptionnellement, j'avais obtenu du magistrat qui contrôlait mon vin de pouvoir le servir sans qu'il ait à le goûter de nouveau pour fixer le prix de la pinte. Ce fut possible parce qu'il s'agissait d'une fête privée, mais les ordonnances étaient strictes. Ce vin doux issu de la terre des anciens Grecs était surtout apprécié des gens bien nés. J'avais dû promettre qu'il ne serait servi qu'à cette fête. Et j'avais intérêt à m'y tenir, car si le magistrat avait dû découvrir que je servais ce vin au tout-venant, j'aurais écopé d'une amende que cet homme avait le loisir d'établir en fonction de son humeur.

Abram Ortels, qui, sous le nom d'Abraham Ortelius, immortalisa le monde sur des cartes dans le sillage de son maître Mercator, était un grand collectionneur. Des curiosités du monde entier composaient sa collection miraculeuse. Lors de la conversation durant laquelle nous prenions des dispositions à propos de la fête, nous nous trouvions dans sa pièce aux trésors, dont la plupart avaient été acheminés par bateau de tous les coins du monde.

« Regardez la carapace de cette bête monstrueuse ! On dirait vraiment que ces tatous portent une cuirasse… Et là, le crocodile empaillé ! Sentez un peu ces curieux coquillages trouvés sur les côtes de l'Inde. Voici un fragment de corail du sud de la Méditerranée. Ces couleurs ne sont-elles pas fabuleuses ? Elles font rêver, non ? Et que pensez-vous de cette petite tête de satyre datant du temps où Ovide écrivait ses vers ? On voit d'ici les femmes et les hommes d'antan danser autour d'un feu en se tortillant au son des flûtes de pan et des tambours, n'est-ce pas ? Et voici le clou de ma collection ! Un autel égyptien, vieux de plusieurs millénaires, couvert de signes très mystérieux. Vous sentez cette force ? Celui qui déchiffre ça parle directement aux dieux de ces gens, Horus, Râ, Osiris et même Seth, leur gardien du côté obscur ! Et ce n'est encore rien, mon cher ami, ceci n'est qu'une modeste collection, même si elle reflète déjà une grande partie de notre monde.

– Concernant les fûts... me lançai-je, un peu hésitant.

– Vous en avez bien commandé deux, Beer ? demanda Ortelius.

– Oui, mais vous êtes fou. C'est une fête de combien de personnes ? Trente à quarante invités ?

– À mon avis, c'est une estimation correcte.

– Dans ce cas, c'est trop. Trois verres, et tout le monde aura la tête à l'envers. Qui paie ? Est-ce le père de ce remarquable jeune homme, Joris Hoefnagel ? Il peut se le permettre, en effet...

– C'est bien son père qui a sommé mon jeune ami Joris de revenir à Anvers pour célébrer son anniversaire. Mais c'est moi qui ai le plaisir de payer la fête, car cela me permet d'inviter encore plus d'âmes sœurs, ce à quoi son père ne voit aucune objection. Cette fête est pour moi l'occasion idéale d'accueillir quelques-uns de nos amis anglais et de renforcer nos liens. On ne voit plus Joris que rarement. Son talent pour les affaires l'a mené jusqu'en Espagne, où il est occupé à créer un réseau commercial pour le compte de son père. Il semble bien s'y plaire. C'est un miracle que le jeune homme ait accepté de revenir pour se laisser fêter. Enfant, il scrutait déjà les navires du port, un carnet de dessin à la main. À l'époque où nous-mêmes étions étudiants, nous voulions surtout voir l'Italie, mais ces jeunes gens préfèrent considérer que le monde entier leur appartient, à l'instar d'Ulysse le vagabond !

– Sauf qu'Ulysse errait bien malgré lui, si j'ai bien compris.

– Vous avez raison, et c'est ce que je trouve si plaisant chez vous, Beer : que vous lisiez et que vous sachiez ce que vous avez lu ! »

Tous ses amis trouvaient ça plaisant. C'est pour ça qu'ils aimaient bien venir chez moi. Un aubergiste qui lit des livres ! Pas tant de livres que ça, d'ailleurs, une petite pile méritant à peine une étagère. Aucun d'entre eux ne se rendait compte que ces tapes dans le dos m'embêtaient parfois, comme si le fait que je lise était un tour d'adresse, un numéro d'ours savant pour amuser les gens le mardi gras. Mais bon, allez expliquer ça à des gens instruits.

« Deux fûts d'environ trente litres, c'est bien ça ? Mes amis d'Angleterre, ce pays si cher à mon cœur, logeront chez vous à cette occasion ! Il me semble peu probable qu'ils résistent à la tentation de boire tout ce bon vin. La vie se doit d'être célébrée, même les bigots parmi nous le savent tout au fond d'eux. Et je veillerai à ce que nos amis apprennent à vous connaître un peu mieux. Qu'en pensez-vous ? »

Une semaine avant la fête, lors d'une énième journée d'automne pluvieuse, la Famille de l'Amour fut convoquée dans ce même cabinet des curiosités d'Ortelius. Bien que ce fût, grâce à Ortelius, la première fois que j'étais réellement admis à une réunion aussi importante où de grands projets allaient être exposés, les hommes et les femmes de la Famille me considéraient déjà à ce moment-là comme l'un des leurs, mais je n'aurais jamais reconnu ce fait devant personne, étant donné l'importance à leurs yeux de la discrétion. La Famille existait, et elle n'existait pas, comme tant d'idées, de sociétés et de prédicateurs impies existaient et n'existaient pas : en effet, le conseil communal avait longtemps admis tant de choses afin de préserver la paix à l'intérieur des murs de la ville, tout en prétendant qu'elle ne les tolérerait jamais, afin de ne pas trop offenser le souverain espagnol et sa demi-sœur. Les dirigeants jouaient ainsi un jeu compliqué. Ils jouaient en effet différents rôles à la fois. À l'égard du gouvernement espagnol, ils feignaient de sévir contre tout ce qui s'écartait de la bonne doctrine et, face à Philippe, se montraient donc plus catholiques que le pape. Aux commerçants étrangers, non catholiques, ils assuraient que la liberté régnait à Anvers. Et le message qu'ils adressaient aux Anversois eux-mêmes semblait être que beaucoup de choses étaient possibles, mais de façon pas trop voyante de préférence. La Famille était essentiellement composée de personnages aisés, mais leurs idées auraient fait dresser les cheveux sur la tête de n'importe qui, catholique ou pas. Aucun d'entre eux n'acceptait d'autorité quelle qu'elle soit, à partir du moment où il s'agissait de leur vie intérieure. Ça se passait entre Dieu et eux, et personne n'avait à s'interposer dans leur relation avec le divin. Si quelqu'un avait osé crier ça haut et fort dans la rue, il aurait fini brûlé sur la Grand-Place le jour même.

C'est mon père qui avait attiré la Famille à l'auberge de l'Ange, et même après sa mort, c'était resté l'un des endroits où elle se sentait en sécurité pour y tenir ses réunions à l'abri des regards indiscrets. Dans les yeux de certains, je lisais l'amitié qu'ils me portaient. Mais je savais qu'en réalité, je ne pouvais pas être des leurs. Je n'étais à leurs yeux ni une personne instruite, ni même un commerçant ou un artiste.

La Famille ne s'embarrassait pas de rituels. C'était pour les naïfs dans les églises. Ses membres attachaient tout aussi peu de valeur aux sacrements, mais ils ne l'auraient jamais déclaré en public. En d'autres termes, ils faisaient semblant. Tout le monde allait à l'église, ouvrait la bouche pour recevoir l'hostie, fermait les yeux et pensait à sa liberté. Tous ceux qui avaient intérêt à ce que le monde reste en l'état – avec l'autorité des prêtres, des évêques et des papes, avec des églises vers lesquelles les gens se laissaient conduire comme des moutons à la tonte – considéraient naturellement cela comme des pratiques blasphématoires. Les curés qui connaissaient l'existence de la Famille hochaient toutefois la tête avec indulgence lorsqu'ils voyaient ses membres entrer dans l'église. Et sans devoir se faire violence, les membres de la Famille acceptaient Notre-Dame. Mais si la ville avait dû tomber aux mains des luthériens ou des calvinistes, ils auraient tout autant baissé la tête devant l'Écriture sainte et uniquement celle-là. Dans l'esprit des membres de la Famille, ce n'étaient que des moyens divers, rien de plus, de rapprocher un croyant du Très-Haut, et tous ces moyens se valaient, tant que régnait l'Amour. Mais cette dissimulation était avant tout dictée par l'instinct de conservation. Bien sûr, les dirigeants de la ville étaient au courant de l'existence de la Famille, mais personne au conseil communal n'aurait poursuivi ses membres tant qu'ils ne provoquaient pas de scandale et jouaient le jeu des faux-semblants. Les hommes et les femmes de la Famille revendiquaient, en silence et entre eux, le droit d'être libres dans leur tête et tenaient à ce que cette liberté reste sûre et sans danger.

La Famille n'était en aucun cas composée de gens simples, et beaucoup d'entre eux, pas tous, étaient prudents, et beaucoup d'entre eux étaient puissants. Comment pouvais-je, en tant qu'aubergiste, tenir mon rang parmi ces marchands, imprimeurs, artistes, philosophes de la nature et autres grands penseurs, rhétoriciens et leurs épouses ? L'Amour régnait, c'était ce qu'affirmaient les membres, et l'Amour était Tout. Le symbole de cet Amour était le Cœur. Cela allait si loin que ce Cœur en question était en fait ouvert à tous. Vous pouviez même être musulman, juif ou tout ce que vous vouliez ; si vous acceptiez l'Amour, vous étiez proche de Dieu, et l'espoir était qu'un jour tout le monde reconnaîtrait et respecterait toutes les religions afin que la véritable union devienne réalité. Le Paradis était à l'horizon. En effet, le moment viendrait où il n'y aurait plus de division entre papistes et non-papistes ni quoi que ce soit d'autre. À l'époque, les membres de la Famille considéraient comme inéluctable le fait qu'un jour nous ne ferions plus qu'un, sans distinction sur aucun plan, et sans qui que ce soit comme chef non plus. Mais tant qu'il ne s'était pas réalisé, ce rêve devait rester caché aux yeux du monde extérieur, et la vertu de la prudence prévalait.

Eux m'avaient admis dans leur cercle, mais ce n'était pas ainsi que je le ressentais.

Je restais l'aubergiste. Avec mon établissement, je leur offrais un endroit sûr. C'était ma tâche, et c'était tout ce qu'on attendait de moi.

De son côté, Anvers aussi restait Anvers, avec son ambition démesurée et sa témérité.

Tout spirituels et remplis de belles pensées fussent-ils, aucun de ces Anversois ne se sentait l'âme d'un ermite souhaitant renoncer au monde. Au contraire. Leur prémonition d'une union imminente, d'une humanité qui ne ferait plus qu'une, ils en voyaient déjà la promesse dans le commerce. Les querelles religieuses entravaient celui-ci. Un véritable commerçant faisait affaire avec tout le monde, sans marquer de distinction entre un luthérien et un calviniste. Le commerce mettait tout le monde sur un pied d'égalité.

La plupart étaient donc des hommes d'affaires, qui jouaient un jeu qui ne pouvait être le mien.

Moi, je servais de la bière. Eux voyaient le monde à leurs pieds et le Paradis à l'horizon.

Les Affaires et l'Amour se confondaient donc. Pour certains, le fait que leur bourse reste bien remplie était même un signe d'Amour par excellence. Tous ces marchands qui se réunissaient en secret pour vivre leur liberté de penser attiraient cependant des gens qui se souciaient peu d'Amour ou de Cœur, et qui flattaient les membres de la Famille juste pour acquérir encore plus de richesse ou de prospérité. Pour ceux-là, le commerce n'était pas une promesse d'union, mais juste de plus d'argent. On n'entrait pas comme ça dans ce cercle, c'est vrai, mais avec les bons amis, beaucoup de choses étaient possibles. Ils partageaient leurs contacts et s'enrichissaient mutuellement, et ça aussi, les membres de la Famille le prenaient pour un signe que l'union de tout et tous était sur le point de s'accomplir.

La tension était palpable dans la pièce des curiosités. Les invités s'estimaient heureux. La réunion avait été convoquée par Gillis Hooftman, un homme formidable en tous points, originaire du Limbourg et arrivé à Anvers à l'âge de vingt ans avec presque rien en poche. Une vingtaine d'années plus tard, il possédait près de cent navires qui acheminaient du bois en provenance du Nord, des draps de l'Ouest et du vin du Sud, et il était également connu dans toute l'Europe en tant que banquier. Il faisait des affaires de la Russie aux régions baltes en passant par l'Afrique. Sa barbe fournie, sa grosse moustache, son nez droit, ses yeux alertes et ses vêtements, toujours confectionnés dans le damas noir le plus cher, souvent aux motifs de cœurs, sobre de loin, richement orné de près, forçaient le respect. Sa femme ne le regardait pas avec une admiration béate ; assise à côté de lui, elle jaugeait l'assistance : des commerçants, une poignée d'artistes et leurs petites amies. Nous étions là, entourés de merveilles exposées dans des vitrines et de gravures et peintures accrochées partout aux murs. Lui parlait, tandis qu'elle observait nos réactions, une combinaison vraiment intimidante.

Et ce qu'il dit, ou plutôt les conséquences qui en découlèrent, allait chambouler toute ma vie. Mais à ce moment-là, bien sûr, je l'ignorais.

Hooftman parla longuement, et j'aspirais au vin qui serait servi ensuite, en espérant que sa femme ne perçoive pas mon impatience.

« Chers frères et sœurs de la Famille, nous nous sommes trouvés dans l'Amour pour notre Créateur et le monde qu'Il a créé. Nous sommes liés les uns aux autres par l'esprit de l'Amour et jouissons entre nous de la libre expérience de Dieu. Ensemble, nous nous sommes promis d'explorer notre monde intérieur dans la gratitude. Chez nous, mes sœurs et mes frères, scintillent l'émerveillement, le profond respect, la conscience d'être ici pour ce que le Créateur a prévu comme mission pour chacun d'entre nous.

– Bravo ! » s'écria quelqu'un dans l'assemblée.

Le sieur Hooftman sourit sans joie et hocha la tête, sans conviction, comme s'il acceptait ce soudain et bruyant encouragement avec modestie.

« Sur les berges de ce fleuve magnifique s'ouvre le monde. Chacun d'entre nous doit tant au commerce. Ce qui nous entoure ne cesse de s'étendre. Au-delà des horizons, des régions que nos ancêtres n'osaient même pas imaginer deviennent accessibles et nous offrent leurs richesses. Les Indes n'ont encore révélé qu'une infime partie de leurs secrets. Les Amériques apporteront à de nombreuses personnes abondance et prospérité. Mais de telles aventures exigent de l'audace et de l'imagination. C'est pourquoi... »

Hooftman se racla la gorge et but une gorgée de la boisson que sa femme lui tendait. Personne n'osait faire le moindre mouvement.

« C'est pourquoi ce serait un péché de reculer et de ne pas saisir les nouvelles opportunités qui se présentent. Dieu nous demande d'explorer Sa Création tous azimuts. Ce n'est ni plus ni moins que notre devoir, chers frères et sœurs. Notre frère Ortelius, qui accomplit l'œuvre de Dieu en cartographiant ce monde et ses phénomènes superbes... »

Ortelius hocha nerveusement la tête et accueillit les applaudissements mesurés que Hooftman requit à son intention.

« … notre frère a tracé, sur la base de ses découvertes, un itinéraire possible pour une expédition dans le Nord-Ouest, au-delà du soixante-troisième parallèle, derrière lequel même le grand Claude Ptolémée pensait qu'il n'y avait plus rien. Je parle d'une route longeant le pôle Nord, qui pourrait nous amener plus rapidement aux Indes sans avoir à contourner au Sud le traîtreux cap de Bonne-Espérance. Je parle d'affronter les monstres du Nord, de manière à atteindre Cathay et la ville fabuleusement riche de Quinsai, dont parlait Marco Polo dans ses écrits. Aucun pays, aucun souverain n'a encore donné sa bénédiction pour que l'on emprunte cette route afin de découvrir le passage du nord vers les Indes. Moi, Gillis Hooftman, par la grâce de Dieu et avec votre bénédiction à tous, j'affréterai plusieurs navires avec à leur bord les marins les meilleurs et les plus aguerris que compte ce port. Ce sera une aventure à nulle autre pareille, notre traite tirée sur l'avenir. Nous sommes entre nous, et je n'ai pas besoin de vous dire que cette expédition pourrait s'avérer sensible. C'est pourquoi nous ne révélerons pas que nous partons en quête d'une meilleure route maritime, mais nous annoncerons qu'à l'instar de ce que font les Bretons avec beaucoup de succès, nous allons chasser le morse et ces autres extraordinaires créatures de Dieu dont la peau, l'huile et l'ivoire enrichissent nos vies. Que le Tout-Puissant bénisse notre mission… »

À cet instant, un homme moins pieux aurait accueilli les acclamations, mais Hooftman saisit une bible, tandis que sa femme joignait les mains en même temps que nous tous.

« Du huitième chapitre de l'épître aux Romains : “Si Dieu est pour nous, qui sera contre nous ? Il n'a pas épargné son propre Fils, mais il l'a livré pour nous tous : comment pourrait-il, avec lui, ne pas nous donner tout ?

Qui pourra nous séparer de l'amour du Christ ? En effet, il est écrit : c'est pour toi qu'on nous massacre sans arrêt, qu'on nous traite en brebis d'abattoir. Mais, en tout cela nous sommes les grands vainqueurs grâce à Celui qui nous a aimés. J'en ai la certitude : ni la mort ni la vie, ni les anges ni les Principautés célestes, ni le présent ni l'avenir, ni les Puissances, ni les hauteurs, ni les abîmes, ni aucune autre créature, rien ne pourra nous séparer de l'amour de Dieu qui est dans le Christ Jésus notre Seigneur." »

Nous y voilà.

Par ces mots, Hooftman avait transformé les membres de sa Famille en agneaux qui, dans leur insigne naïveté, reniflaient l'autel du sacrifice, espérant du vent dans leurs voiles, avec des monstres qui se cacheraient néanmoins au fond d'un trou glacé, et un vaste monde qui se laisserait défricher par notre Amour et notre détermination, sans avoir à supporter trop de concurrence, cela va de soi.

« Amen », dit Hooftman d'une voix forte, en réordonnant sa barbe par-dessus son col immaculé.

Il se dirigea vers Ortelius et lui prit les mains.

C'est alors seulement que retentirent de si bruyants applaudissements que les loups de mer endurcis qui allaient être embauchés pour la mission en eurent peut-être, à ce moment-là déjà, les larmes aux yeux, sans savoir pourquoi, sans savoir qu'eux seraient réellement sacrifiés.

Juste avant la fête dont je dois parler, mon fils Ward a eu treize ans.

Je ne sais plus qui a écrit ces mots cruels que je n'ai jamais oubliés : « Un père effleurant d'un veau le cuir regarde, le cœur lourd, son fils qui doit mourir. » Car ce sont des veaux, quand ils sont jeunes comme ça. Même si Ward serait toujours différent, en cela il ne différait pas d'un autre enfant.

La nuit, je rêvais souvent de malheur, que mon fils finissait quand même par me glisser entre les doigts et tomber dans les ténèbres. Mais il m'arrivait également de penser, fatigué de me battre contre les fantômes de mes défuntes épouses, que lui aussi était voué à être sacrifié, à cause d'une malédiction qui n'était pas la sienne, et je me rendais compte alors que c'était moi que les ténèbres avaient pris, et j'avais profondément honte.

Dans ces moments, je bénissais le ciel d'avoir Margreet, elle qui l'avait mis au monde, cette sage-femme que j'avais maudite, puis acceptée, elle qui était restée sans que je le lui aie jamais demandé.

Elle m'apportait la paix à des moments où je ne pouvais faire autrement que m'abandonner à la mélancolie et à l'apitoiement sur moi.

Toute cette angoisse qu'elle sentait en moi ne la dérangeait pas. Elle faisait comme si c'était normal, et elle le faisait pour moi, pas pour lui. Les gens mettaient leurs enfants en garde contre les cochons dans les rues, des bêtes vicieuses pour la plupart, qui mordaient tout ce qui ne pouvait pas se défendre. Quand Ward était petit, on lui avait dit d'éviter ces animaux, même si Margreet et moi avions constaté plusieurs fois qu'aucun de ces bâtards grognons, avec leurs pattes bosselées, n'osait s'approcher de lui. Lorsqu'il croyait que personne ne le regardait, le sale gamin s'amusait même à les pourchasser, comme un valet dans une chasse à courre, et il poussait des cris de joie quand des passants tentaient de le sermonner pour qu'il laisse ces pauvres bêtes tranquilles.

Le soir, Margreet lui racontait toutes sortes d'histoires. Parfois, j'écoutais en silence à la porte, pendant qu'en bas se poursuivait le raffut habituel engendré par l'alcool et les femmes. C'étaient des histoires que je n'avais jamais entendues avant, qui parlaient de fantômes et de squelettes sur un champ de bataille, de gros poissons capables de communiquer sans faire de bruit, d'un faisan qui grimpait le soir en haut d'un arbre et avec lequel elle aurait joué quand elle était petite, et de dragons battus aux cartes par des ours.

« Et il y a très, très longtemps, lorsque la nature régnait encore sur cette terre et qu'il n'y avait que le vent qui soufflait sur les plaines, les poilus s'interpellaient dans l'ombre d'un géant cruel qui se tenait jambes écartées, un pied de chaque côté du fleuve. Aux pieds puants du géant, tout le monde était mi-homme, mi-bête, et aucun dieu ne s'occupait d'eux. Parmi ces créatures vivait une Femme de la nuit, avec des cheveux qui ruisselaient sur tout son corps comme une cascade sèche. C'était une Femme de la nuit qui allait se lover dans les rêves comme un serpent sous des buissons touffus par une chaude journée d'été. C'était la plus sauvage de toutes les créatures. Même le géant n'arrivait pas à la dominer et, au fond de lui, il en avait peur. Car elle avait un don unique. Elle produisait un son que nul ne pouvait imiter, même pas le géant : elle riait. Elle pouffait et ricanait, elle gloussait et hennissait, et son beau corps sauvage était souvent plié en deux par le fou rire qui la prenait au spectacle de tous ces hommes qui l'entouraient. C'est alors qu'arriva un chevalier du nom de Brabo, qui ne savait rien de tout ça. C'était le premier de la région à ne pas être un homme sauvage. La première nuit qu'il passa là-bas, il entendit le rire et tomba amoureux sur-le-champ. Jamais je n'ai entendu une femme aussi joyeuse, se dit-il, elle me donne le sourire ! Pendant la journée, sans ce rire, tout était différent. Le géant monstrueux lui parut fort dangereux. Il le combattit à l'épée, lui trancha le poignet et jeta sa grosse main dans le fleuve. Il avait fait ça pour plaire à la Femme sauvage de la nuit, du moins c'est ce qu'il imaginait. Peut-être allait-elle se montrer maintenant, et rire aussi pendant la journée ? Il l'appela, la chercha, mais ne la trouva pas. Ce n'est que lorsque les poilus reconnaissants lui montrèrent son refuge que son cœur s'apaisa. Elle était en train de dormir dans une grotte, son beau corps allongé sur de la mousse. Cette vision le fit sourire. Il lui fallut un moment avant de parvenir à la réveiller. Il finit par lui tirer le gros orteil, et elle se redressa en sursaut. Et quand elle le vit, tout couvert du sang du géant, avec juste le blanc de ses yeux dans tout le rouge, la Femme de la nuit se mit à rire tellement fort que le cœur de Brabo faillit succomber, car il n'y avait pas de plus grand spectacle pour une Femme de la nature que de voir quelqu'un se leurrer. »

Margreet devait savoir que j'écoutais en cachette, car elle ne sursautait jamais quand j'entrais sous prétexte de voir si mon fils dormait. Lui non plus d'ailleurs n'avait jamais l'air surpris. Il fixait patiemment les poutres du plafond jusqu'à ce que je sorte.

Lorsque Ward commença à avoir de la barbe au menton, Margreet n'eut pas l'air de vouloir partir, et il ne me vint pas à l'idée de le lui demander. Le garçon avait besoin d'une femme auprès de lui, et il n'était pas le seul ; je ne me voilais pas la face. Elle se moquait parfois de moi, une liberté qu'elle avait prise au fil du temps.

« Tu l'as mérité », disait-elle alors, presque comme une épouse.

Dans la salle, elle n'était que gentillesse. L'auberge prospérait grâce à sa générosité et à son dévouement. Je frappais à sa porte quand un de mes clients tombait malade pendant la nuit, et elle était là, dans sa chemise de nuit blanche, ses cheveux noirs détachés, sans trace de sommeil dans les yeux, comme si elle savait déjà ce qui se passait avant même que je n'arrive à sa chambre. Elle posait sa main sur le front du malade, marmonnait, puis traînait les pieds jusqu'à la cuisine où elle ranimait le feu, remplissait une marmite d'eau et préparait l'une de ses décoctions de plantes.

Elle soignait. En fait, elle formait ma seule véritable sécurité. Mais elle était si omniprésente, si disponible partout et à tout moment que je ne le voyais pas toujours.

« Mon fils… »

Je cherchai son regard. C'était l'après-midi avant la fête, et je venais de décider qu'il m'aiderait à servir. Mon fils me regarda en ouvrant la bouche pour mordre dans sa tartine copieusement beurrée.

« Combien de tempéraments y a-t-il ?

– Pourquoi veux-tu que je te le dise, père ?

– Ward, je te demande quelque chose. Combien y en a-t-il en tout ?

– Il y en a quatre… Je peux manger maintenant ?

– Un homme est constitué de sang, de bile jaune, de bile noire et de pituite. »

Ward hocha la tête, reposa sa tartine sur son assiette en soupirant et croisa les bras en mâchant.

« Chez les sanguins, c'est le sang qui domine, repris-je. Chez les colériques, la bile jaune. Chez les mélancoliques, la bile noire… Et chez les flegmatiques ?

– Chez eux, c'est la pituite, père, dit mon fils, la bouche pleine.

– C'est un miracle que ta caboche ait retenu ça, mon fils.

– Tu sais bien que je sais tout ça. Pourquoi il faut que tu rabâches ? »

La gifle partit toute seule. Ward continua de me regarder, pas décontenancé pour un sou, comme si c'était un souffle de vent qui l'avait décoiffé.

« Parce que… dis-je aussi lentement que possible, ces quatre tempéraments sont importants pour la première grande fête où tu vas nous aider, Margreet et moi. Tu m'entends ?

– Je t'entends.

– Il y a quatre tempéraments et quatre sortes… d'ébriété. Ha ha ! Je vois à ta trogne d'arrogant que tu ne le savais pas. Tout homme instruit sait ça, et tout aubergiste les voit passer tous les quatre pour ainsi dire chaque jour. Chez le sanguin, c'est le sang qui domine, comme tu sais. Il a l'ivresse bienheureuse. Ce type est capable de causer sans fin à propos de tout et de rien. Ses yeux deviennent tout de suite vitreux, et sa langue avide de bavarder. Tu le reconnais aussi au fait que sa tête a vite besoin de soutien, tu comprends ? Ces gens-là replient leur main sous le menton et relâchent tout le reste. Ils sont pacifiques. Donne-leur du vin, et ils deviennent dociles comme l'agneau qui vient de naître et gobe tout et n'importe quoi, et qui, en réalité, se fiche totalement de ce qui se dit. Ça lui rentre par une oreille et ça ressort par l'autre. Voilà comment se manifeste la cuite chez les sanguins.

– Est-ce que j'en fais partie, père ?

– Ça ne m'étonnerait pas, mon fils… Ensuite, tu as les colériques, une tout autre race. Donne-leur de la bière ou du vin – bon ou mauvais, peu importe – et leurs yeux se révulsent. Pour le colérique, la plus banale conversation est un piège ou une conspiration visant à le ridiculiser. Le moindre mot déplacé est un de trop, même dans un silence subit, il croit entendre une perfidie. Après trois pintes, les choses sérieuses commencent. Il se change en ours et se croit dans une forêt pleine d'ours. D'abord, il hausse la voix de plus en plus, parce qu'il est persuadé de ne jamais être entendu. Un verre de plus, et il pousse la table ou jette sa chaise par terre. Il provoque tout le monde et n'est content que quand quelqu'un veut lui casser la gueule. Si tu veux le mettre à la porte pour cause de tapage ou de violence, je te conseille de t'y mettre à deux ou trois.

– Je t'ai déjà vu cogner la tête d'un colérique sur la table.

– C'est une autre technique, mais c'est plus risqué. Si tu arrives à l'assommer, tu peux t'estimer chanceux. Dans tous les autres cas, ce sera encore plus difficile de maîtriser un ours pareil. Si tu en vois un, appelle-moi. Car les ours s'attirent entre eux, et tu n'auras rien vu venir que les gobelets se mettront à voler. Qu'est-ce qu'on a d'autre ?

– Les gens comme toi, père. Les mélancoliques.

– Ha ha ! Chez eux, c'est la bile noire qui domine. Curieuse espèce à la très grande profondeur d'âme engendrant souvent de la tristesse et dont les jours sombres s'enchaînent comme des perles noires. Tu m'écoutes ou quoi ?

– Je suis tout ouïe.

– Le mélancolique ne supporte pas l'alcool, jamais vraiment. Que ce soit du vin ou de la bière, c'est toujours trop. Il devient vite pâle et regarde dans le vague. Il déserte la conversation, fait semblant d'écouter ce que disent les autres, mais il est complètement absorbé par son mécanisme intérieur, par ses propres viscères donc. Il est comme un bateau à fond plat pris dans une tempête en pleine mer. C'est une lutte inégale. Il ne faut pas longtemps avant qu'il se mette à vomir partout. Les mélancoliques sont des porcs dès qu'ils touchent à l'alcool. Si tu en vois un, tu peux toujours lui demander s'il n'a pas besoin de prendre un peu l'air. Une fois qu'il met la tête en bas, c'est trop tard. Il va continuer à vomir, qu'il le veuille ou non, ce qui s'accompagnera en général d'un profond sentiment de honte.

– C'est triste…

– Absolument. C'est pourquoi j'évite de trop boire, comme tu le sais. Les gens se détournent, n'oublie jamais ça, un aubergiste qui vide des pintes plus vite que ses clients n'inspire pas confiance. Et qu'il soit sobre ou non, son opinion intéresse rarement. Le client veut se sentir en sécurité, voire invisible si nécessaire. Et ça, ça exige de la discrétion de notre part. On rit, on blague un peu, mais jamais trop, et seulement au bon moment. Notre métier exige une bonne connaissance des hommes, et une bonne faculté de jugement. Il n'y a pas que les clients qu'il faut tenir à l'œil, il faut se surveiller soi-même aussi. En fait, ce que nous faisons est un exercice de *moderatio*… Ne me regarde pas avec ces yeux ronds, mon garçon. Tu ne vas quand même pas me dire que tu ne sais plus ce que ça veut dire ?

– De rester d'humeur égale ?

– Par saint Julien l'Hospitalier ! Mon fils est plus malin que je ne pensais. Pourquoi ce regard de merlan frit, alors, si tu sais ?

– Parce que j'ai parfois l'impression que tu me prends pour un demeuré, père.

– C'est parfois l'impression que tu me donnes, mon fils.

– Et les flegmatiques, alors, c'est comment ?

– Eh bien, mon garçon, repris-je avec gaieté, ce sont les plus amusants de la bande ! L'excès de pituite dans le corps rend sot dès la première goutte d'alcool. Le flegmatique se transforme tout bonnement en singe, qui saute sur la table et débite des sottises. Le singe met tout sens dessus dessous, sans pouvoir s'arrêter ; il va faire des grimaces, danser avec toutes les femmes, ouvrir sa braguette... Voilà à quoi tu peux t'attendre avec ce genre de tempérament. Tu peux le laisser faire, il n'est pas dérangeant et fait rire tout le monde. Quand le singe prend le contrôle de la fête, c'est un joyeux bordel, et tous les autres, les agneaux, les ours et les cochons, se diront qu'ils ont passé une excellente soirée. De toutes les ivresses, celle du flegmatique est aussi la plus appréciée des femmes, ce qu'évidemment il sait et tente d'exploiter. Avec quelques dames ou quelques filles, qu'importe leur statut ou leur état civil, le singe devient encore plus sot.

– Si seulement je pouvais être comme ça...

– Tu ris, mais tu as bien raison. Si seulement tu étais un singe. Et moi aussi. »

J'ai honte, mais avec ces trois mots d'explication, je considérais avoir terminé l'éducation de mon fils de treize ans. Pire encore : par ces mots, j'espérais déjà à l'époque l'empêcher de devenir la personne qu'il était amené à devenir dans la vie. Car Ward lisait plus de livres que n'importe qui d'autre, plus que moi en tout cas, et beaucoup plus que son grand-père. Et ces livres, je le sentais, risquaient de le mener dans des endroits où un père ne pourrait plus le protéger. Le plus sûr était qu'il reprenne l'auberge paternelle, voilà ce que je pensais. Et qu'il limite ses connaissances au strict nécessaire pour se débrouiller en tant qu'aubergiste.

Colériques, sanguins, flegmatiques et mélancoliques.

À la fête, ils seraient tous mélangés – les singes sots, les cochons vomisseurs, les ours querelleurs et les agneaux bienheureux –, et ce ne serait qu'à la fin que l'aubergiste saurait réellement qui était quoi, et la manière dont la bile, le sang ou la pituite avaient déterminé leur comportement, une fois pris de boisson.

La Famille avait des membres dispersés à tous les coins du monde. À cette fête, il y avait surtout des Anglais qui avaient étudié à Louvain quelques années auparavant, avais-je compris. Leur présence n'était pas un hasard. Ils avaient une bonne nouvelle à fêter avec leurs frères et sœurs. Le bruit courait en effet que l'embargo décrété sur leurs tissus, prétendument en raison d'une épidémie de peste à Londres, serait bientôt levé. Les foyers de peste étaient partout, notre ville aussi connaissait des flambées. Mais aucun négoce ne se laissait brider pour la cause. La véritable raison, c'était l'argent et le pouvoir, et l'affaire traînait depuis trop longtemps, à cause de l'entêtement et des calculs de deux femmes – chez eux la reine, chez nous la gouvernante[1] – qui, chacune à tour de rôle, interdisaient l'import ou l'export de certaines marchandises, poussant plus d'un marchand au désespoir. Il était donc question d'un retour à la raison, et tout le monde était déjà au courant, avant même l'annonce officielle. Ortelius avait choisi ses convives avec soin. Certains ne s'étaient

1. Marguerite de Parme ou Marguerite d'Autriche, fille naturelle de Charles Quint, fut « gouvernante et régente » des Pays-Bas de 1559 à 1567 au nom de son demi-frère Philippe II, roi d'Espagne et souverain des Pays-Bas.

plus vus depuis très longtemps, et l'on se saluait çà et là avec effusion. Il y avait des gens aisés, et d'autres qui l'étaient presque et espéraient une aubaine lors de cette fête. Chacun avait, envers un autre ici présent, qui une requête ou un désir, qui une question à poser ou un sujet à éviter. Tous ces hommes et ces femmes, avec leurs talents divers et leur carnet d'adresses, leur capital matériel ou leurs biens spirituels, leurs opinions, leurs précautions, leurs formes de discrétion particulières, leurs péchés même peut-être et leurs travers, formaient ensemble une pelote de laine qu'Abram Ortelius, lors de sa fête, avait enfilée sur une quenouille et transformée, après avoir fait passer le bout par un trou et actionné le rouet, en un fil solidement tressé. En d'autres termes, il ne s'agissait pas seulement de célébrer un jeune homme nommé Joris Hoefnagel. Ce dernier était juste le prétexte, et lui-même l'avait sûrement compris, malgré tous les cadeaux et compliments dont on le comblait.

Ortelius s'éclaircit la gorge.

« Discours ! Puis-je avoir votre attention, illustre assemblée ? *Ladies and gentlemen, a moment of your time, I pray !* »

Tout le monde se tourna vers lui, plein d'attente. Les frères et sœurs d'Angleterre applaudirent avec enthousiasme les quelques mots d'anglais dont ils venaient d'être honorés.

« *Dear friends*, chers amis, c'est la joie qui me fait vous réunir. *Out of merriment I have united you all.* La vertu de la patience m'a assisté afin de vous rassembler tous. *Patience has served me well to finally bring you together in this room. So let us raise our cups to simply this: Friendship and Patience are married in eternal bliss.*[1] Notre Foi, notre Amour et notre Vérité sont la Lumière, la Vie et la Clarté de Dieu. *Faith,*

---

1. « Levons donc nos verres simplement à ceci : l'Amitié et la Patience sont mariés dans une éternelle félicité. »

Love and Honesty are God's Light, Life and Clarity. Que l'Amour triomphe dans notre Cœur, *may Love triumph in our Heart*, et qu'il garde cette Famille de tout abîme. *May this Family of Love refrain from any abyss.* »

Il y eut une ovation, les gobelets furent levés.

Devant l'âtre se tenait le soi-disant héros de la fête.

Le visage de Joris Hoefnagel ressemblait à un masque, et sa barbe en pointe paraissait fabriquée par un menuisier raffiné. Tout en ce jeune homme était parfait. Son col en dentelle était impeccable, ses vêtements ajustés comme s'ils venaient de quitter les mains de la couturière, et ses chaussures ne présentaient pas la moindre éclaboussure, bien que la boue fût partout dans les rues. Mais sous ce visage impassible, à la lueur des flammes, l'on voyait remuer toutes sortes de choses. Il frissonnait de froid, s'étreignait tout seul près du feu. Les éclats de rire ne le firent pas se retourner. Je remplis son gobelet de vin, il hocha le menton.

« Je ne suis là que depuis hier, et le froid me transperce déjà les os.

– Vous venez de Séville, c'est cela ?

– Qu'on me rende le soleil de là-bas.

– C'est davantage votre climat ? »

Ses yeux renfoncés me regardèrent. Il faisait plus vieux que ses vingt-deux ans.

« Ça dépend de ce qu'on entend par ce mot, et aussi de qui le demande.

– Un ami, *mon petit Georges**[1] ! Beer est des nôtres. »

Abram Ortelius apparut soudain derrière nous et nous donna une tape sur l'épaule à tous les deux. Joris ébaucha un sourire et but une gorgée de vin.

---

1. Les passages en italique suivis d'un astérisque sont en français dans le texte.

« Ce garçon qui aide au service est vraiment étonnant. Je n'ai jamais vu une créature pareille... »

Ortelius vit la moutarde me monter instantanément au nez.

« C'est Ward, le fils de Beer. Il est la prunelle des yeux de son père. »

Joris Hoefnagel se tourna vers moi :

« Me laisseriez-vous le dessiner ? »

J'essayai de cacher mon irritation et secouai la tête.

« C'est un grand honneur, chuchotai-je, mais il est trop sensible pour cela... »

Ortelius se porta à mon secours :

« Son apparence hors du commun a rendu le garçon quelque peu farouche. »

C'était un stupide mensonge de courtoisie, mais cela n'avait pas d'importance pour l'instant.

Joris Hoefnagel n'abandonnait pas. Disparu le froid dont il se plaignait plus tôt, disparu peut-être aussi le malaise que j'avais perçu chez lui à l'idée de servir de prétexte à une fête dont le vrai motif était de faire des affaires.

« Sa blouse ample laisse deviner une toison exceptionnelle. On voit à peine sa peau. Et ces yeux clairs au milieu de cette pilosité luxuriante... C'est comme s'il était à mi-chemin entre l'homme et l'animal. Vous me pardonnez si je vous dis ça, n'est-ce pas ? C'est un compliment. Votre fils est un miracle de Dieu, monsieur l'aubergiste. Votre garçon est un signe que le divin nous adresse pour nous faire comprendre que l'animal n'est pas si éloigné de... »

Ortelius l'interrompit prestement en disant que mon fils était un grand lecteur.

« Son esprit est agile, son discernement impressionnant pour son âge.

– C'est sûr que pour quelqu'un qui est à moitié animal, il a beaucoup de talent, ne pus-je m'empêcher de répondre.

Regardez-le apporter les pichets à table en repensant à cette épigramme de Martial sur laquelle il a déjà médité de longues heures. Il se peut aussi qu'il soit encore en train de ressasser l'explication d'un proverbe d'Érasme auquel lui et moi avons consacré toute la journée d'hier. La semaine dernière, il s'est présenté avec quelques vers de cette vieille bigote d'Anna Bijns. Je l'ai puni, car ces poèmes rabâcheurs et dévots ne sont pas seulement trop papistes et fidèles au pouvoir, ils sont surtout trop peu nourrissants pour un grand esprit bestial tel que le sien... »

Il y eut un silence. Joris Hoefnagel toussota.

« Pardonnez-moi...

– Non, dis-je, c'est de la bile noire, et c'est inapproprié. C'est moi qui vous dois des excuses.

– Oh, nous sommes entre amis... » tenta Ortelius.

Un « oui » sortit en même temps de la bouche d'Hoefnagel et moi-même.

Et pourtant, tous les trois, nous continuâmes de regarder mon fils velu qui apportait et débarrassait les pichets. L'élégance avec laquelle il se mouvait rendait l'animal en lui encore plus perceptible.

« Je ne vais pas rester très longtemps dans cette ville », soupira Joris, déjà distrait par d'autres pensées.

Ortelius rit.

« Tu as la bougeotte, c'est de notoriété publique. Même ton père trouve que tu exagères. »

À l'une des tables, Hoefnagel père s'était entouré de dames et de messieurs qui affectaient de grandement apprécier son explication sur le prix du diamant et les performances de son or en Bourse. Soudain, il se leva et se mit à brailler :

« Jamais au grand jamais je ne... »

Nous tenions la première victime du malvoisie, un vin dont la première gorgée séduisait par sa douceur et qui au deuxième verre révélait toute la puissance de l'alcool que lui ajoutaient les vignerons grecs. D'un coup d'œil, je classai le père Hoefnagel parmi les colériques. Une bagarre n'était pas à exclure.

Hoefnagel fils secoua la tête, sans cacher son agacement, ni aux autres ni à moi.

« Préparez-vous, ça va devenir de plus en plus pénible. Le vieux ne va pas tarder à ressortir l'histoire des poches vides du souverain espagnol et des sommes colossales qu'il lui a prêtées pendant de longues années sans en revoir la couleur.

– Ah, Joris, l'apaisa Ortelius, c'est du passé, tout ça. Ton père a du mal à digérer, mais ce genre de chose prend du temps. On dit que les vieilles gens pardonnent plus facilement, mais c'est rarement le cas.

– Cher ami, vous n'allez quand même pas prétexter de son âge pour l'excuser ? Il ne s'agit pas de ça. Dans sa tête, ces dettes continueront d'exister tant qu'elles ne seront pas soldées. Ils ont célébré Philippe avec joie quand il n'était encore qu'un timide prince héritier. Mon père aussi a participé à son somptueux accueil.

– C'était il y a longtemps. J'y ai assisté alors que j'étais encore jeune homme.

– Mon père aime à dire que les gens d'ici ont appris à Philippe à profiter de la vie. Ce prince à la mentalité de moniale a chassé tous les jours, s'est rempli la panse, a mené une vie de patachon. En vertu de quoi tous étaient certains de l'avoir mis dans leur poche. Mais quelle loyauté peut-on attendre d'un traîne-misère, surtout quand il s'avère être un roi qui hérite de caisses vides ? Remarquez, ce n'était pas si mal tout un temps : ces prêts que ce mendiant est venu solliciter ont enrichi mon père et ses amis. Jusqu'à ce que la cruche se brise évidemment, et que les prêts soient soudain convertis en obligations d'État sur lesquelles aucun de ces richards ne pouvait plus rien gagner… Et mon père, vaniteux comme il est, s'était toujours imaginé que personne ne pourrait le voler.

– Tout ça, c'est du passé… soupira Ortelius. Allez, bois ton vin.

– Passé mon œil, siffla Joris en m'empêchant de remplir son gobelet. Les hommes comme mon père ont du temps, et la vengeance couve parfois des œufs inattendus, même pour qui les a pondus. C'est pour ça que j'aimerais autant qu'il se taise. Parce qu'en plus, c'est un hypocrite. Pourquoi croyez-vous que je passe autant de temps en Espagne ? Mon père n'en continue pas moins de faire des affaires avec ce Philippe qu'il conspue. Lui et son ami Jonghelinck, là-bas, ils ont une cargaison de six énormes tapisseries foisonnant de scènes apocalyptiques, le genre dont raffole le prince espagnol, qu'ils veulent envoyer contre une petite fortune. Ils les ont déjà expédiées une première fois, mais six sur huit ont sombré dans une tempête. Jonghelinck les a tout simplement fait retisser, et mon père va les réexpédier. La cour espagnole a fait savoir que le prince s'impatiente. Les affaires continuent invariablement, mes amis, et la rancune aussi. »

Le sieur Niclaes Jonghelinck, tout aussi riche que le père Hoefnagel, tira sur les chausses de son associé, qui était toujours debout et cherchait en vain ses mots, saoul comme une barrique.

« Rasseyez-vous, cher ami, vous vous donnez en spectacle ! »

Un peu confus, le père Hoefnagel obéit. Les deux messieurs étaient les associés du toujours digne sieur Hooftman, qui venait d'entrer avec d'épais rouleaux de papier sous les bras, comme si ce n'était pas une fête mais une réunion de travail. Pour Hooftman, une fête était une perte de temps. On ne le voyait jamais ivre. Lorsque le père Hoefnagel et Jonghelinck s'asseyaient à un banquet, en revanche, ils s'y abandonnaient totalement. Ni l'un ni l'autre n'étaient économes. Pour eux, l'argent était fait pour être dépensé, et

Jonghelinck considérait même comme un devoir moral de faire savoir à tous combien il investissait dans l'art. Tandis qu'il se faisait resservir par mon fils de ce vin lourd fameux, il guettait avec impatience son peintre favori, Bruegel, qui se laissait accaparer par Franckert et consorts. En l'espace de quatre ans, Bruegel était devenu un peintre très en vogue, et Jonghelinck avait naturellement plusieurs de ses œuvres dans sa maison de plaisance. Mais pour certains, il ne faisait plus tout à fait partie de leur cercle amical. Nombre de ses anciens amis ne lui avaient pas pardonné son récent déménagement à Bruxelles et, comme des amants éconduits, lui lançaient des piques à propos de sa respectable épouse. Il avait renoncé à la vie de débauche et dit adieu à son ancienne petite amie, une délicieuse donzelle aux opulents attraits, pour épouser la fille de son ancien maître, décédé là-bas il y a plusieurs années. La rumeur disait que c'était sa belle-mère qui avait arrangé le mariage afin de l'attirer à Bruxelles, une ville un peu plus calme, mais surtout plus prestigieuse. En réalité, personne ne connaissait la vraie raison. Était-ce par gratitude qu'il avait épousé la fille de son défunt maître ou avait-il vu dans ce mariage l'occasion rêvée de quitter Anvers ?

Avait-il pressenti que cette ville courait à sa perte ? Dans ce cas, il était bien le seul, car tout le monde à cette fête pensait qu'à une fête succédait une autre fête, et ainsi de suite, à l'infini.

« Amusant de le revoir, n'est-ce pas ? »

Ortelius m'avait vu regarder le peintre.

« Je l'ai fait venir spécialement pour vous.

– Pour moi ? »

Je ne comprenais pas.

« Attendez voir. J'ai arrangé quelque chose avec lui, et vous ne serez pas le seul à trouver ça amusant, j'en suis sûr. »

Ses yeux étincelaient. Ortelius n'avait pas de plus grand plaisir que de rendre les gens heureux ou de les surprendre.

Il pouvait donner à une personne le sentiment d'être spéciale entre toutes, et c'était là un trait de caractère irrésistible.

« Dites-moi, Abram… répondis-je aussi calmement que possible, cachant mon excitation à l'idée qu'il avait organisé une surprise pour moi. Est-ce vrai qu'il a travaillé pour Granvelle ? »

Selon la rumeur, le déménagement de Bruegel deux ans auparavant aurait pu être motivé par la volonté du peintre de se rapprocher de son autre grand mécène, l'inquisiteur et salopard Antoine Perrenot de Granvelle, mieux connu sous le nom de « Dragon rouge », à cause du chapeau de cardinal qu'il aimait arborer. Ce dernier s'était révélé un laquais de la cour espagnole de la plus belle eau. Mais il avait disparu de la région, et la rumeur disait qu'il était tombé en disgrâce et ne reviendrait plus jamais dans ses châteaux et palais de Bruxelles ou de Mortsel.

Ortelius m'attira plus près de lui.

« Vous devez garder ceci pour vous… me chuchota-t-il avec un plaisir évident. Le maître a réalisé deux tableaux pour monseigneur Granvelle. L'un pour lui passer de la pommade, l'autre pour se moquer de lui en douce.

– Se moquer de lui ? »

Ortelius acquiesça.

« Quand il m'a dit ça, j'ai eu un coup au cœur. Mieux vaut ne pas se moquer de cette race de personnage, aussi rusé que vous soyez. Mais bon, depuis lors, notre ami Pierre s'est un peu calmé. Son mariage l'aura assagi, je suppose. »

Ortelius se tut et reprit une gorgée de son vin.

« Allons, mon ami… dis-je après le silence qui s'était installé.

– Quoi donc ?

– Parlez-moi de ces tableaux. J'ai envie de savoir, maintenant. Quel tour a-t-il donc joué au Dragon rouge ? »

Ortelius jeta un coup d'œil à la ronde, mais personne ne nous prêtait attention. Franckert et Bruegel enchaînaient les imitations à la demande, surtout Franckert, suscitant l'hilarité générale.

Ortelius poursuivit son récit en chuchotant :

« Avant que le cardinal Granvelle ne soit euh... renvoyé chez lui par notre prince Philippe, il se considérait comme le sauveur de nos contrées, vous le savez peut-être. Il se voyait comme le seul qui réussirait à combattre le blasphème et la libre-pensée. Il s'identifiait littéralement à l'archange Michel, c'est incroyable, non ? La vanité est une curieuse maladie. Et donc... il a commandé au maître un tableau dans lequel l'archange Michel combat à l'épée toutes sortes d'anges déchus et transformés en bêtes, qui se révoltent contre l'autorité céleste. Il a été si satisfait qu'il a désiré une autre œuvre de notre ami, pour laquelle il a offert deux fois plus d'argent. Cette fois, il voulait un tableau qui représente Anvers telle que monseigneur la voyait, et comme la voyaient aussi un tas de papistes, dont le prince, c'est-à-dire comme une Sodome et Gomorrhe impie, sans foi ni loi, un enfer sur terre. Notre Pierre a donc réalisé un panneau spectral dans lequel on voit une femme folle qui abandonne une ville en flammes consumée par la cupidité et par l'ivresse, rongée par la rancune et le péché, remplie de monstres sortis de la bouche de l'enfer. Les deux tableaux se trouveraient encore aujourd'hui dans une magnifique pièce du château Cantecroy, dans son domaine de Mortsel, le tableau de l'archange regardant vers Bruxelles et celui de la folle accroché côté nord, en direction de notre ville. Vous visualisez ? Granvelle a dû divertir d'innombrables invités avec ces deux tableaux. Je l'imagine tout à fait s'empressant d'expliquer qui et qu'est-ce que tout cela représente... »

Ortelius riait sous cape en secouant la tête.

« Oui, mon ami. Vanité et orgueil...

– Mais vous parliez de moquerie... Je ne vois pas en quoi...

– Eh bien… murmura Ortelius. Dans le tableau de la folle, il a dessiné un fleuve de merde d'où émerge un gros poisson, dans la gueule duquel on aperçoit encore la jambe de l'archange Michel, qui finit donc manifestement déchu aussi. En d'autres termes, dans le tableau censé représenter Anvers, il fait dévorer son propre commanditaire par un poisson merdeux. Vous imaginez un peu tous ces couillons… Excusez-moi, mon bon Beer. Vous aviez tout à fait raison à propos du vin. J'ai peur qu'il affecte un peu mon vocabulaire ! »

Je riais à présent aux éclats avec le joyeux Ortelius.

« Vous êtes un sanguin, mon bon Bram…

– Qu'entendez-vous par là, très cher Beer ?

– C'est une blague d'aubergiste, je le crains.

– Ah ! Vous me faites penser… »

Ortelius posa son gobelet, se dirigea vers Bruegel et lui chuchota quelque chose à l'oreille.

Je vis le maître hocher la tête en souriant.

Ils revinrent ensemble vers moi.

« C'est bien, là, monsieur Beer ? » demanda le peintre.

Il montrait un mur vierge.

Ortelius répondit à ma place :

« Ce sera parfait ! »

Puis il s'éclaircit la gorge pour couvrir le brouhaha :

« *Ladies and gentlemen*, mesdames et messieurs, *master Bruegel at work!* Que tout le monde apporte des bougies pour l'éclairer. *Let's assist our artist brother with some light and candles*[1]*!* »

Les invités applaudirent.

Dans la lumière des chandelles et flambeaux, tout le monde s'efforça de se taire, tandis que Pierre le Drôle, peintre apprécié pour ses personnages fantomatiques,

1. Le maître Bruegel à l'œuvre ! Assistons notre frère artiste avec de la lumière et des bougies.

sortait sa craie noire et commençait à tracer des lignes et des courbes à grands coups frénétiques sur mon mur. De temps en temps, il regardait par-dessus son épaule et pouffait en voyant nos expressions religieuses, la gravité dans les yeux ivres de chacun. Puis la main du maître devint impossible à suivre. J'étais derrière et n'avais malheureusement pas une vision d'ensemble. Je vis néanmoins apparaître une tête, celle d'un personnage aux yeux clos qui dormait. Sa tête était appuyée sur une main, l'autre disparaissant dans le haut de son habit. Je me déplaçai légèrement et éclatai de rire en découvrant que le personnage dormait cul nu. Les rires redoublèrent lorsqu'il dessina à côté des fesses de l'homme un singe qui se pinçait le nez. Puis d'autres singes s'y ajoutèrent, tous plus comiques les uns que les autres. Je m'avançai encore pour mieux voir. Un des singes déféquait dans le chapeau du dormeur. Deux autres couraient derrière un petit malin qui s'apprêtait à déguerpir avec sa bourse. Des arbres apparurent, dans lesquels ils grimpèrent. Un singe essayait une paire de lunettes sur son nez. Un autre se cachait dans un sac à provisions. Un autre vidait un pichet de vin. Puis Bruegel chercha mon regard, s'esclaffa et dessina une barbe à l'homme endormi. Le maître se hissa sur la pointe des pieds et écrivit un texte au-dessus de la scène. « Qui veut boire du malvoisie ferait mieux de garder les yeux ouverts... » Rires et ovations. Puis il se pencha et poursuivit en dessous : « Car ce que l'aubergiste ne met pas dans sa poche, le singe l'emporte. »

Applaudissements et acclamations.

« Bravo, Bruegel ! Béni des dieux !

– Ce dormeur te ressemble, père ! » s'écria mon fils, ravi.

Oui, j'avais remarqué aussi. Mais le dessin était absolument magistral, et Ortelius m'embrassa, et nous embrassâmes ensemble Bruegel qui riait.

C'est alors que Hooftman songea que son heure était arrivée. Il s'ennuyait depuis trop longtemps et voulait Ortelius pour lui seul. Les affaires étaient les affaires. Et les préparatifs de sa mission navale pour trouver le passage du nord-ouest avaient priorité sur tout le reste. Lors d'une fête, il était de coutume d'apporter une bricole pour la personne qui fêtait son anniversaire. Une pâtisserie, un dessin, une coupe, parfois une perle symbolisant l'âme. Ces menus présents de courtoisie passaient au-dessus de la tête de Hooftman. Lui n'apportait que sa personne et ses cartes de navigation. Il avait accaparé une grande table et y étala pour Ortelius, immédiatement dégrisé, l'une de ces cartes, puis une autre, suivie d'une autre encore. Les cartes, qui se laissaient difficilement dompter, se réenroulaient aussitôt.

Hooftman regarda en soupirant le chaos qu'il avait jeté et balaya quelques cartes de la table.

« Bon sang, quel cafouillis insupportable, ces grandes cartes ! J'en deviens fou.

– J'y travaille, monsieur.

– À quoi donc ?

– Je vous l'ai moi-même suggéré. Et j'y travaille, avec votre généreux soutien. Un seul livre contenant toutes les cartes du monde, et qui tient dans une main ou, mieux, deux mains.

– Je l'attends avec impatience, et le plus tôt sera le mieux ! Non, ne dites rien. Je vois votre bouche qui s'apprête à former le mot "patience". Je n'en ai pas, Ortelius. Je n'en ai jamais eu. La patience, c'est pour les attentistes. Moi, je n'attends jamais… Là ! montra-t-il soudain sur la dernière carte restée en place. Autour du pôle Nord, les terres sont divisées comme un trèfle à quatre feuilles, en quatre parties rigoureusement égales. Voilà qui me semble…

– Trop parfait, monsieur ? »

Hooftman leva des yeux irrités. Il n'était pas homme à apprécier qu'un autre termine ses phrases. Mais c'était

Ortelius, et ça changeait la donne. Ses traits s'adoucirent dans l'instant.

« Je m'attends en tout cas à quelque chose de beaucoup plus irrégulier. »

Ortelius acquiesça.

« Mon maître Mercator s'est débrouillé comme il a pu, vu qu'aucun navire n'a jamais...

– Je sais, l'interrompit Hooftman. Remontrez-moi donc où pourrait se trouver d'après vous le passage vers le nord-ouest à proximité du pôle Nord...

– Vous allez au pôle Nord, malheureux ?! »

Hooftman leva des yeux furieux et les planta dans les pupilles aveugles de mon ami Jeroom. Comment s'était-il introduit dans cette fête, je n'en avais aucune idée. C'était un vieux copain que j'avais intégré au sein de ma Ligue de l'Homme sauvage et qui était chez lui dans mon auberge. C'était peut-être Alwin qui l'avait laissé entrer, stupide valet qui ne voulait pas comprendre ce que signifiait une fête privée.

« Ne vous mêlez pas des affaires des autres, misérable !

– À entendre votre détermination, je sais que vous irez. Vous ne savez pas dans quoi vous vous embarquez, monsieur. J'y suis allé, et cela m'a coûté la vue ! Le pôle est ceint d'une pierre qui aspire dans les profondeurs tout ce qui contient du fer, même un simple rivet, et qui réduit les navires en pièces comme des gâteaux au miel friables que se partageraient des gosses affamés. C'est le Mal qui règne là-bas, le Diable en personne ! Là-bas, le Cornu beugle, attaché à sa queue, son sale cul sur la glace ! Tantôt comme un taureau dont on écrase les batoches, tantôt comme l'enfigneur qui a mal à son chouard ! »

J'essayai d'attraper Jeroom par la manche pour qu'il cesse son récit de malheur farci de langage des voleurs. Mais Hooftman lui-même était en train de succomber au charme de ses paroles et m'intima de le laisser tranquille.

« C'est une tempête qui nous a soufflés en direction de la Mer solidifiée et de cette pierre diabolique cachée dans les eaux profondes. Dieu lui-même nous avait abandonnés, je vous le dis. C'est là qu'une lumière aveuglante a jeté un voile blanc sur mes yeux. Notre navire s'est fracassé en mille morceaux et nous sommes parvenus de justesse à échapper aux eaux glacées en nous sauvant à bord d'une chaloupe ! »

La voix forte de Jeroom avait attiré plusieurs personnes qui écoutaient avec une attention croissante. Quand Hooftman s'en rendit compte, il sortit de son enchantement, rassembla ses cartes et se dirigea vers la sortie en secouant la tête, suivi d'Ortelius, qui s'efforçait de le calmer.

« C'est saint Brendan qui nous a tirés de là, lui qui jadis avait entrepris le même voyage ! C'est lui qui a entendu nos prières ! Il nous a ramenés sur les rives de l'Irlande, tout près d'un monastère dont les cloches sonnaient midi juste au moment où nous sortions de la mer pour nous allonger, plus morts que vifs, sur la plage de galets. Nous avons pleuré en entendant le carillon de l'église, un signe que nous avions échappé aux griffes du Mal ! Les moines ont soigné nos orteils, nos nez et nos doigts gelés, qui se sont rétablis grâce à leur connaissance des plantes médicinales. On m'a mis des compresses sur les yeux. Des nuits durant, ces tissus trempaient dans une marmite d'eau suspendue au-dessus d'un feu, remplie de graines de fenouil et d'autres herbes. On a chanté à mon chevet. Ma cécité, hélas, est restée ! »

La porte se referma en claquant.

Hooftman était parti.

« C'est alors que... cria Jeroom, qui sentait que ses autres auditeurs étaient suspendus à ses lèvres, notamment Hoefnagel père et Jonghelinck, qui peinaient à tenir sur leurs jambes mais qui, comme des enfants, écoutaient l'histoire la bouche ouverte. C'est alors que saint Brendan m'est apparu en rêve, lui-même, en chair et en os ! Il m'a dit que le mal que j'avais causé dans ma vie continuerait de me jouer des tours et que la vapeur blanche qui avait embué mes yeux n'était rien de moins que la prise de conscience de ce mal, et qu'en d'autres termes, c'était à ma propre âme que je m'étais heurté dans cette mer aspirante du pôle Nord… »

Il y eut un silence.

« Par tous les diables de l'enfer gelé ! s'exclama enfin Jeroom. Où est mon vin ? »

Ainsi s'acheva cette fête.

L'histoire de l'aveugle y avait mis fin de façon radicale.

Quelque temps plus tard, les trois navires marchands des sieurs Hooftman, Hoefnagel et Jonghelinck étaient prêts à appareiller sur le quai à hauteur du Gans, l'entrepôt de Hooftman. Des débardeurs transportaient les derniers sacs de sable sur les bateaux. Ce lestage devait leur permettre de braver les eaux tumultueuses. Une fois le Nord atteint, les marins remplaceraient le sable par des baleines et des morses, des narvals et d'autres grosses bêtes. Certains avaient froncé les sourcils en entendant que Hooftman et ses compagnons investissaient tant d'argent dans la capture de grands animaux marins. Ce n'était pas courant de faire partir des bateaux qui ne soient pas chargés de marchandises jusqu'à la gueule. Marguerite de Parme, la gouvernante, avait des informateurs partout. Certains étaient des assureurs maritimes qui se montraient rarement et employaient à leur tour des espions. Hooftman pouvait se permettre beaucoup, à condition de rester discret. Il y avait de fortes chances pour que la gouvernante connaisse les plans de nos trois commerçants, mais qu'elle fasse semblant de rien. Si la mission devait réussir, elle se manifesterait à ce moment-là par l'intermédiaire de ses affidés. Celui qui tentait sa chance et gagnait devait partager généreusement avec le pouvoir espagnol. C'était le jeu. Apparemment, le récit des aventures de Jeroom n'avait pas quitté mon auberge. Au contraire, les habitants de cette ville s'étaient repus des histoires de morses dispensées avec verve par les valets de ce fourbe de Hooftman, qui avaient – et voilà qui était vraiment rusé – distillé en même temps la véritable raison de la mission maritime, à laquelle en revanche personne n'avait cru. Mélangez mensonges et vérité, et les gens choisiront l'histoire où figure une bête. C'était un demi-miracle que pratiquement personne n'ait compris qu'ils se rendaient réellement au pôle Nord dans l'espoir d'atteindre la Chine et les Indes. Si quelqu'un l'avait crié au Gans, personne n'y aurait cru.

La veille, j'avais entendu Alwin expliquer toute la chose à mon fils.

« Le pôle Nord ? Nenni, mais tu es fou ! C'est les morses qui les intéressent ! Oui-da ! Leurs défenses et leur peau. Le cousin de mon beau-frère m'a raconté que ces bêtes-là... tu m'écoutes ?... que ces bêtes-là font de l'escalade avec leurs défenses, qu'elles s'en servent pour grimper aux récifs, même les tout gros, à pic... je te jure... juste avant l'aube, les morses sortent tout doucement de la mer et se mettent à grimper pour boire la rosée céleste au sommet des rochers... puis certains restent coincés sur la falaise... c'est comme ça qu'on peut les attraper... parce qu'ils ne peuvent pas se défendre. Alors, tu sors ton couteau, tu leur entailles l'encolure et tu leur arraches la peau d'un coup, comme un manteau d'hiver... Après, c'est un jeu d'enfant de prendre aussi ses défenses à un morse écorché vif qui grelotte, accroché aux rochers. Tu attaches d'abord les dents avec une corde, puis tu les scies, et l'animal tombe dans le vide. Voilà comment ils font.

– Et les hommes, comment ils escaladent la falaise ? » entendis-je mon fils demander.

Et cet idiot d'Alwin se mit à répéter qu'il ne comprenait pas la question.

Ward et moi étions ensemble sur le quai. Je lui montrais les trois bateaux : une caravelle pouvant accueillir vingt hommes et deux trois-mâts avec chacun une douzaine de marins à bord.

« Tu imagines, père ? Alwin prétend que les morses raffolent de la rosée. Et Margreet dit que les morses pourraient être les alchimistes du règne animal, parce que les alchimistes aussi accordent beaucoup d'importance à la rosée. Et tu sais pourquoi ? Parce que les gouttes de rosée sont les pensées de Dieu, voilà pourquoi !

– D'où elle sort ça ? » demandai-je.

Notre conversation détourna notre attention de la petite flotte qui quittait lentement le port. Jonghelinck, Hoefnagel et Hooftman avaient déjà disparu.

Il allait falloir longtemps avant d'avoir des nouvelles de cette mission.

Aucun de ces bateaux n'allait ramener quoi que ce soit de valeur aux yeux de Hooftman et de ses compagnons.

Pas de quoi en faire un plat. Les riches commerçants ne sont jamais à court de projets, les affaires se poursuivent indéfiniment.

Il n'y a que pour ma vie que cette expédition signifierait quelque chose.

Car sur l'un de ces bateaux, aussi incroyable que cela puisse être, il y aurait une femme sauvage et son enfant.

Marie possède ce qu'on nomme un sourire énigmatique. En la voyant grandir, je craignais que les choses qu'elle avait vécues quand elle était petite fille n'assombrissent son esprit et ne refroidissent son cœur. Non. Je dois être honnête en ce mois d'août. C'est ce que je me répète chaque fois que j'allume ma bougie le soir et que je fixe la flamme. Ça demande un effort de ne pas se mentir. On pense accepter la vérité au fond de son cœur, mais rien n'est moins vrai. L'esprit ne cesse de se rouler lui-même. On se leurre continuellement. Parfois pour justifier son comportement, parfois aussi pour se reprocher davantage que ce qui s'est réellement passé. L'honnêteté m'intime donc de dire que j'ai longtemps eu peur qu'elle ne me considère comme celui qui avait apporté le malheur dans sa vie. Je craignais les questions qu'elle commencerait à me poser, des questions sur la mort de sa mère, comment nous avions atterri à Amsterdam et pourquoi nous avions quitté Anvers, ou simplement pourquoi je me comportais comme si j'étais son père alors qu'il était évident qu'elle et moi n'étions pas de la même race. Longtemps, il n'y avait pas eu de questions du tout. Un enfant accepte le monde tel qu'il se présente. Aujourd'hui, elle doit être plus ou moins dans sa dix-huitième année. Je ne sais pas exactement quand elle est née. Seule sa mère le savait, et j'ignore même si les gens de son peuple fêtent les anniversaires.

J'ai commencé à lui raconter des petites choses, essentiellement à propos de mon fils Ward, qu'elle n'a jamais vraiment connu, même si j'ai toujours insisté pour qu'elle lise avec moi les lettres qu'il m'envoie de temps en temps. Peu importe qu'il habite loin de nous ou qu'il y ait très peu de chances que je revoie un jour mon fils, je veux qu'elle le considère comme son frère, afin qu'elle soit moins seule au monde. Grâce à mes histoires, elle s'est doucement mise à me poser des questions, timidement, comme marchant sur des œufs, de peur de me blesser. Je lui assure qu'elle et moi ne devons pas avoir de secrets l'un pour l'autre. Ça la fait chaque fois éclater de rire. C'est le mot « secrets » qu'elle semble ne pas pouvoir accepter ou ne pas vouloir comprendre. Ça me rend encore plus inquiet. J'ai essayé plusieurs fois de lui expliquer que les gens se cachent des choses les uns aux autres, et la raison pour laquelle ils le font. Elle écoute mes explications comme si c'étaient des messages d'un autre monde. Hier encore, elle a demandé si l'on pouvait dissimuler quelque chose pour toujours. Ça m'a fait réfléchir profondément. Tous les secrets auxquels j'ai été confronté de près ou de loin ont fini par sortir au grand jour.

« Vous voulez que je vous dise un secret ? » me demanda Ortelius, quelques jours après la fête qu'il avait donnée dans mon auberge.

Et sans attendre ma réponse, il poursuivit :

« L'existence de ce passage du Nord-Ouest, ou plutôt son existence possible, ce n'est pas moi qui l'ai découverte. C'est mon ami John Dee qui me l'a révélée. Vous voyez de qui je veux parler ? Un Anglais… Vous l'avez rencontré à la fête. Il était avec un Hongrois nommé Sambucus. Vous vous souvenez sûrement de ce dernier, ne serait-ce qu'à cause de ces deux magnifiques chiens qu'il avait avec lui, Bombo et Mädel, vous vous rappelez ? »

J'acquiesçai, tout en allumant les bougies du chandelier sur la table, et posai entre nous une cruche de vin doux et deux gobelets. Je revoyais Dee et Sambucus assis à la fête. Ils avaient passé toute la soirée en compagnie de l'imprimeur Willem Silvius. Dee ressemblait à un intellectuel en chambre, avec d'énormes poches sous les yeux, une calotte sur la tête et des vêtements dont il ne se souciait visiblement pas. Le maître des chiens était au contraire un personnage flamboyant et donnait l'impression d'être impatient, comme s'il attendait d'un moment à l'autre un message qui l'obligerait à s'en aller en toute hâte. Ortelius reprit son explication :

« Maître Dee est l'un des plus grands esprits qu'il m'ait été donné de rencontrer. Je lui suis fort reconnaissant pour toute l'aide qu'il nous a gracieusement offerte. Nul homme n'a une connaissance aussi approfondie des questions astrologiques. Il est également compétent en philosophie de la nature et en mathématiques. Il a sondé les enseignements cachés de la Kabbale. La reine d'Angleterre le consulte régulièrement quand elle doit prendre des décisions importantes. Je ne serais pas surpris qu'il figure a posteriori au rang des hommes dont l'influence a été déterminante pour le cours de notre histoire.

– Votre dernière phrase est tellement solennelle que je ne suis pas sûr de l'avoir bien comprise. »

Une goutte de cire tomba du chandelier. Ortelius y enfonça un doigt, puis la roula entre les extrémités de ses doigts pour en faire une boulette.

« Je me fais du souci, Beer. Vous avez entendu ce que Joris Hoefnagel a dit de son père, non ?

– Et vous vous faites du souci pour ça ? Vous ne prenez quand même pas ces histoires au sérieux ?

– Ce n'est pas ça. Son père est des nôtres, de la Famille. Pour moi, il vaut mieux que l'homme exprime librement sa pensée ici plutôt que de se faire un sang noir ailleurs. Dans notre église invisible, on peut dire tout et son contraire, le respect demeurant le maître mot. Mais d'autres histoires me parviennent. Il n'est pas un membre de guilde qui ne soit mécontent pour un motif ou un autre. Sondez l'état d'esprit d'un riche commerçant, et vous l'entendrez pester contre les échevins ou les bourgmestres du conseil communal, qui n'écoutent pas les souhaits des gens de sa sorte, qui les ignorent quand ça les arrange et les flattent quand ils ont besoin de quelque chose. Et pendant ce temps-là, dans leur nouveau palais, sur la Grand-Place, les conseillers feignent toujours d'être aussi catholiques que la couronne espagnole, alors que vous et moi savons ce qu'il en est.

– Un nouveau palais ? Il n'est pas encore fini, hein ! Il va encore falloir lever des taxes pour financer des ornements supplémentaires.

– Je trouve le bâtiment déjà très élégant, je n'ai pas peur de le dire. Une fois qu'il sera terminé, ce sera un atout de plus pour la ville. Par contre, les agents qui y seront…

– Ces amateurs vivent dans leur monde, en a-t-il déjà été autrement ?

– Certes. Mais il pourrait arriver un moment où toute cette clique sera jugée superflue. Des temps étranges s'annoncent… D'après tous ceux qui sont dans les affaires, les papistes ne vivent plus avec leur temps, et beaucoup estiment que leurs affidés prospèrent grâce à leur duplicité : à l'hôtel de ville, à Bruxelles, jusqu'en Espagne. À en entendre certains, on dirait qu'ils cherchent des excuses pour s'entretuer.

– Cela n'arrivera pas, cher Abram. Les enjeux sont trop élevés, n'est-ce pas ? Allons, tous ceux que je connais dans votre cercle de connaissances et au-delà gagnent de l'or en barre. Pourquoi prendre un tel risque ?

– *Dulce bellum inexpertis.* La guerre est douce pour ceux qui ne l'ont pas vécue.

– Pour moi, les temps sont simples. Tout ce qui se dit ici, dans quelque état que ce soit, reste ici. Et tout le monde est le bienvenu. Vous avez une idée du nombre de chanoines de l'abbaye Saint-Michel qui viennent se saouler ici et étaler leurs belles mœurs de papistes ?

– Qu'ils sortent de chez eux est un vrai mystère pour moi. J'ai peine à imaginer que les Prémontrés[1] manquent de quoi que ce soit, en particulier sur ce plan-là.

– Mon vin est meilleur. »

Ortelius éclata de rire.

« Ah ça, je l'ai bien compris à ma gueule de bois le lendemain de la fête.

– Je vous ressers ?

– Ce ne serait pas raisonnable, cher Beer.

– Je répète que pour moi, et pour tous les aubergistes de la ville d'ailleurs, les temps sont simples. Parfois, je contemple cette salle. Ce que l'un pense, ce que l'autre sait... Souvent, les bouffeurs de curés et les grenouilles de bénitier sont assis côte à côte en toute fraternité, et le plus fort, c'est qu'ils savent très bien ce que leur voisin pense. Le père Marcellus de notre église paroissiale vient aussi régulièrement. Cet homme ne s'est jamais formalisé de rien.

– Vous nommez là quelqu'un. Ce n'est certainement pas le plus méchant. Cet homme est un grand amateur d'art.

– Ce que je veux dire, c'est qu'ici on boit au pape, puis on trinque à Luther, puis on lève son verre à Calvin et à tous les hérétiques qui ont un jour ouvert leur bouche. Tout cela est possible dans cette auberge, et il en sera toujours ainsi. Et ce que vous et moi et les membres de la Famille pensons ne regarde personne. »

Du pouce et de l'index, Ortelius projeta la boulette de cire dans la pénombre.

« J'ai une requête à vous faire... lâcha-t-il au bout d'un moment.

---

1. L'ordre des chanoines réguliers de Prémontré, couramment appelé les Prémontrés, plus rarement les Norbertins (en néerlandais : *norbertijnen*), est un ordre canonial catholique fondé par saint Norbert de Xanten au début du XIIe siècle.

– Ne tournez pas autour du puits comme un loup assoiffé. Dites donc.

– Notre ami John Dee prépare depuis plusieurs années un ouvrage intéressant que Willem Silvius imprimera pour lui. Il loge d'ailleurs chez l'imprimeur et avait prévu d'écrire chez lui, mais sa progéniture fait un tel vacarme que Dee m'a informé aujourd'hui qu'il cherchait un autre endroit pour écrire. En fait, la Famille espère qu'il pourra trouver refuge dans votre chambre de bonne. Je sais que vous la louez rarement.

– Il y a des courants d'air.

– Je le lui ai dit, et ça ne le dérange pas. Je lui ai dit aussi que cette chambre donne sur un escalier extérieur qui aboutit dans votre cour, de sorte que l'on ne doit pas nécessairement passer par votre salle pour y monter. Sambucus est impliqué dans cette entreprise. C'est l'un des plus grands collectionneurs de livres que vous puissiez imaginer, et il est disposé à prêter à maître Dee quelques-uns de ses exemplaires les plus rares, remplis de connaissances cachées, qui l'aideront dans la rédaction de son ouvrage. Bien sûr, la Famille prendra tous les frais en charge.

– Il est le bienvenu. Je demanderai demain matin à Margreet de mettre la chambre en ordre. Mais pourquoi tant de mystères ? »

Ortelius finit tout de même par boire une gorgée du vin que je lui avais versé.

« C'est juste par mesure de prudence, dit-il enfin. Vous savez combien les membres de la Famille sont attachés à la discrétion, et maître Dee est un frère qui a beaucoup fait pour nous tous. »

Dès l'instant où le sieur Dee installa son bureau sous mon toit, c'en fut fini de la discrétion, la prudence s'avéra n'être qu'un vœu pieux, et je fus bientôt le dernier à croire devoir maintenir un secret.

Je ferme les yeux. Dans mon obscurité, je vois surgir une tour d'où s'élève une boule noire.

Il est temps que je parle de la Verge Rouge.

Il se présenta sous le nom de Jean Grouwels. Ce n'est que quelques années plus tard que les gens commencèrent à l'appeler « Verge Rouge », d'après l'insigne du pouvoir judiciaire auquel il allait s'identifier.

La première fois qu'il entra dans mon auberge, il ressemblait cependant à tout sauf à un exécuteur des hautes œuvres.

Il se disait garde forestier d'un grand bois du côté de Bruxelles. On aurait dit Elckerlijc, au début du Jeu du Miroir, quand la Mort lui demande d'abandonner sa « vie de bête » et de devenir pèlerin afin de payer sa dette au Seigneur, comme nous tous sommes débiteurs à l'égard du Très-Haut. Il était comme tout le monde, mais pas tout à fait. Sa barbe et ses cheveux roux auraient dû le faire sortir du lot, mais il parvenait toujours à paraître légèrement différent et à se fondre sans mal dans la masse. Comment décrire son regard ? Il avait tout vu, même s'il semblait souvent distrait par ce qui se passait à l'intérieur de lui. À l'époque, il devait avoir dans la vingtaine, même s'il faisait beaucoup plus âgé. Et puis, il était maigre comme la Mort.

Je me souviens de ce qu'il dit, cette première fois.

Il parla de femmes et d'exploitation forestière.

« Une forêt, c'est comme une femme. Il faut toutes deux les entretenir. Certains pensent qu'il vaut mieux laisser la nature suivre son libre cours, mais je ne crois pas que ce soit la volonté de Notre Seigneur. Celui qui laisse proliférer l'orgueil et la fierté chez une femme constatera pour finir qu'elle n'est plus que rancune, car il n'en demeure pas moins qu'elle est née de la côte d'un homme. L'orgueil ne peut que la rendre folle et amère en la faisant agir à l'encontre de sa nature, alors qu'elle ne pourra jamais aller plus loin que ce qu'elle est. C'est ça, prendre soin, vous comprenez ? Pensez au lierre plein de suffisance qui étouffe le chêne, et puis qui n'a plus rien à parasiter à part la mort. Je sais quels arbres mettre ensemble, quelle mousse il faut endiguer et quelles plantes poussent mieux en futaie. Même dans le jardin de Dieu, il faut arracher les mauvaises herbes. »

C'était une fin d'après-midi. Il n'y avait pratiquement personne, ce qui me donnait un certain intérêt. Encore un qui voulait partager ses pensées avec le public le plus facile qu'on puisse trouver : un aubergiste poli et momentanément oisif. Quiconque a déjà tenu une auberge ne peut qu'adhérer à mes soupirs.

« Un homme ne peut-il pas être trop fier aussi ? demandai-je, tâchant de dissimuler mon ennui.

– Tout à fait d'accord. Mais un homme n'est pas comme une forêt. D'autres hommes l'empêchent de perdre la raison. Les femmes, elles, s'encouragent mutuellement dans leur folie. Du moins, c'est ainsi dans la plupart des cas. Mais vous avez raison. Parfois, les hommes auraient besoin d'un désherbage plus vigoureux, beaucoup plus vigoureux. Mais chez eux, il ne s'agit pas que d'orgueil. Il existe une autre pulsion qui fait des dégâts si elle n'est pas surveillée.

– Et comment se nomme cette pulsion, môssieu des bois de Bruxelles ? »

Jean Grouwels accepta ma moquerie en opinant du chef, reprit une gorgée de bière et dit enfin :

« La liberté. »

Puis il me regarda à la manière d'un merle qui vient de voir scintiller dans l'herbe un ver de terre humide, et son visage se déchira dans un rire bref.

« Je vous ai coupé la chique, l'aubergiste. Votre tête vaut de l'or. Vous êtes tous les mêmes dans cette ville. Dès qu'on parle de femmes ou de liberté, vous devenez chatouilleux. »

J'en avais surtout assez de lui.

« Dans ce cas, mon gars, on est en droit de se demander ce que vous êtes venu chercher ici. Vous n'avez pas assez d'arbres contre lesquels pisser dans votre forêt bruxelloise ? Non pas que je n'apprécie pas votre présence. Vous êtes le bienvenu, comme tout le monde. »

Grouwels balaya mes paroles d'un revers de main.

« Je sais, et je me sens le bienvenu ici. C'est justement... »

Il regarda autour de lui et baissa la voix.

« C'est justement la liberté qui règne dans cette ville que je recherche. Sans parler des femmes qui ont le droit d'exprimer plutôt ouvertement ce qu'elles pensent. Et les livres ! C'est un vrai paradis, ici ! Quelle profusion ! J'ai vu entrer l'imprimeur Willem Silvius. Voilà un type que j'admire ! Un grand monsieur, pour sûr. Eh oui, cher aubergiste, votre établissement est réputé. Ils viennent tous ici, n'est-ce pas ? Vous êtes des hommes à l'esprit noble, qui ne vous laissez juguler ni par l'Église et ses commandements ni par aucune vérité imposée par l'époque. Je le constate de mes propres yeux. Ici règne la Nouvelle Pensée, et je dis cela avec le plus profond respect. J'ai entendu dire qu'une grande fête avait été donnée récemment en l'honneur du fils d'un marchand fortuné. Comme j'aurais aimé en être ! De grands esprits comme Ortelius parlant en toute liberté, forgeant des plans pour conquérir le monde, la tête pleine de livres qui doivent encore être mis sous presse. J'envie le privilège que vous avez de pouvoir accueillir de telles personnes.

– Tout le monde est le bienvenu, comme je vous l'ai déjà dit. »

J'entendis un juron derrière nous.

Grouwels et moi levâmes les yeux. C'était Margreet, et elle jura encore.

« Tu as une tête impossible, Beer. Il faut te raser d'urgence.

– Quoi ? Maintenant ?

– Oui, maintenant, dit l'éternelle attentionnée hors de portée d'ouïe du sieur Grouwels. Et tu ferais mieux de faire ce que je dis. »

Avec deux doigts, elle poussa mon menton en arrière, et sa lame se mit à racler les poils drus de ma glotte.

« Crache le morceau, Margreet, dis-je, les mâchoires serrées. Tu as réussi à m'avoir dans ce fauteuil, et je n'ai pas des heures devant moi. »

Elle soupira avec impatience.

« Tu dois faire attention à cet homme.

– Quel homme ?

– Cet homme dont tu buvais les paroles.

– Il s'appelle Jean Grouwels, et je ne buvais pas ses paroles. Il vient de Bruxelles.

– Pour moi, il peut s'appeler Pierre, Paul ou Jacques de Moncul de la Chaise Percée, et venir d'où il veut. Il n'est pas fiable, ça se voit comme le nez au milieu de la figure. Et toi, tu te laisses berner comme un marsouin débile dans un filet usé. Méfie-toi. Son désir se sent de loin.

– Qu'est-ce que tu y connais, toi, au désir ? »

Il y eut un silence. Je regrettai tout de suite mes paroles. Oh, comme je regrettais d'avoir une fois de plus ouvert ma gueule sans réfléchir, d'avoir dit bêtement ce qui me traversait l'esprit, de l'avoir rabaissée par ma bêtise.

« Je parle d'un autre désir.

– Je t'ai blessée…

– Ce type ne me dit rien qui vaille, c'est tout. Ce qu'un homme comme lui désire, c'est servir les puissants. Pour ça, il a besoin d'un agneau à sacrifier. Et cet agneau, c'est toi. Toi et tous ceux qui font leurs messes basses et s'imaginent en sécurité, qui lisent des livres interdits sans la moindre précaution, comme s'il ne pouvait rien leur arriver, comme si les traîtres et la trahison n'avaient pas leur place dans le monde de tes soi-disant amis… Ou dois-je dire clients ? Toi-même, tu mélanges. Tous ces gens instruits sont des clients ici, mais s'ils se montrent aimables avec toi, toi tu leur offres ton amitié, comme un chiot qui apporte un bâton à son maître dans l'espoir qu'il le lance, pour pouvoir courir après comme un dératé. Ce Grouwels Machinchose – ou comment s'appelle cet affreux bonhomme, déjà ? –, il flaire tout de suite ce genre de chose ! Tu es trop commode, c'est ça, et être trop commode peut parfois être très dangereux.

– Tu veux que je défasse ma culotte bouffante ? Pour que tu puisses me trancher les bourses avec ton rasoir ?

– Bien sûr. Moque-toi de moi, cette vieille folle de Margreet.

– Sois contente que je me moque de toi… »

Elle repoussa mon menton en arrière et demanda :

« Combien de temps crois-tu que tous ces mystères autour de l'Anglais vont rester cachés ?

– Cet homme est un hôte recommandé par de bons amis.

– Un hôte, tu dis ? Un homme qui ne dort pas ici, mais qui s'enferme dans sa chambre toute la journée ? Qu'est-ce qu'il fait ?

– Ce ne sont pas nos affaires. C'est un érudit qui a besoin de calme et qui compte sur notre discrétion. Et fais gaffe avec ton rasoir. J'ai l'impression qu'il est temps de l'aiguiser…

– Allez, tyran douillet. T'ai-je déjà blessé avec ce couteau ?

– Plus d'une fois, sotte femme. C'est pour ça que tu as toujours ta pierre d'alun à portée de main. »

Je l'entendis soudain glousser derrière moi comme une petite fille.

De façon inattendue, cela me rendit heureux, et je ris prudemment avec elle. Elle n'allait pas encore partir. Elle allait poursuivre ses soins quelque temps.

Elle arrêta de me raser. Je tournai la tête vers elle. Son visage était redevenu sévère.

« Dois-je le dire ? L'autre jour, il était là, hagard, et il m'a demandé de l'encre. On aurait dit que sa vie en dépendait. Quand je lui ai répondu que j'allais envoyer Alwin en chercher, il a demandé combien de temps ça prendrait. Cet homme est en train de nous écrire un livre diabolique, et si tu veux mon avis, il invoque tous les jours des démons pour le faire. En tout cas, c'est l'impression qu'il m'a donnée. Je me trompe ou pas ? Rien ne reste caché bien longtemps dans une auberge, Beer. Et tu sais pourquoi ? Parce que les gens qui font des mystères sont rarement capables de garder leurs propres secrets. Voilà pourquoi !

– Attends une minute, sotte femme. Tu parles de toi, là ?

– Qu'est-ce que tu veux dire ?

– Tu crois que j'ignore que tu reçois dans mon dos des bonnes femmes qui viennent te demander je ne sais quoi ? Tu crois que je ne vois pas qu'avec certaines tu chantes parfois dans ta chambre – ou qu'est-ce que tu fabriques avec elles ? Elles aussi, elles montent par l'escalier de derrière. »

Margreet s'arrêta de nouveau de raser.

« Comment veux-tu qu'elles entrent si elles ne veulent pas se déshonorer ? Tu sais comment on regarde une femme qui entre ici sans bonhomme ?

– Qu'est-ce que tu fais avec elles ?

– Ce ne sont pas tes oignons. Je les aide. Je peux ? Et je suis discrète. Je ne sais pas ce que tu as entendu, mais tu devais encore avoir l'oreille collée à ma porte. On ne fait pas de bruit. Et on ne peut pas en dire autant de ton Anglais.

– Que veux-tu dire ?

– Que je l'entends parfois jusque dans le couloir qui jure et vocifère derrière sa porte. On dirait quelqu'un qui n'obtient pas ce qu'il veut, dont les rêves ne se réalisent pas comme il voudrait et qui met ça sur le dos de la terre entière. Mais ça, tu l'ignores, parce que tu ne montes jamais pendant la journée. Tu préfères écouter tard le soir à ma porte, ça oui.

– Il m'a déjà dit qu'il dispose de peu de temps, d'où ses accès de mauvaise humeur.

– Eh bien, il ferait mieux d'être plus silencieux, c'est mon avis. Silence et prudence vont de pair.

– Allons, arrête, cette baraque est remplie de gens qui crient. »

Margreet rit brièvement.

« Hier, par contre, il ne criait pas. Je l'ai entendu se mettre tout à coup à pleurer de joie. Du moins, c'est à ça que ça ressemblait. Ce n'est pas juste un demi-doux, Beer, ce type est complètement fou. Et c'est quoi, ce Hongrois avec ses imbéciles de chiens qui monte lui rendre visite ? Il est souvent là, et il apporte chaque fois des livres par l'escalier de derrière, je l'ai déjà vu. Tu vois qui je veux dire ? Avec un nom de gâteau sec. Sambiscuit ? Sambiscotte ? »

Elle voulut se remettre à me raser, mais je lui attrapai le poignet.

« Il s'appelle Sambucus, et arrêtons de parler de ça maintenant.

– Je peux ravoir ma main ? Je n'en dirai pas un traître mot à quiconque. Mais il ne faut pas être grand clerc ni avoir passé beaucoup de temps sur les bancs de l'école pour savoir que cet Anglais travaille à un livre qui ne supporterait pas la lumière du jour. C'est dangereux, et tu le sais.

– On s'est suffisamment arrangés entre nous pour écarter tout danger.

– S'il y a un "nous" dans l'affaire, la trahison guette derrière.

– Devise de solitaire, tralalalalère. »

Margreet se raidit et dit :

« C'est bon. Lève-toi. Tu es tondu. »

Toujours le dernier mot, et en général tranchant comme une lame de rasoir. Elle me rendait fou. Et elle aussi, elle me cachait des choses, bien qu'avec négligence…

Mon établissement était vide. C'était une heure creuse. J'entendis des chuchotis dans l'arrière-cuisine fermée. Ce n'était pas la première fois que Margreet me reprochait d'écouter aux portes, mais en vérité, je ne l'avais jamais vraiment fait. D'ailleurs, moins j'en savais sur toutes ces manigances qui se tramaient dans mon auberge, mieux je me portais. Mais à présent, je croyais reconnaître la voix de l'autre femme. N'était-ce pas un accent espagnol ? Je ne pus résister à la curiosité et collai mon oreille contre le trou de la serrure. J'étais là, comme les maris jaloux des caricatures, comme un imbécile qui veut surprendre son épouse en train de forniquer avec un autre.

« On dit toutes sortes de choses, mais la vérité, c'est qu'on ne sait pas grand-chose. Urinez dans un pot et versez du lait dessus. Si le lait reste au-dessus, vous attendez un fils. Pour savoir si on peut tomber enceinte, certains peuples d'Orient disent qu'il faut se mettre de l'ail dans le vagin et dormir avec. Si on se réveille le matin avec un goût d'ail dans la bouche, c'est que la machine fonctionne bien. Et puis il y a ceux qui disent : "Nenni, il faut faire ça avec du miel, que vous versez dans un tissu et que vous vous enfoncez à l'intérieur. Si vous avez un goût sucré en bouche au réveil, c'est que vous êtes en bonne santé." Il y a tellement de méthodes, tellement de moyens, et chacun croit mieux savoir que les autres. J'en connais plusieurs qui ne jurent que par le fait d'uriner sur des grains de seigle dans un pot de terre. Si ça germe dans les dix jours, vous n'êtes pas seulement fertile, vous êtes enceinte.

– Et vous, quelle méthode utilisez-vous, Margreet ? J'ai besoin de votre aide.

– En général, je demande d'uriner dans un pot que je referme et que j'enterre dans le sol. Si au bout de dix jours une membrane apparaît, vous pouvez être sûre que vous êtes enceinte.

– Dix jours...

– La membrane donne beaucoup d'informations. Rien qu'à la voir, je peux dire si l'enfant sera en bonne santé, et parfois même comment se déroulera l'accouchement. Pas toujours... parfois je ne peux vraiment rien dire, et dans ce cas je ne dis rien.

– Dix jours, c'est long. Mon mari va m'emmener dans sa famille à Breda, et je voudrais bien savoir avant. »

Maintenant j'en étais sûr : c'était doña Maria, l'épouse espagnole de ce fainéant de Pergamont. Ils venaient souvent ensemble dans mon auberge et eux aussi comptaient parmi les membres de la Famille, bien qu'il n'ait pas été admis tout à fait de bon cœur. Le gentilhomme Jan Boubert de Pergamont était en effet le bâtard d'un chambellan de la coterie de Guillaume de Nassau, qui désirait se sentir chez lui partout, mais qui n'était accueilli de bon gré nulle part. Il s'imposait partout et le faisait avec arrogance. Son épouse Maria de Teran, que tout le monde appelait « l'Espagnole », était pratiquement son seul atout. Elle était capable de mettre n'importe qui dans sa poche, malgré ses origines, que même les personnes qui se voulaient très tolérantes considéraient au minimum comme suspectes. Tout le monde savait qu'elle était attachée à la cour du roi d'Espagne et que son mariage avec ce bâtard était pour la cour un modeste moyen d'acquérir un peu d'influence auprès du clan Nassau. La grâce et le rire contagieux de dame Maria faisaient en général oublier la forfanterie de son mari. Et même s'il était tant soit peu accepté comme un pion dans le jeu, un bâtard ne connaissait pas le repos tant que sa semence n'avait pas produit un enfant.

J'entendis du remue-ménage, des bouteilles qu'on déplaçait et un soupir.

« Tenez... Je n'en donne pas à tout le monde. C'est du jus de chardon. Buvez-le à la maison. Si vous vomissez, c'est qu'il y a un bébé dans votre ventre. Et tant que vous y êtes, tâchez de vomir dans la cheminée, comme ça votre maison sera en même temps protégée contre la foudre. Ha ha ! Vous devriez voir votre visage, madame. Pour la foudre, c'est une blague, bien sûr. »

J'entendis le glapissement joyeux de Margreet, en même temps que le rire soulagé de l'Espagnole.

« Ceci suffit-il comme rémunération ? l'entendis-je dire.

– Soyez tranquille. »

Je frappai à la porte. Il y eut un silence, puis des bruits étouffés. J'attendis quelques secondes avant d'ouvrir. Margreet était seule et remuait le contenu d'un petit pot. La porte donnant sur la cour était ouverte.

L'odeur provenant du bocal était nauséabonde.

« Polypore de mélèze... appris-je sans avoir posé de question.

– Pardon ?

– J'ai mis du polypore de mélèze, entre autres. L'un de nos hôtes est constipé, et je lui ai promis une tisane. Notre homme va chier comme un merle.

– En tout cas, ça pue comme une horde de béguines malpropres devant un établissement de bains fermé. Et même si j'apprécie que tu prodigues ton aide et tes conseils à nos hôtes, je trouve que tu ne dois pas non plus faire leurs quatre volontés.

– Je ne comprends pas ce que tu dis. Tu es content ou pas ?

– Je t'ai déjà dit de ne pas te rendre trop populaire avec ton datura, ton lait de lapine et ton fiel de sanglier.

– Ça aide les gens.

– Celui qui en doute a sa place en enfer, mais ce n'est pas la question. Si trop de gens commencent à venir ici, ça va mettre de mauvaise humeur d'autres bonnes femmes qui pratiquent ton art. Et une femme jalouse tient une torche dans sa main, comme tu le sais. Tu m'as demandé récemment d'être prudent. Il serait peut-être bon que tu appliques toi-même tes bons conseils.

– Je suis contente que tu abordes le sujet. Est-ce que tu as parlé à ton hôte si bruyant ? L'inciter à un peu de prudence ne ferait pas de tort non plus. »

C'était sa tactique. Elle inversait les rôles.

Elle était impossible à coincer.

« Évidemment… » dis-je, sans bien sûr parvenir à cacher mon hésitation.

Margreet rit.

« Tu mens, imbécile. »

C'est seulement après que j'eus frappé trois fois que l'Anglais ouvrit la porte. J'avais apporté son souper. Par l'entrebâillement, il regarda le bol de carbonade fumante et demanda s'il pourrait avoir du poisson le lendemain. D'un air hésitant, il me laissa entrer et m'indiqua d'un signe de tête une table surchargée de livres et de papier. En maugréant des excuses, il déplaça quelques objets, empila des ouvrages et me montra l'endroit où je pouvais déposer le bol. Les bougies fumaient. Quelques blocs de tourbe finissaient de se consumer dans la cheminée. L'automne s'achevait sur des jours de brume froide.

« Merci encore pour vos bons soins, me dit-il soudain, sans doute parce que, pour une fois, j'avais abandonné mon amabilité habituelle.

– *My pleasure, master Dee.* »

Les mises en garde de Margreet ne cessaient de résonner dans ma tête. Elle avait encore réussi à semer la nervosité en moi, et j'avais passé la journée à tenter de me rassurer et à me reprocher en même temps de m'être à nouveau laissé influencer par elle.

Tout en bâillant, le savant jeta un bref regard par l'étroite lucarne.

« Il a fait sombre toute la journée…

– En effet.

– Tout est bloqué. La Lune est en Gémeaux, demain elle sera pleine en Cancer. Je ne serais pas surpris que du feu apparaisse dans le ciel, et je sens le feu en moi aussi, enfin... ça s'annonce depuis des jours. Je l'attends depuis début juin, quand Mars et Jupiter étaient en conjonction. À ce moment-là, j'ai su qu'il était temps d'entamer les préparatifs... »

Je le dévisageai. Il était mon hôte depuis plusieurs semaines, et la dernière chose à laquelle je m'attendais était ce soudain partage désinvolte de sa grande connaissance des planètes et de leur singulière influence sur nous et tout ce qui vit. Éclairé par la faible lueur des trois bougies sur la table, il ressemblait subitement à un vieil esprit de la forêt, alors qu'il avait selon moi entre trente et quarante ans.

« Je ne sens pas grand-chose de cette conjonction... »

Maître Dee rit.

« Vous n'avez pas bien écouté ou alors j'ai parlé trop vite. La conjonction a eu lieu début juin. Quelques jours plus tard, il y a eu une éclipse solaire et une autre au début de ce mois.

– J'ignorais tout cela.

– L'éclipse n'était pas visible d'ici, monsieur l'aubergiste. Mais ces phénomènes affectent l'âme de chacun, qu'on le sache ou non. L'été dernier, je sentais que quelque chose se préparait pour moi. Vous connaissez cette sensation ?

– Le temps me manque pour m'attarder là-dessus... »

En d'autres termes : le passé continuait de me mordre l'âme. Mais ce n'était pas le genre de chose que je pouvais dire à un grand esprit. Qu'avait-il à faire d'un homme qu'une malédiction détournait de l'avenir ?

« Préparez-vous à un long hiver. »

Il me regarda d'un œil scrutateur.

« Long comment ? »

Dee secoua la tête.

« Beaucoup trop compliqué d'expliquer ça à quelqu'un qui a peu de notions des planètes, je crains.

– Mais vous le sentez dans vos os… »

Dee grimaça et porta un instant la main à sa hanche.

« Restons-en à cela, en effet.

– Maître, il est indigne de vous que j'aborde ce sujet, mais par mesure de prudence, je vais quand même le faire. On m'a informé que vous faites parfois du bruit dans cette chambre. On risque de vous entendre jusqu'en bas. »

Le savant me fixa sans bouger pendant un moment.

« Vos clients se sont plaints ? demanda-t-il enfin.

– Non. Mais la bonne… »

Entendre qualifier Margreet de « bonne » m'énerva aussitôt. Mais comment devais-je l'appeler, elle qui avait le don de me faire enrager comme personne ? Peut-être devais-je l'appeler « sainte Je-Sais-Tout », comme sur la caricature qui se vendait aussi dans mon auberge : une dame assise sur un âne, comme la Vierge fuyant en Égypte, avec une pie qui jacasse sur sa tête, un petit cochon sous un bras à la place d'un enfant, et un chat dans l'autre. Sainte Je-Sais-Tout avait toujours raison, ne fermait jamais son clapet et semait la zizanie partout où elle passait, à cause du flot de critiques qui jaillissait d'elle.

Dee se tut et se prépara à entamer son souper, comme si j'avais déjà quitté la pièce.

« Maître ? »

Il posa sa cuiller et leva les yeux vers moi.

« Que voulez-vous que je vous dise, l'aubergiste ?

– Je vous le répète, je ne veux pas vous offenser. Vous êtes ici en sécurité, mais il nous faut être prudents, comme l'a expliqué notre ami commun, Ortelius. Je sais que d'ici quelques jours, vous rep…

– Je vais probablement devoir rester plus longtemps que prévu. J'espère que cela ne vous pose pas de problème ?

– Bien sûr que non. Vous pouvez rester aussi longtemps que vous le souhaitez, mais…

– J'ai déjà visité votre ville il y a quelques années. C'est un endroit merveilleux. C'était déjà très animé à l'époque, et ça l'est encore plus aujourd'hui. Vous pouvez vous considérer comme bénis, vous et vos amis de la Famille. »

Il me regarda d'un air interrogateur, mais avant que j'aie pu répondre quoi que ce soit, il reprit :

« Le savoir qu'il y a ici, monsieur l'aubergiste... Les imprimeries sont un véritable trésor. Je suis un chercheur de vérité, voyez-vous, et cette ville est l'endroit où je trouve mon bonheur sous forme imprimée. La plupart des hommes peuvent perdre la tête pour une femme ; moi, c'est pour la connaissance. Vous comprenez ? Il y a deux ans, j'ai eu le privilège de pouvoir ouvrir ce livre... »

Il prit l'un des ouvrages sur sa table.

« C'est un exemplaire manuscrit, comme vous pouvez le voir. Il n'a même pas été imprimé. Vous comprenez pourquoi ? Si ce livre venait à être confié à des presses pour être distribué, chaque imprimeur aurait la maudite Inquisition sur le dos. Même un homme habile comme votre Christophe Plantin ne pourrait plus se cacher à Paris, comme il a apparemment dû le faire il y a quelque temps... »

Le savant regarda la carbonade et en enfourna une généreuse bouchée. Mâchant bruyamment, il poursuivit :

« J'ai eu dix jours pour recopier ce livre, car il est d'une valeur inestimable, et on me l'avait prêté. J'ai cru devenir fou. J'ai travaillé jour et nuit. Et vous savez pourquoi ? Oh non, je ne peux pas vous expliquer ça. À l'époque, je ne comprenais presque rien de ce que je transcrivais. Parce que l'écriture est cryptée ! Mais je savais... je sais que cela m'a... fertilisé. Cela fait des années que je porte en moi une idée, une possibilité de... Et maintenant, pouvez-vous l'imaginer, j'ai à nouveau la chance de compulser ce livre, avec la somme de notes que j'ai rassemblée pendant des années et toute la réflexion que j'ai menée pour percer les mystères de la nature. La nature est un livre de Dieu, monsieur l'aubergiste, mais il est particulièrement difficile à déchiffrer. Et c'est précisément ce que j'essaie de faire dans mon opuscule. Vous comprenez ? »

La cuiller replongea dans la carbonade.

« Ce qui se passe, donc, c'est ceci : dans cette chambre que vous avez si généreusement mise à ma disposition, je suis en train d'accoucher. Avec à mes côtés ce livre qui m'a fécondé, et tous les autres livres que vous voyez sur la table, ma propre marque est en train de naître, mon propre livre. Ce que votre bonne a entendu, ce sont les cris d'un homme qui accouche après des années de gestation. »

Il mastiqua un morceau de viande, déglutit et inspira profondément.

« C'est pour ça, voyez-vous, c'est pour ça... Pardonnez-moi, vous n'avez pas idée, je le sais aussi, mais... vous avez le droit de savoir. Je vous mets dans la confidence pour que vous puissiez mieux comprendre où cela... où moi, en tout cas... »

Il détourna le regard.

« Je vous demande juste d'être un peu plus prudent, maître.

– Message reçu, monsieur.

– Appelez-moi Beer, maître. Comme tout le monde. Je ne suis pas un monsieur.

– Dorénavant, je mordrai sur un bout de bois pour ne pas crier, cher Beer. »

Je hochai la tête et me préparai à quitter la pièce. Il me retint.

« Mercure est sur le point de croiser la Tête du Dragon. C'est le moment de prendre le chemin de l'âme. De le reprendre, dans votre cas. N'est-ce pas ? Avec toute la souffrance que vous avez à porter, toute cette mort autour de vous. Vous vous considérez comme trop maudit à une époque malheureusement fort maudite. »

Humilié, je me tenais là devant ce magicien digne d'un Merlin l'enchanteur. Je m'inclinai pour la seconde fois, maladroitement, et refermai la porte sans bruit derrière moi, tel un escroc effrayé, pris la main dans le sac par un autre escroc. L'homme m'avait percé à jour sans rien savoir de moi.

Quelques jours plus tard, vers midi, les sieurs Niclaes Jonghelinck et Hoefnagel père décidèrent de prendre place à l'une de mes tables pour se régaler d'un cochon de lait et de vin du Rhin. Ils avaient secoué le givre de leurs luxueux manteaux à col de fourrure et s'étaient réchauffé les mains au-dessus du feu avant de s'asseoir. Tout en mangeant, l'un et l'autre lorgnaient régulièrement dans ma direction. Quand ils commandèrent les dernières pintes, ils demandèrent que je les leur apporte personnellement à leur table. Ces deux-là m'avaient l'air cul et chemise. Ils étaient presque seuls à présent. La plupart des autres clients étaient déjà partis.

« Votre cochon de lait mérite des compliments, dit le sieur Hoefnagel en se passant le pouce et l'index sur les lèvres. Mais l'utilisation que vous faites de cette épice particulière exige un estomac solide.

– Vous parlez du poivre ? Je ferai savoir à Margreet que ses épices sophistiquées ne sont pas au goût de tout le monde. »

Les deux messieurs ricanèrent comme s'ils venaient d'entendre un âne avec un défaut de prononciation citer quelque phrase subtile tirée des lettres de saint Jérôme.

« À propos... dit le sieur Jonghelinck. Asseyez-vous et buvez un peu de vin avec nous. »

Je fis venir un troisième gobelet et me servis un fond.

« Vous savez, Beer... Vous êtes notre trésorier. Oui, vous pouvez vous voir ainsi.

– C'est une marque d'honneur que je ne comprends guère.

– Vous avez quelque chose qui est pour nous d'une valeur inestimable, poursuivit le sieur Hoefnagel.

– Ou quelqu'un... » ajouta le sieur Jonghelinck.

Ses mots étaient un peu maladroits, comme s'il lui en coûtait de s'adresser à un subalterne. Ce genre de personne affirmait parfois que chacun devait connaître sa place, entendant surtout par là que chacun devait apprécier correctement sa place sociale et sa fortune. Ce n'était pas une raison pour me plier à leurs désirs dès qu'ils claquaient des doigts. Je ne pouvais pas m'en empêcher : j'aimais cracher sur le gril qu'on allumait sous mon cul. Je m'éclaircis donc la gorge.

« Vous vous exprimez par énigmes, messieurs. Comme dit le sage, le vin trouble ne profite à personne.

– De quel sage parlez-vous ? demanda le sieur Hoefnagel, décontenancé.

– Allons, Jacob, le réprimanda son compagnon avec impatience, cessons de tourner autour du pot ! Beer, nous avons un service à vous demander. »

Je pris une gorgée et me renversai contre le dossier de ma chaise.

« Je suis tout ouïe.

– C'est au sujet de l'Anglais qui séjourne chez vous.

– J'en ai plusieurs. »

Le sieur Jonghelinck murmura précipitamment :

« Nous voulons parler de celui qui demeure ici exclusivement la journée, qui est là, à cet instant même, et qui loge ailleurs la nuit. »

Je pris une profonde inspiration.

« Cet homme est ici sous la protection de la Famille à laquelle vous appartenez tous les deux.

– Et dont vous faites partie aussi, Beer.

– Je pensais avoir compris que tous ensemble nous devions veiller à ce que cette personne ne soit pas dérangée. Plus encore : que nous n'en parlerions même pas, précisément à cause de cette prudence à laquelle vous m'exhortez. »

Je regardai les deux messieurs. La patience de Hoefnagel était déjà à bout.

« Cher ami, vous souffrez d'un orgueil mal placé. Le ciel soit loué, il existe un remède à cela. Combien voulez-vous ? »

Jonghelinck se recroquevilla. Je l'avais mal jugé. Je comprenais à présent qu'il ne me regardait pas de haut, mais qu'il avait du mépris pour la situation même dans laquelle il se trouvait.

Hoefnagel poussa vers moi une bourse pleine de pièces.

« Ceci pourrait être à vous.

– En réalité, tout cela est bien innocent, ajouta Jonghelinck tout bas. Cela concerne une cargaison de magnifiques tapisseries que nous voulons expédier en Espagne… et nous souhaiterions obtenir quelques informations de notre auguste hôte anglais.

– Comptez les pièces dans la bourse.

– Elle est suffisamment lourde, messieurs.

– Affaire conclue ? »

Quel mal y avait-il, me dis-je, à gagner un peu d'argent sur le dos de ces deux paillasses ? Ortelius ne s'était plus manifesté depuis des semaines. Le livre que cet astrologue écrivait dans ma chambre de bonne était peut-être intéressant, il ne semblait pas non plus d'une importance capitale. Si ses factures étaient payées, c'était avant tout parce qu'il avait conseillé la Famille dans le cadre de cette mission au pôle Nord ; personne ne se souciait réellement du travail d'écriture qu'il effectuait sous mon toit. Ils pouvaient tous aller se faire voir.

« Nous avons un marché ou pas, l'aubergiste ? »

Je pris la bourse sur la table.

« Bon sang, vous êtes doué pour donner aux autres l'impression de mendier. Vous faites ça avec tous vos clients ? »

Hoefnagel me toisa encore une fois sévèrement. Puis il se dirigea vers l'âtre, ouvrit sa braguette et pissa un long moment dans le feu, la main gauche appuyée contre le manteau de la cheminée.

« Eh beh, me fit Jonghelinck avec un clin d'œil. Ça soulage apparemment. »

« Maître… »

Je frappai à nouveau à la chambre du vénérable sieur Dee. Derrière moi se tenaient les deux idiots prétentieux, qui jetaient des regards mornes, comme si la porte du Paradis était fermée parce que saint Pierre n'était pas d'humeur pour l'instant.

« *A moment of your valued time, dear Master*[1]… » gémirent les deux escogriffes devant la porte close.

Quelques secondes plus tard, Dee entrouvrit enfin. Il me regarda d'un air distrait, puis vit derrière moi les deux têtes qui s'inclinèrent presque jusqu'au sol. Le savant soupira.

« Ces membres émérites de la Famille aimeraient vous parler.

– Seulement si c'est strictement nécessaire et pour un temps limité… »

La porte s'ouvrit un peu plus, et les deux compères se glissèrent dans l'embrasure avec force courbettes.

« Merci, l'aubergiste. »

Hoefnagel voulut refermer la porte derrière lui, mais Dee l'en empêcha.

« Beer va rester avec nous, si vous le voulez bien. Il sait combien mon temps est précieux et gardera un œil vigilant sur l'horloge.

– *It is most private*[2], tenta faiblement Hoefnagel.

---

1. Un instant de votre temps précieux, cher maître.
2. C'est très privé.

– Mon temps également », soupira le savant.

Il désigna deux chaises et fit un signe de tête en direction du lit sur lequel je m'assis, mal à l'aise, ne sachant guère quel serait mon rôle dans cette pièce.

Dee s'installa à son bureau. Ses yeux étaient fermés, et il se frottait le ventre comme s'il venait de manger une assiette de porridge. Son bonnet phrygien était de travers sur sa tête. Toute cette connaissance qu'il avait en lui, qui lui permettait de savoir comment nos âmes étaient reliées par les influences tellement complexes et interagissantes des planètes, ou encore quel métal ou quelle plante avait le bon effet au bon moment, ne pouvait que remplir ce modeste corps des pieds à la tête, non ? Existait-il quelque chose qu'il soit incapable de comprendre ? Depuis notre dernière conversation, j'y avais beaucoup réfléchi. Ne lui suffisait-il pas d'un coup d'œil pour tout savoir sur tout le monde ?

« Nous sommes extrêmement honorés que vous acceptiez de nous recevoir et ravis au plus haut point de pouvoir...

– ... vous soumettre une petite requête, cher monsieur, compléta Jonghelinck.

– Comme vous l'avez peut-être constaté la dernière fois que nous nous sommes vus, le sieur Jonghelinck et moi-même avons le grand honneur, dans cette belle ville où nous avons eu le plaisir de vous accueillir... »

Il y eut un silence. Hoefnagel, subitement très nerveux, avait déjà perdu le fil.

« Peut-être que Beer peut aller nous chercher un pichet de vin, afin que nous puissions, en toute convivialité et mutuelle amitié... »

Dee laissa échapper un petit rire.

« Il s'agit de bateaux, je suppose. »

La franchise de l'hôte anglais prit les deux hommes au dépourvu.

« De bateaux, en effet, murmura Hoefnagel, encore tout déconcerté.

– Avez-vous suffisamment chaud, maître ? Votre manteau semble épais, et le feu ne brûle pas mal non plus, je vois. Néanmoins, un mot de vous, et je vous fais apporter de la tourbe de la meilleure qualité...

– Merci, monsieur Jonghelinck, mais pour l'instant, je suis satisfait. »

Le maître commençait visiblement à prendre un certain plaisir à regarder se contorsionner les deux marchands.

« De toute façon, comme vous savez, mon temps est limité. Vous voulez que je vous dise le bon moment pour appareiller d'après la position des planètes, c'est cela ? »

On aurait dit qu'il avait demandé à Jonghelinck et Hoefnagel de se déshabiller pour témoigner de leurs péchés au Jugement dernier.

« Vous n'avez pas d'autres érudits à disposition dans cette ville ?

– Certes, certes, répondit Jonghelinck.

– *But we want only the best!* s'écria Hoefnagel.

– *And this is you! You are the best*[1]*!* »

Dee me lança un regard impénétrable et répondit sobrement :

« La qualité se paie...

– Évidemment ! »

La somme énoncée par Dee me laissa pantois, mais Hoefnagel et Jonghelinck semblaient s'attendre à cet ordre de grandeur, même si une certaine déception se lisait dans leurs yeux, à présent qu'ils découvraient que l'illustre maître connaissait son prix. Ils devraient faire preuve de patience, mais ils se verraient bientôt communiquer le moment adéquat pour un départ sans encombre de leurs si onéreuses

1. Mais nous ne voulons que le meilleur ! Et c'est vous ! Vous êtes le meilleur !

tapisseries apocalyptiques. Penauds, ils prirent congé. Alors que je m'apprêtais aussi à quitter la pièce, la main osseuse de Dee m'arrêta.

« Vous avez encore un instant ? »

Le maître me versa un peu du blanc d'Alsace qu'il aimait boire durant la journée.

« Je dois vous remercier. Spontanément, vous avez fait en sorte qu'une somme généreuse m'échoie. À la vôtre ! »

Nos gobelets s'entrechoquèrent.

« Tous ces projets, tous ces hommes qui ont des projets, soupira-t-il.

– C'est comme ça ici, maître. Pardonnez-moi si j'ai...

– Cette ville souffre de folie des grandeurs. Il y a en effet un danger à voir aussi grand. Mon pays est capable de réaliser de telles ambitions. Mais jamais, au grand jamais, cette ville-ci ne sera en mesure de rivaliser avec nous. Vous n'ignorez pas que toutes les terres entourant le pôle Nord nous appartiennent ? Vous êtes au courant que la mission de votre Famille tente d'atteindre la Chine en passant par le Grand Nord ? Bien sûr que vous le savez. Savez-vous aussi que c'est moi qui ai parlé à mon ami Ortelius de l'existence de ce passage du Nord-Ouest ? C'est l'un des quarante-neuf anges qui gouvernent cette planète qui me l'a fait comprendre. Et j'espère que vos compatriotes trouveront ce passage. S'il peut être cartographié, c'est d'autant mieux pour nous, voyez-vous. Car c'est la terre d'Angleterre qui est là sous la neige et la glace.

– Personne ne s'en est jamais revendiqué propriétaire, que je sache.

– Vous ne savez pas grand-chose, je le crains. Notre roi Arthur a conquis le Danemark et la Norvège il y a de cela des siècles. Partant de l'Écosse, il a soumis l'Islande, le Groenland et la chaîne montagneuse entourant le pôle Nord. Les indigènes se sont prosternés à ses pieds. Ces terres nous reviennent donc de droit, elles sont à nous. Hélas… notre reine se trouve dans une position vulnérable. Des espions papistes complotent contre elle, et il convient de rester vigilant, avec ces nobles qui grouillent comme des serpents autour d'elle. Mais je sais qu'elle en sortira victorieuse et… il sera alors temps de reprendre nos terres qui, d'ici là, je l'espère, auront été cartographiées. »

Il toussota deux fois et détourna le visage un instant, avant de cracher dans l'âtre.

« Quelle est à votre avis la juste part qui vous revient, dans l'argent que m'offrent ces deux messieurs ? J'avais pensé à la moitié, mais cela ne me semble pas équitable. Me contenterai-je d'un tiers, et que le reste aille dans votre bourse ? Après tout, ce sont vos contacts, c'est votre ville… n'est-ce pas ? Votre ville ambitieuse, remplie d'ambitieux et d'aubergistes qui rendent ces ambitions possibles…

– En aucun cas, maître ! Je ne veux rien du tout.

– J'en déduis que vous avez déjà reçu votre écot. Ces deux messieurs ont dû délier les cordons de leur bourse pour que vous acceptiez de les mener jusqu'à ma chambre et me les présenter. Vous êtes généreux, monsieur Beer, mais vous sous-estimez votre contribution. »

Dee reprit une gorgée et regarda un moment sur le côté.

« Judas ne fut-il pas grassement payé, lui aussi ? »

Il me fallut un moment pour comprendre ce que signifiait cette phrase. Je vis dans la lueur des flammes une souris, assise sur ses pattes arrière, en train de grignoter en m'observant d'un air pensif. Si le crochet en fer qui servait à glisser les blocs de tourbe dans l'âtre n'avait pas été si loin, j'aurais pu l'abattre sur sa tête. N'importe quoi, pourvu que je fasse quelque chose, un prétexte pour ne pas rester assis là comme un morveux à qui on tirait les oreilles.

« Je ne suis pas un traître… dis-je tout bas.

– Vous dites ?

– Je ne suis pas un judas.

– Judas non plus n'était pas un traître. Du moins, il ne s'est pas trahi lui-même. Il était ce qu'il était. Il a flairé une aubaine et a joué sur l'offre et la demande. On me dit parfois que je me suis détourné du monde et de ses préoccupations matérielles. Mais ce n'est pas parce qu'un homme souhaite écouter la musique supérieure de l'Univers ou qu'il tâche de déchiffrer le livre de la vie qu'il ne sait plus ce que sont l'offre et la demande. »

Je baissai les yeux, honteux. Il était comme un équarrisseur occupé à démembrer ma carcasse. Il était presque comme Toi, mon Dieu.

« Bien, dit soudain le maître avec entrain, je prends acte que vous renoncez à la part à laquelle vous avez droit, Beer. Cela tombe bien. Par ailleurs, le sieur Sambucus a lui aussi une faveur à vous demander, pour laquelle il entend vous dédommager. Je lui ai dit que vous n'auriez pas d'objection. Il sera de retour prochainement et espère pouvoir vous parler. Voyons-nous ici à l'occasion d'un souper que je lui offrirai dans cette chambre. Pas de carbonade, s'il vous plaît ! Ni de poisson ! Nous voudrons du porc.

– Je vais arranger ça… murmurai-je.

– Comme vous arrangez bien des choses, Beer. *O yes, blessed Angels Gabriel and Michael, this man will earn his keep and keep what he has earned*[1]. »

Dee leva les yeux et rit comme s'il Te reconnaissait, ô Toi, Dieu du ciel, comme son égal.

---

1. Oh oui, Gabriel et Michel, anges bénis, cet homme gagnera sa vie et gardera ce qu'il a gagné.

J'ai connu quelques hivers rigoureux à Amsterdam. Et chaque fois, je dois faire attention de ne pas céder à un sentiment de malheur imminent dès que les nuages s'assombrissent ou que la neige tombe. Néanmoins, rien de ce que j'ai vécu ici ne peut être comparé à la période où John Dee séjourna dans mon auberge d'Anvers. Cet hiver 1564 restera gravé dans ma mémoire pour le restant de mes jours. On ne savait pas très bien combien de temps Dee allait rester dans ma chambre de bonne, et plus son séjour se prolongeait, en ces jours hivernaux, plus j'étais agité. Sa présence avait allumé en moi un désir de savoir. Je voulais élucider une vérité que je croyais entre ses mains. Il me donnait l'impression d'avoir vraiment compris Ta création. Celui qui en est là, me disais-je alors, sait aussi d'où vient la souffrance, et pourquoi certains sont éprouvés et d'autres non. Je considérais Dee comme un sage de chair et de sang, pas comme un saint. Il voyait des choses, j'en étais convaincu, et ce qu'il voyait pouvait m'aider à mieux comprendre mon existence. Ce n'était donc pas non plus un hasard si, pendant son séjour dans mon auberge, l'hiver commença le jour où nous honorions un saint assassiné pour avoir vu des choses qu'il n'avait pas su taire.

Saint Étienne était à peine un homme lorsqu'il eut ses premières visions. Il partagea son grand secret et révéla qu'il Te voyait là-haut avec Ton Fils. On le traita de menteur et d'arrogant, et on l'accusa de proférer des blasphèmes alors qu'il n'avait même pas encore de poil au menton. Car dans nos prières, Seigneur, nous marmonnons que nous ne sommes pas dignes de Te recevoir. Si jamais Tu devais finir par t'adresser à l'un de nous, personne ne pourrait le croire, et de cette incrédulité malsaine, nul ne guérira plus. Est-ce pour cela qu'en général Tu préfères Te taire ? Saint Étienne n'aurait-il pas mieux fait de se taire, lui aussi ? N'était-il pas condamné parce que Tu avais choisi de lui donner un signe, à lui ? Car il répéta ses paroles, et une pierre l'atteignit au visage. Les gens reculèrent, car la haine était devenue acte. Mais leur hésitation ne dura pas bien longtemps, car le sang qui gicle et la vulnérabilité laissent croire que l'on peut tuer les paroles et les dons. Une pluie de pierres ne tarda pas à s'abattre sur lui.

C'est donc le jour de sa fête que l'hiver assiégea Anvers, tel un seigneur de guerre qui entendait y rester longtemps.

La boue dans les rues commença par durcir, avant d'être totalement recouverte par la neige qui tombait sans trêve. Une brume blanche flottait au-dessus de l'Escaut, de sorte que l'autre rive n'était déjà plus visible. Les bateaux glissaient lentement sur le fleuve, et l'eau était semblable à du lait qui se transforme en beurre. Ensuite, nous entendîmes la glace craquer sur les quais. Certains navires étaient restés coincés au milieu d'un cours d'eau qui ne coulait plus. Les cloches du couvent, derrière mon auberge à gauche, sonnaient sourdement, et les gens dans les rues devenaient plus silencieux. Çà et là, j'entendais des débardeurs rire, mais bien vite ils se mirent à pester lorsqu'ils se retrouvaient pour la énième fois les quatre fers en l'air. Au début de cet hiver, l'idée vint me hanter que nous avions nous-mêmes provoqué le froid : il était venu et s'attardait pour nous donner une leçon, qui sait, pour nous débarrasser de notre épais manteau de fourrure d'orgueil.

Le sieur Sambucus était revenu avec une nouvelle cargaison de livres. John Dee m'informa qu'il souhaitait offrir un repas exceptionnel à son ami. Après que le maître m'eut dit le nom du plat en question, je fis comme si nous en servions régulièrement et lui assurai que j'allais mettre Margreet au travail.

À cette dernière, je jugeai préférable de ne pas préciser de qui émanait la demande, car elle était encore très soupçonneuse à son égard.

« Un de nos hôtes veut un repas de fête pour deux. Tu sais ce qu'est un *porcus Trojanus* ?

– Bien sûr que je le sais. Et il en veut seulement pour deux personnes ? Alors je sais aussi que c'est un glouton. Attends une seconde... Je le lis dans tes yeux. C'est pour l'Anglais de la chambre du haut, je suppose ? »

Je soupirai. Elle et moi étions embarqués dans une farce sans fin.

« Ne t'inquiète pas, Beer. Je ne mettrai pas de poison dedans. »

Je fis appel à mon idiot de domestique, Alwin, pour aider Ward à porter le porc à la troyenne à l'étage. La bête était farcie de saucisses de poulet piquantes, de foies de canard, de rôti de dinde, de pommes et de prunes, véritable insémination forcée d'excès de chère.

« Pour l'amour du ciel, faites attention ! Ne renversez pas ! »

Alwin et Ward étaient tout aussi tendus que moi qui montais les marches derrière eux avec deux cruches du meilleur orléans, un pinot noir qu'un poète fripon avait décrit avec beaucoup d'emphase comme du sang royal, Sang Réal, le sang du Saint Graal donc, une anecdote qui, je l'espérais, ne manquerait pas de plaire à maître Dee. Lorsque nous entrâmes avec la nourriture, je vis Dee rayonner, et Sambucus paniquer.

Deux heures plus tard, je remontai, cette fois avec mon meilleur vin doux, un *bon vin blanc bastard** du sud de l'Espagne, que l'on fait réduire et auquel on ajoute du malt. Ce vin vous abat un colosse en trois gorgées.

Derrière la porte, cela discutait ferme.

« Non, entendis-je Sambucus dire d'un ton très sec. Pour la énième fois, je ne vous vendrai pas ce livre. Vous n'avez pas l'argent.

– La couronne anglaise se porte garante pour moi !

– Je ne vois ni votre reine ni son gouvernement dans cette pièce, et c'est tout ce qui compte. Les garanties ne veulent rien dire.

– Je vous répète qu'il y va de l'intérêt de l'État !

– C'est le vin qui parle, cher confrère, et vous devenez fatigant. Cessez donc. »

Après avoir frappé une deuxième fois, j'ouvris la porte.

Dee avait le regard trouble et se tenait au milieu de la chambre avec une liasse de papier au côté renforcé par des lanières de cuir.

« C'est inimaginable, Beer ! Mon estimé ami est l'être le plus têtu que je connaisse. Même un festin tel que celui que vous nous avez concocté n'a pu le convaincre de me vendre ce *Steganographia* de Trithème. C'est incroyable, non ? »

Le maître me regardait avec dans son ivresse l'illusion que je pourrais intervenir en père, comme s'il s'agissait d'une insignifiante querelle de morveux. Sur l'un des fauteuils usés, Johannes Sambucus regardait fixement devant lui comme s'il venait de tomber d'une charrette et ne s'était pas encore remis du choc.

« Ne mêlez pas cet homme à notre conversation, John. Arrêtez. Je ne vous vendrai pas ce livre. »

Le sol était jonché de restes de nourriture, et Bombo et Mädel se régalaient, à mon grand dam, du porc farci dont la tête oscillait au rythme des coups de mâchoire des deux maigres chiens de chasse.

« Un petit digestif ? proposai-je, en essayant de sourire.

– Après ce remarquable repas, monsieur Sambucus et moi-même insistons pour que vous buviez avec nous. N'est-ce pas, Johannes ? » fit Dee avec un clin d'œil.

Il reposa le livre, à nouveau plein d'entrain, comme si rien ne s'était passé.

Sambucus fit un vague geste de la main dans ma direction. À la lueur du feu de tourbe, son visage paraissait rouge et bouffi.

« Votre bête était un attentat contre la sobriété, la parcimonie et la modération... soupira-t-il.

– Il vous taquine, Beer.

– C'était beaucoup trop copieux, enfin !

– Vous permettez ? »

Dee m'enleva la cruche des mains et remplit trois généreux gobelets.

« Trinquons pour vous remercier de vos bons soins.

– Votre présence honore cette maison, maître Dee, répondis-je.

– Et à ce repas ! continua Dee. Ne l'oublions pas. Je vous en suis très reconnaissant. »

Le Hongrois se mit à rire péniblement.

« En ce qui me concerne, je voudrais plutôt l'oublier. Et dire que la nuit doit encore arriver... Le monde se goinfrera jusqu'au jour où il ne restera plus un seul animal ni la moindre carotte. Mais mes paroles sont vaines. Savez-vous ce que Juvénal écrivait ? *Abstineas igitur damnandis*, garde-toi de ce que tu réprouves... Vous avez essayé de me séduire, John, et vous n'avez pas réussi. Tout juste êtes-vous parvenu à nous surcharger l'estomac à tous les deux.

– Monsieur Sambucus ! Maintenant, vous me décevez. Et la cuisinière de Beer qui s'est donné tant de peine !

– Estimé confrère, je considère comme un péché de m'être ainsi laissé aller, car cela donne encore une fois raison à Juvénal. Mais maintenant que mon estomac est plein, parler de péché n'a plus de sens. »

Bombo et Mädel levèrent sur le côté des yeux ensommeillés, puis retournèrent au cochon à moitié vidé avec une vigueur renouvelée.

Je resservis du vin aux deux messieurs. Sambucus souffla, mais tendit quand même son gobelet.

Il se plaignit un peu des Fugger, une richissime famille de banquiers qu'on préférait appeler les Foucquers. Quiconque traitait avec eux avait intérêt à surveiller ses deniers. Comme ils faisaient des affaires depuis la Suède jusque dans le sud de l'Italie, ils offraient à qui pouvait se le payer un service d'acheminement de paquets sur tout le continent. Sambucus avait envoyé vers son adresse à Vienne un lot de livres achetés à Paris et n'avait toujours pas reçu confirmation de leur arrivée, soupirait-il.

« Le transport par bateau est plus sûr, et la ville portuaire dans laquelle nous nous trouvons est idéale... » approuva Dee en regardant son compagnon avec insistance.

Sambucus toussota et dit que j'étais manifestement quelqu'un de respecté, qui jouissait de la confiance de gens intelligents et naturellement grands lecteurs dans une ville obsédée par les livres.

« Bonté divine, demande-lui simplement... chuchota Dee.

– Je n'ai plus confiance dans mon adresse à Paris, l'aubergiste. Chez vous, ils sont plus en sécurité. Je voyage beaucoup, comme vous savez, et j'achète des livres partout. J'aimerais les envoyer ici par bateau et les rassembler chez vous. Et le moment venu, je reviendrai et ferai expédier le tout à Vienne.

– Combien de livres ? » demandai-je.

Maître Dee me regarda, stupéfait.

« C'est une mauvaise question, Beer. À votre place, je demanderais à monsieur Sambucus combien il souhaite vous payer pour cette faveur. »

Je hochai la tête.

« C'est bon. Je vais leur trouver une place.

– Merci beaucoup, monsieur Beer. Et bien sûr, je vous dédommagerai comme il se doit. Je compte sur vous pour garder secrets notre arrangement et le lieu où vous entreposerez mes livres. »

Les chiens s'étaient couchés près de leur repas. Ils bâillaient à s'en décrocher la mâchoire.

De la pointe du port, je voyais la glace s'étendre jusqu'à l'autre berge du fleuve. Juste devant moi, un noble personnage s'était assis sur sa culotte bouffante en velours, encouragé par sa femme et ses enfants. Son visage était partiellement dissimulé par une barrette à la mode en forme d'œuf, surmontée d'une plume de faisan qui frémit lorsqu'il rendit ses signes à sa famille, le miroir blanc de verglas déployé devant lui.

« Chiche ! » lui lança sa femme tout aussi élégamment vêtue que lui. Elle mit les mains sur ses hanches et se pencha légèrement en avant, une expression moqueuse sur le visage : « Tu n'oseras jamais ! » Elle regarda leurs enfants, qui hésitèrent à rire. Sacrant et soufflant, le père se laissa tomber prudemment. Des morveux le dépassaient déjà en hurlant. Certains sautaient directement du quai et roulaient sur la glace. Deux autres essayaient de fabriquer un traîneau pour un gamin d'environ quatre ans. Ils utilisaient pour ce faire une mâchoire inférieure de bœuf, reliée à un bout de corde. Le petit poussa des cris de joie quand enfin ils parvinrent à le tirer sur cette luge de fortune.

Très prudemment, je fis aussi mes premiers pas.

Sous mes pieds, la glace donnait l'impression qu'il n'y avait jamais eu d'eau par ici, comme si cette plaine blanche était un cadeau que nous n'avions tout simplement jamais remarqué auparavant. Le froid nous poussait comme le vent à marcher sur la boue durcie, à passer le long de l'eau merdeuse gelée des égouts et à descendre les rues jusqu'à cette terre immaculée. Tous les habitants semblaient s'être donné rendez-vous sur la glace. La grue en bois du port se dressait tel un dragon d'un autre âge, sur ses roues immobiles, silencieuse et oisive. Une poignée de débardeurs et d'autres ouvriers portuaires nous regardaient, les mains dans les poches. Ce qui avait procuré jusqu'à il y a quelques jours encore du travail et de la nourriture à une multitude de gens était maintenant une patinoire d'agrément.

J'étais venu là pour voir mon bon ami Hugo, car je voulais en savoir plus sur l'ouvrage que Sambucus refusait de vendre à John Dee. La chose m'obsédait.

Le libraire avait sûrement déjà déplié son étal de livres sur la glace. Moi-même j'avais dépêché Alwin et Ward pour ouvrir un débit de boissons. Dès que la glace avait été déclarée sûre par les inspecteurs des pistes de patinage, les commerçants et aubergistes avaient sollicité une licence commerciale temporaire et commencé en toute hâte à s'y installer, avant même que le conseil communal n'ait construit des jetées en bois pour en faciliter l'accès.

Un hiver sur la glace signifiait beaucoup de monde, du divertissement et de bonnes affaires.

Sur la large bande gelée entre les deux rives, on avait placé des baraques, monté des étals, et l'on acheminait les premiers fûts. La glace était si épaisse que des feux étaient carrément allumés de chaque côté de la file d'éventaires, où les gens pouvaient farfouiller à leur aise et boire du vin chaud avant de se laisser refiler des patins à nouer sous leurs chaussures. Des hampes de roseaux ondoyantes étaient également distribuées aux badauds, qui paradaient avec. C'était le moyen utilisé pour se repêcher mutuellement en cas de chute dans un trou ou à travers une couche plus mince, mais tous, les femmes comme les hommes, l'utilisaient en guise d'accessoire élégant. La plupart des baraques qui proposaient de la nourriture n'avaient plus de places assises.

Tout le monde mangeait du mouton qui rôtissait sur des broches tournées et arrosées en permanence. L'odeur du thym m'arriva dans une bouffée.

« Deux saucisses de première qualité et un morceau de pain pour un demi-patard, cria quelqu'un derrière moi.

– Une cruche d'espagnol pour sept patards ! »

Moi aussi, j'avais donné ordre à Alwin et Ward de construire une baraque, mais elle était fort probablement beaucoup plus loin. J'aurais dû les envoyer plus vite. Tous les bons emplacements à l'avant avaient été pris par les commerçants les plus rapides. Non loin, des pêcheurs nettoyaient leurs prises sur une grande table. Il y en avait qui fumaient leur poisson sur place. Bien sûr, on vendait de tout. Des vêtements, de l'artisanat, des casseroles et des poêles, et même de l'or et de l'argent.

« Bas les pattes, on ne touche pas à ma marchandise, nom d'un petit bonhomme ! » cria un tailleur à un type qui voulait prendre en main un morceau de tissu indiqué par sa femme, alors que ses mains brillaient de graisse de saucisse.

À ma droite, je vis des jeunes gens danser une ronde, accompagnés par quelques musiciens de Sainte-Cécile qui frappaient sur des tambours et tiraient des sons aigus de chalemies, tandis qu'un autre agitait leur drapeau au rythme de la musique. Il y avait des braseros autour desquels les gens bavardaient. Devant le petit étal d'un orfèvre, je vis des hommes se pencher sur les bijoux, tandis que leurs femmes tapaient du pied en essayant de maîtriser le froid et leur impatience. Assis sur de la paille, trois culs-de-jatte exhibaient leurs moignons dans l'espoir d'obtenir quelques sous. L'un d'eux portait une mitre d'évêque de facture grossière qui happait l'air comme une gueule de poisson. En chœur, ils chantaient des chansons grivoises sur un curé qui « aimait sa cuisinière pour ses fes… tins de Dieu le Père » et sur un pauvre et pieux bourgeois qui n'était « pas jaloux sans cause », car il était « cocu du tout ».

« Pourquoi vous ne voulez pas de moi ? » hurla le faux évêque après leur chanson paillarde, levant son moignon en l'air.

Ce cri lui valut beaucoup d'enthousiasme de la part du public. En effet, les Espagnols et leurs serviteurs n'avaient toujours pas réussi à nous imposer un évêque, et tout le monde ou presque en était fier, même ceux qui acceptaient encore la parole du pape. C'était d'ailleurs pour ça que nous refusions le mot de « cathédrale » pour l'église Notre-Dame. Fierté et acceptation s'entravent quelquefois. Les rires étouffés rapportèrent une belle poignée de patards à l'infirme épiscopal et à ses deux compagnons. Ils ricanèrent en hochant la tête et attendirent un autre groupe de promeneurs qui n'avait pas encore entendu leurs chansons.

Quelqu'un m'attrapa par l'épaule. Je n'avais jamais vu le sieur Jacob Hoefnagel de si joyeuse humeur.

« Quel excellent conseil nous a donné notre sage astrologue John Dee ! C'est quand même étonnant, la facilité avec laquelle un homme doté d'une grande clairvoyance est capable de déchiffrer la position des étoiles. "Immédiatement, nous a-t-il dit, ou bien vous devrez attendre la vigile pascale." Il nous donnait trois jours, pas plus. Imaginez si nous n'avions pas expédié nos tapisseries tout de suite ! Quelle piètre figure nous aurions fait à nouveau auprès de la cour espagnole. Je vous suis très reconnaissant, Beer, d'avoir eu la générosité de nous introduire auprès de lui. »

Ah, cela faisait surtout du bien de voir ces fins négociateurs acclamés de toutes parts si habilement délestés par l'Anglais.

« Oui, je comprends. Il est tout naturel que vous ne souhaitiez pas gâcher les bonnes relations commerciales que vous entretenez avec le prince espagnol que vous exécrez tant. »

Hoefnagel me jeta un regard glacial.

« Vos sarcasmes me déçoivent, Beer. Le négoce de tapisseries est tout simplement un bon investissement. Vous êtes un homme du monde, n'est-ce pas ? Je soupçonne parfois comme un manque de... réalisme de la part de certains... membres de notre Famille. Prenez ce cartographe, Ortelius, avec ses grands souhaits de paix et d'écoute mutuelle. C'est une pieuse idée, là n'est pas la question. Mais est-ce... comment formuler ça de manière suffisamment claire pour que même vous, vous puissiez bien comprendre... est-ce souhaitable ? Le commerce doit primer, avec qui que ce soit, c'est ce que je pense, or le talent qui se trouve dans notre Famille se laisse parfois guider par... ma foi, oui, appelons quand même cela de bonnes intentions. »

Le sieur Jean Grouwels apparut soudain à côté de nous. L'homme que nous appellerions tous plus tard avec aversion « Verge Rouge » avait la particularité de surgir aux moments les plus inopportuns, disparaissant et réapparaissant comme un diable. Hoefnagel contempla avec méfiance le petit homme maigrichon et répondit brièvement à son salut.

J'essayai de dissiper mon malaise par un sourire.

« Vous revoilà chez nous, je vois. Bruxelles est-elle redevenue un peu trop oppressante pour vous ? »

Grouwels rit, découvrant ses petites dents, et acquiesça.

« Je suis parti en quête d'horizons nouveaux, où mes services puissent être mieux valorisés. Vous n'ignorez pas qu'Anvers me plaît beaucoup. »

Il y eut un bref moment de silence tandis qu'il essayait d'attirer l'attention du sieur Hoefnagel, qui regardait à la ronde.

« Nous nous sommes déjà rencontrés, n'est-ce pas ? Jean Grouwels, assureur maritime.

– C'était un plaisir de vous revoir », dit poliment Hoefnagel, et il s'esquiva.

Grouwels le regarda s'éloigner en soupirant.

« Il me faudra du temps pour me constituer un cercle de connaissances. C'est difficile de gagner la confiance des Anversois.

– Vous ne m'aviez pas dit la dernière fois que vous étiez garde forestier ? »

Grouwels haussa les épaules.

« Il faut bien s'adapter... Qui n'avance pas recule, n'est-ce pas ? Puis-je vous offrir un vin chaud ? »

Avant que je puisse objecter quoi que ce soit, il avait déjà fait signe à quelqu'un de l'étal de vin tout près de nous. Nous nous souhaitâmes mutuellement une bonne santé en choquant nos gobelets.

« Je dois vous dire quelque chose, c'est très personnel et vous êtes quelqu'un en qui je peux avoir confiance. »

Le vin sentait la terre aigre et les champignons.

« Voici, monsieur Beer. Je suis maudit. Comme les bateaux un peu plus loin, pris dans la glace sans savoir quand viendra le dégel, je suis prisonnier d'un rêve qui m'oppresse de façon récurrente la nuit. Je rêve de sang, monsieur Beer, de mon sang et de ma fin. »

Il prit une grande gorgée et sembla apprécier ce breuvage amer et sur. Une minuscule feuille de thym collait à son menton.

« D'après moi, ce rêve montre que le versement de mon sang est lié au versement du sang de nombreuses autres personnes. Ce rêve m'a déjà été envoyé il y a des années. J'avais à peine dix-sept ans, je crois. Je me vois marchant dans un marécage rouge qui a jadis été un champ de bataille, avec çà et là un casque rouillé ou une épée rappelant ce passé. Au début, je suis encore entouré d'amis, mais quand je me retourne, ils ont disparu. Dans le rêve, je sais que je m'enfonce de plus en plus dans la boue à chaque pas, mais je poursuis quand même mon chemin. »

Grouwels sourit un instant.

« N'est-ce pas la vie, d'ailleurs, qui est ainsi faite ?

– Pourquoi me racontez-vous ça ?
– Oh, pas pour susciter votre pitié, certainement pas. Je sais comment je finis, mais je ne sais juste pas quand, et c'est ça qui m'empêche de dormir quand je refais ce rêve pour la énième fois.
– Les diseurs de bonne aventure ne manquent pas, si ? »
Fixant le fond de son gobelet, Grouwels dit doucement :
« Vous vous moquez de moi… »
Je sursautai devant cette mystérieuse vulnérabilité qu'il me révélait sans fard. J'aurais été incapable de classer ce petit gars dans un seul des quatre tempéraments. Il pouvait être tout à la fois, du colérique au mélancolique, et alterner en un clin d'œil la menace avec une accablante tristesse.
« Mais non », dis-je, lui serrant même l'épaule avec hésitation.
Il regarda ma main un instant.
« Si, monsieur Beer, c'est ce que vous faites. Car vous et moi savons que dans votre auberge, vous hébergez en secret le grand maître John Dee. Cet homme pourrait sans le moindre problème m'aider à déterminer l'heure de ma mort…
– Je ne sais pas de qui vous parlez… »
Grouwels soupira.
« Pourquoi jouer la comédie ? Vous pensez qu'en tant que nouvel assureur maritime je ne suis pas au courant du conseil que le sieur Hoefnagel a reçu de Dee ? Vous savez quand même pourquoi cet Anglais est en ville ? C'est un espion, je le sais. Il travaille pour la couronne anglaise.
– Cher monsieur Grouwels… même si c'était le cas, je n'ai pas besoin de vous dire qu'on a parfois l'impression que la moitié des hôtes de passage sont des espions. Ils sont si nombreux à travailler pour les intérêts d'autres personnes que tous ces plans secrets se croisent forcément. Tous les aubergistes savent cela. Vous, pour qui travaillez-vous, par exemple ? »

Grouwels pinça plusieurs fois sa lèvre inférieure entre son pouce et son index avant de répondre.

« Pardonnez-moi, vous avez raison. Peu importent en effet les intérêts qu'il sert. Du moins pour l'instant, comprenez-vous ? Ensemble, vous formez ce que vous appelez une Famille. La loyauté envers une telle société est plus forte qu'envers aucun roi ou aucune religion. Vous partagez en effet la liberté. Vous arrangez les choses entre vous sans faire de bruit. Vous n'avez pas besoin de couronne, ni de frontières, ni de fidélité à autre chose qu'à vous-mêmes. Les affaires se font au sein d'un petit groupe d'individus qui peuvent compter les uns sur les autres, qui se font confiance et se comprennent. Et je ne peux pas en être. Je l'ai compris à vos mots de rejet lors de notre dernière conversation, et j'ai également pu le déduire de l'attitude quelque peu arrogante du sieur Hoefnagel. Bien, je m'y suis résigné, tant pis. Mais ce n'est pas ce qui m'intéresse aujourd'hui.

– Je suis stupéfait de voir tout ce que vous vous racontez. Votre imagination est impressionnante, monsieur Grouwels.

– Ce que je vous demande, c'est une petite faveur, guère plus.

– Pourquoi diable voulez-vous savoir quand vous allez mourir ? Surtout si vous pressentez que vous ne mourrez pas tranquillement dans votre lit ? »

Quelque chose dans ses yeux me déconcertait. C'était de la détresse, et le courage de la montrer à autrui. À son tour, il posa la main sur mon épaule.

« Vous ne voulez pas... »

La voix lui manqua, il prit une profonde inspiration.

« Vous ne voulez pas savoir combien de temps il vous reste ? Je sais que vous avez été durement éprouvé par la vie. Vous traînez derrière vous la mort de trois épouses. Vous vous demandez certainement pourquoi tant de malheurs vous sont arrivés, pourquoi Dieu vous considère comme un Job à qui il faut tout prendre. Et c'est vous, monsieur Beer, qui me posez cette question... Ne puiseriez-vous pas de la paix dans le fait de savoir quand la mort viendra vous chercher ? Quand un homme a tout perdu ou presque, la fin et la certitude du moment ne sont pour lui que réconfort, me semble-t-il. »

Bon Dieu. Ses mots s'insinuèrent en moi. Il les avait prononcés avec tant de bienveillance, tant de sollicitude, comme s'il était l'un des seuls à savoir ce qui se passait dans mon cœur. Suis-je comme Job ? Le dégoût m'envahit, ainsi que cette vieille colère à l'égard de mon sort.

« Je veux juste savoir pourquoi Dieu me... » dis-je d'une voix rauque.

J'eus immédiatement honte de ces mots et des relents nauséabonds de tristesse qui s'échappaient de moi, ce chagrin que j'étais forcé de partager avec lui. Je m'étais humilié en me dévoilant de la sorte.

Il y eut un silence entre nous.

Il finit par hocher la tête, comme si ce silence aussi lui avait appris quelque chose, puis il sortit de sa poche un morceau de papier rugueux sur lequel était écrit quelque chose.

« 15 août 1539... C'est ma date de naissance. Né juste après les douze coups de midi, comme ma défunte mère aimait à le dire. Cela devrait suffire pour maître Dee. Je vous embarrasse si je vous offre de l'argent pour ce service ? Probablement pas. Ces messieurs Jonghelinck et Hoefnagel sortent le leur pour un oui ou pour un non. Les deux hommes sont également très bavards, vous comprenez ? Je suis désolé si cela sonne à vos oreilles comme un avertissement, mais en réalité, ça l'est... »

Grouwels prit ma paume et y plaqua le papier.

« Aidez-moi, car vous préférez vraiment m'avoir pour ami. »

Et sur ces mots, il me quitta.

Enfin, presque tout au bout des étals, j'aperçus Hugo. Le libraire était l'un de mes comparses au sein de ma Ligue de l'Homme sauvage de sainte Brigitte. C'était aussi l'un de mes meilleurs clients, et il prétendait la même chose à mon sujet quand je faisais remplir son gobelet gratis. Pendant des années, il avait été imprimeur chez Plantin, jusqu'à ce qu'il se mette lui-même à vendre des livres, souvent dans des auberges comme la mienne, et la plupart du temps sous le manteau à cause de leur contenu. Hugo parlait rarement de ce qui se passait dans son for intérieur, mais on devinait qu'il y faisait souvent orageux, à cause de sa connaissance des ténèbres sous le poids desquelles il ployait régulièrement et qui l'entraînaient vers la bouteille. Il connaissait par cœur de grands morceaux de texte qu'on l'entendait parfois marmonner pour lui-même. Son regard souvent fixe laissait alors penser qu'il naviguait à nouveau sur les vagues houleuses de sa mer intérieure, avec les mots d'un livre pour bateau.

« Il n'y a rien, Beer, m'avait-il déjà confié à plusieurs reprises. Il n'y a absolument rien. Lis Lucrèce. »

Je le tenais alors pour un roi du rien, vendant néanmoins des mondes imprimés qui chassaient ce rien à chaque mot.

La mine sombre, il me regarda arriver à son étal de livres.

Sur la table, il y avait quelques psautiers, deux ou trois éditions d'Érasme, des classiques et quelques almanachs.

« Ouille, dis-je en prenant sur la table l'un des almanachs datant d'il y a cinq ou six ans.

– Ils se vendent, répondit sèchement Hugo.

– Je ne juge pas. »

Hugo laissa échapper son rire rauque et sifflant.

« Pas toi, hein. Pas aujourd'hui. Va jouer avec un autre. Tu ne crois quand même pas que je viens me les geler de gaieté de cœur ? Je donnerais n'importe quoi pour m'offrir une bonne cochonnerie dans un bain brûlant avec une donzelle aux joues rouges et à l'esprit tellement perverti que Belzébuth lui-même n'oserait pas y toucher. »

Je ris. Hugo était particulièrement doué pour cela : débiter les phrases les plus extravagantes avec un visage qui ne trahissait rien, pas un sourire, pas une exclamation de joie, rien du tout, un contraste qui faisait que c'était un véritable exploit pour l'autre de ne pas éclater de rire.

« Je vois que tu as une question, dit-il calmement.

– À quoi le vois-tu ?

– Pose-moi ta question, l'ami. Ça te fera du bien.

– C'est à propos d'un livre.

– Encore mieux : une question sur mon art et ma passion.

– Que sais-tu du livre intitulé *Steganographia* écrit par un certain Trithème ?

– Bon sang, moins fort ! » répliqua aussitôt Hugo.

Un peu plus loin, à notre droite, nous entendîmes un cri de femme, puis des appels à l'aide. À travers la masse de gens qui accouraient, je vis qu'une dame avait glissé dans un trou découpé dans la glace par des pêcheurs. On lui tendit une tige de roseau pour la hisser hors de l'eau.

Hugo me tira derrière son éventaire. La confusion régnait autour de nous. Les gens se précipitaient. La femme qui était tombée poussait des cris d'orfraie. Plus personne ne prêtait attention aux livres d'Hugo. Le monde ne nous voyait pas.

Hugo essaya de prendre une profonde respiration. Mais il y parvenait rarement sans tousser. L'arbre de ses poumons était desséché, comme il me l'avait expliqué lui-même d'innombrables fois.

« Je suis un vieillard, Beer. Trop usé pour être emporté ou pour parler aux vers de terre et donc condamné à tousser pendant que le reste du monde se noiera dans la vanité. Devant moi s'ouvre un gouffre de vacuité, mais derrière moi… Cornelius Agrippa, ce nom te dit quelque chose ? J'avais environ vingt ans et je travaillais pour un imprimeur. Il m'avait tout de suite remarqué dans le magasin.

Il m'avait choisi, je m'en rends compte avec du recul, et je suis devenu son guide dans la ville, son arrangeur, son soutien pour les questions pratiques. Il a essayé de faire imprimer l'un de ses écrits, et il y est parvenu. C'était un homme gentil, mais également très vaniteux, qui lui-même – chose curieuse – ne voyait que vanité autour de lui. Aucune science ni aucun art insolite, dont, note bien, il avait lui-même une connaissance étendue, n'échappait d'après lui à la vanité. Anvers l'a rendu amer, car il y a malheureusement perdu sa femme. Elle a succombé à cette saloperie de peste... Pardonne-moi, Beer. Je sais que tu n'as pas envie d'entendre ça, toi qui as... et je le comprends parfaitement ; caqueter à propos des malheurs d'autrui... c'est déplacé devant quelqu'un qui a été autant éprouvé sur ce plan.

– Avez-vous les *Moralia* de Plutarque ? »

Surpris, nous levâmes les yeux. De l'autre côté de la table se tenait Jan Boubert de Pergamont avec son Espagnole de Maria, qui était venue consulter Margreet il y a quelque temps dans mon auberge au sujet d'une éventuelle grossesse. Pergamont tortilla sa moustache, qu'il avait laissée pousser un peu afin de détourner l'attention de sa barbe décevante. Doña Maria nous fit un amical signe de tête à tous les deux, comme un encouragement à nous montrer serviables envers l'arrogante créature à ses côtés. Nombre de ses compatriotes que j'avais eu l'occasion de rencontrer étaient charmants en apparence, mais revêches de caractère. Mais elle était aussi charmante dans son comportement, comme si la région, son froid et sa boue, l'avaient justement libérée. Avait-elle enfin été fécondée ? Sa tenue hivernale ne permettait pas de le voir. En tout cas, ce qui était certain, c'est que ses rencontres discrètes avec Margreet n'avaient pas cessé. Margreet avait laissé entendre qu'elles se considéraient comme des amies, ce que je trouvais bizarre, étant donné leur différence d'extraction.

« Malheureusement non, cher gentilhomme, répondit Hugo, mais votre curiosité envers cette œuvre est plus que justifiée. Je pense, par exemple, que le court chapitre intitulé "*De amicorum multitudine*" vous plairait beaucoup. Il parle des amitiés nombreuses, une grâce dont – si vous me permettez – votre illustre personne peut sans aucun doute s'enorgueillir. »

Hugo avait prononcé cette pique à l'encontre des grands airs d'intellectuel de Boubert, avec un sourire bienveillant très inhabituel chez lui. Il était difficile de dire si le gentilhomme l'avait perçue. En revanche, doña Maria était une femme vive, et ses yeux se rétrécirent. Elle se réservait manifestement le droit exclusif d'humilier subtilement son mari sans qu'il s'en rende compte.

« *No importa.* Venez, monsieur. Allons voir d'autres libraires. Ils auront sans aucun doute des collections plus riches où vous trouverez votre bonheur. »

Le gentilhomme acquiesça et ils poursuivirent leur promenade calmement. Son épouse ne nous accorda plus un regard.

« Quelle pute... souffla Hugo avec désinvolture, avant de partir dans une quinte de toux interminable. Revenons à nos moutons, Cornelius Agrippa...

– Qu'est-ce qu'il a à voir avec *Steganographia* ? chuchotai-je.

– C'est lui qui m'a parlé de ce livre. Écrit par un certain Trithème. Je ne sais pas si ce nom t'évoque quelque chose. Agrippa l'a rencontré. Plus que ça, d'ailleurs : ce Trithème a vraiment ouvert ses horizons, comme Agrippa l'a souligné lui-même. Une seule fois, j'ai eu l'occasion de voir le livre. Il est toujours sur la liste interdite et ne peut être imprimé nulle part. Crypté d'un bout à l'autre, il est parfaitement illisible à moins de connaître le code.

– Mais pourquoi est-il interdit ? »

La respiration d'Hugo siffla comme une vieille cornemuse usée.

« Agrippa – et je te garantis qu'il savait de quoi il parlait – m'a dit que la troisième partie traitait d'anges ou de démons, ou des deux. Il restait mystérieux à ce propos.

– C'est tout ce que tu sais ?

– Cette partie comporterait des formules permettant aux hommes, par l'intermédiaire des anges, de parler avec... »

Hugo pointa l'index vers le haut, tandis qu'un rictus déformait sa bouche.

« Le Très-Haut, notre Seigneur et Dieu des délivrances... Celui qui déchiffre ce code connaîtra Sa langue et aura donc accès à Lui. »

Es-Tu accessible, Toi, là-haut ?

Mais seulement aux grands esprits, dont je ne serai jamais ?

Des tonneaux continuaient d'être acheminés sur des luges et d'approvisionner les étals, le mien également, où je voyais Alwin et Ward désaltérer les assoiffés. Il y avait du monde, même si l'on était installé presque à l'autre bout. J'essayai d'oublier Grouwels, de chasser de mes pensées l'explication d'Hugo, de m'oublier moi-même, j'essayai de participer à l'ambiance. Je voyais mon fils rire, inventer son identité d'homme en devenir, jouer un rôle sans son père dans les parages pour se moquer de lui. Sur l'autre berge, quelques personnes s'entraidaient sur le talus boueux au-dessus duquel serpentait un sentier de promenade. En contrebas, à gauche et à droite, des enfants et des jeunes gens arrachaient des massettes du sol enneigé. Ils plongeaient la partie supérieure, brune et duveteuse, dans les pots disposés sur le sentier, puis distribuaient les massettes ainsi enduites de graisse aux passants.

« Vous avez des amis grossiers, l'aubergiste. »

Je me retournai et m'inclinai.

« Hugo est libraire, doña Maria, il n'est pas de race d'homme plus vaniteuse. »

Elle haussa un sourcil. Son mari n'était nulle part en vue. Ah si, en oblique derrière elle, je le vis soudain sur la glace en train de bavarder avec une vannière qui s'esclaffait.

« Je dois solliciter votre discrétion, señor Beer. Mieux vaut parler franchement. J'ai trouvé pénible de devoir me cacher comme une petite fille dans la cour de votre auberge.

– J'ai entendu votre voix, et j'avais compris, dis-je.

– Je préfère que vous le sachiez. Il ne me plaît pas de me cacher.

– Et alors ? Elle a pu vous aider ? »

Elle toucha son ventre.

« Hélas... mon désir d'enfant n'a pas encore été exaucé. Vous comprenez sûrement ce que je ressens. Comment justifier autrement mon mariage ? C'est mon devoir de donner des enfants à mon mari. Sinon, ma position ici devient...

– Je vois ce que vous voulez dire.

– Ce n'est pas facile d'être espagnole dans cette ville, que j'aimerais aussi pouvoir appeler mienne. Surtout en tant qu'épouse d'un homme qui se sent étranger depuis sa naissance. L'ouverture d'esprit dont vous vous vantez dans cette ville est un mensonge, n'est-ce pas ? Je ne comprends pas.

– Quoi donc, madame ?

– Cette présomption, ce jeu, cette ouverture d'esprit qui n'en est pas une. Au début, je me sentais la bienvenue. Je connaissais les histoires. J'avais entendu parler des fêtes jusque tard dans la nuit, des femmes qui dansaient sur les tables, de la liberté, des gens nature, et j'aspirais à tout cela comme... comme une enfant. Mais les années que j'ai passées ici m'ont progressivement montré l'envers du décor. Vous avez l'air triste, señor Beer, ce n'est pas ce que je veux.

– J'écoute, c'est tout.

– L'ouverture d'esprit dont vous vous targuez n'est qu'un rideau devant lequel tout le monde joue son numéro et les gens comme moi, nous sommes d'éternels spectateurs. »

Il commençait à faire sombre. On avait allumé les massettes, et les gens se promenaient à présent avec des torches fumantes, riant et criant, marchant tantôt à grands pas, tantôt en traînant les pieds avec la plus haute prudence.

Doña Maria prit congé d'un signe de tête et rejoignit son mari, qui venait de donner une tape sur les fesses de l'espiègle vannière au moment où elle s'apprêtait à partir.

Les mots de l'Espagnole continuaient de me hanter. Moi aussi, en tant qu'aubergiste, je me sentais spectateur dans ma propre auberge, où se murmuraient tant de choses et se formaient tant de projets. Dans l'une de mes chambres, il y avait un Anglais qui essayait de déchiffrer dans un livre interdit une langue secrète afin de pouvoir Te comprendre, ô Dieu. Dans mon auberge, était peut-être en train de se révéler un secret auquel je n'avais pas part. Et je me prêtais à tous les jeux, recevant çà et là de l'argent pour un service rendu, aidant à garder un secret que d'autres galvaudaient. J'étais cerné de secrets auxquels je n'avais pas accès. Les membres de la Famille se voyaient tous baigner dans la Lumière. Une belle personne comme Ortelius voyait le monde sous forme de Cœur. Grâce à son grand esprit, John Dee déchiffrait la langue des anges. Quant à moi, je demeurais comme Job, à qui ses soi-disant amis renvoyaient de temps en temps qu'il avait péché, que son chagrin maudit n'était pas sans raison. Je voulais toujours savoir pourquoi j'avais dû tant souffrir, pourquoi j'avais trois fantômes de femmes autour de mon lit la nuit. De quels péchés devais-je me repentir ? La liberté que je pensais voir chez les autres me semblait factice. L'Espagnole avait raison. Parmi les membres de la Famille, on pérorait à propos de liberté et d'union, mais c'était un mensonge, un rideau dissimulant d'autres intérêts. Et derrière ce rideau, ils me considéraient comme un pécheur, ou un poissard, ou quelqu'un qu'on pouvait manipuler pourvu qu'on lui graisse un peu la patte.

Et moi, je continuais de jouer le jeu, de compter mon argent et de me sentir malheureux.

Ce jour-là, sur la glace, j'en eus définitivement assez des secrets, assez de me contorsionner pour me faire accepter.

Je voulais des réponses.

Je voulais parler Ta langue, ô Dieu.

Un soir dans mon auberge d'Amsterdam. Marie a lavé ses longs cheveux noirs. Je l'entends chanter dans la langue qu'elle a jadis apprise de sa mère. Je ne lui fais pas de remarque, mais qu'elle chante parfois me fait mal et parfois me met en colère. Je suis en train de fermer et j'ai nettoyé la cuisine.

Elle s'assied à la table où je viens de me servir un gobelet que je veux emporter à l'étage pour m'isoler avec mon vin à la lueur de la bougie. Elle me demande de rester un peu. Elle me demande de lui raconter des choses. Elle veut savoir qui étaient mes trois épouses, ce que faisait l'une, comment était l'autre, et comment elles s'appelaient déjà. Godelieve, Roos et Clara. Ce ne sont que des noms pour elle, rien de plus. Je lui dis que pour moi aussi, ce ne sont plus que des noms, c'est ce qu'il reste d'elles : des noms et quelques traits de caractère. Voilà le résultat de tout ce chagrin. Les trois femmes s'étaient agrégées pour n'en former plus qu'une, et j'ai d'ailleurs toujours honte de cela. Car pour ça, je ne peux m'en prendre qu'à moi-même. Mon chagrin, ou l'apitoiement qui m'avait amené à me considérer comme maudit, les avait transformées en fantômes que je ne pouvais plus distinguer l'un de l'autre. Pendant des années, elles s'étaient tenues à mon chevet sans mot dire. Mais un jour, durant ce long hiver glacial, elles avaient parlé, non pas à mon chevet, mais dans un établissement de bains publics. Et après avoir parlé, elles étaient parties. Je ne voulais pas lui raconter comment cela s'était passé, car ce n'est pas une histoire qu'on a envie de confier à une jeune femme. En tout cas, la honte que j'éprouve ne le permet pas. Non, après ça, elles n'étaient plus revenues. Une grande obscurité m'avait englouti. C'était une époque où j'avais perdu la raison, où j'avais un tel besoin de voir des signes du Très-Haut que je finissais par les voir, et ces signes m'avaient conduit au péché de la haine de soi. Je m'étais senti indigne, parce que je voulais fuir la douleur que je continuais de porter, et j'avais été bouleversé ensuite, lorsque les fantômes à mon chevet avaient disparu. C'était une période de confusion. Était-ce vraiment moi, cet homme ? Avais-je été aussi fou, aussi désespéré, à ce point enfermé dans des ténèbres aussi noires ? Aujourd'hui, j'ai l'impression qu'il s'agit de quelqu'un d'autre. Comment lui expliquer ça ? On essaie de donner de l'allure à l'histoire, mais dès le départ c'est raté. Les mots ne viennent pas parce qu'on veut rendre l'histoire amusante. On veut lui montrer qu'on s'est fourvoyé parce qu'on était malheureux, mais on ne trouve pas les mots drôles qui la rendraient acceptable. Comment expliquer ce sentiment de recevoir des signes partout sans les comprendre ? Tout avait un sens à cette époque, mais c'était un spectacle à la morale incompréhensible. Cet hiver exigeait des sacrifices de notre part, me disais-je, et je me prenais pour la victime expiatoire. Je croyais devoir sauver la ville de l'hiver, qu'en tant qu'« homme sauvage » j'avais été élu. Mais en fait, je m'étais élu moi-même, et cela n'apporterait guère de soulagement.

Je lui demande d'être patiente. Je veux monter à l'étage et être seul avec cette histoire que je dois me raconter à moi-même dans l'espoir de la comprendre. Je me lève. Elle reste assise à table avec ses cheveux mouillés. Elle ne comprend pas que je veuille monter quand même. Je comprends que c'était téméraire de lui dire qu'il ne devait pas y avoir de secrets entre nous. Doucement, elle me demande si j'ai besoin d'autre chose, si elle peut encore me préparer quelque chose et me l'apporter.

Je secoue lentement la tête.

Je veux qu'elle me laisse partir.

Laisse-moi, car je dois retourner en haut et dans le passé.

Elle acquiesce lentement et me souhaite de trouver le repos que je mérite.

Je secoue à nouveau la tête.

Non, je ne mérite pas de repos.

Il me reste les histoires. Et les histoires n'apportent pas le repos.

Jusqu'à quel point cet hiver se montrerait-il impitoyable ? La question revenait sur toutes les lèvres. Chaque jour abîmait un peu plus nos corps. Les gens qui ne pouvaient pas se permettre des moufles marchaient les mains calées sous les bras et se cassaient la figure. La gaieté du début n'était plus qu'un amer souvenir. Les étals sur le fleuve gelé avaient perdu leur attrait, et les commerçants se retiraient les uns après les autres. On vendait encore, mais de moins en moins, plus rien ou presque ne parvenant jusqu'à la ville. Les charrettes restaient coincées à plusieurs lieues des remparts. On disait qu'on entendait hurler les loups et que les ours allaient revenir. On affirmait toutes sortes de choses. En ville, les vies se restreignaient doucement, mais en dehors, c'était bien pire. Le paysage blanc s'étendait, implacable, mais une fois les réserves de tourbe épuisées, il faudrait s'y risquer pour ramasser le peu de bois qui pourrait encore servir pour se chauffer. Ce jour n'arriverait jamais, espérait-on, le froid allait cesser, peut-être même demain. Mais un autre jour arrivait, immobile et blanc, balayé par un vent âpre. Les rares fois où je m'aventurai à l'extérieur, j'étais tellement emmitouflé que seul mon nez dépassait, ce que je regrettais, car c'était comme si le dieu

Borée, le vent du Nord des Grecs anciens, doté de ses ailes pourpres, y plantait ses dents glacées. Dehors, il n'y avait que le silence. Sur la Grand-Place, l'hôtel de ville semblait presque achevé, mais plus un seul ouvrier ne travaillait par ces températures. Chacun tentait de se réchauffer chez lui ou dans les auberges, et, le soir venu, tout le monde abandonnait la ville à son sort, comme si la mort guettait sous les porches sombres et sur les places désertes, où chaque matin on ne manquait pas de retrouver le cadavre gelé de qui avait tenté de survivre dans la rue. Le jour, les ateliers de la ville continuaient de fonctionner. On forgeait encore et les métiers à tisser claquaient, tant que duraient les réserves de fil et d'étain. Il planait dans l'air un vide qui générait de l'incertitude. Combien de temps une ville pouvait-elle retenir son souffle ? Ô Dieu, c'était comme si Tu avais retourné sur nous un gobelet en verre, de sorte que même le soleil d'eau de l'hiver ne nous atteignait plus. T'avions-nous trop peu honoré ? C'était ce que criaient les plus simples d'esprit aux portes des églises quand sortaient les paroissiens, avant de leur mendier un bout de pain ou n'importe quoi d'autre. Les églises étaient davantage remplies qu'avant, c'était un fait, on se grimpait sur les genoux dans Ta maison, et les pécheurs étaient tout devant. Il y avait la queue aux confessionnaux. On avouait la moindre peccadille. Certains avaient besoin d'une heure pour décharger leur âme, pendant que les autres s'impatientaient. Aie pitié, ô Seigneur. Depuis la nuit des temps, le pape et ses chapeaux rouges se frottent le ventre avec satisfaction lors des tempêtes et des catastrophes, car chaque calamité fait reluire l'onéreuse étoffe de leur habit. L'obéissance et l'impuissance face au désastre sentent toujours l'encens. Moi aussi, j'y allais le dimanche avec Ward et Margreet. Du haut de sa chaire, dans notre église paroissiale de Saint-André, le père Marcellus nous regardait.

« *Sancta Maria, Mater Dei, ora pro nobis peccatoribus, nunc, et in hora mortis nostrae* », tonnait-il en désignant plusieurs personnes parmi nous. Sainte Marie, Mère de Dieu. Nous étions tous des pécheurs. Priez pour nous, maintenant et à l'heure de notre mort. Nous voulions être le plus près possible de la Vierge, la sainte patronne de cette ville, car elle nous protégeait. Même les luthériens se laissaient aller à implorer sa clémence, ce qui leur valait le mépris et les railleries des calvinistes. Ils s'accusaient mutuellement d'hypocrisie. Croyez-vous vraiment, péroraient les calvinistes, que cette idole de pierre ou de bois va apporter la miséricorde ? Mais avait-on encore envie de réfléchir à ces détails ? Avait-on vraiment envie d'accepter, comme le clamaient les calvinistes, que Dieu nous punissait de nos péchés, et que cette acceptation était la seule bonne attitude à avoir ? Les prêtres des églises, comme le père Marcellus, souhaitaient nous inculquer la vertu de l'humilité, même si ce souhait dans leur bouche ressemblait plus à un reproche qu'à une véritable intention pieuse. Au début de ce genre de sermon, le père Marcellus semblait tourner comme une toupie, comme s'il devait exorciser des démons aux quatre vents pour nous préserver, nous peuple ingrat, de la dégueulasserie, une lutte que nous devinions fort bien comme étant sans espoir. À la fin, épuisé, les bras ballants, il marmonnait un « amen », quittait la chaire et descendait l'escalier, retrouvant le plancher des vaches où nous étions, les yeux fixés au sol. Sans nos péchés, pas de curé ; sans notre sentiment de culpabilité, pas de désir de nous presser contre le sein de Notre-Dame.

Il restait cependant une différence entre le père Marcellus dans sa chaire et ce même curé lorsqu'il était dans mon auberge : c'était quand, parfois, d'abord avec gaieté, puis les larmes aux yeux, il se mettait à parler de la beauté de la peinture. Son église Saint-André avait eu jadis l'honneur d'accueillir en grande pompe le prince espagnol, j'ai nommé Philippe le Guère Prudent, et Marcellus, en tant que doyen, s'était efforcé de perpétuer ce triomphe au travers de statues et de peintures pieuses. Il était parvenu à convaincre les Foucquers de financer une chaire, décorée des quatre évangélistes et des armoiries de la ville, homme et femme sauvages inclus, le tout du meilleur bois. Il allait sans dire que les banquiers y avaient ajouté leur propre blason, un lys flanqué de deux tendres enfants, car brandir en étendard l'innocence était ce que ce genre de personnes aimait à faire, quand bien même personne ne les prenait au sérieux. Le père Marcellus était infatigable. Il fallait récolter encore plus de fonds pour toutes ces splendeurs. L'art était la couronne étincelante posée sur notre piété ! Pour lui, les artistes étaient assurés d'une place tout près du cœur battant de notre Berger. Leur créativité leur garantissait le salut. Son vœu le plus cher eût été de voir les transepts de sa jeune église paroissiale se transformer en salles des trésors, et il ne se laissait distraire de ce désir ni par sa piété ni par son humilité. Bailleurs de fonds, banquiers, assureurs, riches de tout poil : tous le connaissaient, et il connaissait leurs péchés. Son crâne presque chauve cerclé de cheveux blancs formant d'une tempe à l'autre comme un étau de fourrure, ses narines qui se dilataient dès qu'on évoquait sa passion pour l'art, et ce corps qui semblait pouvoir se gonfler dans les moments de grande excitation faisaient de lui quelqu'un d'impossible à ignorer. Et maintenant qu'il avait découvert dans ma salle les singes de Bruegel, il espérait tomber sur l'artiste dans mon auberge. Chez moi, c'était un client ; chez lui, j'étais un disciple. Le châtiment de l'hiver persistait, mais l'humilité qu'il prêchait continuait de faire illusion. « C'est bien, tu as montré ta tête », lançait parfois Margreet pour se moquer de moi à la sortie de l'église, et je ne pouvais pas lui donner tort. Tous les membres de la Famille faisaient pareil, et maintenant plus que jamais. Nous participions pour montrer notre solidarité avec ce qui nous entourait, rien de plus. Mon fils Ward l'avait bien compris. Pendant la liturgie, il regardait dans le vague et crachait par terre à la sortie. « C'est le royaume du mensonge là-dedans », disait-il, et puis il attendait tranquillement que je lui flanque une gifle. Mais je ne le faisais plus. Il était devenu un homme, même si lui-même ne le savait pas encore.

John Dee continuait d'écrire. L'idée que ce type travaillait sous mon toit à un moyen de parler aux anges afin de T'atteindre Toi, ô Dieu, me coupait le souffle quand j'y pensais le soir dans mon lit. J'aurais tellement voulu lui demander de m'impliquer dans ce grand secret, mais je n'osais pas. La timidité et la honte de ses propres sentiments diffèrent ce genre de demande. On espère que le temps restera notre allié, que chaque jour où l'on n'aura de nouveau pas osé ouvrir la bouche sera suivi d'un autre où l'on se promet d'y parvenir, que les choses se feront naturellement et que la timidité sera vaincue. En fait, je crois que les hommes n'aiment pas se dévoiler ; c'est ça qui est une torture. Les jours passèrent donc, devinrent une semaine, puis une autre. Soudain, ce fut janvier et il était trop tard.

La porte du bureau était ouverte. Des papiers griffonnés de calculs et des livres ouverts étaient éparpillés sur le lit et sur la table. Dans la cheminée, un bloc de tourbe menaçait de s'éteindre. Cela n'avait pas d'importance car, au milieu de la pièce, John Dee était en train de faire ses valises, prêt à partir.

« Mon travail est fini ! s'écria-t-il en me voyant. Je suis délivré ! »

Il sourit et se mit à parler tout seul en continuant de ramasser, jauger et ranger tous ces papiers imprimés et couverts d'écriture.

« Vous ne pouvez pas partir, maître, balbutiai-je, le fleuve est gelé. »

Dee ne leva même pas les yeux.

« Pour votre ville, c'est une catastrophe, voire une malédiction. Pour moi, cela ne fait aucune différence, je le crains. Avec le sieur Sambucus, je pars en direction du sud, puis vers l'ouest. Nous nous arrêterons d'abord à Gand, où il demeure. Puis à Bruges, pour voir quelques amis anglais à moi, et je ferai cap ensuite vers mon royaume, où – ce n'est pas trahir un secret que de vous le dire – un accueil chaleureux m'attend en raison du travail que j'ai pu accomplir grâce à votre générosité.

– J'aimerais que vous...

– Vous avez la voix enrhumée... Faites-vous donc préparer une boisson par votre excellente bonne, Margreet.

– Ce n'est pas ma bonne...

– Excusez-moi... »

Dee eut soudain l'air gêné.

« J'ai séjourné maintes fois dans cette région, et dans cette ville en particulier, mais les usages entre les hommes et les femmes continuent de m'échapper.

– Non, ce n'est pas ce que je veux dire non plus... Je...

– Oh, soupira Dee, j'ai peur de ne toujours pas vous comprendre. Vous ai-je blessé ? Vous semblez si... désemparé, cher Beer. »

Dee s'assit et m'offrit une place sur le lit.

Il m'observa. Je détournai le regard.

« Que voulez-vous de moi, monsieur l'aubergiste ? Je sais que par ici on aime à tourner mollement autour du pot, comme un chien qui fait semblant qu'aucune odeur ne l'allèche, mais je vous assure que le temps qui nous reste ensemble est précieux, car je suis attendu plus tard dans la journée chez votre bon ami Abram Ortelius pour souper, avant de partir à l'aube avec Sambucus et ses deux horribles chiens. »

En d'autres termes : crachez le morceau ou taisez-vous à jamais.

« Je veux pouvoir parler aux anges. Non, pardonnez-moi cette demande.

– Ah, cher homme, qui ne le voudrait pas… commença Dee en me regardant. Vous semblez en savoir plus long que je ne croyais sur mes occupations ici. Heureusement que je suis sur le départ.

– N'ayez pas peur. Je suis discret. »

John Dee secoua la tête.

« Personne ne l'est jusqu'au bout.

– Je comprends, bien sûr. Votre travail est destiné à la couronne anglaise. »

Le maître poussa un soupir.

« Ces derniers temps, le Ciel soit loué, ce que veut le gouvernement de Sa Majesté coïncide plutôt bien avec ce que j'ai moi-même en tête. Disons-le ainsi : j'ai développé l'intime conviction que mes recherches sur la langue des anges et sur la compréhension de l'invisible qui nous entoure pourraient aider mon pays et ma reine. Il y a encore beaucoup de choses à découvrir dans le monde, monsieur Beer, tant ici-bas que là-haut, et tout le monde veut sa part. Mais savoir qui travaille pour qui ne devient important qu'en cas de trahison… »

Il me regarda et soupira encore.

« Votre curiosité est sans aucun doute contagieuse. Mais je comprends, c'est la nature humaine. Ici, je vous l'ai déjà dit, je me suis imaginé en sage-femme de ma propre philosophie. Dans cette chambre, en même temps, j'ai pu… »

Dee s'arrêta en m'entendant sangloter comme un enfant. Je ne m'étais jamais laissé aller ainsi. C'était un chagrin torrentiel, plein de honte et de désir. Ma détresse m'avait mis à genoux. C'était humiliant.

« Votre grand chagrin… Pardonnez-moi. J'avais oublié. »

Puis il murmura :

« Offrez à ma bouche Vos mots et placez Votre sagesse en mon cœur. »

Il se leva et prit une plume de hibou et un morceau de papier, qu'il posa sur le sol près de la cheminée. Là, il se mit à genoux et m'ordonna de faire de même. Il croisa les mains devant sa poitrine et ferma les yeux. Il fit un signe de croix.

« *In nomine Patris et Filii et Spiritus Sancti...* »

Nous récitâmes le Notre Père tandis qu'il tenait fermement ma main dans la sienne. Il sentit que je voulais me lever et sortir de la pièce, mais il ne lâcha pas ma main et me força à rester à genoux. Il répéta la prière plusieurs fois et je marmonnai les mots en même temps, tandis que ma honte se changeait en colère d'impuissance. Une violente tempête faisait rage en moi. Je devais être humble, me disais-je, sinon Tu n'écouteras pas, là-haut. D'ailleurs, pourquoi écouterais-Tu ? Quel cas pouvais-Tu bien faire du Job que j'étais, alors que je ne savais pas moi-même pourquoi je l'étais devenu ? Était-ce à cause de mon orgueil mal placé que Tu n'écoutais pas ? La malédiction dont je me sentais victime m'avait-elle rendu vaniteux ? C'était ça ? Mes lamentations nocturnes à propos des fantômes autour de mon lit n'étaient-elles pas présomptueuses ? Comment pouvais-je honorer chacune de ces femmes si je pouvais de moins en moins les distinguer ? Que m'avaient-elles vraiment appris ? Quelles prises de conscience la souffrance m'avait-elle apportées qui ne soient pas étouffées par la colère et par l'apitoiement sur moi-même ? Étaient-ce les fantômes qui m'enfermaient ou était-ce moi qui n'arrivais pas à les laisser partir de peur de souffrir à nouveau ? À la septième fois que nous récitions la prière, j'ouvris les yeux. Ma main picotait dans la sienne. La tempête en moi se calmait. Une chaleur monta en serpentant dans mon corps, comme si un feu avait pris juste sous ma verge et mes couilles. Je vis l'autre main de Dee tenant la plume de hibou se mettre à courir sur le papier. Les yeux fermés, il dessinait quelque chose avec une grande précision. C'était un triangle à l'intérieur duquel, toujours sans regarder, il ajoutait à la vitesse de l'éclair toutes sortes de signes, chacun à un endroit bien précis sans qu'un seul trait de l'un croise un trait de l'autre.

« Amen. »

Prudemment, le maître ouvrit les yeux et étudia ce qu'il avait dessiné. Puis il me tendit le papier.

« *Sigillum hoc in auro sculpendum, ad defensionem corporis, omni loco, tempore et occasione : et in pectus gestandum.* Faites couler ce signe dans l'or et gardez-le sur vous en guise de protection, en tout lieu, en tout temps et en toute occasion. Le mieux est de le porter sur votre poitrine. Ce ne sont pas mes mots, Beer.

– Et qu'est-ce que ça veut dire ?

– Pas la moindre idée, je ne suis que le messager... J'ai vu l'archange Michel devant moi pendant que je priais avec vous. Vous êtes le seul qui ferez l'expérience de ce que c'est ou de ce que cela signifie. Pardonnez-moi si j'ai l'air de parler comme un charlatan. Je peux y rejeter un coup d'œil ? »

Je lui donnai le papier. Dee se rassit sur la chaise et le regarda à nouveau tout en marmonnant. Je le vis vieillir sous mes yeux. Il poussa un profond soupir.

« Un jour... Je comprendrai ceci aussi. Je répéterai alors cette phrase en latin en la sentant vraiment. Je n'aurai plus besoin de livres. Les anges parleront avec moi. Ainsi vont les choses parfois. J'essaie d'aider quelqu'un d'autre, et je me heurte à mes limites.

– Et le livre que vous avez...

– Je le comprendrai aussi à ce moment-là. Tout cela aura alors valu la peine, même s'il est d'ores et déjà établi que pour moi, tout cela finira dans la misère et l'humiliation. »

Sambucus apparut dans l'embrasure de la porte.

« Dieu du Ciel, il faut descendre tout ça ? »

Le maître hocha la tête et rit brièvement.

« Ne nous risquons pas à emprunter l'escalier étroit de derrière.

– N'est-ce pas mieux tout de même ? demandai-je. Il y a beaucoup de monde dans la salle. Et la discrétion ?

– Trop tard, Beer. Et puis de toute façon, nous partons. Quelle importance à présent ? À moins que vous-même… »

Je regardai la caisse que Sambucus était en train de remplir de livres et soupirai.

« Non, ça ne fait rien. Vous avez raison. L'escalier qui mène à la salle est en effet plus large. »

Une marche après l'autre, Sambucus et moi-même, en serviteurs de la connaissance, descendîmes la lourde caisse jusqu'en bas de l'escalier. John Dee nous suivait patiemment. Il portait des rouleaux de papier sous ses deux bras. Son bonnet était de travers, et il gémissait plus fort que nous deux réunis. Les chiens de Sambucus, Bombo et Mädel, couraient dans nos jambes avec des aboiements excités.

Arrivé à la dernière marche, je vis un petit homme maigre assis dans la salle bondée, et mon cœur se mit à battre plus vite. Fallait-il vraiment qu'à ce moment précis Jean Grouwels soit là, Jean Grouwels à qui j'avais menti à propos de John Dee et qui m'avait glissé dans la main un papier avec sa date de naissance en me suppliant de demander au maître de calculer la date de sa mort, une requête que j'avais ignorée ces dernières semaines, un papier que j'avais jeté dans les latrines le jour même ? Il nous aperçut et ses yeux se plissèrent jusqu'à devenir deux minces fentes. Il hocha la tête et leva vers moi son gobelet de vin en guise de salut venimeux. Lorsque nous fûmes en bas, il quitta sa chaise et vint vers nous. Il tendit la main à Dee :

« *Master…* »

Entravé par les rouleaux de papier serrés sous ses aisselles et par le lourd manteau replié sur son bras, Dee lui rendit sa salutation par un aimable hochement de tête.

Grouwels garda néanmoins sa main tendue et dit doucement :

« *Do I have the honour to finally meet Magister Dee?* »

Je ne savais plus où me mettre. La sueur coulait sur mon visage.

« *Please, kind sir*, murmura Dee très poliment, *we are rather pressed for time.*

– *Indeed, indeed*[1]... » répondit Grouwels en inclinant la tête.

Un début de calvitie apparaissait dans ses cheveux roux.

1. « Ai-je enfin l'honneur de rencontrer maître Dee ? – S'il vous plaît, cher monsieur, nous sommes plutôt pressés par le temps. – Bien sûr, bien sûr... »

Je dois être honnête envers moi-même après toutes ces années. Quelles que soient les atrocités que Jean Grouwels causera par la suite, cela ne me lave pas de ma culpabilité. Je l'avais laissé tomber concernant sa question à John Dee. Et peu importe le temps qui s'est écoulé depuis lors, je frissonne encore de honte quand j'y repense. Je voulais le tenir à distance de la Famille à laquelle il souhaitait tant accéder, et ce, parce que je n'avais pas confiance en lui, ce qui s'avéra plus que justifié par la suite. Néanmoins, son désir de savoir quand il allait mourir n'avait rien à voir avec la Famille. C'était un appel au secours, que j'ai refusé de reconnaître comme tel. En fait, c'était même pire. Car moi aussi je me sentais abandonné, moi aussi je cherchais une sorte de point d'appui où puiser un sens à la douleur de mon existence. Dans quelle détresse un homme devait-il être pour qu'un dessin griffonné sur un bout de papier par un grand érudit lui donne l'illusion qu'un chemin vers Toi s'était ouvert et qu'il aurait enfin des réponses ? Et pourtant, je m'agrippai à cette illusion. Mais je n'étais pas le seul à être aussi désemparé. La ville entière l'était. L'hiver âpre, tenace, nous donnait l'impression d'avoir été abandonnés à notre sort, et le moindre semblant de délivrance imminente était accueilli comme une trouée dans le brouillard.

Il avait cessé de neiger depuis quelques jours, le fleuve était toujours gelé, mais les gens se permirent un certain espoir auquel ils eurent tôt fait de trinquer. Il n'y avait pas de dégel en vue, mais on s'était convaincu que tout serait bientôt terminé et que le pire était derrière nous. Les gens sortaient à nouveau dans les rues et sur les places, et se massaient dans les auberges autour du feu de tourbe, comme des guerriers après une bataille, heureux d'avoir survécu. Au bord de l'Escaut, je vis un petit groupe scruter la glace autour des bateaux. Le moindre craquement qu'ils croyaient entendre suffisait à les faire jubiler. Ils voyaient déjà la glace fondre sous leurs yeux. Encore un peu de patience, et tout reviendrait à la normale. Certains parmi eux chantaient des psaumes pour montrer que leur piété avait payé et que leurs nombreuses prières avaient enfin été entendues. Quant à moi, j'allais voir mon ami orfèvre. Les portes de la Vleeshuis étaient ouvertes. Des carcasses de bêtes oscillaient aux crochets et répandaient leur odeur animale. Dans l'obscurité de la halle brillaient les hachettes et les couteaux des bouchers, et j'entendais les cris des clients et des commerçants. Ce vacarme pouvait laisser croire que les affaires se poursuivaient comme d'habitude, mais sur le marché aux bestiaux voisin il restait moins de la moitié des bœufs, des porcs ou des moutons. Les prix continuaient en outre de monter ; le courage retrouvé n'avait pas infléchi leur courbe. À ma demande, Margreet mettait toujours moins de viande dans la carbonade. Passé le marché aux bestiaux, j'arrivai à l'église Saint-Paul, où les orfèvres avaient leur propre chapelle dédiée à leur patron. La légende voulait que saint Éloi ait apprivoisé l'ours qui avait mangé son bœuf, et que la puissante bête ait ensuite docilement enfilé le harnais et aidé le saint à construire sa forge. C'est ce que m'avait raconté en riant Samson Wolboort, l'orfèvre qui louait sa boutique dans la rue Grote Koraalberg, un jour où nous nous étions retrouvés comme aujourd'hui attablés à l'auberge de la Porte d'Or, le rendez-vous des orfèvres où l'on pouvait encore faire de vraies affaires, c'est-à-dire sous la table et loin des regards indiscrets.

Samson s'essuya les mains à son tablier de cuir avant de prendre le bout de papier que je lui tendais.

« Ça fait un bail qu'on ne s'est pas vus, dit-il sans lever les yeux.

– Les gens recommencent à sortir de leur trou.

– J'ai remarqué. On va voir combien de temps ça dure. Je peux te demander de quelle taille tu le veux ? »

J'écartai le pouce et l'index.

« Et je voudrais un trou sur le dessus, pour porter ce triangle à mon cou.

– En bijou ?

– En quelque sorte, oui.

– Or blanc ou or rouge ?

– Rouge. »

Samson gardait les yeux fixés sur le dessin.

« Je n'ai jamais vu un truc pareil. Sauf peut-être... Ah, voilà, ça me fait vaguement penser à un truc des kabbalistes.

– C'est quoi déjà, les kabbalistes ? »

Il roula des yeux, puis rit dans sa barbe, qu'il avait encore noire comme le jais.

« Mon ami, voilà qui va nous mener trop loin. Je ne peux pas t'expliquer ça. Et même si j'y parvenais, il y aurait de fortes chances pour que je sème la pagaille dans ta tête d'aubergiste.

– C'est un signe secret qui vient de l'archange Michel. »

Je m'entendis dire cette phrase, comme un gosse naïf qui tente de faire grosse impression.

Samson leva les yeux du papier.

« *Malakhi Elohim*...

– Qu'est-ce que tu dis ?

– Les Juifs aussi ont des anges. Jacob, le fils d'Isaac et de Rebecca, et le petit-fils d'Abraham, s'est un jour battu avec un ange toute la nuit. À l'aube, l'ange lui a disloqué la hanche, sans réussir à lui faire perdre l'équilibre, alors il l'a baptisé "Israël", celui qui a lutté contre les anges et les hommes et qui a triomphé. Il y avait aussi des anges qui montaient et descendaient l'échelle qu'il avait vue en songe.

– Tu as toujours de ces histoires, Samson…

– C'est la vérité, ce n'est pas une histoire. Je t'apprends quelque chose, imbécile. »

Il s'esclaffa.

« En tout cas, tu ne trouveras pas meilleur orfèvre que Samson pour te fabriquer ton bijou des anges. Mais ça va te coûter cher, j'en ai peur.

– Je m'y attendais. Et je peux bien sûr t'offrir un petit tonneau de vin si l'argent que j'ai apporté ne suffit pas.

– Dans ce cas, ma question, c'est : quel genre de vin ?

– Je vais dire à Ward de te livrer un peu d'engady. Ça te tente ? Tout droit venu de la Terre promise.

– Je suis ton homme, répondit Samson dans un soupir, avec une tête de bouffon qui fait semblant de se pâmer. Apporte le vin, et je te fais ton bijou cette semaine. »

Je crachai dans ma paume.

« Marché conclu. »

Il cracha dans la sienne et accepta ma main.

Nous étions déjà bien éméchés.

« Tiens, tu as essayé les nouveaux bains publics dans la Stoofstraat ?

– Attends… Je vois de quel établissement tu parles. Je ne retombe pas sur le nom. Le patron est un client à moi, même si je ne l'ai plus vu depuis longtemps. C'est pas quelque chose avec une croix ? »

L'orfèvre hocha la tête religieusement.

« À la Croix d'Or… Je m'y suis fait raser et je n'avais pas l'intention de m'attarder. C'est propre, là n'est pas la question, mais bon… je n'avais pas très envie, jusqu'à ce que je voie… alors là, mon ami… une donzelle d'une beauté incroyable. Elle s'appelle Annabella. Un corps splendide, de longs cheveux blonds… et de ces lueurs dans les yeux… une déesse. Ce qu'elle m'a fait, je te jure… je ne vais pas te le raconter. Je ne suis pas encore assez saoul pour ça.

– Un autre godet ? » souris-je, soudain gai comme un pinson.

Nous rîmes si fort que toutes les têtes se tournèrent vers nous.

« Chuuut… murmura Samson en mettant l'index sur ses lèvres. Oh, belle Annabella… ah, mon ami… j'en viendrais même à envisager de…

– Eh beh, tu as l'air sacrément mordu ! dis-je en hoquetant.

– Bon Dieu, je mets mon âme sur la table, s'écria l'orfèvre. Et toi…

– Quoi ?

– Tu salis tout.

– Peut-être que je suis jaloux…

– Jaloux… ce n'est pas comme si elle était à moi. Elle n'est à personne… et à tout le monde à la fois. »

Je vis la donzelle devant moi. Je balayai l'image d'un revers de main.

« Qu'est-ce qui te prend ?

– Je dois rentrer chez moi.

– Encore un ?

– Tu es un sacré numéro, Samson.

– Le dernier ?

– Alors, dis-m'en plus à propos de cette belle Annabella…

– Ah… soupira Samson. Ah, ah… ! »

Nous nous payâmes quelques verres supplémentaires à tour de rôle.

Nous prîmes congé l'un de l'autre.

Quelque chose avait pris possession de moi. Avant que j'atteigne mon auberge, cela m'avait déjà presque complètement dévoré.

Claquant des dents, je m'allongeai tout habillé dans mon lit moite. En bas, j'avais fait comprendre que j'avais besoin de repos. Margreet était dans un bon jour et avait à peine levé les yeux quand j'étais entré. Je l'entendais faire rigoler les clients et savais que ces rires allaient dégénérer en fête, avec bientôt un joueur de cornemuse et d'autres musiciens. Ces rires-là signifiaient qu'on allait danser. Pour rien, sans raison, une danse de squelettes. Pourquoi avais-je de telles pensées ?

Ce n'était pas de la fièvre. Je me sentais coupé du reste de Ton monde. Des voix commençaient à errer dans ma tête, en quête d'oreilles pour les écouter. Les pensées tournaient comme une meule. Nous sommes notre propre meunier. Qui m'avait dit ça déjà ? Ces dizaines de voix par jour. Soudain, je vis les visages qui les accompagnaient : les yeux injectés de sang, les lèvres gercées, un bouton par-ci, un abcès par-là, des dents de travers comme des sentinelles ivres sur un champ de bataille, les cheveux peignés au saindoux. Nous sommes notre propre meunier, et c'était une allusion salace, parce que les meuniers étaient connus pour ne pas pouvoir s'arrêter de baiser dans leurs moulins pendant que dehors les ailes prenaient l'orage. Une autre voix demanda où le feu brûlait; aux pieds, au sexe, du côté de la tête ou à hauteur du cœur ?

Ça fourmillait partout en dessous de moi. Des têtes apparaissaient de sous les draps. Je sentais grouiller des créatures. Étaient-ce des serpents ? Ce pouvaient être aussi de gros papillons à tête humaine. De la vermine du diable. De grosses coquilles où se cachaient des escargots. Des filles de joie drapées de tissus brillants. Des poissons happant l'air, la gueule ouverte. Espérant chasser ces visions, je me redressai beaucoup trop vite et eus le tournis. Des étourneaux piaillaient tout autour de ma tête. Je fermai les yeux et palpai le lit à tâtons, avec précaution. Plus rien ne bougeait. Une voix demanda si je voulais me laisser dévorer.

Je me recouchai. Tout à coup, le souffle me manqua. Respirer requérait toute mon attention. Inspirer, expirer. Je me concentrais de peur d'oublier comment on faisait et d'étouffer dans cette petite chambre. Inspirer, expirer. Pourquoi c'était si difficile subitement ? Avais-je attrapé la peste ? Quelque chose ou quelqu'un m'avait-il contaminé ? Mon cœur battait la chamade. L'obscurité partout, comme si le soleil fermait son œil, comme si le Cornu me montrait son cul.

J'étais allongé sur le lit, recroquevillé comme un enfant. J'essayais de me souvenir d'une chanson à me chanter pour me calmer. Mais toute tentative sombrait dans le néant. Ce n'était pas permis, ce n'était pas possible.

Et tout à coup, je sus. Non, ce n'était pas de la fièvre ni le signe avant-coureur de la suette ni rien de tout cela. C'était du désir.

En bas résonna une cornemuse.

Les trois fantômes autour de mon lit jouaient des pièces de théâtre. Chaque fois que je sentais leur présence, j'essayais de les distinguer l'une de l'autre et je me torturais. Était-ce ma première femme, qui ne pouvait s'empêcher de s'assombrir à son tour quand la noirceur pesait sur mes épaules ? Laquelle des trois buvait et prétendait que je ne la regardais jamais, que je ne méritais pas son amour ? L'une d'elles ne supportait pas mes accès de mélancolie, qui étaient alors encore sans cause ni raison. Celle-là, je devais lui remonter le moral dès que je me sentais de nouveau plus léger. Mais laquelle était-ce ? Je n'arrivais pas à me souvenir. Était-ce ma deuxième ou ma troisième femme qui me mettait au désespoir ? Laquelle des deux avait crié : « Elle est morte, moooorte, tu m'entends ? Et moi je suis vivante, et tu t'en fous ! » Ces mots me donnaient encore le frisson.

Je voulais un corps qui touche le mien.
Je n'en pouvais plus et décidai d'aller aux bains publics.
Quelque chose en moi me cria de ne pas le faire.
Mais d'autres voix engloutirent ce conseil.

Je donnai dix patards à la femme qui tenait la porte de la Croix d'Or, mais elle prétendit que l'entrée en coûtait désormais cinq de plus à cause du froid. Elle dégagea un peu sa capuche pour mieux compter à la lumière de la bougie le supplément d'argent que je déposai dans sa paume, puis le glissa dans sa propre bourse.

« Vous n'êtes pas prudente, ma petite mère. Je connais votre patron. Il est client chez moi à l'auberge de l'Ange au Zand. »

Elle se signa rapidement, puis m'informa que le bonhomme était sur son lit de mort depuis des semaines, et que la situation était devenue difficile, cruellement difficile.

« Je ne savais pas, soupirai-je.

– Vous êtes pardonné, monsieur l'aubergiste. Allez donc laver vos péchés. »

Je pris le pagne fin qu'elle me tendait et me dirigeai vers les bains. Il n'y avait pas beaucoup de monde. Dans l'ombre, j'entendis des chuchotements et une femme qui gloussait. Il faisait si chaud dans la cabine de déshabillage que j'enlevai mes habits en vitesse; mes sous-vêtements collaient désagréablement à ma peau. Je nouai le pagne autour de mes hanches, sortis ma bourse de mon manteau et marchai prudemment vers l'espace de bain, qui, vu l'heure tardive, était éclairé par des torches. Derrière les colonnes qui faisaient le tour de la pièce, je voyais des ombres bouger. Il y avait une cheminée où brûlaient de gros morceaux de tourbe, disposés en cercle sous une marmite d'eau bouillonnante. Au centre se trouvaient plusieurs baignoires en bois, de tailles différentes, d'où s'échappait de la vapeur brûlante. Ils n'avaient pas lésiné sur les moyens. Chaque vasque était surmontée d'un baldaquin en roseau tressé, garni de riches tentures où brillaient des broderies d'or. Il y avait de la nourriture à disposition sur des tables. Deux joueurs de luth qui jouaient en sourdine m'adressèrent un salut amical. Je montai les marches menant à l'une des grandes baignoires, enjambai le rebord en bois protégé par un tissu et me laissai glisser avec un soupir d'aise dans l'eau brûlante. Je défis mon pagne, le sortis de l'eau et le posai sur le rebord, près de ma bourse. Ça sentait la verveine, la sauge et la rose.

« Je vous frotte le dos ? » demanda une jeune créature qui se laissa admirer.

Elle avait les cheveux relevés et était presque aussi nue qu'Ève au Paradis avant que Tu ne la mettes à la porte avec son gars. Elle était belle, mais un peu niaise. Elle louchait d'un œil.

« Annabella est là ? » demandai-je l'air de rien, le cœur battant.

La jeune créature soupira et hocha la tête.

« Je crois qu'elle est libre. Je vais la chercher. »

J'eus envie de dire « Non, laisse », mais je me tus. On exprime son désir, puis on regrette aussitôt. J'en ai besoin, essayai-je de me convaincre. Que faire d'autre, sinon, contre cette mélancolie qui ne cessait d'empirer ? Honte et désir. Ils allaient de pair. Je me soutins que j'y avais droit. Puis je revis l'orfèvre, susurrant tel le Cornu à mon oreille, qui m'avait fait d'Annabella un éloge bien trop alléchant. J'envisageai de me lever, de m'essuyer et de quitter ce bel établissement parfumé. Non. Ça aussi, c'eût été un signe de faiblesse. Assume ton désir, me dis-je, ta honte et la volonté de ton vit. Tu es qui tu es. La faiblesse fait partie de toi, mais ce serait une plus grande faiblesse encore de trahir ton désir par des doutes, une fois que tu l'as exprimé. Reste assis. Respire calmement.

Deux hommes choisirent deux petites baignoires voisines. Je tirai les rideaux autour de la mienne.

« Les Turcs... lança l'un beaucoup trop fort.

– Pour l'été, ils seront là, répondit l'autre en bâillant.

– Leurs bateaux sont prêts. On le sait. Et qu'est-ce qu'on va faire ?

– Se laisser envahir, sûrement ? »

Les Turcs… Il y avait de ça deux ou trois étés, ils s'étaient prétendument retrouvés à la porte Saint-Georges avec leurs bateaux amarrés à l'extérieur du port. Nul d'entre nous n'avait jamais vu de Turc de près. Mais ça ne faisait rien, du moins pas vraiment. Ce soir-là, tout le monde était allé dormir sans qu'il y ait eu d'invasion. La semaine suivante, ils étaient de nouveau là. « Mieux vaut les Turcs que ces cathos d'Espagnols », criaient des gens qui en avaient marre de tout ce raffut pour rien. « Mieux vaut les tulipes que les violettes ! » renchérissait un autre, car cette variété de fleurs nous était envoyée à cette saison-là par ces mêmes Turcs – c'est ce qu'on disait volontiers –, et ce n'était pas pour nous envahir, ou alors juste notre marché aux fleurs.

« Si ça arrive… dit l'autre en bâillant pour la deuxième fois.

– Alors on est foutus. Qu'est-ce qu'on peut contre des Turcs ? Rien ! »

Ils soupirèrent et poussèrent un grognement.

Que pouvait-on contre le froid et l'hiver ?

Mais ça, les deux hommes préféraient ne pas en parler.

À mon grand soulagement, l'autre ne répondait déjà plus. J'entendis un vague ronflement.

Les joueurs de luth entonnèrent l'énième mélodie d'amour. L'un d'eux chantonnait doucement. « Deuil, double deuil, renfort de déplaisir/ Tristesse, ennui, ennemis du plaisir… »

Le rideau s'ouvrit. Elle était là.

« Vous m'avez fait appeler ? »

Je hochai la tête. Je n'eus pas besoin de demander si elle était bien Annabella. L'orfèvre n'avait pas menti. Ses cheveux blonds étaient relevés, quelques mèches retombaient sur ses épaules rondes. Elle avait un visage d'albâtre, des joues vermillon. Toutes les femmes du lieu étaient très maquillées, mais elle n'avait besoin ni d'onguents ni de poudres ; on aurait dit qu'elle était apparue telle quelle sous les doigts d'un sculpteur espiègle. Une pierre rouge étincelait à son collier. Des bracelets d'argent lui enserraient les bras comme des serpents. Ses boucles d'oreilles tintaient doucement. Sa robe en voile laissait transparaître tout son corps. Elle avait une tache de naissance juste au-dessus de la clavicule. Ses tétons étaient invitants. Elle souriait de façon rassurante, comme si elle m'avait attendu.

Elle se pencha sur moi. Son odeur excita mes appétits. Ses mamelons étaient tout proches. J'eus envie de tendre la main, mais ce genre de geste était malvenu. Même ici, il y avait des limites ; seuls nos corps et nos esprits ne connaissaient pas la frontière de la honte pour y refouler le désir.

« Que voulez-vous ? me chuchota-t-elle à l'oreille.

– Tout, répondis-je. C'est combien ? »

À nouveau, elle se pencha vers mon oreille.

« Vingt. »

J'acquiesçai et sortis les pièces de ma bourse. Elle défit sa tunique transparente et la laissa choir. Elle avait une croupe digne d'une déesse de la moisson, large et ferme sur de longues jambes fines, et elle sentait la lavande.

Elle me fit signe de lui tourner le dos.

Elle arrosa mes épaules d'huile tiède. Je l'entendis ensuite plonger dans l'eau son petit baquet en cuir, qu'elle déversa sur moi. Je frissonnai et fermai les yeux. Elle passa une éponge sur mes épaules et sur mon dos. Elle m'arrosa de nouveau avec l'eau brûlante du baquet, baigna l'éponge et la pressa sur moi. L'huile et l'eau glissèrent sur ma tête. Elle lava mes bras qui reposaient mollement par-dessus le bord. Je penchai un peu la tête en arrière.

« Tu n'es pas d'ici, dis-je pas trop fort, les yeux fermés.

– Si », répondit-elle en riant, et je l'entendis entrer dans la baignoire derrière moi.

Je sentis ses cuisses douces.

« Ta peau est différente. »

Elle rit encore.

« Restez tranquille et laissez-moi faire. »

Elle versa encore de l'eau sur ma tête et répandit de la cendre sur mes cheveux. Elle frotta vigoureusement mon crâne, puis passa à ma barbe. Elle souleva ensuite mes bras et me lava les aisselles, avant d'asperger mes poils d'eau de menthe. Elle me lava partout. La langueur me gagna. Je m'abandonnai. Puis elle vint s'asseoir en face de moi. Nous nous regardâmes dans les yeux, juste un instant, assez pour que je me sente en totale sécurité.

Ses mains saisirent mes chevilles sous l'eau, et elle poussa mes jambes vers le haut. L'éponge passa sur une jambe, puis l'autre, avant que ses mains ne replongent dans les profondeurs. Mon vit s'érigeait lentement.

« Attends… » dis-je.

Son doigt hésita à l'entrée de mon cul.

Trois femmes fantômes se tenaient autour de la baignoire.

La première dit regretter de ne pas avoir su dès le début à quel point mes manières de cochon étaient vraiment dégoûtantes. Elle se serait épargné bien des souffrances.

« Regarde-toi, te faire servir pour de l'argent ! »

Ses paroles muettes me firent me redresser un peu. J'aurais pu répondre, mais je savais que c'était inutile. Qu'aurais-je pu crier ? Fichez le camp, toutes les trois, vous êtes mortes ? La deuxième menaça d'arracher les yeux à cette putain qui me lavait, cette gourgandine aux grosses fesses, de lui ouvrir le ventre avec ses ongles et de jeter ses tripes dans le feu de tourbe.

« Tu m'avais promis qu'il n'y avait que moi… et regarde ce que tu me forces à voir ! »

La troisième accompagnait doucement les joueurs de luth : « À la claire fontaine/ m'en allant promener/ j'ai trouvé l'eau si belle/ que je m'y suis baignée… » Elle fit alors semblant d'avoir froid et se frictionna les bras, grimaçante, comprimant sa poitrine, encore plus effrayante qu'avant.

« Non », dis-je.

La belle Annabella s'interrompit et lâcha mes bourses.

« Non… ? »

Dans ses yeux clairs, il n'y avait pas trace de la honte dont je me sentais entouré. Était-ce de la curiosité ? Elle me regardait. Sans moquerie.

Je secouai la tête.

« Ce n'était pas à toi que je parlais. »

Elle fit semblant de comprendre et prit doucement ma verge dans sa main. C'était comme un cadeau : la douceur de sa paume, la fermeté qui guidait son geste, l'accueil de mon désir. La deuxième démone s'ébroua comme un cheval.

« Jusqu'où vas-tu aller, saligaud ? »

La première lui donna raison. La troisième se mit à rire, rejeta ses cheveux en arrière et rit encore plus fort.

« Ravie de ne plus devoir faire ça moi-même », dit la première.

La deuxième répondit que de toute façon elle faisait ça mieux, jouer avec ma verge, et qu'elle s'était pliée à ça jadis surtout pour me faire taire.

« Moi, c'est le contraire, c'est moi qui me faisais servir ! lança la troisième.

– Laissez-moi tranquille. J'en ai besoin.

– Oui, dit doucement Annabella, vous en avez besoin. Je le sais. Je le sens aussi. C'est pour ça que vous êtes venu, et pour ça que vous m'avez demandée. Je vais vous le donner, et vous allez vous laisser faire. »

Sa main chaude trouva un rythme, tandis qu'un doigt pressait doucement sur mon trou de balle.

« Jamais fait ça, moi ! dit la première. Même s'il m'a souvent suppliée. »

La deuxième prit un air méprisant et haussa les épaules. La troisième leva les bras comme pour entamer une ronde. Les bougresses ne partaient plus. Plongé dans mes ténèbres intérieures, je les sentais même encore plus près. Ma honte et mon désir s'agrippaient l'une à l'autre et m'entraînaient par le fond.

En bas, le doigt trouva le passage. Tout, en dehors de ma virilité devenue dure, s'ouvrit et se liquéfia. J'aurais voulu gémir comme un guerrier humilié qui refuse de se rendre, mais les sons restèrent collés à ma luette.

« Regardez-le se pâmer, dit la troisième.

– Comme un enfant au sein, railla la deuxième.

– Ça, par contre, je le laissais faire, dit la première. Il était si content, avec mon beau mamelon dans la bouche. Vous auriez dû le voir téter ! »

Leurs voix dans ma tête salissaient tout. Ce n'était pas la réalité. Je n'étais pas un salaud. Et tout à coup, j'en eus ras le bol. Bon Dieu, quelle farce ! Regardez-moi ces fantômes autour de moi alors que j'essayais de savourer le plaisir que m'offrait une déesse au visage d'albâtre dans un bain public. Des larmes de colère s'écoulèrent en silence.

« Laissez-vous aller, m'encouragea Annabella. Vous avez le droit. »

Sa main serra plus fort, et tout en moi se changea en vapeur s'élevant vers le ciel. Quelque chose qui était bloqué depuis très longtemps se libéra. Pourquoi maintenant, pourquoi d'un coup, de cette manière, avec cette généreuse déesse à mes côtés, avec une femme que je payais ? Mon ventre se contracta, se détendit, se contracta à nouveau.

« Je veux en être débarrassé, murmurai-je, bon sang, ça suffit… Il est temps que ça finisse.

– Tout va bien, chuchota-t-elle, vous êtes venu pour ça. »

La deuxième démone ricana :
« Regarde-le se mordre la lèvre inférieure.
– Maintenant, il ressemble à l'enfant que je n'ai pas pu lui donner, se lamenta la première.
– Par tous les anges écœurés de l'enfer, fulmina la troisième, arrête de nous casser les pieds avec ton enfant mort, pauvre imbécile !
– Tout ça parce que toi, tu as réussi à lui en donner un ! »
C'en fut trop, la douleur s'autodévorait. Je sentis monter un rire en moi. Quelle bouffonnerie, quelle pièce idiote je mettais en scène, et pour moi seul ! Il n'y avait que moi. C'est moi qui les faisais défiler. Moi qui, pour une raison inconnue, en faisais une farce, obscène et stupide. Le seul véritable bouffon, c'était moi.
« Oui, dit Annabella, laissez-vous aller. »
Alors le plaisir trouva son issue. Je soulevai mes hanches à fleur d'eau. Elle garda son doigt en moi, continuant son va-et-vient jusqu'à vider ma verge. Ma semence empoisonnée ne gicla pas haut, mais coula sans discontinuer. Je me mordis les lèvres. Les cris de jouissance n'étaient pas de bon ton. Mais que le diable les emporte ! Je criai et me laissai aller. De vagues protestations s'élevèrent des baignoires voisines. Maudits soient-ils. Moi, le bouffon, je répondis en riant, et en riant fort. Ha ! Je riais de moi-même. Annabella sourit, sans vraiment rire avec moi. Avait-elle déjà eu affaire à un fou comme moi ? Sûrement, oui. Les fous ne manquent pas, les bouffons non plus.
Son regard était tendre. Cela m'aidait un peu, mais ce n'était pas assez.
Je me laissai redescendre sur la banquette dans la baignoire, essayai de reprendre le contrôle de ma respiration. Deux larmes roulaient sur mon visage, de la morve s'écoulait de mon nez.
« Vous voyez... dit la donzelle. Vous voyez bien qu'il le fallait ? »

Les fantômes avaient disparu. Plus un soupir, plus un rire, rien.

Je sentais qu'elles avaient défilé pour la dernière fois, plus délirantes que jamais, comme des spectres ricanant dans ce lieu d'eau et de débauche. Leur spectacle de tréteaux était fini pour de bon.

C'était un adieu. Mon deuil était terminé.

Et je pleurai soudain à cause du vide, comme un pitre sans applaudissements, seul, et toujours agité.

Car un désir désespéré subsistait.

Il chantait comme une femme dans une langue que je ne comprenais pas.

Annabella sortit de la baignoire.

« Je vais vous laisser un instant... dit-elle doucement en effleurant mon dos. Reposez-vous donc, puis si vous avez de nouveau envie... »

Elle me regarda. Je pris sa main et y pressai mes lèvres.

« Non, c'est gentil, c'est sorti », dis-je.

Le péché que je venais de commettre était parvenu à les chasser.

Pas mes prières. Pas mes supplications. Pas mes implorations à genoux.

Non, le péché.

Maintenant que le désir était assouvi, la honte enflait.

Le dégel ne vint pas.
Il se remit à neiger.
La tourbe était épuisée.
L'espoir avait disparu.
Le fleuve était toujours gelé. On ne pouvait même pas attendre l'arrivée d'un bateau chargé de combustible ou de céréales.

De moins en moins de cheminées crachaient de la fumée. Faute de tourbe, on brûlait du bois, mais ça ne pouvait pas durer. Hache à l'épaule, le peuple partait piller hors des murs de la ville. Même les potences du gibet y passèrent. Toutes disparues, toutes volées de nuit ! Un fagot d'une centaine de cotrets coûtait déjà plus de trois florins, ce qui représentait en temps normal le salaire de deux hommes pour toute une semaine. Les gens s'éloignaient de plus en plus des murs de la ville à la recherche de saules. Je les voyais revenir dans notre paroisse, de plus en plus abattus, avec un butin de plus en plus maigre. Il ne restait pratiquement plus rien à des lieues à la ronde. La rumeur courait qu'une femme, quelques jours plus tôt, avait mordu deux doigts à un homme pour s'emparer d'un bloc de tourbe. Ma propre réserve était abondante, j'avais de quoi tenir un certain temps. Le prix de la nourriture avait augmenté, mais je pouvais encore me permettre de ne pas répercuter la hausse sur les clients. Par ailleurs, ma salle était bondée, et nous devions refuser des gens. Chacun recherchait la chaleur qu'il ne pouvait plus s'offrir chez lui pour une heure, voire moins.

Bien sûr, cette ville foisonnait d'auberges, depuis les caberdouches au pied des remparts, remplis de prostituées et de leurs maquereaux, où des garçons déguisés en femmes servaient les plus immondes saloperies à qui demandait discrètement du « petit-lait de Saint-Georges », jusqu'aux établissements les plus honnêtes, comme Le Bouclier Rouge, place du Vieux Marché au Grain, ou Le Mortier, sur la Grand-Place, où les riches et les puissants quittaient la table au moindre renvoi ou pour lâcher un vent derrière un coin. Tout était plein. En attendant, le froid persistant menaçait aussi les réserves de boisson dans les caves des auberges. Je restais moi-même préservé de ce problème et m'estimais donc heureux, mais d'autres débits – surtout les plus petits – avaient dû fermer leurs portes, faute de boisson ou de chauffage. Les brasseurs, confrontés à une pénurie de combustible, ne pouvaient plus brasser de bière d'orge. Chaque fois que je descendais l'escalier, je murmurais une courte prière de mon enfance suivie de beaucoup d'Ave pour que ma cave reste à l'abri d'un malheur.

Mais l'un dans l'autre, je n'avais pas à me plaindre.

Au Zand, où se trouvait mon auberge de l'Ange, je devais toujours subir un peu de concurrence de l'auberge de l'Étoile en face, qui était fréquentée surtout par les lansquenets et les agents de la ville, mais son patron ne pouvait pas se targuer d'avoir comme moi sur son mur « la fresque de Pierre le Drôle », qui ne cessait de gagner en popularité. Le peintre était revenu et avait gracieusement pourvu son dessin de couleurs vives. Il avait refusé ma gratitude.

« C'était une nécessité personnelle, avait-il déclaré. Je n'en étais pas satisfait et maintenant si. »

Certains entraient dans mon établissement et demandaient immédiatement où était le mur. En voyant l'homme endormi qui me ressemblait comme deux gouttes d'eau, les hommes et les femmes se poussaient du coude et éclataient de rire, parfois encore à la quatrième ou cinquième fois qu'ils venaient.

« C'est un de vos amis ? » À cette question récurrente, je restais évasif, me contentant de répondre que c'était l'ami de quelqu'un qui venait ici de temps en temps, et je m'étonnais de voir leur regard se charger de respect.

« Ce que tu peux faire pour remercier ton gribouilleur ? Tu lui abats une bête, pardi... »

Margreet n'avait même pas levé les yeux pour me répondre. Elle avait raison. Quel plus beau cadeau d'hiver que de la viande ?

Les couteaux étaient prêts. Margreet avait acheté le cochon pour moi, et l'animal couinait dans la cour au bout d'une corde.

« Allez, range ta mélancolie et tue-moi ce bestiau. Après, je le découperai et le préparerai : boudins, côtelettes, terrine d'oreilles, fromage de tête et lard fumé. Du nerf, c'est pour remercier ton peintre ! C'est quand même ça que tu m'as demandé, non ? Ward va t'aider. Personne n'en peut plus de ta mine d'enterrement ici. »

Mon père m'avait appris à saigner un porc.

« D'abord rassurer monsieur le cochon, m'avait-il dit, et le faire avec sincérité. »

Ward était à côté de moi, il tenait à deux mains la casserole à long manche. De la neige fondante tombait, et le ciel était gris sombre. Je cachai mon couteau pour que la bête ne le voie pas et murmurai :

« C'est qui qui est tout beau tout gras sur ses grosses papattes ? Mais c'est le bestiau de l'année, ma parole. Et comment il va, mon gros cochon ? Comment il va ? »

Le cochon arrêta de couiner et me regarda de ses petits yeux méfiants.

« C'est qui le plus beau cochon de la terre ? C'est toi. Oui, c'est toi. Et tu vas te sacrifier pour laver mon péché. »

Je prononçais ces phrases comme si je les lisais dans un livre que je ne comprenais pas. J'entendais mon père et ne savais plus si j'étais lui ou moi. Je jouais une pièce de théâtre pour Margreet, qui m'observait depuis la porte de la cuisine, mais je faisais peut-être moi-même partie du public qui écoutait mes répliques. Était-ce important ?

« Mais comme tu es beau. Je vais devoir me méfier de toi. On ne te dupe pas comme ça, hein ? T'es un malin, toi. »

Le cochon leva son museau et sonda mon odeur. Aussitôt, il eut un mouvement de recul. Sa nervosité me fouetta les sangs. C'était ma force. Mieux valait voir la peur chez l'autre qu'essayer de comprendre ce qui tourne dans sa propre caboche.

« Mais qu'est-ce qui t'arrive, mon cochon ? On est inquiet ? Ça ne va pas ? Pourquoi t'as peur, mon cochon ? Ce n'est que moi, le brave Beer qui ne te veut pas de mal, qui veut juste t'admirer, tellement tu es beau ! Oh oui, tu es beau. »

Le cochon s'immobilisa et me regarda.

Il ne chercha pas à mordre ma main qui caressait ses oreilles douces et velues. Il tolérait ma proximité, pas totalement tranquillisé, mais sa méfiance à moitié endormie par mon babillage onctueux.

« Voilà, c'est comme ça qu'on l'aime. Tout calme, tout sage. »

Le point faible d'un animal comme ça, disait mon père, ce sont ses pattes fines qui doivent supporter ce poids énorme. Je cherchai à tâtons la hache que j'avais cachée à portée de main et assenai à la bête un coup violent du côté émoussé sur le front. Ensuite, je le poussai fermement et le porc tomba sur le flanc. Je l'enfourchai aussitôt, avant qu'il puisse me repousser d'un coup de patte, et criai à Ward :

« La casserole ! »

Après quoi je tirai la tête de l'animal en arrière, lui tranchai la gorge, et le sang gicla dans la casserole. Les pattes du porc s'agitaient en tous sens, son corps montait et descendait comme un soufflet, mais je le maintenais plaqué au sol. Un instant, je lus ma trahison dans l'œil de la bête. Les yeux de Ward ne trahissaient rien. La casserole était remplie à ras bord, et le silence revint. Alwin aussi était là maintenant, trop tard, comme d'habitude. Il avait cependant apporté une échelle et des cordes. Margreet vint nous aider à attacher l'animal par les pattes arrière au haut de l'échelle. Je l'ouvris complètement, et les boyaux fumants dégringolèrent. Je levai les yeux au ciel et montrai de mon index ensanglanté l'amulette que je portais au cou de sorte que Ton archange Michel puisse m'adresser la parole. Pardonne-moi ce péché qui a permis de chasser la malédiction des fantômes. Le boudin était pour le peintre, mais la bête sacrifiée de ma main était mon offrande pour Toi.

« Il sera ravi de votre charcuterie, Beer », dit Ortelius avec entrain.

Il était venu me chercher pour que l'on aille ensemble à l'atelier de son ami Bruegel, dans lequel je n'étais jamais entré.

« Il aime la bonne chère. Et à Bruxelles non plus, ce n'est pas facile, avec cet hiver.

– Pas comme ici... dis-je.

– Non, pas comme ici. »

Nous passâmes devant deux lépreux qui tendaient leur bol à aumône au bout d'un bâton.

« Fermez bien votre besace, je sens la viande d'ici. Ou vous risquez de vous faire assommer. C'est une plaie, cet hiver.

– Ce n'est pas comme d'habitude, c'est sûr...

– Que voulez-vous dire ?

– Ce n'est pas un hiver ordinaire, rien de plus. »

Ortelius s'arrêta tout à coup, comme un âne subitement accablé par une pensée qu'il ne pouvait porter seul.

« Je pressens comme le début de la fin. Il y a une ou deux nuits, je n'en ai pas dormi. Il ne faut pas laisser entrer de monstres quand il fait noir, ai-je murmuré pour moi-même, et j'ai allumé une lampe à huile et me suis mis à étudier...

– Mais ?

– Quoi ?

– Les monstres dont vous parliez...

– Sont-ils vraiment des monstres ? Je me suis posé la question. Le sentiment m'est venu que cela pouvait être le grand règlement de comptes entre le Seigneur et nous. Les raisons ne manquent pas dans cette ville. Peut-être que je suis quelqu'un de trop sensible, qui ne s'intéresse qu'à la beauté, à la curiosité et à l'amitié...

– Tout le monde doit bien gagner sa vie.

– Bien sûr, mais de façon honnête, or ce n'est pas ce qui caractérise l'avidité, la mesquinerie, les haines religieuses et ces projets conçus chaque jour dans l'unique but de gagner toujours plus d'argent. Et puis voilà qu'un hiver nous tombe dessus, un hiver auquel nul d'entre nous n'est préparé, un hiver inédit et inconcevable, à couper le souffle. Le froid glacial a renversé cette ville sur le dos comme un bousier... Je ne suis pas homme à beaucoup aimer la superstition, comme vous le savez. Ce qu'on sait, on le sait, et ce qu'on ignore s'appelle les ténèbres. Je suis chaque jour émerveillé par la beauté de ce monde et par l'ingéniosité de la nature. Mon seul souhait, c'est de pouvoir contempler et immortaliser tout ça sur des cartes. Dans toute cette splendeur et cette diversité se cachent des lois, des phrases et des lettres, un livre, en somme, que nous sommes nombreux à essayer de déchiffrer. Dieu envoie des signes. Ça, ce n'est pas de la superstition, mais une reconnaissance de Sa générosité. Mon professeur, j'ai nommé l'honorable Gerardus Mercator, est convaincu de l'avènement prochain du Jugement dernier. Il compte soixante-dix ans à partir de 1517, l'année où Luther a proclamé la vérité, parce que le peuple élu a passé soixante-dix ans dans son exil babylonien, et il est donc sûr et certain que la Fin se manifestera l'année suivante, en 1588.

– Je ne comprends rien à tous ces calculs, Abram. Je ne comprends pas comment on fait pour y arriver. Vous parlez de quelque chose qu'il faudra encore attendre vingt-trois ans. Même si le mot "attendre" n'est pas le mieux choisi...

– Nous en parlions avant le départ de maître Dee. Il a dédié sa vie à ce mystère et, comme vous avez pu le constater vous-même, il prend des risques pour constituer un savoir secret en vue du grand moment. »

L'amulette en or brûlait sur ma peau. Je n'avais encore reçu aucun signe de Toi, mon Dieu. Je m'étais livré au péché, et les fantômes de mes défuntes épouses avaient disparu. Comment était-ce possible ? De honte, un sentiment que je ne parvenais plus à distinguer de la colère, j'avais sacrifié une bête. Chaque jour, je contemplais l'amulette en or avant de la suspendre à mon cou. Ces signes qui y étaient représentés, Dee était censé les avoir reçus de Toi, mais le doute grandissait en moi. Je commençais à craindre que le Cornu ne se soit immiscé et n'ait induit Dee en erreur avec des signes destinés à me couillonner, à m'enfoncer encore plus dans les ténèbres.

Pendant ce temps, Ortelius poursuivait :

« Pardonnez-moi, mais ce ne devrait pas être inquiétant pour un croyant; c'est plutôt une chose dont un homme vertueux devrait se réjouir. Ne voyez-vous pas comme tout devient plus clair dans les temps difficiles, comme le côté obscur se révèle depuis que Luther s'est levé ? Et comme l'égarement augmente de tous les côtés sans exception, bien sûr aussi chez les luthériens eux-mêmes, ainsi que chez tous les autres qui, en termes de haine de l'autre, n'ont plus rien à envier aux prêtres et aux curés ? Le voyez-vous ? Ou le ressentez-vous, pour le moins ?

– Je ne sais pas ce que je ressens... »

Il chassa d'un geste mes mots comme il l'aurait fait d'une mouche importune.

« Et si c'était un message ? Voilà donc ce qui m'empêchait de dormir il y a quelques nuits. Et si ce froid mortel était de notre faute ? Vous comprenez ? Et si Dieu nous présentait cela parce que nous avons échoué, parce que nous avons de nouveau construit une tour de Babel sans Le reconnaître, parce que, sous prétexte de liberté, nous nous sommes servis dans la hotte bien garnie de Sa Création, parce que nous nous querellons en arguant d'un égoïsme sain, bref parce que nous nous sommes égarés sous couvert de progrès ?

– Mais comment pouvez-vous parler ainsi en tant que membre de la Famille ? Vous ne marchez donc pas dans la Lumière ? Moi, je me sens entouré de ténèbres, mais vous ? Ce n'est quand même pas votre cas ?

– Qui dit que les membres de la Famille sont dignes de Son Jugement ? Qui dit que je le suis ?

– Êtes-vous donc tous entourés de mensonges ? Et ce que vous appelez la Lumière ne serait rien d'autre qu'une illusion ? Car ce que vous semblez dire, c'est que tout ce que la Famille représente n'est que de la comédie.

– Ce n'est pas ce que je dis.

– Que dites-vous alors, Abram ? Je ne comprends pas. »

Je ne pouvais plus cacher ma colère. Son discours ressemblait à des excuses tardives, arrivant comme un médecin au chevet d'un mort.

« Du calme, je ne voulais pas vous énerver. Dans la Famille, nous parlons du for intérieur. C'est là qu'est la relation à Dieu, là que réside le divin en chacun de nous, et c'est cela que nous professons avec Amour, bien qu'avec la plus grande discrétion possible et entre sympathisants. Mais peut-être ne s'agit-il pas du for intérieur ? Qui sait s'il ne s'agit pas de ce qui nous entoure littéralement à l'extérieur ? Qui sait si nous ne nous trouvons pas littéralement au Purgatoire, qui ne serait pas ce lieu imaginaire exploité par ces êtres cupides que sont les prêtres et les curés, les évêques et les papes, mais bien la terre elle-même, où chacun devrait payer directement pour ses péchés, avec toujours plus de malheur, d'obscurité et de chaos, de souffrance et de violence, jusqu'à ce que tous se repentent ? Peut-être que tout ceci sont les Limbes, où nous sommes purgés de nos péchés avant d'être soumis au Jugement dernier...

– D'où sort-il, ce discours ? »

Il soupira.

« Je vous entends bien. Ma propre sœur me regarde comme si je déraisonnais. Elle dit que je renie ma propre force intérieure et que le pessimisme est un péché, ce que je professe d'ailleurs moi-même depuis des années. Mais je ne suis pas tout seul. Le grand peintre chez qui nous nous rendons avec une besace pleine de cochonnaille ressent la même chose, plus que vous ne le soupçonnez. »

Qu'est-ce qui poussait ces érudits à vous abreuver de leurs angoisses ? Dès qu'ils étaient contaminés par des visions de malheur, il fallait que tout le monde ressente la même chose qu'eux, que tout le monde voie ce qu'ils voient et pense ce qu'ils pensent. Que pouvait bien savoir Ortelius des ténèbres et des règlements de comptes ? Les gens instruits de son espèce s'estimaient au-dessus des émotions fortes, plaidant pour le recul et la réflexion profonde sur la lumière intérieure, mais qu'ils viennent eux-mêmes à être dévorés par des émotions fortes, et ils sonnaient le tocsin et agitaient les cloches jusqu'à ce que tout le monde ressente leur détresse, leurs obsessions et leurs idées. En fait, mon savant ami Ortelius ne me voyait pas. Il parlait de grand malheur, de payer pour ses péchés... Mais s'il avait dû entendre ma cloche, s'il avait dû endurer mes peurs et mes doutes, il se serait couvert la tête de cendres, aurait déchiré ses vêtements et se serait revêtu d'un sac.

Ortelius saisit le heurtoir de la porte et le cogna plusieurs fois hardiment. Il semblait par ailleurs s'être débarrassé de ses visions aussi nonchalamment qu'on époussette la neige sur son manteau et me lança un clin d'œil joyeux et impatient. Nous nous trouvions dans la Zirkstraat, devant une arrière-boutique que Hans Franckert avait donnée à bail à son ami Bruegel. Lors de son déménagement à Bruxelles, le peintre avait accepté cet endroit avec reconnaissance. Car même s'il était parti, cela valait encore la peine d'être vu dans cette ville et de rassurer ainsi de vieux amis, comme Franckert. En fin de compte, il avait à Anvers beaucoup de commanditaires à qui il devait régulièrement répéter que c'était à eux qu'il devait son succès et que ce ne serait guère oublié.

Un garçon tout maigre en habits miteux, la goutte au nez, ouvrit la porte et hocha timidement la tête.

« Bonjour Geert, le maître est au travail ? »

Le valet acquiesça et nous fit traverser une cour, où se trouvaient une grosse charrette à bras et quelques paniers sous un appentis couvert de neige. Il ouvrit ensuite le portail d'un hangar, et l'odeur de colle et de peinture assaillit nos narines. Les grandes fenêtres latérales attiraient la lumière dans l'espace. Quatre ou cinq chevalets y étaient disséminés, ainsi que des tables sur tréteaux jonchées de croquis et de dessins, de pinceaux et de bols contenant de la poudre, de l'encre ou de la peinture, le tout couvert d'éclaboussures de toutes les couleurs. Bruegel apparut derrière l'un des chevalets, dans une chasuble tachée de noir et de brun. Il nous regarda d'un air confus et interrogatif, ses pensées encore à la toile qu'il était en train de peindre.

« Beer est venu t'apporter un cadeau, Pierre. »

J'ouvris ma besace et lui montrai la charcuterie.

« Ô grand saint Nicolas, patron des écoliers… apporte-moi des pommes dans mes petits souliers ! se mit à chantonner le peintre avant que nous n'éclations de rire, tandis que son jeune assistant nous regardait avec les yeux d'un mouton dans un pré.

– Saint Nicolas est déjà passé depuis longtemps, non ? dit-il en riant sans comprendre.

– J'ai abattu l'animal moi-même, dis-je, pour vous remercier de votre beau dessin sur mon mur, dont mes clients raffolent.

– J'apprécie beaucoup. J'emporterai le tout demain à Bruxelles. Ma femme et ma belle-mère vont applaudir des deux mains. Vive le troc entre amis ! »

Entre amis ? Ces mots me mirent mal à l'aise.

Bruegel s'essuya les mains au chiffon que lui avait tendu son assistant sans qu'il ait eu à le demander. Pendant ce temps, le jeune Geert servait déjà du vin. Nous trinquâmes.

« Abram, tu veux voir ton tableau ? Il est presque fini.

– Alléluia ! Moi qui croyais que tu ne voulais jamais montrer un travail inachevé...

– N'exagère pas. Bien sûr que je veux bien te le montrer. Tu l'as commandé. Tu y as droit. En plus, tu m'as aidé pour son contenu. »

Ortelius balaya ses mots.

« Arrête, Pierre. Tu m'embarrasses.

– À la bonne heure ! »

Bruegel éclata de rire et se tourna vers moi d'un air conspirateur :

« Il ne m'a pas laissé tranquille un seul instant. Ses idées fusaient : “Et tu ne devrais pas faire ci, et ce ne serait pas mieux comme ça ?” J'avais presque oublié que c'était moi le peintre.

– Tu exagères ! s'écria Ortelius.

– Mais je te taquine, mon ami. »

Il nous conduisit au chevalet où nous l'avions dérangé tout à l'heure et le fit pivoter pour avoir plus de lumière. Immédiatement, les yeux d'Ortelius s'humectèrent. Il posa son gobelet de vin par terre et s'approcha du tableau.

« Seigneur Dieu… marmonna-t-il. Seigneur Dieu… »

Le tableau représentait la Vierge tenant un cierge dans les mains, agonisant dans un lit à baldaquin, entourée d'une nuée de proches qui attendaient le moment fatidique où Tu la rappellerais à Toi. Il n'y avait guère de couleurs ; le brun et le noir s'écartaient devant la lumière qui émanait d'elle. Les yeux mi-clos fixés sur le crucifix à l'extrémité de son lit, elle prenait vie par la magie de la peinture. Je la voyais inspirer et expirer, pas seulement comme une femme qui savait sa fin proche, mais comme quelqu'un qui se souvenait de ce que ça faisait de donner la vie à un enfant, comme si la mort était une naissance et que tous ces gens qui l'entouraient étaient ses sages-femmes. Je respirais avec elle. J'aurais voulu être à son chevet, faire partie de l'assistance, peut-être lui murmurer qu'elle pouvait lâcher prise, me rendant pertinemment compte qu'il ne s'agissait que de lâcher prise. Et ce sentiment devint si fort en moi que j'en eus moi aussi les larmes aux yeux et ne pus plus émettre un seul son. Sur la gauche du tableau, le maître avait peint un feu de tourbe près duquel un homme dormait, assis sur une chaise. Je dus détourner le regard à la vue de ce triste personnage, ce sot qui avait succombé à la chaleur et au confort, symbolisant notre espèce qui ignorait ce qu'elle ne voyait pas et passait à côté de la beauté à cause d'un estomac rempli, d'un esprit alcoolisé ou d'une nuit sans sommeil. Comment un peintre réussissait-il ce tour de force ? Je n'étais pas au chevet de la Vierge, même si je m'étais plu à l'imaginer quelques secondes auparavant. Le dormeur, c'était moi, je ne voyais rien de ce qui m'entourait ; ni miracle, ni preuve absolue d'amour pour la vie ou d'amour pour Toi, rien de tout ça ne me parvenait. Je dormais et ronflais la bouche ouverte au bord de ma propre vie et la rêvais continuellement au lieu de la comprendre, en bouffon que j'étais.

J'avais honte.

Dehors, Ortelius laissait libre cours à ses larmes.

« Pardonnez-moi... » soupira-t-il, appuyé contre la façade d'une maison bourgeoise un peu négligée.

Un chien blanc avec des taches noires et marron accourut vers lui et poussa des aboiements las. Ortelius regarda l'animal, tout en continuant de pleurer. C'était comme si le chien voyait dans ces larmes l'annonce d'une récompense, un bout de saucisse ou de croûte de pâté. Il était tenace, mais je parvins à chasser l'animal.

« Quelle importance... murmura Ortelius, en tâchant d'essuyer le plus discrètement possible la morve dans sa barbe. Vous devez savoir, Beer... quand ma chère mère est morte, mon chagrin était si grand... vous ne connaissez que trop bien le poids du chagrin. J'ai fait faire d'elle un masque mortuaire et, quand j'ai vu ce masque pour la première fois, j'ai porté la main à mon cœur. Dans la cire, les traits de son visage étaient ceux d'une sainte, une femme qui avait néanmoins traversé maintes épreuves, qui avait dû rendre son mari beaucoup trop tôt et s'occuper de nous, ma sœur et moi... Tous ces revers et ces devoirs qu'elle avait endurés étaient comme sublimés par son effigie de cire dans une sorte de... oui, d'acceptation. Je crois que c'est le mot juste. Et c'est ce masque mortuaire que j'ai donné au maître Bruegel comme modèle pour sa Vierge mourante. Vous savez ce que Marc Aurèle a un jour écrit sur la mort ? Celui qui redoute une action naturelle est un enfant. Pardonnez-moi, j'espère que vous comprenez.

– Je comprends », dis-je, mais je n'avais pas compris.

Je ne comprenais pas, car je pensais à moi-même.

Acceptation, ce mot revient me hanter à Amsterdam. Ortelius n'a jamais su quelle colère ses paroles avaient pu provoquer en moi, à quel point je m'étais senti humilié en les entendant. Plus aucun client, plus aucune personne que je croise dans la Warmoesstraat en allant chez le volailler ou chez le brasseur n'a le pouvoir de libérer ce poison de la rage refoulée. Acceptation. Ortelius savait prononcer ces grands mots avec une telle ferveur et un tel naturel à la fois. On aurait dit qu'il lui suffisait de faire siennes quelques maximes de ses penseurs favoris pour arriver à ce résultat. Lire, prier, marcher dans la Lumière, et voilà qu'à la mort d'une mère bien-aimée, l'acceptation lui était offerte par un masque de cire après une longue journée de contemplation. À l'époque, tout cela semblait tellement au-delà de ce contre quoi je me battais dans la boue de l'existence. Certes, mes sentiments sont tout autres aujourd'hui. L'acceptation ne s'apprend pas dans les livres, j'en reste convaincu. On ne tient pas la vie et la souffrance à distance avec une citation et un masque de cire. Et on évite de prononcer le mot « acceptation » quand on pleurniche dans la rue. Parfois, il se passe tellement de choses en même temps qu'on n'arrive déjà pas à les comprendre, alors les accepter… Cet hiver-là, on avait assisté à des scènes d'humanité à glacer le sang, à se demander pourquoi on était forcé de voir ça, quelle leçon elles renfermaient, et, même après toutes ces années, le mot « acceptation » restait vain, et il n'y avait pas de lumière, pas de livre ni de prière qui pouvait dissiper les ténèbres. Aujourd'hui encore, je pense que l'acceptation ne peut pas conjurer une chose pareille. Une ville dont les citoyens croient qu'ils ont été abandonnés par le Très-Haut ne conjure rien.

Les derniers échos d'activité s'éteignaient à Anvers. Au début, on entendait encore dix métiers à tisser et leur boucan retentissant, puis il n'y en eut plus qu'un seul. La laine de mouton n'arrivant plus, les tisserands étaient contraints au chômage. On ne les entendait plus nulle part chanter en travaillant. Avec le bruit disparut aussi l'odeur des nombreux fours des fondeurs d'étain, ainsi que celle des cuves où trempaient les peaux dans un mélange d'eau et d'écorce de chêne avant le tannage. Désormais, les hommes traînaient, ne sachant pas bien quoi faire, tâchant de se donner une contenance et de dissimuler leur désœuvrement tandis que la morve gelait à leurs narines et qu'ils tentaient de se protéger les doigts, les orteils, les oreilles et les couilles du vent du nord qui soufflait sans pitié. Le pain de froment était devenu inabordable pour bon nombre d'ouvriers. Les dernières livres de seigle en provenance du Nord coûtaient chaque jour plus cher. Les échevins et le bourgmestre avaient, paraît-il, écrit des lettres de supplique à plusieurs autres villes, mais aucune n'avait de réserves qui leur auraient permis d'en revendre.

« Comme d'habitude, ils réagissent trop tard, entendait-on çà et là. Il a gelé aussi l'an dernier, non ? Ils n'apprennent donc jamais rien ? »

C'était vrai, l'année précédente aussi, il avait gelé à pierre fendre, mais en moins d'une semaine tout s'était résorbé. À présent, plusieurs semaines s'étaient écoulées, et il n'y avait aucune amélioration en vue. Les fosses d'aisances étaient toutes gelées. Désormais, mendier n'était plus autorisé que devant les églises, mais l'ordonnance qui le stipulait ne servait à rien. Moins d'un mois auparavant, on trouvait surtout ces pauvres hères au pied des remparts, aux portes ou dans les ruelles du Guldenberg, où les hommes allaient décharger leur semence. Les miséreux qui habitaient là avaient intérêt à y rester. L'idée que la pauvreté était un signe de salut chrétien n'avait plus cours depuis longtemps. Avant que l'hiver ne fonde sur la ville, le travail et le commerce y régnaient en maîtres. Les sans-emploi qui comptaient sur la charité étaient vus comme des profiteurs. C'était par le labeur et le négoce qu'une ville se développait, disait-on. Mais le travail avait subitement disparu, et le fleuve qui le fournissait s'était figé autour des bateaux grinçants. Le commerce était à l'agonie. Et donc, les mendiants se rapprochaient. Ils traînaient sans vergogne sur les places, tiraient sur le manteau d'un poivrot qui affichait un peu trop gaillardement son aisance matérielle. Certains surgissaient avec un luth qu'ils avaient volé et chantaient convulsivement des chansons sur de lointaines contrées qu'ils prétendaient avoir visitées. Il y en avait qui s'enduisaient la peau d'une espèce de pommade qui, en séchant, boursouflait leur visage et leurs bras de cloques hideuses, de sorte qu'on ne pouvait plus les distinguer des vrais lépreux qui, eux aussi, se montraient de plus en plus, par pure nécessité. J'en vis qui s'accrochaient des viscères de porc sanguinolents sur le torse, puis qui criaient que leurs entrailles étaient sorties. Ceux qui pouvaient encore se priver d'un petit quelque chose le donnaient en réprimant un haut-le-cœur, juste pour être débarrassés de ces tripes qui ballottaient à l'air libre. Certains jouaient si bien leur numéro que même les plus méfiants étaient émus aux larmes. Vous aviez des femmes couchées par terre sur un drap devant l'église, qui s'étaient fabriqué une mixture dégueulasse avec de la cire et des œufs, et voulaient vous faire croire que la pauvreté les avait fait accoucher d'un avorton sans vie. À bout, le peuple ne reculait devant aucune monstruosité.

Soudain, il y avait dans cette ville autant de sortes de mendiants que de commerçants.

Ensuite, très vite, cela alla de mal en pis. Le vol atteignit des proportions inédites. Les nantis évitaient les rues sombres de peur d'être détroussés par un groupe de misérables. On se gardait de quitter seul les auberges, sortant de plus en plus souvent à deux ou trois, la main sur le manche du poignard. Les basanés, les étrangers, ceux qu'on appelait les « Égyptiens » parce qu'on croyait savoir que leur engeance avait jadis refusé l'asile à la Sainte Famille en fuite et que chacun d'eux avait pour cela été condamné par Toi à une vie d'exode perpétuel, ne pouvaient déjà plus se montrer dans les rues. Ils prétendaient être d'éternels pèlerins à la recherche du salut, mais de tels mots suscitaient désormais la peur et la colère. En général, je me tenais sur mes gardes quand ils osaient se présenter dans mon auberge. À quoi pouvait-on s'attendre de la part de ces gens ? Ou de leur désespoir ? Avec les lépreux, les Égyptiens occupaient le bas de l'échelle et s'en faisaient encore déloger à coups de pied. Ils étaient les souffre-douleur de tout le monde, écopant de la colère accumulée par ceux qui savaient que demain arriverait leur tour d'aller mendier. J'avais vu l'un de ces pauvres basanés, mort au bord de l'eau, la tête défoncée. Les boueux l'avaient emporté en même temps que les immondices.

Auparavant, ceux qui trimaient au port n'avaient pas le temps de réfléchir ni de se poser de questions. Une fois le boulot envolé, ce ne fut pas seulement l'angoisse du manque qui vint les hanter. Des pensées auxquelles on ne se serait pas attendu chez des gens simples surgirent. La faim et la soif faisaient naître des monstres dans l'esprit de gens qui peu avant étaient encore satisfaits de leur sort d'ouvriers portuaires. Au coin du Vieux Marché au Grain, en pleine rue, un bonhomme qui se considérait comme Ton serviteur se mit à crier à tue-tête :

« Celui qui ne voit pas la Vérité croit manger du pain, mais il se nourrit de ses propres excréments. »

Il avait les yeux exorbités et la voix rauque.

« Et celui qui ressent la Vérité ne manque jamais de rien ! »

Tout le monde le dévisagea. Au début, personne ne répondit. Une femme qui tentait de se protéger du froid sous une cape noire serra plus fort son enfant contre elle. Deux traîne-misère se signèrent à la hâte. On ignore s'ils le firent pour se protéger du mal, ou bien parce qu'ils croyaient entendre un nouveau Berger dans la voix éraillée du bonhomme.

« Et celui qui respecte les maîtres dans leurs palais et considère comme des saints les porteurs de mitres ne sentira jamais le souffle de Dieu dans son oreille. Ne vous laissez pas éclabousser par la boue du monde terrestre ! Frères et sœurs, renoncez à la chair ! »

Alors là, le fou à la voix rauque et aux yeux globuleux provoqua des réactions. Un édenté lui répondit que sa famille et lui-même n'avaient plus vu la couleur de la chair depuis des semaines.

« De quoi tu parles ? On n'a que du pain moisi dans la panse ! »

Un autre, dont les bourrelets étaient encore bien visibles sous le pourpoint, jura :

« Qu'est-ce qui te prend ? Tu as dormi dans un champ de fèves en fleurs cet été ? Tu divagues complètement ! »

Ce qui me frappait à l'époque chez ces prédicateurs, c'était qu'ils semblaient puiser du plaisir dans l'humiliation qu'ils subissaient à prêcher ainsi dans le désert. Jusqu'à présent, on les avait laissés tranquilles, mais ce ne serait plus le cas très longtemps. Pour l'heure, on les injuriait et on se moquait d'eux, mais malheur à cette ville le jour où cela cesserait et où ils deviendraient, aux yeux de tous les désespérés, les véritables serviteurs de la vérité. En attendant, les gens se racontaient toutes sortes d'histoires. Notamment qu'il y aurait encore des entrepôts pleins de seigle aux mains de salopards dont les profits ne faisaient que grimper grâce à la famine.

« Certains de ces entrepôts appartiennent même à nos soi-disant dirigeants. Mais oui ! Ils sont comme ça. Chacun pour soi et rien pour les autres ! »

Ces soupçons étaient accueillis dans mon auberge avec fatalisme.

« C'est honteux, disait l'un.

– Et ça te surprend encore, rétorquait l'autre.

– On devrait… » suggérait un troisième, puis il détournait le regard.

Après quoi tout le monde hochait la tête et continuait de boire.

Le silence qui planait depuis des semaines comme un linceul glacé sur cette ville réduite à l'impuissance fut soudain brisé par des cris.

« On dirait un cortège, me dit Ward en se grattant les cheveux comme s'il était infesté de poux.

– Un cortège ? Sans musique, alors ? »

Le défilé passa par la Grand-Place. Certains des processionnaires s'écroulaient. Mais même à terre, ils continuaient de s'agiter convulsivement dans la boue gelée. Si l'on ne faisait pas attention à leurs yeux, on aurait pu croire qu'ils étaient simplement en train de danser, qu'ils participaient à une fête fantomatique ou à un spectacle de tréteaux sans tréteaux à l'horizon. La plupart avaient de l'écume aux lèvres et le regard tourné en dedans, où se déroulaient apparemment des choses prodigieuses. Certains éclataient de rire toutes les cinq secondes. D'autres ricanaient lorsqu'ils se sentaient observés, puis écarquillaient soudain les yeux, mettant les spectateurs mal à l'aise. Certains montraient les nuages bas et se mettaient à hurler, des larmes roulant sur leurs joues. On ne comprenait rien de ce qu'ils disaient. Il y en avait un dont le visage était couvert de taches de sang et qui portait un habit de prêtre. Il joignait les mains vers le ciel, sans rien voir de ce qui l'entourait. Il errait dans sa propre tête, tandis que du pus suintait de ses yeux. D'autres se bousculaient, puis criaient en chœur « holaholahola » sans qu'aucun d'eux semble savoir pourquoi. Au milieu de la Hoogstraat, ils entamèrent une ronde. Un type tomba dans l'eau sale d'un canal et poussa un juron inintelligible. Personne ne l'aida à sortir de la merde glacée.

Ils avaient l'air épuisés et abattus, sans toutefois parvenir à s'arrêter de danser. Ces pauvres créatures étaient sous l'emprise du Cornu, qui les martyrisait pour nous montrer que l'Enfer pouvait surgir bien avant que la mort ne vienne nous chercher.

Margreet s'approcha de moi en frissonnant.

« Ergot de seigle... Mieux vaut en consommer avec modération.

– Avec modération ?

– C'est à la fois un médicament et un poison, il faut faire attention. Tu peux rester coincé dans ce genre de délire, par exemple. Tu risques aussi d'avoir un bras ou une jambe qui se gangrènent, si tu en prends tous les jours.

– Mais pourquoi ferait-on une chose pareille ? »

Margreet secoua la tête.

« Quand tu crèves de faim et que tu n'as plus envie d'être là... Pourquoi veux-tu que ce soit sinon ? Ah, Beer, que sais-tu vraiment du malheur ? »

Sursautant à ses propres paroles, elle ajouta :

« De la pauvreté, je veux dire... »

Une des rares femmes dans la troupe de fous souleva ses jupons et montra ses parties honteuses. Elle rit à gorge déployée, puis se mit à pleurer et se laissa tomber dans la boue en tremblant violemment. Les danseurs qui se secouaient, glissaient dans la boue neigeuse, grelottaient et se poussaient les uns les autres ne la virent pas convulser. Un type aux lèvres couvertes de mousse verte me regarda droit dans les yeux et me lança : « Croixcroixcroix, je le vois, mais pas toi. » Du moins, c'est ce que je crus comprendre. Margreet en eut les larmes aux yeux. Ward honora le fou d'une révérence, sans que l'autre le remarque. Le danseur à la bouche écumante reprit sa sarabande malgré lui, en attendant que son corps lâche ou que quelqu'un l'assomme avec un gourdin, exaspéré par sa folie.

Or ça pouvait être pire. Peut-être était-ce d'ailleurs la seule loi qui prévalait. En période de prospérité, on craignait le déclin ; en période de déclin, on s'enfonçait dans le puits de merde encore bien plus profondément qu'on ne l'aurait imaginé. Les citoyens étaient désemparés face à ces terribles scènes. Mais – c'est ce que nous nous assurions les uns aux autres – nous partagions le même destin. Si cette ville avait été maudite par Toi, ô Dieu, alors nous partagions cette malédiction, tous sans distinction. Et vint un moment où cela s'avéra une illusion : il y en avait parmi nous qui ne se sentaient pas du tout maudits et encore moins abandonnés, car ce genre de personnages flairaient l'aubaine jusque dans le malheur.

Au Kipdorp, un certain Pauwel Van Dale disposait d'un grand entrepôt. C'était un secret qu'on avait longtemps ignoré. Il était fortuné, ça par contre tout le monde le savait. Il était surtout connu comme négociant en sucre, mais il vendait de tout, pourvu que ce soit lucratif. L'année précédente, ce gentilhomme bien né avait été accusé de faux-monnayage et d'hérésie. Pour ma part, je ne l'aurais jamais soupçonné de blasphème, son intérêt pour la foi étant très modéré ; en revanche, ça ne m'aurait pas étonné qu'il trempe dans l'une ou l'autre affaire louche. En général, ce genre de plainte à l'encontre d'un nanti n'aboutissait jamais devant le tribunal et se soldait par un règlement discret, mais ce ne fut pas le cas cette fois. Sans doute quelque jaloux issu comme lui des hautes sphères avait-il voulu faire mordre la poussière au marchand. Quoi qu'il en soit, Pauwel Van Dale et son gendre Melchior van Groenenberghe (ou Monteverde, ainsi que ce blanc-bec avait l'audace de se faire appeler) se présentèrent volontairement et, après une seule délibération, furent acquittés et donc blanchis intégralement. Le lendemain, Van Dale fit le tour de toutes les auberges un peu renommées, rutilant comme Ton Fils en personne après Sa Résurrection… Il fallait que tout le monde sache comment il avait ressuscité de ses cendres et à quel point la justice de cette ville était pourrie. Sous mon toit, il était connu comme un homme généreux. Mais celui qui buvait son vin ou sa bière devait au moins écouter ses explications et sa vision de la ville et de ses habitants. La paresse était leur principale caractéristique, ne manquait-il pas de répéter. Encore plus maintenant, en ces âpres journées d'hiver.

« La plupart des gens traînent sans but sur les places ou dans les caberdouches, vous comprenez ? Du travail, pourtant, il y en a partout ! On vit dans une métropole, nom de Dieu, une mé-tro-pole ! Nous sommes le nombril de la civilisation, et on ne trouverait rien à faire ? Ne venez pas me parler de bateaux coincés dans la glace ! "Et alors ?" je vous demande. Et alors ?! À la moindre difficulté, on baisse les bras et on s'enfonce dans le sol comme des vers de terre. Nos marchés sont-ils fermés ? Je ne crois pas ! Tout le monde dort dans les couloirs de la Bourse ? Au contraire, fou que tu es, ils sont sur le qui-vive ! Que dites-vous ? L'Escaut qui est gelé ? On n'a pas de routes dans ce pays ? Je vois des chantiers déserts, des constructions à l'abandon faute de main-d'œuvre ! Que dis-tu ? Qui construit par un froid pareil ? Si notre Seigneur s'était posé une telle question, le monde n'existerait pas, vu qu'il ne s'est arrêté que le dimanche. Tu comprends ce que je dis ? Non, la plupart de ceux qui picolent tirent leur argent de larcins et de petits trafics. Des mollassons, c'est tout, sans aucune volonté de se montrer à la hauteur. Et on est censés être entreprenants ? Dans ce cas, on est trop peu à l'être. Et tu sais pourquoi ? Parce qu'un peuple entreprenant s'appuie sur des gens qui ont envie de travailler. On a besoin les uns des autres. Non, je n'ai pas honte de le dire en tant qu'homme de résultats qui a envie d'avancer : moi aussi, j'ai besoin qu'il y ait des gens au port, ainsi que dans les marchés où je vends mon sucre et sur les chantiers. J'en ai d'ailleurs quatre qui attendent des bras forts, des épaules solides et des colonnes bien droites. Où vais-je les trouver, je vous le demande ? Bref, qui reprend un godet ? L'arc ne peut pas toujours être tendu... »

Peu de temps après, le sieur Pauwel Van Dale joua de malchance.

Son entrepôt habilement caché au Kipdorp, suffisamment à l'abri des regards et non loin des remparts, dans un quartier assez pauvre donc, s'écroula à moitié. Trois greniers solidaires s'effondrèrent sous la trop grande quantité de seigle, dont tout le monde pensait qu'il n'y en avait plus un grain. Le bâtiment craqua et des poutres latérales cédèrent, comme un guerrier sur un champ de bataille – racontait-on avec rage et délectation –, le genou broyé par un tir bien ajusté, incapable de supporter davantage sa lourde armure, s'affalant dans la boue ensanglantée. Penchant dangereusement, le bâtiment en bois vomit alors ses céréales, plusieurs milliers de livres déversées à même la rue, avant que tout l'entrepôt secret ne finisse de s'éventrer et ne s'affaisse tout à fait. Au début, les gens n'en crurent pas leurs yeux. Ils affluèrent et se jetèrent sur cette manne soudaine. Ils remplirent leurs bonnets de grain, se mirent à se taper sur la gueule, tandis que d'autres sortaient leurs poignards.

Mais la majeure partie du seigle fut perdue dans la boue. La rage était à son comble. Bon Dieu, d'où venait tout ce grain ? Comment un homme pouvait-il être infâme au point de cacher ça dans une ville où les enfants, dans les quartiers les plus pauvres, étaient de vrais squelettes ambulants ?

Double malchance pour le sieur Pauwel Van Dale...

Au moment où le hangar céda dans un dernier soupir, lui-même était justement en train de passer en revue sa marchandise spéculative afin de l'évaluer. Il fut donc lui aussi, avec son gendre, vomi dans la boue, au milieu de ses céréales. Même le plus balourd comprenait que ce salaud avait fait provision de grain dès le début de ce terrible hiver, afin de le revendre à des prix exorbitants. Il s'en fallut d'un cheveu qu'on ne lui arrache la tête de son col blanc. Pris entre les griffes d'un peuple en colère, le plus grand des guerriers finit piétiné et écartelé, comme une araignée dépouillée de ses pattes par des doigts d'enfant. Mais son gendre tira un ou deux coups de pistolet, ce qui les sauva tous les deux. Pissant le sang, ils se mirent en sécurité. Le sieur Van Dale avait perdu un œil dans la bagarre, paraît-il, tandis que son gendre n'avait plus une dent qui vaille, mais ils avaient réussi à s'échapper et n'étaient d'ailleurs pas reparus. Ils n'étaient en tout cas plus en ville.

Pendant des jours, les rues retentirent de cris, on lança des cailloux dans les vitres de nantis qui n'avaient pas forcément part au scandale, et l'hôtel de ville fit l'objet d'une surveillance resserrée par le bailli et ses troupes. Ce n'est qu'au bout du quatrième jour de troubles que le conseil communal annonça qu'il punirait sévèrement toute spéculation sur les céréales. Aux oreilles du peuple enragé, cette mesure sonna comme un aveu ou l'expression involontaire de sa complicité. C'était l'énième fois que trop de gens se sentaient abandonnés à leur sort, l'énième fois, criaient-ils haut et fort, que ce palais clinquant de la Grand-Place s'était comporté non pas en bon père de famille, mais comme une bonne femme sans cervelle, qui s'était laissé payer à boire par des individus sans scrupule qui plaçaient leur intérêt au-dessus du salut d'une ville dans le besoin. Car c'était aussi évident que des latrines au-dessus d'un canal, voilà ce que les gens criaient dans les rues : les gros poissons bouffaient les petits. Au bout d'une semaine, le ton baissa, et ces messieurs de la haute société crurent que la paix et la sérénité étaient enfin revenues, sans tout cet agaçant aboiement de la meute. Ils sous-estimaient la vengeance du chien : celui qui le maltraite puis le voit remuer la queue croit qu'il a tout oublié. Mais le peuple en avait assez. Il reprochait à présent aux édiles les tortures de l'hiver. Ils avaient menti, n'avaient pas renfloué à temps la réserve de céréales et avaient en outre couvert cette poignée de scélérats qui entendaient faire leur beurre sur le dos de la misère. Oui, le peuple se tenait tranquille, mais la profonde entaille causée par cette trahison et cette tromperie se mit immédiatement à suppurer.

Je connaissais le désespoir. Je savais ce que voulait dire être abandonné à son sort. La colère de l'abandon ne m'était pas étrangère, la tristesse non plus. Et je voyais tout cela reflété dans une ville en plein désarroi. La malédiction du froid devait cesser. Ni prêtre ni édile n'étaient en mesure, c'était du moins ce que je voyais, d'implorer Ta miséricorde, ô Dieu, pour faire arriver le printemps. Aucune phrase prononcée en chaire n'apportait de soulagement, et le conseil communal semblait non seulement impuissant mais indifférent, de sorte qu'on ne pouvait guère attendre de protection de sa part. Il fallait que quelque chose se passe. Lorsque la fête de la Chandeleur arriva et que le moment fut venu pour moi et mes compagnons de la Ligue de l'Homme sauvage d'enfiler nos costumes et de donner notre spectacle, je me sentais tellement déboussolé que je me crus appelé, moi et moi seul, à me guérir et donc à guérir la ville. Je ne faisais plus de distinction.

C'est la première fois que je parviens à rire de ma témérité d'alors. Pendant des années, en repensant à cette époque, je me voyais en personnage de tragédie. Je ne vais pas me renier moi-même en balayant tout cela d'un éclat de rire. Mais je jouais dans une farce, il faut le dire. Et cela commença par mon fils qui, juste au moment où son père se sentait appelé à une grande mission en des temps difficiles, revendiqua mon rôle.

« Pas question ! » criai-je.

Ward n'était pas impressionné.

« Je pense qu'il est temps, père.

– Et qui va décider ça ? Toi ? »

Nous étions dans la cuisine, ce qui rendait la chose d'autant plus embarrassante, car cet idiot d'Alwin et Margreet assistaient à la scène. Mais ç'aurait pu être pire. Il aurait pu m'apostropher dans la salle, où tout le monde aurait participé à la discussion, excitant le père et le fils, espérant une bagarre ou au moins une gifle de la part de l'un ou de l'autre. J'avais d'ailleurs moi-même jadis défié mon père de cette façon, et je m'étais cru plus en sécurité du fait d'avoir des gens autour de moi. Je m'étais bien trompé. Ce spectacle public avait mis mon père tellement hors de lui qu'il m'avait plaqué au sol et bourré de coups de poing et de coups de pied, cognant où il pouvait, jusqu'à ce que le silence dégrisé dans l'auberge lui fasse comprendre que ça pouvait suffire. En un instant, au beau milieu de ses clients, cet homme exquis sans une ombre au tableau s'était changé en forcené. « Et maintenant, va te rendre utile à la cuisine ! » avait-il encore aboyé tandis que le sang coulait de mon nez et de mes oreilles. Non, mon fils était plus malin que moi. Il avait une alliée en la personne de Margreet, qui gardait les yeux fixés sur moi pendant qu'il me crachait ses mots :

« Ce n'est pas toi qui rigolais en disant que j'étais un homme sauvage qui n'avait même pas besoin de costume ? Non, tu ne t'en souviens plus, même si tu l'as dit plein de fois à tes amis. Eux s'en souviennent, mais pas toi. Parce que, avant de raconter cette blague, il faut que tu aies descendu suffisamment de pintes. Ce n'est pas vrai ? Tu as besoin d'alcool pour te moquer de moi. »

C'était vrai, je n'avais aucun souvenir de cette blague. Et il le lut dans mes yeux. Son sourire sarcastique quand il constata qu'il avait fait mouche me fit bouillir les sangs.

Je levai la main, mais il attrapa mon poignet.

« Ta volonté, père, qu'est-ce que ça veut dire ? Je suis ici par la volonté de notre Père là-haut, et pas à cause de ce que tu te reproches ou de ce que tu n'oses pas me dire. Ta volonté n'est rien vis-à-vis de la Sienne. Regarde-moi ! Je ne suis pas le monstre qui a coûté la vie à ta femme, ma mère. Tu n'étais pas là, tu n'as jamais été là pour moi. Pourquoi l'aurais-tu été ? Quelques coups et un mot méchant sont bien assez pour quelqu'un comme moi. N'est-ce pas ? »

Ah, il faillit me faire pleurer en parlant de « monstre ». Était-ce vrai, étais-je un père si… mauvais, si rustre, si vil, si aveugle, si minable ? Mais je ravalai mon trouble et gonflai mes joues et mes membres comme un horrible poisson venimeux, hérissé de piquants répulsifs, avec des yeux globuleux de chaque côté de ma tête ballonnée et une gueule aux dents acérées, prêt à mordre.

« Tu parles ou tu vomis, Ward ?

– Tu n'es pas un homme sauvage, père. Dans ta tête, tu es beaucoup de choses, c'est vrai. On y trouve toute la tristesse et toutes les lamentations du monde. Mais dans ton cœur, qu'est-ce qu'il y a ? Dans le mien, je sens l'Homme sauvage. Laisse-moi l'être. Je n'ai pas à le jouer, moi. Toi oui. »

Dans une salle, les gens se seraient poussés du coude, amusés par tant de venin et d'humiliation. Margreet, quant à elle, n'avait pas cillé ; aucune lueur dans ses yeux ne trahissait de sourire réprimé. Alwin, lui, était trop bête. Il fixait le sol et laissait la morve couler de son nez.

Ward secoua la tête.

« Je suis qui je suis, voilà ce que je dis, poursuivit-il d'une voix douce. Et l'heure a sonné. Laisse-moi être l'Homme sauvage. C'est mon tour, père, et tu le sais. »

Il força ma main levée à se baisser.

Je regardais son visage envahi par la broussaille, ses poils hirsutes, sa barbe qui lui arrivait aux pommettes et ses yeux sombres, son regard où se lisaient force et compassion. Un monstre ? Non, ce n'était pas un monstre. Mais ce qu'il voulait n'était pas possible. Ce rôle m'appartenait. C'était moi qui devais jouer l'Homme sauvage. Même si je savais pertinemment qu'il était déjà un homme meilleur que je ne le serais jamais. Même si je devais tordre le cou à cette sensation et l'étouffer à l'intérieur de moi. Même si je le trahissais en faisant cela.

« Je... dis-je, mais rien ne vint.

– Oui, finit par répondre Margreet, tu... »

Elle épousseta sa jupe et soupira.

Notre Ligue de l'Homme sauvage était au complet. Nous étions quatre : le bouffon dit le Sécot, Jeroom l'aveugle, Hugo le libraire et moi-même. Nous nous préparions à annoncer le printemps dans le quartier. Nous allions rendre l'espoir aux gens et, grâce à cette coutume ancestrale, chasser ce froid terrible. Nous étions prêts à agir pour cette ville et pour ses habitants. Nous le ferions pour tout le monde, y compris ceux qui nous toiseraient, qui se moqueraient de nous ou secoueraient la tête devant ce qu'ils considéraient comme un vestige de la lointaine époque où les bêtes parlaient encore entre elles.

Je prononçai les mots que mon défunt père débitait en riant à moitié, des mots que son père avait prononcés avant lui et ainsi de suite.

« Bénie soit sainte Brigitte, ourse mère, gardienne du royaume des enfers, qui transforme l'eau en bière, fertilise les champs, veille sur les vaches et protège les moutons.

– Soyez bénis, ô membres de la Ligue de l'Homme sauvage qui honorez son nom, marmottèrent mes compagnons.

– Bénie soit sainte Brigitte, qui conserve le feu sacré autour duquel se réchauffèrent jadis dix-neuf nonnes, les dernières grandes prêtresses nées sous le signe de l'Ours, et qui fut sacrée évêque par un moine saoul au pays des Celtes.

– Soyez bénis, ô membres de la Ligue de l'Homme sauvage qui honorez son nom en paroles et en actes.

– Notre bonne daronne qui nous libère de cette caruche appelée "monde", ajouta Jeroom.

– Qu'est-ce que tu dis ?

– Qu'elle est notre patronne et qu'elle nous libère de notre prison terrestre.

– Tu ne peux vraiment pas parler normalement ? se récria Hugo. Il n'y a que les canailles qui comprennent ton charabia ! Tu n'es pas chez les coquins, ici.

– Pourtant, tous les goguenots ont leurs frollants.

– Bon sang, tu vas arrêter ?

– C'est quoi, des goguenots ? demanda le Sécot.

– Des latrines », dis-je en soupirant.

Saperlotte, je commençais à perdre patience, ils sabordaient la sacralité du moment avec leurs bêtises.

« Et des frollants ? Jamais entendu ce mot !

– Ce sont des traîtres.

– Suffit ! explosa Hugo. J'en ai ras le bol de cet aveugle et de ses fanfaronnades incompréhensibles. Je vais lui casser la gueule !

– Tout le monde la ferme ! »

Ma voix les calma enfin. Je repris :

« Bénie soit sainte Brigitte, qui révère l'amour entre l'homme et la femme, qui elle-même partagea le lit d'une nonne dévote, laquelle vainquit ses bas appétits en se cramant les pattes sur des charbons ardents...

– Là, tu inventes, ce n'est pas vrai, dit Hugo.

– Tais-toi, glousse le Sécot. C'est l'idée qui compte, et c'est le genre d'idée qui rend chauds les gars comme nous.

– Tais-toi toi-même, avec tes cochonneries. »

Ne t'en fais pas, Beer, termine, me disais-je intérieurement.

« Soyez bénis, membres de la Ligue de l'Homme sauvage qui honorez son nom, en paroles et en actes, et qui bientôt exécuterez le Jeu de l'Homme sauvage dans l'espoir de recevoir sa bénédiction afin de... afin de... répétai-je en haussant la voix pour que mes compagnons cessent leurs bavardages... afin d'apporter le printemps, de sorte que cette ville puisse enfin refleurir.

– Amen, chuchotèrent-ils en chœur, avec une piété encore acceptable.

– C'est vrai en plus, nom de Dieu ! réagit Hugo le libraire après un court silence.

– Il ne manquerait plus que ça », rétorqua Jeroom l'aveugle en saisissant avec une adresse infaillible son gobelet de bière sur la table envahie d'accessoires, de masques et de costumes.

Le Sécot ne résista pas à lancer une vanne de bouffon :

« Et son premier pet de printemps l'ours brun a lâché... et croyez-le que ça a bien empesté ! »

Jeroom huma le pain.

« On peut manger un bout d'abord ? C'est de l'arton ?

– De la quoi ?

– Je veux dire du pain de seigle.

– Tu vas arrêter de faire le malin avec ton argot des voleurs ? criai-je. Tu énerves tout le monde ici ! Oui, c'est bien du pain de seigle que tu renifles, espèce de demi-doux ! »

Jeroom haussa les épaules et planta les quatre dents qui lui restaient dans le quignon.

« Moi, une mie qui me fait voir le paradis, je ne désire rien de plus... »

Le Sécot frottait sa braguette dans la pénombre, mais tout le monde l'avait remarqué.

Je soufflai.

« Messieurs, montrez un peu de ferveur, que diable...

– Mais je peux être très fervent, si ma mie le désire. Tellement fervent qu'elle ne saura plus si son superbe cul est derrière ou devant.

– Encore des obscénités... »

Jeroom secouait sa tête de sainte-nitouche.

Le Sécot se racla la gorge.

« En fait, je pensais te demander...

– Non, coupai-je immédiatement. Tu joues la Dame à l'Anneau. On ne va pas recommencer la même discussion chaque année.

– Mais nom de Dieu ! Pourquoi c'est toujours Jeroom qui fait le Chasseur ? Pourquoi pas moi, pour une fois ?

– Parce que c'est plus comique que l'aveugle tienne l'arbalète, répliqua Jeroom.

– Mais c'est moi le bouffon, ici ! Tu n'imagines pas ce que je pourrais faire avec une arbalète. Pourquoi tu ne peux pas faire la Dame à l'Anneau, ce serait drôle aussi avec tes yeux morts !

– Parce que son père... dit Hugo en me montrant, et il prit une gorgée de vin avant de continuer... a présidé cette Ligue de l'Homme sauvage en tant qu'homme sauvage, et qu'à son décès inopiné...

– C'est comme ça, un point c'est tout. C'est moi qui décide. C'est moi le chef.

– Eh bien, c'était la dernière fois en ce qui me concerne.

– On a juré, Sécot. »

Le Sécot cracha par terre.

« Ce n'est plus de notre temps.

– Saperlipopette ! hurlai-je. Que tu participes ou non, que tu renies ton serment ou non, c'est ton problème, mais ce qu'on fait là, c'est sacré, c'est nécessaire, c'est de tous les temps.

– C'est indigne d'un bouffon, riposta le Sécot d'un ton sec.

– Seigneur Dieu, qu'est-ce qui n'est pas indigne d'un bouffon ? » gloussa Jeroom, et quelques secondes plus tard le Sécot riait aussi.

Tout le monde était fin prêt, Ward aussi, qui avait enduré tous ces échanges futiles.

Il ne disait rien.

Il avait dit ce qu'il avait à me dire.
Margreet entra avec ma peau d'ours.
« Tu es prêt ? »

J'implore un signe de Toi, ô Père.

Sous mon costume d'ours, je portais l'amulette qui, je l'espérais, pourrait me relier à Toi. Margreet remplit une coupe d'hydromel ; elle y versa une poudre que seules les femmes comme elle connaissaient, de sorte que la boisson au miel devint du sang de berserker, la boisson de l'Homme sauvage, en l'honneur de sainte Brigitte.

Donne-moi un signe.

Dehors, Ortelius attendait avec Bruegel et son ami Franckert. Le peintre avait apporté son carnet de croquis, car il voulait m'immortaliser dans mon déguisement. Ortelius m'avait raconté qu'il avait lu dans une épopée quelque chose qui l'avait amené à conclure que nous et notre Ligue de l'Homme sauvage descendions des Normands qui avaient pillé et incendié la région il y a de nombreux siècles.

« Et n'oubliez pas Dionysos, Beer, m'avait-il déclaré la semaine précédente, vous êtes bien sûr aussi les héritiers de cette tradition-là ! C'est un fil d'or qui...

– ... nous relie à eux », avais-je approuvé.

Nous marchions dans les pas de nos pères, eux dans les pas des leurs, et ainsi de suite, à rebrousse-temps, si bien que nous étions tous liés les uns aux autres. Mais lorsqu'il disait ce genre de choses, il me donnait l'impression de me ranger parmi les bêtes curieuses, les livres et les tableaux de son cabinet. Il était désormais rare de trouver quelqu'un, dans une auberge ou dans la rue, qui chante cette ancienne chanson sur l'Homme sauvage, racontant qu'il avait été capturé par l'amour et s'était épris d'une pucelle dans un bois. Seuls des vieux la chantaient. Les autres l'écoutaient comme une curiosité. Elle évoquait les forêts et les chevaliers, et cette époque-là était révolue. Ce matin-là, j'étais allé de bonne heure à l'église Saint-André, où je T'avais prié à genoux.

M'entends-Tu ?
Suis-je un imposteur à Tes yeux ?

La plupart des papistes n'étaient pas très friands de l'Homme sauvage, et ils restaient en général chez eux quand nous passions dans la rue.

« C'est un rite païen, affirmaient-ils, et une invitation ouverte au Cornu. Ça pue la saloperie qui aurait dû être éradiquée depuis des siècles. »

Les luthériens et les calvinistes se moquaient de nous, ou alors ils nous regardaient comme les porteurs d'une maladie étrange qui nous rapprochait plus de la bête que de Ta Parole. La coutume que nous nous apprêtions à honorer avait survécu à tout, mais elle était à l'agonie.

Toi, là-haut, qui vois à travers toutes les illusions.
Regarde-moi.

Telle une grande prêtresse, Margreet tenait la coupe devant elle et la tendit à l'Homme sauvage que j'étais devenu, avec mon costume d'ours sous lequel je portais mon amulette, ma fausse barbe en corde et ma couronne de lierre.

« Bois maintenant, allez. »

Je bus et sentis immédiatement la puissance ancestrale traverser mon corps, comme si l'arbre sec en moi retrouvait enfin sa sève. Mon sang circula plus vite. Mes mains et mes pieds picotèrent. Ma tête se fit légère comme un nuage d'été. Je levai les yeux et poussai un grognement bref. L'hydromel l'exigeait.

Puis je mis mon masque.

Dehors, il y avait des rafales. La tempête soufflait des grêlons. Je m'entendais rugir dans les rues de notre paroisse de misère, agitant mon gourdin d'un air menaçant, tandis que nous allions d'auberge en auberge. Ward se postait aux fenêtres et à la porte des débits de boissons avec un bol dans lequel les gens jetaient quelques sous pour être débarrassés de mes rugissements. Leurs regards s'arrêtaient sur sa barbe et sa tignasse, lui, le fils de l'Homme sauvage dont le père ne voulait pas qu'il le soit, et ils le saluaient davantage que moi. Certains riaient. Bruegel nous observait et dessinait à l'abri sous un appentis. Son copain Hans Franckert, l'homme qui autrefois faisait tourner la tête aux femmes, cet individu jadis charmant, grelottait à côté de lui, se maudissant de l'avoir accompagné. Puis nous reprenions notre tournée, poursuivant notre petit spectacle. Jeroom pointait son arbalète sur tout et n'importe quoi, mais rarement sur moi, sa proie.

Faites que ce ne soit pas une farce.
Faites que tout cela ait un sens.

Hugo avait enfilé plusieurs couches de vêtements et essayait, en sa qualité de roi, d'user de son pouvoir temporel pour m'attirer, tout en titubant et trébuchant régulièrement quand il était devant moi. Le Sécot s'était complètement approprié son rôle et incarnait la pucelle la plus bizarre qu'on ait jamais vue. Il portait son masque de travers, roucoulait comme une tourterelle et se contorsionnait dans tous les sens comme s'il risquait à tout instant de se transformer en femme ou en homme. Il, non elle venait parfois agiter son anneau sous mon nez, m'offrant ses charmes de la façon la plus obscène possible. Quant à moi, je rugissais, brandissais mon gourdin et feignais d'attaquer les passants, qui reculaient mollement. « Le printemps, le printemps ! » criaient parfois certains, mais c'était rare. Le froid avait gelé jusqu'à cet espoir-là dans l'esprit de beaucoup.

Trois jours plus tard, tout le monde se tenait coi sur le quai, certains en larmes, d'autres pleins de respect. Sous la surface gelée qui à présent grinçait et chantait, on aurait dit que d'énormes bêtes s'étaient réveillées et se heurtaient lourdement. Çà et là, l'eau clapotait déjà entre les fissures qui s'élargissaient. La glace en mouvement émettait des claquements secs comme des coups de fusil ou même de tonnerre. Quand quelqu'un voulait jurer ou crier de joie, tout le monde l'en empêchait, car on ne voulait pour rien au monde rater les bruits de la libération, de Ta Miséricorde. Enfin ! Le froid glacial nous avait mis à genoux, puis lentement écrasés et de plus en plus contraints, jusqu'à ce qu'il ne reste plus de nous qu'une colonne vertébrale avec un peu de chair autour. Non, tout le monde ne s'était pas senti contraint. Il y en avait – des salauds qui j'espère grilleront dans Ton Enfer, embrochés du cul jusqu'à la gorge –, qui avaient continué de compter leurs sous et vendu leurs céréales aux prix les plus fous. Il y en avait qui s'étaient dit que la misère noire pouvait s'avérer une aubaine, et qui en avaient profité sans vergogne. Nous le savions tous, même si personne ne pouvait mettre de visages dessus. Des « indélicats » : voilà comment des personnes instruites qualifiaient parfois ces bandits, voulant surtout indiquer par là qu'il n'était pas convenable de citer des noms ou de montrer du doigt l'un ou l'autre.

Le dos gelé de l'Escaut se fendit. D'un coup, ces fissures se frayèrent un chemin à travers la glace, zigzaguant tel l'éclair.

Pour la première fois depuis longtemps, nous entendions les mouettes crier. Et à nouveau un craquement sourd. L'un des blocs de glace s'était détaché de la masse et venait en heurter d'autres, comme un gars qui exhorte ses copains à partir avec lui. Encore un coup de tonnerre. Enfin, enfin ! Tout se ramollissait sous une lumière miséricordieuse.

Cette nuit-là, ce fut la fête à l'auberge de l'Ange.

Personne ne dit un mot sur l'Homme sauvage, qui avait annoncé le printemps et amorcé le dégel. Mais mon amulette brûlait contre ma peau.

Merci.

Tu m'as entendu.

Je suis moins que de la poussière dans la paume de Ta main.

Mais Tu m'as entendu.

Une grosse semaine plus tard, tout regela.
La glace revint jusqu'à trois pieds dans le sol.
La mort errait, complètement bourrée, emportant une âme après l'autre, presque toutes trop tôt.

J'étais assis à la table de la cuisine et buvais de l'eau-de-vie.
Margreet fractionnait le dernier bloc de tourbe qui nous restait et en déposait les morceaux dans l'âtre.
Elle ne m'accordait pas un regard. Je portai la bouteille à ma bouche.
Ward était assis en face de moi. Avec un morceau de corde et des bâtonnets, il essayait de fabriquer un bateau. Je ne l'avais encore jamais vu faire ça avant. Il fredonnait doucement. On aurait de nouveau dit un enfant, et non plus l'homme dont j'avais senti la force autour de mon poignet.

Je repris une gorgée.

Nous marchions dans la merde agglutinée et la neige brune et piétinée en direction du quai. J'avais une hache attachée à la ceinture et une torche à la main. Ward et moi mîmes un pied sur le fleuve gelé. Nous traversâmes. Une fois de l'autre côté, j'enfonçai ma torche dans le sol dur, pris ma hache et coupai quelques branches fines d'un saule têtard. Ward en fit une botte qu'il hissa sur son dos. Nous avançâmes dans le paysage blanc. Mon haleine était bleue.

Ma barbe durcissait. Nous soufflions dans nos moufles. Moi devant, lui derrière. Je l'entendais soupirer, mais il ne se plaignait pas. Le fils suivait le père, le père suivait le chemin, comme il se doit, tel que Tu l'as prescrit. La route se mit à serpenter. Des collines s'élevaient, entre lesquelles des vallées se déployaient. Nous peinions dans la boue. Au-dessus de nous pesait un ciel bas, d'un gris profond voire bleu foncé par endroits, plein de nuages bosselés, au ventre gonflé de neige. Un flocon tomba. Puis un autre. Puis ça ne s'arrêta plus. Chaque pas se faisait plus pénible. Le vent glacial tentait de nous renverser, puis se calmait, puis nous poussait à nouveau. Je glissai. Le Velu m'aida à me relever sans dire un mot. Il m'attrapa par le coude et, sans effort, sans un gémissement, il me redressa. Il épousseta mon cul tout blanc. La torche tombée dans la neige avait continué de brûler. Je la ramassai sans mot dire et nous reprîmes notre marche.

Je m'engageai sur l'une des collines boisées, et il suivit. La progression devenait encore plus difficile. On voyait à peine le sentier. Les branches des arbres étaient si lourdes de neige qu'elles lâchaient souvent dans un craquement leur fardeau sur nous. Il n'y avait personne ici, pas le moindre animal. Et plus nous grimpions, plus la nature retenait son souffle autour de nous.

C'est alors que nous arrivâmes à l'endroit que j'avais en tête, une clairière avec vue sur la vallée en contrebas, entourée d'autres collines. Je le chargeai d'allumer un feu, ce qu'il fit sans rechigner. Près d'une souche d'arbre qui ressemblait à une table, il balaya la neige et se mit à disposer des branchettes. Je lui tendis la torche. Le feu prit. Je plantai la torche dans le sol. Je conduisis mon fils vers la souche d'arbre et le forçai à s'agenouiller. Doucement, je poussai son cou nu contre le tronc coupé. Il demeura ainsi, haletant et pourtant calme. Je sortis la hache de ma ceinture, regardai le ciel et la levai haut.

Soudain, je vis que mon fils avait un couteau qu'il pointait vers moi. À son cou, je vis briller mon amulette. Je repoussai sa main et abattis la hache de toutes mes forces. Et il n'y eut pas un ange pour m'arrêter, ni Ta voix pour se faire entendre.

Je pris encore une gorgée au goulot.

Je sortis de mes rêveries glauques, monstrueuses.

Ward avait arrêté de fredonner. Margreet et lui me regardaient.

Elle posa une main protectrice sur son épaule.

J'ôtai l'amulette de mon cou et me levai.

Il tressaillit.

Je lui donnai le bijou d'or.

Il me regarda en refermant sa paume dessus.

Pas un mot ne fut prononcé.

Tu ne m'as jamais entendu.

Tu n'écoutes pas.

Tu m'as amené au-delà des limites du supportable.

Tu as fait ça en silence.

Partout, je voyais des signes. Ils n'existaient que dans ma tête.

Ils ne venaient pas de Toi.

LA FEMME SAUVAGE

Il y a dix ans, lors de ce funeste été 1567, quand je débarquai à Amsterdam avec Marie après avoir quitté la ville déchirée d'Anvers, je n'y trouvai pas grand-chose pour me redonner espoir. J'arrivais les poches vides, un enfant à la main et un sac à l'épaule avec quelques biens ramassés à la hâte. Il est vrai que j'avais emporté de l'argent dans un tonneau de vin qui avait tourné au vinaigre, mais je comptais autant que possible garder cette somme dans l'attente de jours meilleurs. Car à Amsterdam, je reconnaissais les troubles qui, dans ma ville natale, avaient sonné le glas de tant de choses. On se méfiait des réfugiés comme moi, même si nous n'étions pas encore nombreux à l'époque et que j'étais l'un des rares à venir d'Anvers. Les gens me demandaient si j'étais papiste ou non, si j'avais participé aux émeutes qui avaient aussi eu lieu à Amsterdam, et ils regardaient Marie avec suspicion. Au début, je n'avais rien de plus qu'une chambre dans une auberge en échange de mon travail. Je servais les gens en salle, épluchais des légumes pour un cuisinier prétentieux et nettoyais les latrines à genoux. Les corvées qu'à Anvers je laissais à d'autres, à Amsterdam, je les exécutais moi-même. Je ne pouvais pas tomber plus bas. Les hommes de piété aiment à parler d'humilité, mais seuls les misérables comme moi savent vraiment ce que ça signifie. L'humilité est imposée, et la piété est une façon pour ceux qui l'imposent d'exprimer leur mépris. C'est quelque chose que je n'ai pas oublié quand, dix ans plus tard, depuis mon auberge d'Amsterdam, je vois moi-même affluer bien plus de misérables qu'à l'époque de mon propre exode. À Amsterdam, j'ai appris ce que veut dire repartir de zéro sans aucune illusion. Ce sont les gens de piété qui vous conseillent de vous accommoder de votre destin, tout en faisant semblant de s'inquiéter pour vous. Mais pas un parmi eux ne sait au fond de lui ce que c'est d'être abandonné à son sort, comme ces pauvres diables que j'avais vus danser, l'écume aux lèvres, dans les rues glacées d'Anvers.

Un client pénible ne me dérange plus. Je me contente de le toiser avec dédain. S'il n'aime pas la nourriture, si le service de Marie ne lui plaît pas, si les vins que je sers sont médiocres, j'écoute en haussant les épaules et attends qu'il paie l'addition en jurant. Il ne veut plus jamais remettre les pieds ici ? Très bien. Marie trouve parfois que je pourrais être un peu plus aimable. Tout à l'heure, elle m'a encore gentiment reproché de ne plus faire le moindre effort à cette période de l'année. Elle a raison. Au mois d'août, je n'ai qu'une idée en tête, c'est de retourner à l'étage le plus vite possible pour fixer une flamme et contempler ma vie passée. C'est une habitude annuelle, peut-être malsaine. Peut-être que regarder en arrière ne résout rien. Mais le besoin de comprendre est plus fort que les doutes et les questions. On pense en effet comprendre toutes sortes de choses, et plus on vieillit, plus on s'en persuade. Mais on se trompe, aujourd'hui comme hier. On se trompe constamment à propos des hommes, de soi et des autres.

Cet hiver à Anvers avait tout figé, avait endurci les gens et en avait plongé beaucoup dans les ténèbres. On dit que les grandes forces de la nature poussent les gens à se rapprocher, qu'en cas de catastrophe, de guerre ou de violence des éléments, on se serre les coudes et on fait front ensemble.

Ce n'est pas vrai. À Anvers, les différences s'étaient au contraire faites plus visibles. Mon homme sauvage n'avait rapproché personne. Pas plus que l'hiver ou le dégel. Ce que les uns craignaient et que les autres espéraient, c'était la facture qui allait sanctionner la trahison du conseil communal, qui n'avait pas su préserver les Anversois du désastre causé par le gel de l'Escaut. À la toute fin de cette longue saison, il n'y avait presque plus de fumée qui sortait des cheminées, mais dans le cœur de beaucoup brûlait l'espoir de justice et de vengeance. Et le temps allait venir où l'on spéculerait aussi sur ce désir de revanche, tout comme on avait spéculé sur les céréales en ces jours de famine.

Après cet horrible hiver, le printemps réapparut comme un enfant perdu, bourrelé de remords et de regrets.

Tout recommença.

La misère avait été conjurée, et l'on se comportait comme si les souvenirs qu'elle avait laissés étaient sans importance.

L'espoir de justice contre les usuriers, les profiteurs, les impuissants de l'hôtel de ville se mua en rancune.

C'est Dieu qui a voulu tout ça, affirmaient les commerçants.

Regardons vers l'avenir, renchérissait-on avec résolution.

Retroussons nos manches !

Le commerce se rétablit péniblement.

On se remit à spéculer, à négocier et à tromper.

Les navires étrangers revinrent à Anvers.

Les lits dans les auberges furent à nouveau occupés par des marchands des quatre coins du monde.

Du printemps on passa à l'été, qui se laissa effeuiller par l'automne, dont les feuilles crissèrent une fois de plus sous les dents âpres de l'hiver (lequel s'avéra plus supportable que le censeur glacial de l'année précédente), après quoi un innocent printemps revint.

Le mécontentement et la méfiance persistèrent.

Un an et demi après ce terrible hiver, il n'y avait toujours pas assez de travail.

Les désespérés devenaient téméraires.

Les édiles devenaient nerveux.

Par une journée ensoleillée, le tribunal se réunit en plein air, comme il le faisait depuis des siècles, juste derrière la Grand-Place. Les trompettes retentirent. Dès potron-minet, la cour se rassembla, le vin du Rhin coulait à flots, il y avait foule. J'y étais, car les deux accusés – un certain Johannes Raescop et un autre, Henricus Timmerman – avaient tenté de dévaliser mon concurrent au Zand, le patron de l'auberge de l'Étoile, et ils n'avaient apparemment pas hésité à faire usage d'une grande brutalité. Le sieur Adriaens, le confrère en question, se tenait à côté de moi; il avait la moitié de la tête bandée, et sa moustache n'arborait pas, pour une fois, de voluptueuses boucles à ses extrémités. Il marmonna un merci pour ma présence. Nous étions là en tant qu'aubergistes, côte à côte, afin de voir ces deux jeunes salopards recevoir la monnaie de leur pièce. L'Étoile n'était pas la seule auberge que ces voyous avaient tenté de cambrioler avec violence, mais c'était bien l'endroit le moins indiqué de tout le quartier, puisque tout le monde savait que les lansquenets y buvaient habituellement jusqu'aux petites heures de la nuit. Le hasard voulait cependant qu'ils aient attaqué au bon moment, alors que l'auberge était vide et le sieur Adriaens tout seul. Ils avaient mis un couteau sous sa gorge, me raconta-t-il, l'avaient ligoté, puis frappé, roué de coups de pied et menacé tant et plus, jusqu'à ce qu'il leur remette sa caisse. Je le croyais. Dans ses yeux brillait de la haine.

« Ils ont menacé de s'en prendre à ma fille et à ma femme, les ordures. Dieu soit loué, ils n'ont pas commis cette saloperie. J'aurais supplié le bourreau pour pouvoir leur écraser les couilles moi-même. Supplié ? Je l'aurais même payé ! »

Depuis des semaines, nous étions témoins de vols et d'attaques à main armée, commis par des gens affamés qui ne voyaient plus d'autre issue depuis que le prix des céréales avait augmenté une énième fois et que, une énième fois, ni le bourgmestre intérieur ni personne d'autre du conseil n'était intervenu. Les récoltes étaient désastreuses dans tous les champs alentour et, de nouveau, aucun conseiller ne semblait l'avoir anticipé, tandis que le blé importé du Nord n'apportait qu'un maigre soulagement, ayant été commandé trop tard, voire pas du tout, qui sait, personne ne savait vraiment ce qui se passait dans la tête de nos dirigeants. À l'époque, incompétence et mauvaise volonté semblaient mariées.

Ni Raescop ni Timmerman n'avaient l'air très affectés par la torture. Ils parvenaient à rester debout sans l'aide des hommes du bailli. Leurs cheveux étaient collés par le sang, mais aucun de leurs membres, pour autant que je puisse voir, ne présentait de blessure ou de fracture. C'étaient des adolescents, en fin de compte, à peine plus âgés que Ward. L'un d'eux tentait de s'essuyer le nez à son pourpoint, et l'autre ricana soudain sans raison. Malgré les lourdes menottes, ils essayaient constamment de se gratter.

Nous étions trop loin pour distinguer ce qu'ils murmuraient. Vu qu'on ne les ramena pas tout de suite dans la chambre de torture, je supposai qu'ils avaient avoué. Le bailli se leva et prononça la sentence. Lui non plus ne faisait pas vraiment d'effort pour être compris des derniers rangs. Mais une onde de choc parcourut les spectateurs qui, eux, avaient entendu ses mots. Ici et là s'élevèrent des « Seigneur Dieu » et de nombreux soupirs. Certains secouaient la tête en contemplant le bailli avec consternation. Par-dessus les têtes, je vis l'un des deux condamnés tomber à genoux. À en juger par le son qui me parvenait, il vomissait dans la boue. L'autre aussi hurlait à présent :

« Non ! Non ! Pitié ! »

Sa voix se brisa, on y perçut un instant celle de l'enfant.

Le lendemain, au gibet de Berchem, sur cette colline qu'on appelle la montagne du Lion, juste à l'extérieur des murs de la ville, là où tant de scélérats avaient déjà rendu l'âme, il y avait encore plus de spectateurs qu'au procès. Je pense que la plupart des gens ne croyaient pas vraiment à ce qui allait se passer, tant il y avait longtemps qu'une punition aussi sévère n'avait pas été prononcée. La potence en pierre décorée des lions du Brabant semblait plus sinistre que jamais. Dans la boue, les roues étaient prêtes avec, derrière, les trois gueules graves du bailli Jan van Lier, du bourgmestre extérieur Antoon van Stralen et du bourgmestre intérieur Lancelot van Ursel. Dans ses habits sombres, le trio ressemblait à un mur calciné resté seul debout après un incendie.

« Et vous savez qui a commandité ces statues ? » demanda Ortelius, qui, à ma grande surprise, avait quitté son bureau pour l'occasion.

Le cartographe désigna Ton Fils, Notre-Dame, saint Jean et les deux larrons Gestas et Dismas, crucifiés de part et d'autre de Ton Fils : des statues que j'avais toujours vues sans me poser de questions.

« Mon grand-père Guillaume Ortelius. Vous comprenez pourquoi il l'a fait ? Pour offrir du réconfort aux coupables, Beer, pour qu'en toute humilité, lors de leur dernier moment sur terre, ils puissent contempler le chemin de croix et, qui sait, avoir une prise de conscience, comme le bon larron Dismas qui, malgré son péché, a suivi le Messie au Ciel. Et comme vous pouvez le voir à la qualité de la sculpture, mon défunt grand-père n'a pas lésiné sur les moyens, tout cela pour des pécheurs que tout le monde considère comme des rebuts. Ce geste de sa part me touche beaucoup. Pour moi, c'est ça, la vraie piété.

– Jadis, n'importe qui était plus pieux que nous. »

J'indiquai du menton la petite rangée de notables en noir. Aucun ne pouvait être soupçonné d'une grande ferveur.

« Absolument. »

Ortelius fut pris d'une quinte de toux. Avait-il passé trop de temps dans ses papiers ? L'homme ne sortait quasiment pas.

« Et vous savez quoi ? Ils étaient pieux, parce qu'ils se sentaient liés les uns aux autres. Ensemble, ils formaient les chambres d'un cœur qui pouvait contenir le monde entier.

– Il est un peu tôt pour ce genre de discours. »

Ortelius rit brièvement.

« Vous avez raison, monsieur Beer. Oh, je vois que vous avez amené votre fils.

– Je me suis amené tout seul, rectifia Ward de sa voix qu'il avait naturellement grave désormais.

– Mes excuses, sourit Ortelius. Décidément, je me fais corriger de toutes parts. »

Ward haussa les épaules. Il était en pleine conversation avec Hugo, le libraire. Peu avant, il m'avait taquiné à propos du nom de mon auberge.

« Père, ton établissement s'appelle l'auberge de l'Ange, mais tu sais au moins de quel ange il s'agit ?

– Saint Michel ! » lui avais-je crié pour être quitte de ses provocations.

Mon fils se détachait de moi et de mon auberge, je commençais à m'en rendre compte, et il usait de sarcasmes contre lesquels je pouvais à peine me défendre. Il demandait au libraire combien d'anges il y avait. Hugo en énuméra un tas dont je n'avais jamais entendu parler. Il les comptait sur ses doigts. Ward riait de plus en plus fort.

« Tant que ça ?

– Et c'est pas fini ! Je n'ai même pas encore entamé la liste des anges déchus : Balaam, Berith et Eligor, celui qui se fait passer pour un preux chevalier. Et puis tu as Naberius, Orobas, sans oublier Ronove, le grand maître de la parlote mélodieuse et de l'enseignement de l'art. »

À ce dernier nom, Hugo regarda ostensiblement Ortelius, qui avait les yeux fixés devant lui.

« Les voilà… » dit tout bas le cartographe.

Les deux condamnés, claquant des dents dans leur seul pagne, étaient amenés sur une charrette à cheval sous le soleil encore éclatant. Le bourreau et le curé de Saint-André, le père Marcellus, tous deux les mains jointes devant la poitrine et le regard au sol, les attendaient à la chapelle Sainte-Croix pour la dernière prière. Dans les arbrisseaux, on entendait des corbeaux. Ça ne puait pas seulement le cadavre abandonné longtemps au soleil et à la pluie, mais aussi les corps en décomposition de bêtes malades, traînées ici pour ne pas qu'elles contaminent les autres. Des carcasses de chevaux, de vaches et de porcs gisaient tout autour du triangle formé par le gibet, derrière les arbustes et les buissons d'épineux. L'odeur pestilentielle n'avait toutefois pas arrêté grand monde. J'avais déjà assisté à des exécutions où la fête commençait avant même que le cheval tirant la charrette des condamnés ne soit péniblement parvenu en haut de la colline, et où les gens étaient tellement saouls que la moitié ne se rendait même pas compte que l'un des coupables pendait déjà à la corde, le cou brisé, et que les assistants du bourreau avaient remporté les deux échelles menant à l'échafaud. Mais cette fois-ci, le silence régnait pendant que la charrette avançait, et je ne voyais personne porter de pichet à ses lèvres. Les familles Raescop et Timmerman étaient racrapotées sur elles-mêmes. Ils s'agrippaient les uns aux autres comme des naufragés. Les assistants du bourreau aidèrent les deux adolescents à descendre de la charrette et les amenèrent devant le père Marcellus. Le curé prit sa bible et en lut un extrait à voix basse, avant de faire un signe de croix devant les deux garçons, qui murmurèrent amen, la tête baissée. Ensuite – et oui, c'était donc vrai, la langue du bailli n'avait pas fourché, cela se passait réellement – chacun fut attaché sur une roue par les assistants du bourreau. Cela faisait cent ans, répétait-on çà et là comme une incantation, que l'engin n'avait été utilisé. Ni mon père ni le père de mon père n'avaient assisté à ce type d'exécution. La tâche n'était pas simple pour le bourreau. Et même si cet homme bénéficiait de diverses compensations – notamment le fait de pouvoir tenir des étuves exonérées d'impôts, où des hommes comme moi pouvaient faire leur petite affaire avec les bonnes femmes qui les lavaient –, j'aurais exigé à sa place une sérieuse prime pour la violence qu'il allait devoir infliger. Avant même qu'il ne lève l'énorme marteau, les deux condamnés à mort hurlaient déjà à s'en écorcher la gorge. Le marteau s'abattit d'abord sur l'avant-bras de Johannes, après quoi, malgré les bruyantes lamentations du garçon, le bourreau se dirigea avec un calme apparent vers l'autre roue et effectua le même horrible travail sur Henricus. Le sang gicla. Les condamnés criaient. Leurs familles pleuraient.

« Oh Seigneur, oh Seigneur Dieu ! »

Je voulus soudain cacher les yeux de Ward, mais l'homme en lui repoussa violemment ma main.

Sous l'œil du bailli et des bourgmestres, dissimulés sous le masque du pouvoir infaillible, le bourreau se ravança vers l'autre jeune homme qui ne cessait de crier : « Non, non, non ! »

Peut-être aurait-il été préférable d'engager deux bourreaux. Mais il suffisait de regarder le corps de ses assistants et les énormes avant-bras du bourreau lui-même pour comprendre qu'il n'y en avait qu'un qui soit apte à cette lourde tâche. Dans un énorme fracas, l'hercule fit tomber son marteau sur le haut du bras de Johannes. Ainsi, les os des malheureux furent-ils brisés un à un, mais au fil des huit coups que chacun se vit assener sur les avant-bras, les bras, les tibias et les cuisses, leurs cris diminuaient, tandis que le bourreau continuait d'alterner de l'un à l'autre.

« Les pauvres, oh Seigneur... »

Ortelius me tira par la manche.

« C'était une erreur de venir ici... C'est innommable, ah les pauvres garçons... »

Je voulus dire quelque chose avant qu'il ne s'enfuie. Mais ma voix s'y refusa. De la morve coulait de mon nez, et je ravalai mes larmes. Au nom de quel Dieu perpétrait-on cette atrocité, cette mutilation de pauvres jeunes gens ? Dans l'air flottait l'odeur de porcs qu'on abat. C'était un sacrifice dédié aux trois gars en noir, le bailli et les deux bourgmestres, qui représentaient le pouvoir et prétendaient faire ça pour nous. Tant de cruauté avait rendu les crimes de ces gamins insignifiants. Ne restait plus que de la pitié. C'était à nous que s'adressait cette mise en scène. Un exemple destiné à nous terroriser. Crevez de faim en silence, sans un soupir de résistance. Acceptez votre impuissance et inclinez-vous devant l'application de la loi.

Je vis plusieurs personnes vomir, soutenues par d'autres. L'aubergiste de l'Étoile détournait également le regard, les yeux brillants de larmes.

Le père Marcellus répétait inlassablement ses prières, les yeux fixés sur Toi, là-haut.

« Assez ! Assez ! » criait-on de plus en plus fort, si fort même que le bourreau masqué se tourna d'un air interrogateur vers le bailli et les deux bourgmestres, qui contemplaient toujours la scène, le visage inexpressif.

Muettes de stupeur, les familles des deux malheureux regardèrent alors le bourreau et ses assistants détacher les corps laminés, puis tresser leurs membres broyés à travers les rayons de la roue. Les yeux des deux malheureux se révulsèrent. Les assistants du bourreau poussèrent les roues à la verticale et nous vîmes l'enchevêtrement de leurs corps brisés. Les deux roues furent alors tournées lentement afin que tout le monde puisse bien voir. À certains endroits, je voyais des bouts d'os percer à travers la peau.

« Arrêtez, nom de Dieu, bande de salauds ! » cria quelqu'un derrière moi.

Tout le monde leva les yeux, surpris. Ce n'était plus une imploration, mais un cri de rébellion.

« Finissez-en, lâches ! » lançait-on à présent çà et là depuis l'arrière-garde.

Folle de chagrin, la mère de l'un des garçons se détacha de la masse et essaya d'atteindre la roue à laquelle était suspendu son fils mutilé. Elle fut arrêtée par les lances des hommes du bailli. Elle tomba à genoux et martela le sol de ses poings. La boue gicla.

« Pitié ! Pitié ! Au nom du ciel ! Pour l'amour du Christ ! Ne laissez pas notre pauvre Hendrik... »

Puis elle poussa un hurlement glaçant, comme une femelle accouchant, au comble de la douleur.

Les vannes étaient ouvertes. Les cris fusèrent. Je grondai aussi. Je ne pouvais plus voir ces roues bardées de chair déchiquetée. Oui, bon Dieu, qu'on mette fin à ce massacre infernal !

À nouveau, le bourreau regarda le bailli et les bourgmestres.

Ils avaient perdu leur aisance tout à coup.

Le bailli acquiesça rapidement.

Ce signe de tête fut suivi d'un silence.

On n'entendit plus que les corbeaux.

Alors, le bourreau leva son marteau et l'abattit dans la poitrine de l'un, puis de l'autre. Ils moururent sur le coup, sans un soupir, cassés comme des noix. Par terre dans la boue, l'une des mères sanglotait.

« Broyés par des salauds, dit Hugo calmement. Ils croient ainsi pouvoir faire peur aux petites gens. Voyez-moi ça, quelle barbarie... Une boucherie orchestrée par des lâches. »

Je hochai la tête. Nous avions compris le message. Et celui qui ne l'avait pas saisi allait sûrement se le voir réexpliquer par quelqu'un qui avait vu cette sauvagerie de ses propres yeux. Tandis que les deux cadavres étaient exposés comme de la viande pour un festin, je perçus la peur, non pas celle des spectateurs, mais celle des dirigeants, qui avaient trouvé un tel événement nécessaire. Celui qui avait besoin d'un bourreau, de son marteau et de la roue pour inculquer quoi que ce soit admettait tacitement avoir perdu la maîtrise de sa fonction.

Ils croyaient nous faire la leçon, mais les choses avaient tourné autrement.

Hugo semblait avoir lu dans mes pensées.

« C'est une marque d'impuissance... On est devenus trop nombreux pour qu'ils puissent encore s'occuper de nous, ou bien ils sont trop égoïstes pour savoir ce que signifie s'occuper d'autant de gens. Quoi qu'il en soit, dans le corps du pouvoir, la putréfaction se propage. Et à partir d'aujourd'hui, ce corps va se mettre à puer.

– Aux grands maux, les grands remèdes, c'est comme ça qu'on dit ? En tout cas, leurs remèdes à eux sont nauséabonds. »

Je jurai et crachai sur le sol.

Hugo hocha la tête.

« C'est ce qu'on dit. Sauf que le mal est chez eux, et aucune rigueur, aucune roue ni potence, ne pourra remédier à leur puanteur. Ils ne guérissent rien. Ils divisent, par impuissance. Espérer détourner notre attention de la faim en attisant la colère pour un tort occasionné à l'un de nous. Ward, j'ai cité l'ange déchu Rahab ? »

Ward secoua la tête. Les larmes coulaient dans sa barbe.

Hugo leva l'index.

« Rahab, ange déchu symbolisant l'orgueil. Son nom signifie "violence trempée dans le péché". »

Ward et Hugo s'entendaient bien ces derniers temps. Ça me faisait grand plaisir, même si ça m'inquiétait un peu aussi. Leur amitié était liée aux livres. Une curiosité insatiable s'était emparée de Ward, et Hugo semblait étonné de voir l'étendue de ses connaissances. Le libraire ne me demandait pas d'où mon fils les tenait, et ce n'est sûrement pas moi qui aurais abordé le sujet. C'est que, depuis que l'Escaut était dégelé, les livres arrivaient sans discontinuer, tous les mois environ, et c'était chaque fois un grand jour pour mon fils...

« Père, la poste a apporté deux tonneaux, et il n'y a pas de boisson dedans... »

Je jurai et sortis. Alwin était déjà prêt. À trois, nous soulevâmes les fûts et les descendîmes de la charrette. J'offris quelques pièces au type de la poste. Je ne donnais jamais beaucoup et tenais un compte scrupuleux de la moindre somme dépensée. Dès que ce fou de Hongrois, Sambucus, reparaîtrait avec ses chiens, j'espérais bien qu'il me rembourserait tout cela rubis sur l'ongle. J'aurais dû refuser quand il m'avait demandé s'il pouvait m'envoyer ses livres. Avec ces barils qui ne cessaient d'arriver, le Hongrois était en train de monter une vraie bibliothèque dans les caves les plus sèches de mon auberge. Bientôt, et nous n'en étions vraiment pas très loin, je n'aurais tout simplement plus de place. Par l'intermédiaire de Willem Silvius, je le lui avais écrit.

« Vous n'aurez pas de réponse, m'avait prévenu Silvius. Et non, je ne vous reprendrai pas ces livres. Je manque moi-même de place. »

Je commençais à comprendre que Sambucus était en train de se servir de moi. Une auberge était l'endroit le plus invraisemblable pour y conserver des livres. À Anvers, l'Inquisition était encore plutôt calme, mais des clients m'avaient rapporté qu'elle était devenue plus active dans d'autres villes et pays, où les gens se rebellaient et voulaient tout lire, surtout ce qui était interdit.

Le deuxième fût était particulièrement lourd. Nous transpirions et haletions dans l'escalier menant à la cave. Enfin, nous parvînmes à descendre le colosse. Il y avait de la place pour deux barils supplémentaires, c'est tout. S'il en arrivait encore, je les ferais rouler dans l'Escaut.

Alors qu'Alwin n'était pas encore tout à fait remonté, Ward demanda s'il pouvait ouvrir le tonneau.

J'attendis qu'Alwin ait disparu de notre champ de vision.

« J'aimerais autant que tu me demandes ça quand on est entre nous. »

Ward était déjà en train de desceller le couvercle.

« Pourquoi ?

– À cause de la nature des livres.

– Pourquoi, père, qu'est-ce qu'ils ont de mal ? »

Le fût révéla son contenu. Ward sortit un à un les exemplaires reliés en cuir.

« Encore un livre sur la Kabbale ! Un traité de Giordano Bruno ! Le *Prométhée* d'Eschyle !

– On dirait un singe saoul, mon fils ! »

Malgré les taquineries mutuelles, l'atmosphère s'était un peu détendue entre nous. L'hiver dernier, il ne m'avait plus demandé de jouer l'Homme sauvage à ma place. Je lui en étais reconnaissant. Je ne pouvais pas lui refuser la lecture. Et même si j'étais inquiet, je me persuadais que ce n'était pas une mauvaise chose qu'il puisse discuter de sujets divers avec, par exemple, les membres de la Famille, qui honoraient encore mon auberge de leur présence. D'eux aussi, il était curieux. Et de nouveau, je me dis que cela ne pourrait pas faire de tort si je lui révélais moi-même quelques petites choses sur la Famille de l'Amour. Après tout, pensais-je, il reprendrait un jour l'affaire, et peut-être plus tôt que je ne le pensais. Je lui parlai donc de l'Amour et de la Lumière, du Cœur qui était si important pour la Famille. Mais la flamme qui s'alluma dans ses yeux tandis qu'il entendait toutes ces choses me fit craindre qu'il ne déploie ses ailes et n'abandonne l'auberge. Pour lui, ce n'étaient pas seulement des idées captivantes. Les livres ouvraient sur des horizons très éloignés d'ici, où vivaient d'autres gens qui secrètement s'étaient approprié ces mêmes idées. Et les valeurs des membres de la Famille, notamment la fraternité ressentie envers leurs compagnons d'âme aux quatre coins du monde, éveillaient en lui le rêve de partir à la découverte de ce vaste monde. Je balayai gentiment son rêve en riant, comme si quitter cette ville était la chose la plus stupide à faire.

« Pourquoi les membres de la Famille ne partagent pas leurs secrets, père ? Ça ne pourrait pas libérer les gens de savoir qu'ils sont tous reliés les uns aux autres ? Qu'au fond, nous ne formons qu'un, où que nous soyons, sans avoir besoin de prêtre ni de qui que ce soit d'autre ?

– Qui sait, le temps viendra peut-être où tout ça sera possible, Ward, je l'espère de tout cœur avec toi. Mais je te le dis en tant qu'aubergiste qui a tout entendu, et qui en a vu beaucoup aussi : la fraternité, c'est bien beau, mais l'homme cache au fond de lui quelque chose qui entrave cette vertu. Ça aussi, je l'ai appris.

– Et quoi donc ? »

Sa question me tira un soupir. Oui, quoi donc ?

« D'après moi se cache en chacun de nous un grand besoin d'être trompé... »

Je me moque un peu de moi-même quand je me rappelle ces discours que je lui ai tenus. Fichtre, on aurait dit que j'étais moi-même un savant. Si j'avais su à l'époque ce que je ne comprends que trop bien maintenant, j'aurais ajouté que c'est toujours et avant tout soi-même qu'on trompe. Et qu'il faut parfois toute une vie pour s'en rendre compte, et que cette prise de conscience ne vous préserve pas encore de la tromperie. L'humilité aide, mais vous voilà bien beau avec ce grand mot. Seuls les meilleurs d'entre nous en sont vraiment capables, et je n'en fais pas partie. John Dee, lui, oui. Peut-être était-il le seul homme que j'ai rencontré dans cette vie qui était modeste par rapport à ce qu'il savait et surtout à ce qu'il ne pourrait jamais comprendre. C'est à cette même période que je reçus de ses nouvelles.

Willem Silvius fut son messager. Un jour, l'imprimeur entra tout guilleret dans la salle, me fit un clin d'œil et chuchota :

« Vous vous souvenez de votre illustre hôte, maître John Dee ? »

Je pris une profonde inspiration.

« Ce n'est pas un homme qu'on oublie facilement », dis-je.

Mais ce n'était pas tout à fait vrai. J'avais essayé d'oublier cet érudit. J'avais commencé à avoir honte de ma dernière conversation avec le maître. Je m'étais montré indigne de l'amulette en or que j'avais fait fabriquer sur ses instances. Depuis que je l'avais offerte à Ward, il la portait tous les jours.

« On peut parler dans un endroit tranquille ? »

Dans la cuisine, il n'y avait qu'Alwin, confortablement installé à se tourner les pouces. Il ne fit même pas semblant de se lever d'un bond en nous voyant entrer. Je le chassai et l'envoyai dans la salle, et offris son siège à l'imprimeur.

Silvius sortit de sa poche un livre emballé dans un tissu et le posa sur la table.

« Le maître m'a envoyé une lettre pour vous et il veut que je vous remette ce livre, imprimé par mes soins bien sûr. C'est son grand chef-d'œuvre, j'en suis convaincu. Je suis heureux d'avoir pu l'imprimer, mais vous n'en comprendrez pas un mot.

– Je n'aime pas qu'on se moque de moi, Willem. »

Willem eut l'air surpris.

« Que dites-vous, enfin ? Je ne me moque pas de vous. Lisez la lettre. »

Je ne pouvais déchiffrer toutes les lettres gracieuses tracées sur le papier. Le maître présentait ses excuses de m'avoir à l'époque si peu parlé du contenu du livre qu'il écrivait sous mon toit. Son œuvre était d'une ampleur toute modeste, elle s'intitulait *Monas Hieroglyphica* et entendait faire la preuve, par le biais des mathématiques et de la géométrie, que tout était relié et que cette unité était lisible dans tout ce que le Très-Haut avait créé pour nous. Mais qui sait, peut-être que le livre était raté, écrivait-il. Au bout de toute une explication à laquelle je ne compris vraiment rien, je ressentis comme un voile de doute planant sur ses phrases. Je me demandai si ces mots s'adressaient bien à moi. Il écrivait qu'il s'était regardé plusieurs fois dans le miroir en se demandant s'il était vraiment possible de saisir l'essence de Dieu en quelques signes et formules, ou si son désir d'y parvenir ne témoignait pas d'un orgueil démesuré. Peut-être que la vie n'était qu'un piège, et que nous étions tous fous. Chaleureusement ensuite, il prenait congé de moi par ces mots : « *Ieova fortitudo mea, a quo timebo* », devise qu'un jour, écrivait-il, il espérait voir officiellement accolée à son blason familial.

Je montrai la devise à Silvius.

« Regardez...

– Le Seigneur est ma force, qui d'autre devrais-je craindre… dit Silvius avec douceur. C'est du moins la traduction que j'en fais… »

Ces mots procureraient-ils vraiment de la force au dubitatif maître Dee ?

Je ne connaissais que trop bien cette peur, mais elle ne faisait en rien ma force.

Malgré l'avertissement de Silvius, j'essayai plusieurs fois de lire le livre de Dee. Un soir, Margreet me le prit des mains. La plupart des clients étaient rentrés se coucher. La moitié des bougies sur la table étaient déjà consumées. La lumière déclinante jouait avec les rides profondes de son visage.

« Voilà donc à quoi tu as passé ton temps ? Combien de temps, sans être indiscrète ?

– C'est important ?

– Quand Alwin, Ward et moi, on s'use les mains à servir tout le monde pendant que le sieur Beer lit tranquillement dans sa petite chambre, et que je me sens, comment dire, un peu fatiguée et légèrement sur les nerfs, oui, je trouve que ça a son importance. »

Elle feuilleta négligemment le livre.

« Jésus Marie Joseph, c'est quoi, ces gribouillages ?

– C'est en latin, et ce sont des mathématiques, et c'est extraordinaire, comme je te l'ai déjà dit. »

Elle leva les yeux.

« Ton latin est si bon que ça ?

– Le livre est tout petit. »

Elle désigna la page de titre.

« Qu'est-ce que ça dit, en haut ?

– *Qui non intelligit, aut taceat, aut discat.*

– Et ça veut dire ?

– Que celui qui ne comprend pas doit soit se taire, soit apprendre. »

Margreet ferma les yeux. Il me fallut quelques secondes pour en comprendre la raison. Était-elle émue par la sagesse de cette maxime ? Tu parles. Un frisson parcourut son robuste corps, puis, partant de ses tréfonds, un grondement souterrain se mit à vibrer, secouant tous ses membres et libérant des larmes qui coulèrent sur ses joues. Elle ne faisait presque pas de bruit, mais au bout d'un moment la pièce sembla trembler avec elle.

« Arrête, chuchotai-je.

– Ah Seigneur, oh mon Dieu ! parvint-elle enfin à lâcher, reniflant et sanglotant. Alors ? Tu as compris ? Ou tu apprends ? »

Tout à coup, elle n'y tint plus et hurla de rire. Elle s'arrêta pour s'essuyer les yeux, puis repartit de plus belle, se laissant porter par les vagues de son hilarité.

« Chut, soufflai-je, tu vas réveiller tout le monde.

– Mais allez... qu'est-ce que c'est que ça... tu devrais voir ta tête... »

Et de repartir pour un fou rire. À présent, elle se frappait les cuisses, puis se mit à taper sur la table.

« Arrête ! »

Elle s'arrêta brusquement. Essuyant la dernière larme, elle dit :

« Je ne vais pas te le dire deux fois : ton machin, c'est des fariboles. Pas besoin de lire le latin pour le comprendre. Qu'est-ce que tu me disais, hier ? Que ce petit truc-là est la clé de l'univers ? Tu crois vraiment... »

Elle se mordit la lèvre inférieure, essayant de se contrôler.

« Tu crois vraiment que... »

Elle n'y arrivait pas. Elle craqua.

« À l'époque, tu me mettais en garde contre lui, répliquai-je. Tu disais toi-même que c'était dangereux de l'héberger. Et maintenant, tu te moques de ce soi-disant diable incarné... »

Mes mots la ramenèrent à la raison.

« Tu ne comprends toujours pas, Beer… C'est de l'orgueil couché sur du papier, et oui, c'est justement pour ça que c'est dangereux, même si c'est aussi du plus haut ridicule. Tant de naïveté me rend folle. Cette prétention de croire que tout restera comme c'est, que chacun pourra continuer de dire ce qu'il pense et le faire imprimer, alors que de plus en plus de gens sont prêts à te tuer dès qu'ils ont le moindre soupçon que tu touches à quelque chose de sacré à leurs yeux, c'est ça qui m'inquiète. Tu as entendu comme moi les calvinistes cracher leur bile, n'est-ce pas ? Ils veulent leurs propres temples. Tu crois que Philippe d'Espagne va les laisser faire ? Plus il y aura de résistance ici, plus les Espingouins risquent de sévir. Tu le sais aussi, non ?

– On n'en arrivera pas là, Margreet. La ville ne permettra jamais une telle ingérence. On vit du commerce, ici, pas d'idées religieuses.

– Eh bien, je te félicite, avec ta clé de l'univers ! Tu as reçu une boule de cristal avec ton livre, et tu prédis le futur tout à coup ? Qu'est-ce que tu me disais aussi, à propos des activités de ton bonhomme ? Qu'il veut utiliser la magie pour parler aux anges ? Grand bien lui fasse, pour ma part, mais c'est un blasphème aux yeux de pratiquement tout le reste du monde, des Espagnols aux calvinistes. Mon conseil, ce serait de brûler cette lettre et de jeter ce livre dans un canal. Toi et ta soi-disant Famille, vous vous considérez au-dessus de tout ça. Et tu sais pourquoi ? Parce que vous vous croyez intelligents. Non, pas toi. Tu participes, mais tu n'y comprends rien. C'est bien beau, toute cette érudition, mais pas quand elle implique de sous-estimer la bêtise du reste de l'humanité. Tu n'as pas ta place parmi eux. Tu fais semblant, mais tu n'es pas des leurs. Tu me suis maintenant ? Ou tu as besoin d'un cheval et d'un chariot pour me rattraper ? »

J'aurais pu entrer dans une rage folle et lui lancer à la figure une montagne de reproches. J'aurais pu à mon tour lui renvoyer sa méfiance excessive et sa prudence hypocrite. J'aurais pu en effet lui rétorquer qu'elle-même était tout sauf prudente avec ses élixirs et ses breuvages pour que les femmes tombent enceintes, et qu'elle aussi souffrait d'orgueil, à sa manière. J'aurais pu lui dire qu'elle était comme l'aveugle qui accuse les autres de cécité.

Maria de Teran, l'épouse espagnole de Boubert de Pergamont, n'était toujours pas enceinte, et la bonne femme venait à tout bout de champ chercher conseil auprès de cette sorcière de Margreet. L'Espagnole n'abandonnait pas. Elle ne perdait ni son courage ni sa fierté. Un jour, ça marcherait.

« C'est la faute de son mari, évidemment, avait dit Margreet la semaine précédente, attisant le feu sous une marmite de soupe.

– Ah bon, c'est sa faute ? Tu m'as l'air bien sûre de toi.

– Tu n'y connais rien. Moi oui. »

D'accord, Boubert de Pergamont n'était pas le mari le plus exemplaire. Si semence il y avait, elle devait empester le vin. Du beau jeune homme qui, il y a à peine un an ou deux, était le point de mire de toutes les fêtes, de cet irrésistible Dionysos capable de faire trembler de désir pucelles et jouvenceaux, il restait peu de chose. Ses boucles autrefois spectaculaires, indomptables même sous une barrette ou un chapeau, étaient devenues ternes. Par contre, il était toujours aussi arrogant, il tenait à son rang discutable, et quiconque le contestait devenait la cible de ses sarcasmes. Il ne faudrait plus longtemps avant que tout le monde se rende compte que son attitude cachait un profond désespoir. Sa seule chance était de mettre au monde un fils qu'il pourrait combler de perspectives d'avenir sans que le petit doive jamais se sentir accablé par le poids d'être né en dehors du lit conjugal. En d'autres termes, un fils effacerait la honte, cette ardoise qu'il avait, lui, traînée toute sa vie. Car oui, Pergamont avait peut-être été reconnu par son père, mais sa propre paternité constituerait le solde définitif de tout compte. Malheureusement pour lui, cet enfant ne se décidait pas à venir. Et d'après Margreet, sa femme n'était pas à blâmer. C'était comme si je le flairais, quand elle était en visite chez Margreet dans l'arrière-cuisine ; elle était comme une fleur qui exhale son parfum sans vergogne, sans se rendre compte qu'un mâle dans la pièce voisine s'agite comme un chien enfermé dans sa niche. Sa famille de dévots pisse-vinaigre avait fait d'elle une vierge effarouchée, m'avait confié Margreet. Mais de cette ancienne pudeur, il ne restait presque rien. Elle continuait de nous reprocher, de façon polie mais explicite, d'ignorer ce que signifiait la véritable hospitalité et de lui faire comprendre sans mot dire qu'elle n'aurait jamais sa place parmi nous. Ce reproche ne l'empêchait pas de prendre de plus en plus ses aises. Elle venait très régulièrement avec son mari et savait toujours quand s'arrêter. Même dans un lieu où l'ivresse était une condition, elle conservait sa lucidité. Elle ne perdait jamais pied, conservait sa dignité et jouait simplement de son irrésistible gaieté jusqu'à ce que l'animation atteigne un pic, entre bruyantes fanfaronnades et halètements triviaux, après quoi elle se repliait très rapidement sur sa piété. Boubert de Pergamont n'avait aucune conscience de tout cela. Il picolait dur, ce qui lui réussissait de moins en moins. Il était devenu la victime de son propre alcoolisme. Ses joues rubicondes, les sillons qui creusaient son visage et son nez bulbeux attiraient de plus en plus l'attention. Au fond de son verre, l'ivrogne n'a plus que des soupçons, et plus il commande, moins il trouve de satisfaction. Plusieurs fois, j'avais même dû l'empêcher de descendre dans ma cave, après qu'il eut gueulé que je cherchais à le couillonner en gardant les meilleurs fûts pour moi.

« C'est un repaire de papistes, ici ! » clamait-il en titubant quand il n'obtenait pas ce qu'il voulait. Au début, les gens rigolaient ou détournaient la tête par pitié. Mais lorsqu'il était ivre mort, il tapait pour de bon sur les nerfs de tout le monde. S'il avait été d'une classe moins élevée, je l'aurais flanqué à la porte, avec une paire de baffes en prime au cas où il aurait tenté de revenir, mais Pergamont connaissait trop de puissants. Ce type pouvait faire de votre faillite une mission personnelle, ce qui aurait pu s'avérer vraiment fâcheux étant donné ses liens avec la maison de Nassau. Avec l'appui d'un copain agent, un bâtard de haute naissance comme lui pouvait sans trop de peine faire augmenter mes impôts. Sous couvert de bonne gouvernance, il aurait aussi pu m'envoyer des inspecteurs, voire mettre la puce à l'oreille du bailli à propos de prétendus complots ourdis dans mon établissement. Je n'étais sans doute pas le seul aubergiste dans son collimateur en tant que potentielle victime de son pouvoir et de l'humiliation dont il avait été marqué au fer rouge à sa naissance. Ç'aurait été plus facile si doña Maria venait un peu moins souvent. Mais refuser l'accès à cette femme n'était pas envisageable. En plus, Margreet se serait sentie inutilement contrôlée et rabaissée, vu l'alliance flagrante qu'elle et l'Espagnole avaient conclue.

Pensant à ma propre souffrance, j'écoutais doña Maria avec un brin de joie maligne quand elle me remerciait encore pour la « patience » dont je faisais preuve à l'égard de son époux.

« Ah, mais ce n'est rien, répondais-je comme un veau stupide. Je ne vois même pas de quoi vous voulez parler. »

Après quoi elle hochait poliment la tête et essayait d'attirer dehors son ivrogne de mari pour le faire rentrer à la maison.

« Sa vie est une longue offrande à l'imbécillité de son homme, dit Margreet.

– Elle n'est sans doute pas la seule, offris-je en réponse.

– Ce salopard la bat comme on frappe un chien récalcitrant. Il a obligé la femme de chambre de Maria à lui dire si sa maîtresse saigne. Et tous les mois, il sort sa masse ou sa cravache pour la corr…

– Assez. Je n'ai pas besoin de savoir ça…

– C'est une honte.

– Ça, c'est sûr. Mais ce ne sont pas nos affaires.

– Elle me parle souvent de toi. Elle me demande si tu vas bien. Elle s'inquiète pour toi. Elle perçoit ton chagrin, alors qu'elle-même endure tellement de souffrances.

– Je le sais », dis-je doucement.

Et je me sentis attrapé, car oui, c'était la raison pour laquelle je l'aimais bien. Avec sa sollicitude, elle m'enjôlait sans effort. Et mon imagination s'emballait quelquefois, je me voyais soutenu par une femme que je pourrais appeler mienne. Ce désir ne voulait pas disparaître, même si les fantômes autour de mon lit s'étaient évanouis.

« C'est une Espagnole, mais ses marques de sympathie ont l'air sincères, finis-je par ajouter lâchement.

– Espagnole, Espagnole… c'est quoi, cette ânerie ? C'est une femme avant tout. »

Oui, une femme.

Ce vide était toujours là.

Mais une réponse à ce vide arriverait bientôt.

Marie demande pourquoi je monte de nouveau.

« Parce qu'il le faut », je réponds.

Elle effleure de la paume le bois de la table. Écarte les doigts. Puis dirige sa main vers la mienne. Elle la serre doucement. Ses grands yeux ne cachent rien du tout. On voit droit dans son âme. Je ne comprends pas qu'elle soit restée si intacte. Cela me met mal à l'aise. Peut-être que ça me rend jaloux.

« Ce n'est pas bon ce que tu fais, dit-elle.

– Je réfléchis à toutes sortes de choses dans ma chambre, tu le sais, quand même ?

– Tu appelles ça réfléchir, Beer ? Ça te rend mélancolique. À mon avis, ça t'empoisonne. »

Elle se tait. C'est comme ça qu'on se dispute. On ne se crie pas dessus. J'aurais honte si je le faisais. Elle se tait, et moi, je deviens nerveux.

Une fois en haut, j'allume une bougie, je m'assieds sur une chaise et m'étire. Comment pourrais-je m'empoisonner davantage ? Au contraire, j'essaie de chasser le poison. Et je suis le seul à pouvoir le faire. Personne ne peut m'y aider. Avant, cette pensée m'angoissait. Tu es seul et tu le seras à jamais. Mais le tumulte qui fait rage dans ma tête ne peut être partagé avec quiconque. Je ne crois plus à l'acceptation. Je ne suis pas un saint. Je ne vois pas la Lumière. Mais je sens que j'ai un cœur, ça oui. Un jour, Marie suivra son propre chemin. Et moi, je resterai là. Je dois le faire seul pour être prêt le jour du Jugement.

Maintenant, je sens l'appel de ce qui arriva du Nord.
Cela commença par le retour tant attendu d'un navire.

La mission des commerçants Hooftman, Jonghelinck et Hoefnagel père avait échoué. Je nous revoyais sur le quai, plus d'un an et demi auparavant, alors que leurs navires appareillaient pour le Grand Nord. Je me souvenais de l'espoir déterminé dans les yeux des trois hommes.

Hélas. L'équipage n'était pas venu à bout du pôle Nord.

Tout s'était révélé vain, illusoire.

Des trois bateaux, un seul revint après avoir tenté de trouver ce passage commercial vers la Chine et les Indes. Ce qui avait commencé de façon grandiose dans l'esprit de quelques-uns finissait comme une chanson triste que personne dans la Famille n'avait envie d'entendre. C'était comme si personne n'avait vu ce bateau amarrer. Comme si tout le monde en avait juste entendu parler, et ça cancanait à tout-va.

Dans mon auberge, par exemple, la rumeur courait qu'aucun des marins n'était capable de parler de ce qui était arrivé aux autres navires et qu'ils étaient tous décharnés, les yeux hagards. Ils avaient perdu la boussole, se soufflait-on à l'oreille, ils baragouinaient entre eux dans une langue que personne ne comprenait et hurlaient comme des filles de cuisine qu'on essaie de trousser. Aucun ne reconnaissait plus sa femme ni ses enfants. Lorsqu'on leur demandait comment ils avaient regagné Anvers, ils ne pouvaient pas répondre. Ni vin ni bière ne les tentaient plus. À la place, ils buvaient leur propre pisse, c'est ce qu'on disait. Ils avaient vu des choses dans le Nord qu'ils n'auraient pas dû voir, affirmait catégoriquement un paillasse à un autre. Mais attention ! Le ventre du navire rescapé était bel et bien rempli de fourrures et de défenses de morses et, dans une cage de cette même cale – sans blague, vrai de vrai ! –, était enfermé un monstre qui ressemblait à un morse, mais qui n'avait pas de queue et pouvait donc marcher debout comme un être humain ; il avait par-dessus le marché des cils qui papillotaient comme ceux d'une bonne femme, buvait avidement la rosée que les marins raclaient chaque jour sur les voiles, rejetait parfois la tête en arrière et puis hurlait tellement fort que les mouettes se précipitaient dans la mer, et il puait, bon Dieu, comme s'il avait été chié par une baleine.

Hugo sut en outre nous raconter que, lors de son transport sur la terre ferme, la cage dans laquelle le monstre était enfermé avait été recouverte d'un drap noir pour que personne n'ait à porter la main à son cœur ou que nos enfants n'en perdent pas le sommeil. Nul ne savait où le monstre avait été emmené. On n'avait aucune nouvelle de Hooftman, ni de Jonghelinck ou de Hoefnagel. Des commerçants d'exception comme eux ne s'appesantissaient pas sur des entreprises malheureuses, affirma sobrement Hugo. Ce qui suscitait chez un pauvre de la honte ou du dépit ou le poussait à se maudire laissait un riche indifférent. Ce genre de personne faisait fi de l'échec. Pieux comme il était, Hooftman n'avait même pas dû laisser échapper un juron. Il avait peut-être haussé les épaules et s'isolerait quelque temps, mijotant déjà un autre plan, voire, qui sait, projetant de réitérer la même mission, avec un équipage encore meilleur. Peut-être que, juste avant leur prière du soir, sa femme lui avait lâché sèchement : « Qu'est-ce que je t'avais dit ? » C'était probable, il fallait même s'y attendre de la part d'une telle punaise de sacristie, mais y avait-il là de quoi troubler ce grand homme d'affaires ou faire sourdre en lui le moindre regret ? Que nenni, pardieu !

« C'est l'avantage de la richesse, poursuivit Hugo. La vie devient un jeu où la victoire est tout, où l'échec n'est rien et ne mérite même pas le nom d'échec. Le vrai luxe, c'est de se vanter de ses succès, de sorte que tout le monde sache quel champion magnifique vous êtes, et de taire toutes les fois où un chien noir s'est mis en travers de votre route. Personne ne parle des malheurs des riches. Les riches ont l'oubli facile, c'est naturel chez eux. »

Le Sécot écoutait d'un air amusé. On n'allait pas lui faire gober qu'un fiasco de cette ampleur laissait ces richards indifférents.

« Tu parles, deux bateaux sur trois évanouis, c'est du sérieux, ils sont tous au lit en train de pleurnicher, la tête enfoncée dans leur bonnet de nuit. »

Jeroom intervint alors d'un ton cassant, reprochant au Sécot d'oublier l'équipage, dont la majeure partie avait péri avec les bateaux.

« On parle de gens comme toi et moi, tu n'as pas honte ? »

Cela nous surprit, car il était resté silencieux jusque-là.

« Ils ont connu une fin horrible, je t'en fiche mon billet ! » ajouta l'aveugle.

Personne ne dit rien, car Jeroom veillait à ce que personne n'oublie que lui aussi était allé dans le Nord et que c'était là-bas qu'il avait perdu la vue.

Le Sécot changea de sujet. À son avis, on allait se servir du monstre comme arme secrète contre les Turcs, dont on pensait depuis des années qu'ils étaient sur le point de faire main basse sur toutes nos possessions.

« Ils gardent sûrement cette bête cachée quelque part, prête à bondir par-dessus les remparts avec une hachette, renchérit le bouffon.

– C'est quoi, ces fadaises ? s'emporta Hugo. Qui dit qu'un monstre comme celui-là s'apprivoise comme un singe qui fait des tours sur les marchés ?

– Quoi qu'il en soit, ça reste un monstre du Royaume du Mal, conclut Jeroom d'une voix étranglée. Et les imbéciles qui l'ont ramené auraient mieux fait de s'abstenir, car une ville, c'est comme un tonneau : il ne faut pas y mettre ce qui ne va pas dedans. Il va tout corrompre et contaminer tout le monde, jusqu'à ce que plus aucun humain ne soit dégoûté du sang d'un autre et qu'il ne reste plus qu'un grand charnier, et ce monstre, avec son gros cul poilu, qui chie sur nos ossements. »

Deux semaines après le retour de cet unique bateau rempli de marins devenus fous, je frappai à la porte de La Poule Grasse, le nom de la maison de la Kammerstraat où vivait Abram Ortelius avec sa sœur Anna. Je ne l'avais pas beaucoup vu ces dernières semaines. Il m'avait dit qu'il continuait de travailler à une carte du monde en forme de cœur, grâce à laquelle il disait vouloir diffuser secrètement la philosophie de la Famille. Cela devrait tous nous illuminer, m'avait-il confié. Contempler un monde en forme de cœur devrait nous permettre d'entrer en dialogue avec Dieu et de L'accueillir dans notre cœur. Je voyais Ortelius devant moi, examinant d'un air songeur toutes ces cartes, ces lettres, ces livres et ces rouleaux de parchemin en mâchonnant la tige d'une plume de chouette, plongeant de temps en temps la tête dans la coupe de ses mains comme si notre société était sur le point d'exploser, puis regardant par une fenêtre donnant sur un monde en cœur. Cela me tirait des soupirs, mais qui étais-je pour souiller la vision de cet homme avec mon désespoir et ma propre désillusion ?

Sa sœur me salua d'un hochement de tête en ouvrant la porte et me conduisit dans une pièce austère au bout du couloir et non au cœur de la maison, au premier étage, où se trouvaient ces fameuses vitrines avec les animaux empaillés et tant de curiosités dont j'ai parlé plus tôt. Sans se lever, Abram me serra la main, puis souffla sur un petit bol.

« Vous en voulez ?

– Qu'est-ce que c'est ?

– Ça s'appelle du cha. Les Portugais l'ont rapporté de Chine. C'est comme une décoction d'herbes chaude. Sentez... »

Il tint le bol sous mon nez en me regardant, impatient de ma réaction. Je sentis une vague odeur de fleurs et de bois mouillé.

« Ce sont des feuilles séchées. Vous versez de l'eau bouillante dessus, vous laissez infuser un peu et vous obtenez un breuvage aux vertus apaisantes. »

Sans en demander davantage, Anna apporta un autre bol et me versa un peu de la boisson. Elle-même ne buvait rien. Chaque fois que je les voyais ensemble, je me demandais qui protégeait l'autre. Ils semblaient changer de rôle à chaque minute. Tous les deux regardaient le monde avec circonspection, un peu sur leurs gardes, comme si à tout moment pouvait se passer quelque chose qui requière la prudence. Aucun n'avait l'air d'avoir jamais vraiment été jeune. Celui qui se demandait pourquoi Ortelius n'était pas marié ou était rarement vu en compagnie d'une femme ne connaissait pas l'existence de sa sœur. Ils se complétaient. Ils tendaient les bras l'un vers l'autre à tout bout de champ. Leur chat passait des genoux de l'un à l'autre, incapable de décider où il se sentait le mieux. Et il se faisait gronder en même temps par le frère et par la sœur lorsqu'il voulait monter sur la table. On aurait dit qu'une seule et même personne, à la fois homme et femme, rappelait le chat à l'ordre. Et quand on entendit du remue-ménage à l'étage, c'est de nouveau en même temps qu'ils levèrent les yeux, avant de les rabaisser et de se regarder, comme si c'était leur faute ou celle de l'un des deux et qu'ils se le reprochaient mutuellement sans mot dire.

« Vous allez bien, j'espère ?

– On fait aller, dis-je en prenant une petite gorgée de l'infusion.

– Votre fils ? demanda poliment Anna.

– Pareil à lui-même », répondis-je.

Pareil à lui-même, le nez plongé dans les livres et la caboche pleine de rêves. La veille, il avait solennellement déclaré que nous devrions répandre l'amour plutôt que la tromperie. Margreet avait haussé les épaules, car oui, et après, qu'est-ce que ça pouvait faire si ce garçon avait des idées comme ça ? Je ne savais plus qu'en penser. Il ressemblait à cette estampe d'un jeune homme riche qui faisait tourner nonchalamment le globe terrestre dans sa main comme une toupie. Le monde semblait l'appeler.

« Beer, vous avez entendu que les bateaux sont revenus du Nord ?

– *Les* bateaux ? J'ai entendu dire qu'un seul s'en était sorti.

– C'est exact. La mission du sieur Hooftman a échoué. Même si la fourrure et les défenses de ces fameux morses ont pu être…

– Tu t'éloignes, Bram », l'interrompit Anna, avec gentillesse mais fermeté.

Ortelius s'éclaircit la gorge.

À nouveau, du grabuge se fit entendre à l'étage. Ils se retinrent ostensiblement de lever les yeux pour les garder fixés sur moi.

« Ce bateau unique a également rapporté quelque chose d'extraordinaire, cher Beer.

– Mon frère le considère comme un cadeau… »

Ortelius ne semblait pas comprendre que sa sœur soit d'un autre avis.

« Mais oui, c'est un cadeau, grommela-t-il. Certes, j'aurais peut-être mieux fait de ne pas employer ce mot devant les sieurs Hooftman, Jonghelinck et Hoefnagel.

– Ces despotes… pesta Anna, à mi-voix.

– Vous comprenez bien qu'ils sont désappointés. Deux bateaux perdus… Certes, les assurances vont intervenir, mais même eux, c'est-à-dire des commerçants respectés, vont devoir attendre cet argent longtemps. C'est pourquoi Hooftman a suggéré que ce "cadeau", comme je l'avais moi-même qualifié, soit réellement offert, et il songeait à la gouvernante, en signe de bonne volonté. Le sieur Hooftman n'est pas seulement un excellent commerçant, c'est aussi un habile diplomate. D'une part, Marguerite de Parme est de nature suspicieuse, d'autre part elle a à sa botte quelques compagnies d'assurances maritimes... Vous voyez où je veux en venir ? Hooftman pense naturellement qu'un cadeau à la régente accélérerait le remboursement des assurances. Mais il affirme également, et il semble y croire, que la régente défend nos intérêts contre son frère souverain... »

Anna soupira avec ostentation.

« Est-ce nécessaire de parler politique ? On s'écarte du sujet. En quoi veux-tu que cette explication intéresse monsieur l'aubergiste ? »

Abram acquiesça patiemment.

« Bon, la conversation avec eux a quelque peu dégénéré. Jonghelinck et Hoefnagel étaient violemment opposés au projet d'offrir ce cadeau à la gouvernante. Ils prétendaient en avoir soupé des courbettes et de vouloir complaire à cette... je vous épargne les termes peu polis qu'ils ont utilisés pour la dépeindre...

– Hoefnagel est un rustre », dit Anna à mon attention, comme si je n'avais jamais entendu parler de ces messieurs.

« Rustre » me paraissait d'ailleurs encore trop faible pour décrire le personnage.

« Vous n'avez pas idée, Beer, à quel point la situation est critique. Ce que ces deux-là pensent et disent continue de circuler chez pas mal de gens fortunés. Je croyais vraiment qu'ils parviendraient à se raisonner, mais ils sont toujours aussi furieux que le roi Philippe ait décrété la conversion de leurs prêts en obligations d'État, ce qui leur... »

Anna soupira avec emphase :

« Encore de la politique ! Je t'en supplie, Bram ! Tu veux bien en venir au fait ? »

Ortelius poursuivit néanmoins :

« … ce qui leur a fait perdre beaucoup trop d'argent. Ils ne digèrent pas. Certains parlent d'un complot des catholiques à leur encontre, auquel seraient mêlés à la fois le pape et le roi et les curés locaux, et qui viserait à les dépouiller de l'argent qu'ils prétendent avoir prêté si généreusement à la couronne espagnole. Ils mijotent leur revanche… Une révolte peut-être ? Un acte de sabotage ? C'est…

– C'est du radotage, mon frère ! Allons ! »

Un silence suivit. Ortelius but une gorgée de sa boisson chaude et tâcha de se calmer un peu.

« Donc… Hooftman s'est énervé face à l'opposition des deux autres, et il s'est tout à coup tourné vers moi en disant que, dans ce cas, il préférait me donner le "cadeau" à moi.

– À vous ?

– Il aurait dû refuser, bien sûr, rouspéta Anna.

– Et pourquoi l'avez-vous accepté ?

– Parce que je trouve que c'est un cadeau exceptionnel…

– Vous voulez parler du monstre ? demandai-je, un peu lassé qu'on tourne ainsi autour du pot.

– Pardon ?

– Un monstre ? réagit Anna en écho, abasourdie.

– Ne vous faites pas d'illusions, rien ne reste longtemps caché dans cette ville.

– Elles sont deux, dit Abram, et ce ne sont pas des monstres.

– Mais ce sont bien des bêtes, ça oui, ajouta rapidement Anna. Il n'y a pas d'autre mot.

– Allons, enchaîna son frère. Montez avec moi. »

Il y avait sur cette terre d'innombrables choses que personne n'avait encore découvertes, que nul homme n'avait vues, pour lesquelles il n'existait pas encore de mot et dont on n'aurait donc même pas pu deviner le nom. Je voyais souvent des marchandises déchargées sur les quais, dont je me demandais parfois – avec Jeroom l'aveugle, qui prétendait avoir vu le monde entier – si elles avaient vraiment leur place ici, si chaque créature, herbe ou métal n'avait pas une place précise sous la Miséricorde du Très-Haut, que les marins et les marchands de cette ville ne se posent évidemment même pas la question. Car nous vivions à une grande époque, une époque aux horizons vastes surtout, pleine de surprises et de découvertes, où le Sud s'était étendu sous un soleil brûlant, où tout un monde se dévoilait à l'Ouest, avec des rivages sans fin derrière lesquels se dressaient d'énormes montagnes, où l'on trouvait à l'Est, en s'enfonçant de plus en plus loin, des forêts tout à fait stupéfiantes et impénétrables, des rivières qui serpentaient, des dragons endormis ou non, tandis qu'au Nord, un vent glacial fouettait des merveilles de blancheur, un vent qui d'après certains ne se distinguait guère de l'haleine du Cornu en personne.

Ô Dieu, tenais-Tu à jour des livres de comptes là-haut, comme un magasinier qui sait où la marchandise se trouvait à l'origine et où elle avait été déplacée ? Néanmoins, il n'était pas difficile de comprendre ces explorateurs, surtout quand ils tombaient sur quelque chose qui leur paraissait être un cadeau de Toi, qui était à portée de main et semblait n'avoir qu'un but : être emporté ailleurs pour y être mangé ou transformé et enrichir cette ville ou au moins quelques-uns de ses bourgeois. Mais n'était-il pas impardonnable, en revanche, d'emporter quelque chose qui se cachait ? Ou ces marins et ces aventuriers qui risquaient leur vie étaient-ils les exécuteurs de Ton Plan divin, selon lequel tout devait finir par se mélanger, jusqu'à ce que plus personne n'en sache l'origine ? Le but était-il que cela nous change aussi ?

Ortelius avait ouvert une porte au premier étage, juste à côté de son grand bureau, et nous observions une bête. Elle était couchée dans un coin. D'abord, je ne vis qu'un tas de fourrure. L'odeur dans la pièce était pareille à celle qui régnait au port, le vendredi, lorsque les pêcheurs exposaient leurs poissons sur le petit quai. Le tas de fourrure bougea. Sous un capuchon en peau d'animal, je vis des cheveux noir de jais, des yeux verts en fente, une grosse bouche aux lèvres énormes et un menton décoré de traits verticaux bleus et rouges. Sa peau était tachetée, et deux raies barraient son visage horizontalement – l'une juste au-dessus de ses larges lèvres et l'autre au-dessus de ses yeux.

C'était la première fois que je voyais quelque chose que je n'aurais jamais pu m'imaginer avant, quelque chose dont je ne soupçonnais même pas l'existence sur cette terre. Mes yeux avaient besoin de temps pour s'adapter à l'obscurité, tandis que mon esprit essayait de suivre ce que je regardais. La créature me rendit mon regard.

La chambre était en pagaille, le lit complètement défait. Le sol était jonché de plumes provenant d'oreillers coûteux, certaines étant rassemblées en petits tas, comme des offrandes à d'autres dieux. Des draps déchirés en bandelettes pendaient aux fenêtres entre les rideaux. Quelque chose dans le tas de fourrure se mit à bouger lentement.

« C'est une mère avec sa fille... souffla Ortelius à voix basse.

– Comme vous pouvez le voir, ça ne peut pas continuer comme ça, dit Anna en embrassant du regard les dégâts dans la pièce. C'est une situation inextricable. »

Je continuais de fixer le tas de fourrure sous lequel deux corps étaient dissimulés, sans distinguer où commençait l'un et où finissait l'autre. Soudain, l'enfant ouvrit les yeux, se frotta les paupières et bâilla. Cela me parut si naturel que je faillis éclater de rire. À mon avis, la petite avait environ sept ans ; la femme animal avait l'air jeune.

« Bien sûr, je vous rétribuerai, Beer...

– Pour quoi faire, Dieu du Ciel ? »

Pendant quelques secondes, je crus qu'il me demandait d'abattre les deux bêtes. C'était une pensée insensée, mais tout était si extrêmement étrange, si bizarre, si différent...

« Pour les héberger chez vous, d'une manière ou d'une autre, de sorte que je puisse étudier ce cadeau de Dieu à mon aise, sans faire grimper ma sœur aux murs. Vous avez suffisamment de place, n'est-ce pas ? Ainsi... Bien sûr, je prendrai en charge les frais éventuels !

– Vous avez trop picolé, dis-je.

– Je savais bien que tu ne pouvais pas attendre grand-chose d'autre que ce genre de grossièreté de la part d'un aubergiste », lança Anna.

La créature se mit lentement debout, l'enfant accroché à ses jambes. Elle portait un étrange bonnet de fourrure. Ou était-ce la forme de son crâne ? Était-ce quand même un monstre finalement ?

Nous fîmes un pas en arrière.

Nous les emmenâmes au cœur de la nuit dans une charrette protégée par une bâche. Margreet avait libéré la chambre du haut. Nous en avions sorti le lit ensemble.

« Elles se fabriquent un nid, lui avais-je dit. Du coup, on devrait peut-être entasser de vieilles couvertures dans un coin…

– Tu es complètement marteau, mon pauvre », grommela Margreet, mais elle avait du mal à contenir sa curiosité.

Je ne sais plus comment nous les avons aidées à monter. Je ne me souviens que du regard de Margreet. Elle qui avait toujours un commentaire sur tout ne dit strictement rien à leur arrivée. Comme moi, elle n'en croyait pas ses yeux.

Lorsque je fermai la porte à clé, elle retrouva la parole.

« Qu'est-ce qu'on leur donne à manger ? chuchota-t-elle en regardant la porte.

– Tu n'as pas senti ? Elles mangent du poisson cru. »

Impossible de fermer l'œil cette nuit-là. Je regrettais d'avoir pris ces drôles de créatures sous mon toit et commençais à me maudire. Était-ce faux de dire que j'aurais pu sans trop de problèmes refuser de les loger temporairement ? Était-ce faux de dire que j'avais accepté par peur de contrarier ou de décevoir le sieur Ortelius ? On ne refuse rien à un tel homme, pas vrai ? Il avait présenté la chose comme si c'était la normalité même, comme si c'était dans l'ordre des choses que j'accède à sa demande, en raison de mon « bon cœur légendaire ». Avait-il un plan en tête, voyait-il où cela allait nous mener ? Moi pas, en tout cas. Combien de temps allait-il les étudier ? Et que se passerait-il une fois qu'il penserait en avoir élucidé les mystères grâce à son grand esprit ? Toutes ces questions sans réponses tournoyaient dans ma tête comme des squelettes dansants. Au fil de la nuit, de mauvaises pensées s'invitèrent dans la ronde. Je pensais à mon fils Ward couvert de poils. C'était peut-être à cause de lui qu'Ortelius trouvait que mon auberge était l'endroit approprié pour ces bêtes ? La maison des anomalies et des bizarreries, tiens donc ? Pensait-il qu'ils allaient bien ensemble ? Mais non, pas Ortelius. Ce n'était pas possible. J'essayais de retrouver les mots qu'il avait prononcés jadis à propos de mon fils. Tout ce dont je me souvenais exprimait de la considération. Il l'appréciait, il me l'avait lui-même dit. Le pensait-il sincèrement ? Bien sûr ! Ou peut-être me considérait-il moi-même comme une anomalie parce que ma semence avait conçu... Ainsi m'épuisai-je les méninges jusqu'à ce que l'obscurité s'effiloche lentement.

Consumé par mes doutes, je me levai.

Margreet s'affairait déjà dans la cuisine.

« Au fait, je suis retournée cette nuit jeter un coup d'œil en haut, dit-elle. Pour voir si je n'avais pas rêvé. »

Je bâillai.

Elle me tendit un bol avec du poisson.

« Voilà leur repas. »

Comme un idiot, je frappai doucement à la porte avant de tourner la clé. Elles dormaient encore. Elles étaient enchevêtrées sous leurs fourrures dans un coin de la pièce, à côté de la cheminée. Je vis une main chasser quelque chose avec hésitation, peut-être un moustique. Au-dessus de la cheminée, à ma grande surprise, je vis une statuette de la Vierge, alors que je n'en mettais jamais dans mes chambres, à moins qu'un hôte ne le demande expressément. C'était prendre un risque inutile, en effet : que l'hôte fiche la statuette à la porte ou qu'il me serve un esclandre au petit-déjeuner. Tous les clients n'étaient pas des papistes, loin de là. Margreet avait donc placé là elle-même la statuette cette nuit. Voulait-elle protéger la pièce contre ce qui y dormait dans un coin dans la pénombre ? Cela signifiait aussi qu'elle voulait que je sache que c'était elle qui avait mis la statuette là. Ou n'était-ce pas pour protéger la maison contre elles, mais pour les protéger, elles ? Je n'oserais jamais lui poser la question, de peur qu'elle se moque de moi ou me traite comme un vulgaire déchet dans la rue. Je déposai le bol de poisson aux pieds de la mère, qui se leva en hésitant, tandis que l'enfant continuait de dormir. Je n'entendais rien, ni grognement ni soupir. À la lueur de la lampe, alors que j'avais mon trousseau de clés à ma ceinture et que j'étais bien chez moi, me rassurai-je, la bête et sa fille semblaient malgré tout se trouver ailleurs, dans une chambre qui s'était transformée en grotte. Mes doutes me tourmentaient. Elles avaient failli être offertes à Marguerite de Parme, l'une des personnes les plus puissantes de la contrée, et voilà qu'elles étaient couchées là, comme un truc – tout sauf un cadeau – qui m'avait été imposé, dont je ne voulais pas, mais que j'avais accepté à cause de cette complaisance que je n'honorais que trop.

La mère continuait de me regarder. Je ne lisais pas la moindre peur dans son regard, alors que c'est un sentiment qui prend souvent le dessus chez l'animal. Cette idée fit délirer mon imagination. Je vis soudain une louve acculée qui découvrait ses crocs, l'ivoire effroyablement acéré, planté dans des gencives roses et humides. Je frissonnai. Elle ne me regardait pas non plus comme si elle attendait quelque chose de moi, comme les mendiantes à la porte de l'église Saint-André, qui marmottaient leurs litanies d'une voix basse fusant dans les aigus dès que vous portiez la main à votre bourse. Elle n'avait même pas remarqué le bol de poisson dans ma main. Ce n'était pas non plus du dégoût qui se nichait dans ses yeux, et je me demandai si elle était d'ailleurs capable d'en ressentir. Que se passait-il dans la tête de ces sauvages ? Pour eux, y avait-il plus dans la vie que respirer, manger, chier et s'accoupler jusqu'à ce que mort s'ensuive ? Ortelius m'avait dit qu'un des marins s'était suffisamment rétabli pour raconter ce qui s'était passé, tandis que tous ses camarades restaient obstinément silencieux. Apparemment, cette femme animal et son enfant avaient un homme animal avec elles, que les marins avaient d'abord essayé de tuer d'une flèche. Visiblement, ça ne l'avait pas effarouché pour un sou. Il avait pris douze vies à mains nues. Alors, ils l'avaient attaqué à l'estramaçon. L'animal avait tâté sa blessure et léché le sang sur ses mains. Mais ça n'avait fait que l'enhardir. À la fin, ils avaient réussi à le toucher à la gorge, et il s'était étouffé dans son sang. La femelle aurait complètement perdu la tête quand on avait tenté de lui arracher son petit. Il avait fallu déployer beaucoup d'efforts pour la calmer. Et finalement, on avait dû lui rendre l'enfant. Mais pouvait-on se fier à cette histoire ? Les yeux des marins étaient injectés de sang, avait rapporté Ortelius, et oui, un seul avait été capable de s'exprimer par des mots. Aucun n'avait pu garder de nourriture pendant les premiers jours sur la terre ferme. Avaient-ils réussi à la dompter, ou était-ce elle qui avait déclenché chez eux cette folie apeurée ? Comment se faisait-il qu'elle dégageait un tel calme, après avoir été privée de tant de choses ? Était-elle à mi-chemin entre la bête et l'être humain ? Ou était-ce un démon ? En fait, nous en savions beaucoup trop peu sur ce qui s'était passé, m'avait dit Ortelius, mais il ne croyait pas que ce soit de la graine de démon.

« Des démons, allons bon, c'est toujours ce que disent les gens quand ils ne comprennent pas et que ça les affole.

Le seul véritable mal, c'est l'incompréhension, n'est-ce pas, Beer ? »

On entendit le vent du nord gémir sous la toiture. Elle leva les yeux, je fis de même. Puis nos regards se recroisèrent. Aucun sourire, pas une ondulation dans son âme, pour autant qu'elle en ait une. L'enfant se retourna dans son sommeil, étira les bras. Si ç'avait été un être humain, je n'aurais pas dit d'elle que c'était un tout-petit. Ces hommes animaux vieillissaient-ils comme nous ? Atteignaient-ils la même taille ? La mère serra l'une des mains de sa fille dans son poing sans détourner son regard de moi.

« Manger », murmurai-je en désignant le bol, puis en portant mes doigts serrés à ma bouche et en ouvrant des yeux comme si on me présentait un plat de sanglier.

Elle regarda mes doigts, puis chercha à nouveau mon regard.

« Du poisson ! dis-je, et ma main se transforma un instant en anguille. Regarde, du poisson ! Ta pitance préférée, pas vrai ? »

Au début, aucun de mes clients ne savait ce qu'il y avait dans ma chambre du haut.

Mais ce n'était pas si simple de garder le secret.

Et parfois, c'était à cause de la femme animal elle-même.

Frederik Verswijfelt, négociant en tissus de Bruges, était l'un de mes clients réguliers. Dans son dos, Margreet l'appelait « le sacristain » à cause de son crâne chauve, de ses yeux renfoncés et de son nez touchant presque sa bouche, qui lui rappelaient quelqu'un de sa jeunesse.

« Enfin ce qui me rend vraiment folle, aimait-elle ajouter, c'est sa voix onctueuse et cette manie qu'il a de regarder fébrilement autour de lui dès qu'il ouvre la bouche, de peur d'avoir offensé quelqu'un. Mais oui, je sais : c'est un brave homme, comme on dit. »

Quelle ne fut pas sa surprise (et la mienne) lorsque, ce matin-là, le sieur Verswijfelt exprima une plainte; il avait passé une nuit blanche, ce qui tombait mal étant donné qu'il devait poursuivre aujourd'hui son fatigant voyage vers Aix-la-Chapelle.

« C'était la pleine lune, beaucoup de gens dorment mal dans ces cas-là, tenta Margreet d'un ton amical, bien qu'un peu surprise par l'agacement inédit et non dissimulé du sacristain-négociant en tissus. Je vais vous donner un bon bol de bouillie avec une bonne rasade de miel par-dessus.

– Du miel ? rétorqua le sieur Verswijfelt en levant des yeux tristes. Je n'en veux pas...

– Eh bien, je mettrai un peu de sel alors », maugréa Margreet.

Sa patience envers l'homme était déjà à bout, je l'entendais à sa voix.

Le sacristain se tourna alors vers moi :

« Il y a quelqu'un en haut qui chante la nuit. »

Cette information me mit mal à l'aise.

« Par saint Venance d'Ancône ! m'écriai-je. Si c'était le cas, cher monsieur, je l'aurais entendu aussi, non ? »

Le saint en question était celui qu'on invoquait en cas de maux d'oreilles. J'espérais que le pape et les papistes guidaient la vie de Verswijfelt, et que l'expression de ma piété et ma connaissance des saints pourraient atténuer ses lamentations.

« Ce n'était pas très fort, je l'admets. Mais j'en ai eu des frissons dans mon lit. Parfois, on voit des chiens dresser l'oreille à cause d'un son inaudible pour nous. C'est peut-être quelque chose comme ça qui m'a fait me redresser en sursaut. En tout cas, d'un coup, j'étais bien réveillé.

– C'était peut-être un cauchemar... »

L'homme ignora ma suggestion, le regard perdu dans le vague.

« Le chant durait, durait. Je me suis levé et je suis sorti dans le couloir pour écouter, en dépit du bon sens, il faut le dire, car c'était comme une main froide qui me serrait le cœur. J'entendais encore le bruit des derniers clients en bas, mais ça, j'y suis habitué, ce n'est pas ça qui m'empêche de dormir normalement.

– Ah, il était donc encore assez tôt, je vois... »

Jeroom, qui depuis des semaines occupait chez moi une chambre que j'osais à peine lui faire payer au nom de notre amitié, quitta son banc et s'approcha à tâtons de l'endroit où j'étais assis avec le sieur Verswijfelt.

« Et ensuite ? demanda-t-il de sa voix grêle.

– Qu'est-ce que tu cherches, l'ami ? dis-je. Reste donc près de ta cheminée. »

L'aveugle avait le chic pour mettre de l'huile sur le feu et attiser les petites contrariétés des gens jusqu'à ce qu'ils soient persuadés d'avoir vécu la plus grande injustice ou la plus cruelle déception sur terre.

« Ensuite, le chant a recommencé, reprit mon autrefois timide client, qui pouvait maintenant compter sur au moins une oreille intéressée. J'appelle ça "chant", à défaut d'un autre mot qui puisse décrire ce que j'ai entendu. On aurait dit que c'était destiné à charmer un diable ou un ange. Je n'avais pas l'impression que c'étaient des paroles, mais des sons, tantôt aigus, tantôt très graves, comme la voix d'une femme qui se transformait en homme et vice-versa, ou celle d'un homme qui se changeait en bête et vice-versa. On aurait dit une mer d'encre qui monte et qui descend… »

Le sieur Verswijfelt leva les yeux, un peu déconcerté d'en être arrivé à de telles comparaisons.

Jeroom se mit à grelotter.

« Qu'est-ce qui te prend, imbécile ?

– Je ne sais pas… C'est un vieux souvenir qui me hante. Monsieur décrit quelque chose que j'ai moi-même entendu… dans le Nord, avant de perdre la v…

– Allons, messieurs, un peu de sérieux. »

Margreet posa sur la table une assiette de bouillie fumante et scintillante de traits de miel doré.

« Je n'avais pas demandé du sel ? » demanda le sieur Verswijfelt d'une voix plaintive.

Sans un mot, Margreet remporta l'assiette à la cuisine.

« Je crois que ça venait de la chambre tout en haut, dit enfin le bonhomme accablé. Je suis bien content de partir aujourd'hui… »

Comment faire entendre à cette bête chantante qu'elle devait arrêter ? Elle ne comprenait pas notre langue, et la bâillonner était excessif. Ce soir-là, je gagnai tôt ma chambre et abandonnai les buveurs à Alwin et à mon fils. Boubert de Pergamont était de nouveau en train de s'emporter. Il jouait aux cartes avec deux copains, des fainéants aux poches pleines, comme lui mais un peu plus jeunes, qui le traitaient en héros et le laissaient payer les tournées.

Dans le couloir, on entendait des ronflements en provenance de quelques chambres. Dans une autre, côté sud, un homme était avec une femme qu'il avait dégotée en bas. Elle gloussait et glapissait.

« Oh, Willeke, Willeke, fais de moi ce que tu veux ! »

Puis un peu plus tard :

« Un peu de vigueur, voyons ! Plus fort, je te dis ! Du nerf, chien galeux ! »

À peine une minute après, j'entendis la porte de leur chambre s'ouvrir. Visiblement une dame payée pour ses services. Elle descendit l'escalier, discrète comme une souris d'église.

Tout à coup, un rayon de lune entra par ma fenêtre, éclairant tout d'un halo bleu profond et argent.

Peu après, je l'entendis.

La femme animal chantait.

Heureusement que ce marchand de Bruges était plus ou moins parvenu à mettre en mots ce qu'il avait entendu, sinon j'aurais moi aussi été en train de trembler d'une sainte trouille. Pour moi, ça ressemblait à une voix de femme sortie du ventre d'une puissante et gigantesque bête. Des mots semblaient tout de même se cacher derrière les sons qu'elle émettait, mais ça me paraissait inconcevable que le tout forme une langue. Elle ne chantait pas très fort, en effet, mais son chant avait l'air possédé, comme si le Cornu jouait d'elle comme d'un instrument.

Je sortis dans le couloir et regardai autour de moi. Personne ne s'était réveillé. On entendait toujours les ronflements et le brouhaha en bas. Je grimpai la dernière volée de marches. Devant sa porte, je cherchai la bonne clé sur mon trousseau. Pas besoin de bougie ni de lampe, le clair de lune suffisait. Je collai un instant mon oreille contre la porte. Son chant me remua les entrailles.

J'introduisis doucement la clé dans la serrure et ouvris la porte.

Elles étaient toutes les deux là, dans le clair de lune, assises en tailleur l'une en face de l'autre.

La mère chantait en regardant sa fille, qui écoutait sa mère comme si elle lui racontait une histoire captivante dont elle ne voulait pas perdre un mot.

Elles ne tournèrent même pas la tête vers moi.

La mère continua de chanter.

Son enfant continua d'écouter.

Je me plaçai entre elles et posai l'index sur ma bouche.

« Chuuuut… Chut… arrête de chanter, s'il te plaît. »

Ce n'est qu'alors que la mère leva les yeux vers moi.

Sa bouche forma un grand O, et elle chanta ensuite pour moi.

Interloqué, je levai la main pour la gifler.

Il fallait qu'elle arrête.

C'était insupportable, et elle n'obéissait pas.

Enfin, elle se tut. J'abaissai ma main.

Elle ne pleura pas, l'enfant non plus.

Elles attendirent tranquillement que je quitte la pièce.

C'est à cette époque que la ville commença vraiment à changer. À Amsterdam, je ne ressens plus ces choses-là. Ce qui se passe ici m'importe moins. Marie et mon auberge sont tout ce qui compte. Mais à Anvers, je ne pouvais pas me tenir à l'écart. Là-bas, je faisais partie du tout, et le tout devenait amer.

On riait moins. De plus en plus de clients voulaient parler de politique, du conseil communal et de l'Espagne, au lieu de causer de bonnes femmes et de frivolités. Avant, les chanoines dépravés de l'abbaye Saint-Michel étaient une source d'amusement, avec leur alcool et les prostituées qu'on entendait souvent crier jusque dehors. Désormais, leur comportement ne suscitait plus que de la colère. C'étaient les rires, les blagues et les plaisanteries qui avaient rendu beaucoup de choses acceptables jusque-là. Comme du miel couvrant l'amertume, un baume sur la plaie, comme la sieste volée du brave homme dans l'herbe, les mains croisées sur le ventre ; dans tout ça, il y avait donc un peu de lâcheté aussi. Mais lâche ou pas, une ville dont le rire s'étiole perd un peu de son tempérament.

Même Hugo ne ricanait plus. Une fois, il entra même dans une telle colère qu'il abandonna son gobelet et sortit. Je l'avais toujours considéré comme un mélancolique, mais ce jour-là, un certain alignement des planètes avait dû le changer en colérique. Les gens se montaient la tête. On racontait que c'étaient les huguenots français et les Wallons qui voulaient foutre la ville en l'air par leurs appels à la résistance contre les papistes, contre le conseil communal, contre tout ce qui les empêchait d'être libres. Mais il y avait beaucoup plus. Dans mon auberge, j'écoutais ces huguenots depuis des années. Longtemps, leurs paroles étaient tombées comme la pluie sur une terre aride, emportées avant d'avoir rien pu fertiliser. Mais de plus en plus, je voyais des gens hocher la tête avec conviction quand l'un d'eux prenait la parole et sans crier gare s'attaquait à Rome et aux injustices des papistes. Bon, il y avait toujours quelqu'un pour les rappeler à l'ordre et leur dire qu'ils devaient être reconnaissants. Dans cette ville, continuait-on de se répéter, on pouvait au moins penser et dire ce qu'on voulait. Bien sûr, ce n'était pas tout à fait vrai, mais suffisant pour rabattre un peu le caquet à qui avait fui à temps un Paris à feu et à sang.

« Ils sont devenus fous, là-bas, *mon ami**. Chez nous, ça n'arriverait pas. Ici, on vit les uns à côté des autres et on a le droit de penser ce qu'on veut, en secret, d'accord, mais librement.

– Tu appelles ça la liberté ? » s'écria un soir Boubert de Pergamont, encore plus ou moins sobre.

Tout le monde savait qu'il connaissait personnellement bon nombre de ces huguenots et qu'il aimait les écouter raconter le massacre des protestants perpétré par les catholiques dans leur pays.

« Non, ce n'est pas ça, la liberté, poursuivit-il. Les églises débordent de sacrilèges et on devrait supporter ça ? On devrait courber l'échine sous le joug des idoles ? C'est ça que tu appelles la liberté ? *C'est ça, la liberté* ?*

– Écoutez-moi ce riche poseur, tu es bien religieux tout à coup ! » cria-t-on quelques tables plus loin.

Les copains de Boubert étaient déjà debout. L'un d'eux porta la main à son poignard.

« Qui a dit ça ?

– Sur la montagne Hekla, tout au Nord, on entend grincer des dents ! Là-bas, il y a deux fleuves : l'un noir et brûlant, l'autre glacé. On dit que l'entrée de l'Enfer se trouve là, ou plutôt le Purgatoire, avec, derrière, le Royaume de Satan. J'y suis allé, comme vous le savez tous, c'est là que j'ai perdu la vue. Nul ne devrait s'y rendre, combien de fois ne l'ai-je pas répété. Et maintenant... »

Personne ne savait capter son public comme l'aveugle Jeroom. Toutes les conversations se turent. Peu importe qu'il ait déjà parlé du Nord, les gens voulaient réentendre son histoire, encore et encore. Quant à moi, j'étais soulagé qu'une bagarre imminente au couteau soit ainsi évitée, car même les deux paillasses qui flanquaient Boubert s'étaient rassis et écoutaient bouche bée.

« Ces bateaux sous le commandement du sieur Hooftman n'auraient jamais dû faire cap là-haut. L'un d'entre vous a-t-il pu parler à ces pauvres marins qui sont revenus fous ? Maintenant, on se moque même d'eux dans leur dos, tellement on s'habitue aux malédictions qui frappent les autres. En vérité, je vous le dis : c'est notre malédiction à tous. Vous comprenez ? Entendez la vérité ! Je ne suis pas un enfonceur dans un boccard !

– Quoi donc ? Un quoi ?

– Il dit qu'il n'est pas un fraudeur.

– Dans un boquoi ?

– Il dit qu'il n'est pas un fraudeur dans un bordel ! »

Tout le monde ricana.

Jeroom secoua la tête.

« Pardonnez-moi ma langue de vaurien ! Je tâcherai d'employer des mots que vous comprenez tous. Car l'affaire est capitale ! En effet, la folie nous menace tous. Le monde entier va sombrer. La victoire ne sera ni à Dieu, ni au Diable dont nous n'avons que trop tiré la queue en pénétrant dans son antre ; la victoire sera à la folie, je vous le dis. Lorsque j'étais là-haut, dans le froid, avec mes camarades remplis à la fois d'audace et de peur, nous ne voyions rien dans tout ce blanc. C'était comme si Notre Seigneur n'avait pas voulu gaspiller ses couleurs, pour faire comprendre à l'homme qu'il n'avait rien à chercher là, sinon la cécité qui m'accompagne depuis lors. Le désir de richesse nous détruit, il nous pousse à des actes dont nous ignorons les conséquences, mes amis. Mais à présent, il est trop tard, trop tard, je vous le dis ! Tout va être dévasté ! Je sais où... »

Un léger brouhaha commençait à monter. Ce n'étaient pas des rires, mais des jurons.

« Prophète de mes couilles ! cria quelqu'un.

– Tu t'es ébloui tout seul, illuminé ! ajouta un autre.

– Là-haut, j'ai entendu un chant, qui ne semblait provenir ni d'un humain ni d'une bête. Ce chant nous rendait tous fous. Là-bas, les sauvages chantent jusqu'à ce que la glace craque et leur permette de naviguer là où personne d'autre ne le peut. Ce chant est la dernière chose que j'ai entendue avant de perdre la vue. Et voilà qu'il est ici ! Notre folie nous mènera à la cécité.

– Où ça ?

– Je n'entends rien du tout !

– Dans cette auberge, dans cette ville ! Le chant est ici !

– Aveugle et fou, c'est-y pas malheureux ! »

La salle rit.

« J'ai parlé... »

Jeroom se rassit.

Je m'éclaircis nerveusement la gorge :

« Des applaudissements pour notre grand conteur ! »

Çà et là, les gens frappèrent dans leurs mains. Je me joignis à eux en riant. Ça ne venait pas du cœur.

Boubert se resservit un peu de vin en regardant Jeroom.

L'un de ses camarades se leva et ramena l'aveugle à leur table.

Jean Grouwels, l'assureur maritime qui se prétendait auparavant garde forestier, s'approcha de moi.

« Eh bien, c'est toujours aussi animé chez vous, monsieur Beer ! Je me dois de vous le dire. On ne voit ça nulle part ailleurs. À Bruxelles, on ne connaît pas ces échanges d'idées si spontanés...

– J'ai du mal à vous croire. »

Grouwels haussa les épaules.

« L'herbe est toujours plus verte ailleurs, n'est-ce pas ? »

À ce moment-là, Boubert et ses amis avaient déjà disparu, mais je ne l'avais pas remarqué. J'étais coincé dans une conversation avec ce Jean Grouwels qui me donnait des brûlures d'estomac. J'essayais constamment de me défiler en disant que je devais aller aider Alwin et Ward parce que la salle était encore bondée et que les gens buvaient beaucoup comme d'habitude, mais l'homme n'en tenait bien sûr aucun compte. Il ne le faisait jamais.

« J'ai une question pour vous, monsieur Beer. Vous savez que je travaille pour un assureur maritime qui a souvent collaboré avec le sieur Hooftman, que vous connaissez bien évidemment. Son nom vient encore d'être prononcé par cet aveugle. On m'a dit que c'était dans cette auberge qu'était né le projet de cette mission dans le Nord qui s'est hélas mal terminée.

– Je crois comprendre. Votre assureur doit cracher une sacrée somme, je suppose. »

Le petit homme maigre hocha la tête. Des mains et des bras, il mima une balance oscillant de droite à gauche.

« Bien sûr... Il s'agit d'évaluer correctement les circonstances, pour autant que ce soit possible, et de bien peser chaque chose. Ce n'est pas une mince affaire. Votre Hooftman exige une indemnisation totale, et c'est un homme puissant...

– Le plus puissant...

– Il est en outre membre de votre Famille... »

Deux gars se levèrent et se volèrent dans les plumes. Il y eut des sifflets. Mais c'était une bagarre pour rire. Tout de suite, ils s'embrassèrent et commandèrent autre chose à boire.

« Vous ne me faites pas confiance, monsieur Beer. Je vais donc être très transparent là-dessus. Bien sûr, je suis ici mandaté par l'assureur. Pardonnez-moi quand je dis qu'il ne s'agit pas seulement d'affaires. Vous savez que j'aspire à une liberté intellectuelle que je pourrais partager avec des âmes sœurs. Je dis cela à l'homme qui, l'année dernière, a eu l'insigne honneur d'accueillir dans son auberge le grand esprit qu'est John Dee et qui ne me l'a pas présenté. Vous vous en souvenez ? Tout ce que je voulais, c'était mon horoscope et la date de ma mort. Ça vous dit encore quelque chose, n'est-ce pas ? »

Je repensai au rêve que Grouwels m'avait raconté, dans lequel il pataugeait dans un marécage de sang et se sentait abandonné par ses amis, et la honte me reprit. L'entêtement de ce petit bonhomme en face de moi forçait presque l'admiration. Quelle importance si je lui révélais une chose ou l'autre, maintenant que de l'eau avait coulé sous les ponts ?

« Dans mon auberge, Dee étudiait un livre et en écrivait un autre, dis-je en hésitant. C'était impossible pour moi à l'époque de lui soumettre votre requête.

– Sauf si j'avais été un membre de votre Famille, n'est-ce pas ? Dans ce cas, ç'aurait moins posé problème…

– Peut-être…

– Je suis presque ravi que vous l'admettiez enfin. Mais quel honneur ç'a dû être pour vous qu'un esprit aussi extraordinaire couche ses pensées sur le papier en ce lieu… C'est une grande preuve de confiance, car ses idées ne sont pas très conventionnelles. Certains les qualifieraient même de blasphématoires. Par ignorance, évidemment…

– Elles ne sont pas blasphématoires. Du moins, je ne crois pas.

– Parce que vous ne les comprenez pas ?

– Parce que personne ou presque ne les comprend, à mon avis. Il est question de percer le mystère de Dieu et de parler avec les anges. Qui donc est capable de suivre, en dehors de grands esprits tels que Dee lui-même ?

– Ne pas comprendre n'empêche pas d'accuser de blasphème, j'en ai peur. Au contraire, beaucoup de gens considèrent les choses comme blasphématoires justement parce qu'ils ne les comprennent pas.

– Soyez tranquille. Mais moi non plus, je n'y comprends rien. Dee avertit les gens sur la couverture de son livre : que ceux qui ne comprennent pas se taisent. Et lui-même doute de bien comprendre ses propres pensées sur le papier.

– Le livre est donc déjà imprimé ? »

Je me tus.

Tout à coup, je sentis en moi le désir d'être estimé par cet homme. Ou peut-être voulais-je me libérer d'une dette que je gardais envers lui.

« Il s'intitule *Monas Hieroglyphica*. C'est Willem Silvius qui l'a imprimé. Il est venu m'en apporter un exemplaire, accompagné d'une lettre de Dee qui m'était adressée.

– Encore un grand honneur, monsieur Beer… »

Je haussai les épaules.

« Le sieur Silvius est un homme aisé. On entend son nom partout. N'est-il pas d'ailleurs le *Typographus Regii*, l'imprimeur du roi ?

– Pour sûr, c'est un homme de relations.

– Et donc aussi un imprimeur de livres qui indéniablement – comme vous l'avez vous-même signalé – font douter les gens au plus profond d'eux-mêmes. Imprimeur reste une profession courageuse. Un livre comme celui-là se répand, et l'on ne sait jamais entre quelles mains il peut tomber. J'avoue que je serais curieux de connaître son contenu, même s'il y a de fortes chances pour que je ne le comprenne pas non plus. Mais j'aime les défis.

– Je me ferais un plaisir de vous prêter ce livre. »

Que ce soit le prix de la honte. Qu'ensuite j'en sois quitte.

Je vis Alwin descendre l'escalier en trombe.

« Patron ! Venez tout de suite ! »

Je me ruai à l'étage. Dans l'étroit couloir séparant les différentes chambres, quelques clients déconcertés étaient rassemblés, le visage jaune orangé, éclairé par les bougies qu'ils tenaient à la main, presque comme des fantômes. Une gamine hurlait à pleins poumons. Je franchis la dernière volée de marches raides menant à la chambre de bonne d'où provenaient les cris. Les copains de Boubert se tenaient de part et d'autre de la porte, souriant comme des veaux, les yeux voilés par la bière et le vin. La porte défoncée était sortie de ses gonds.

« Laisse-le finir, bafouilla l'un.

– C'est bientôt à nous », dit l'autre.

J'attrapai les deux petits cons par les cheveux et fracassai leurs têtes l'une contre l'autre.

« Déguerpissez ou je vous envoie au bas de l'escalier d'un coup de pied au derrière ! »

Les deux me regardèrent, ahuris. L'un avait la lèvre supérieure ouverte, l'autre saignait du nez. Titubant, ils regagnèrent le couloir sous les injures des dormeurs.

Je pénétrai dans la chambre. Ça puait la sueur d'homme et le péché. L'enfant criait encore. Dans l'obscurité, ses yeux s'illuminèrent. Dans un coin, la femme animal gisait, le visage détourné, les jambes recroquevillées contre son ventre.

« Je ne l'ai pas encore entendue chanter », susurra Boubert de Pergamont derrière moi.

Je me retournai. Il essayait en vain de rattacher la braguette de ses chausses. Je le poussai de toutes mes forces contre le mur.

« Tu ne mettras plus un pied dans mon établissement, salaud ! »

Mon genou partit droit dans ses aumônières. Il se plia en deux et cria « aïe aïe aïe » comme un gosse. Puis il rampa au sol avec des haut-le-cœur.

La femme animal cachait encore son visage. Quelque chose de noir avait poissé un drap. Je passai mon doigt. Du sang.

« Je croyais… que c'était une bonne femme… une pute », couina Boubert.

Je lui flanquai encore un coup de pied. Ma botte lui attrapa le menton. Il se retourna, sanglotant.

C'est alors qu'elle sortit des couvertures et se mit à grogner, râler et cracher.

Sa fourrure était à moitié arrachée. Elle avait la poitrine éraflée.

« C'est une bête… oh, mon Dieu, mais c'est contre nature… cette double peau… C'est le diable qui danse ici ! » pleura Boubert de Pergamont, tout à coup pris d'un profond dégoût pour sa propre bassesse.

Grognant toujours, elle leva les deux poings, ses yeux rageurs fixés vers le ciel.

Margreet soignait ses blessures. La sage-femme était entrée dans la chambre avec un mélange de fenouil et de gentiane et une bassine d'eau chaude, tandis qu'on entendait encore des grognements. J'étais monté en douce pour écouter à la porte de la chambre. Je percevais la voix apaisante de Margreet, mais je ne comprenais pas ce qu'elle disait. De temps en temps, on entendait un sanglot ou un petit cri de douleur et le doux clapotement de l'eau. Margreet prenait son temps.

« *Salve regina…* se mit-elle soudain à chanter doucement. Salut, ô Reine, Mère de miséricorde, notre vie, notre consolation, notre espoir, salut ! »

Puis la porte s'ouvrit d'un coup, et je me retrouvai pris comme un imbécile. Margreet ne sursauta même pas, comme si elle s'attendait à ce que je sois là en train de les espionner. Elle referma la porte derrière elle avant même que je puisse jeter un coup d'œil à l'intérieur.

« Elle a de la fièvre, me dit-elle. Mais les graines de fenouil vont lui faire du bien.

– Est-ce qu'elle est…

– Fort meurtrie ? Non, ne t'inquiète pas. Elle s'est défendue contre ces lâches. Son corps est couvert de bleus et d'égratignures. Je l'ai lavée et soignée.

– Je t'ai entendue chanter…

– Tu peux continuer de te faire croire tout ce que tu veux, mais sous la fourrure, il y a une femme.

– Sous la fourrure ? »

Margreet me regarda en secouant la tête.

– Oui-da, sous ses habits de fourrure. Tu croyais peut-être que c'était son pelage ? Pauvre homme, va, tu es d'un ridicule… »

Cette porte enfoncée de la chambre de bonne devait être remboursée et je n'allais pas laisser ce Boubert se débarrasser de moi comme ça. Lui et sa femme doña Maria habitaient un rez-de-chaussée derrière l'hôtel de ville, où les échevins et les bourgmestres se flagornaient et se trompaient l'un l'autre, comme s'il n'y avait que ce moyen pour faire tourner le monde et enrichir la ville. Ortelius m'avait raconté que l'ensemble des statues et des ornements de la façade formait une lettre de pierre adressée à notre souverain espagnol d'où suintait la complaisance de nos dirigeants à son égard, les armoiries de Philippe étant placées en plein milieu. La Charité était représentée à droite de son blason, sous les traits d'une mère dont l'enfant lui tirait sur les jupes.

« Sommes-nous cet enfant qui supplie notre souverain de nous traiter avec la charité nécessaire ? m'avait demandé Ortelius en riant. Ou bien est-ce le contraire ? Le prince est-il l'enfant, et la ville, la mère inquiète, incapable de cacher son cœur ardent ? »

La venue du prince en personne avait déjà été annoncée maintes fois, mais l'homme n'avait pas pointé le bout de son nez et demeurerait en Espagne jusqu'à nouvel ordre. La lettre de pierre restait donc sans réponse. L'hôtel de ville était en usage depuis près d'un an, mais il y avait encore des boutiques inoccupées dans les galeries du bas. Depuis ce terrible hiver, on hésitait à se frotter de trop près au pouvoir de la ville, car on « savait » – mais que signifiait « savoir » dans ce cas ? – que « le peuple » n'avait pas pardonné certaines choses au conseil communal. Lorsqu'il avait eu besoin de lui, que les gens crevaient dans les rues, tous les agents de l'hôtel de ville avaient brillé par leur absence. Ce manque de poigne et de sens des responsabilités, cette trahison, planait comme un mauvais brouillard sur l'impressionnante bâtisse qui plastronnait dans son inconscience du ressentiment et de l'espoir de revanche. Non pas que je croie à une soudaine solidarité entre les commerçants et les pauvres face à un conseil communal qui avait manqué à tous ses devoirs et s'était par trop laissé corrompre dans le passé. Non, c'était plutôt qu'il n'était plus très couru de se vanter d'avoir de bonnes relations avec les autorités de la ville. Qu'à cela ne tienne, un propriétaire de magasin de tissus rayonnait dans l'embrasure de sa porte. À côté de lui, un marchand de fourrures ne pouvait s'empêcher de caresser ses pelisses, d'en ôter les peluches, et chérissait sa marchandise avec tellement d'amour qu'il donnait l'impression de ne s'en défaire qu'à contrecœur. À côté, je vis un vendeur de gravures et de tableaux. Les quatre autres magasins des galeries étaient toujours vides. Il y avait de fortes chances pour que les trois premiers locataires n'aient pas à payer de loyers trop élevés. Il était même très probable qu'on leur ait demandé de s'exhiber de la sorte. Qui sait ? La vacance partielle pouvait aussi être due à l'humidité, aux souris triomphantes ou à un sentiment de malaise qui faisait rentrer la tête dans les épaules à quiconque entrait dans une maison menaçant de s'effondrer avant même d'avoir été inaugurée.

La domestique me reçut, puis me dit d'un ton revêche de patienter dans la pièce de devant. Ce ne fut pas long. Elle me conduisit dans un couloir et frappa brièvement à la porte.

« *Oh, por favor, pasa* », répondit une voix impatiente.

La porte s'ouvrit sur doña Maria qui m'attendait.

« Monsieur Beer, asseyez-vous déjà, je vous prie. Je reviens dans un instant. »

La porte demeura entrouverte. J'entendis quelques mots chuchotés, le tintement de pièces de monnaie, puis le claquement de la porte d'entrée. La domestique avait été envoyée en mission.

Doña Maria revint et s'assit lentement en souriant.

« J'espère que vous ne vous donnez pas trop de peine... commençai-je d'un ton hésitant.

– Pardon ? répondit-elle aimablement. Oh, vous pensez que je l'ai envoyée acheter quelque vin délicat à vous offrir ? »

Son rire bruissait comme une fontaine.

« Il y a assez de vin ici, même si je dois cacher les meilleures bouteilles. Non non, je l'ai congédiée pour que nous ne soyons pas dérangés. Pour le service, vous devrez donc vous contenter de moi. Je vous sers un peu de vin ?

– Volontiers. »

Idiot que j'étais. La carafe de rouge était déjà sur la table. Elle remplit deux verres en cristal. Je bus et goûtai immédiatement la qualité. Bien sûr... Ils n'étaient pas richissimes, avais-je cru comprendre, mais ce n'étaient pas non plus des miséreux.

« Votre estimé mari n'est pas présent. »

Doña Maria haussa les sourcils.

« Ne vous retenez pas, monsieur Beer. *Ne vous retenez pas* !* C'est à cause de sa mauvaise conduite que vous êtes ici... Non, Boubi est avec ses amis à Bruxelles, où il chancelle d'un banquet à l'autre en habits gris de mendiant. Vous connaissez la dernière mode, n'est-ce pas ? Depuis que les nobles de l'entourage d'Orange ont été traités de "gueux" par la clique arrogante et stupide de la régente, eux-mêmes se proclament "gueux". Henri de Brederode, un type impulsif et hors de contrôle – raison pour laquelle mon mari aime tant le côtoyer – a déclaré que dorénavant, nous, les nobles, nous étions tous des gueux. Et oui, lui-même se fait désormais appeler le "Grand Gueux" et se promène, paraît-il, avec une besace de mendiant par-dessus des loques grises. Cela a mis en branle une véritable foire au déguisement. Des dames de la noblesse comme moi portent des boucles d'oreilles de gueuses et ont fait fabriquer de petites écuelles en argent, juste pour participer au mouvement. Ils sont tous gueux à présent, toute la bande ! Je méprise Bruxelles.

– Ici aussi, il y a des gueux, madame...

– Certes, mais là-bas c'est une mode et rien de plus. Peu de ces dames connaissent les véritables enjeux, je crois, c'est juste une vogue. Et moi, Espagnole, je suis censée y participer. Je trouve cela complètement absurde. Ils se moquent de notre roi Philippe, comme s'ils pouvaient l'atteindre avec cette mascarade, habillés en haillons comme de faux mendiants, tout en sirotant un petit vin dans une fête au jardin. J'ai goûté la plaisanterie, mais de là à en faire une nouvelle mode... C'est abject. Il y a suffisamment de vrais mendiants, ici comme à Bruxelles. Mon époux et ses amis s'estiment liés au peuple, c'est devenu un seul et même combat : contre l'Église, contre le pape, contre l'Espagne... Mais Boubi, un ami du peuple ? Laissez-moi rire ! Maintenant, il se voit comme le chef d'une révolte populaire imminente et il s'attend à ce que je me montre conciliante, ce que je fais d'ailleurs... »

Elle rit un moment, secoua la tête et but.

« Les hommes sont si décevants... »

Elle sursauta à ses propres mots.

« Pas tous les hommes ! *Absolument pas**. Mais le mariage est devenu, pour moi du moins, un exercice d'acceptation, ou même un piège. Pardonnez-moi ces familiarités, *cher monsieur Beer**... »

Je me concentrai sur le vin et regardai la tapisserie au mur, foisonnante de satyres et de nymphes, de bergers et de chasseurs, avec du lierre s'entortillant autour d'eux jusqu'aux quatre coins comme une corde pour les étrangler.

Elle toussota.

« J'ai cru comprendre que Bou… que mon époux avait causé des dommages matériels à votre établissement.

– Madame, en effet. Il a enfoncé une porte à l'étage.

– Que faisait-il là-haut ? »

Bon sang, j'aurais mieux fait d'être moins précis.

« Je n'en sais rien, dis-je rapidement, je n'étais pas là. On est venu me chercher alors qu'il avait déjà ouvert la porte d'un coup de pied. Il faut dire qu'il avait beaucoup bu. Ce n'est pas une excuse, juste une explication. »

Elle se leva.

« Pardonnez-moi… Il me reste un délicieux pâté en croûte que vous devez goûter absolument », dit-elle avant de disparaître dans la pièce voisine.

La porte demeura entrouverte.

Je l'entendis ouvrir un placard.

Puis ce fut le silence.

J'attendis.

Au bout d'un moment, je devins un peu nerveux.

Elle semblait m'avoir oublié.

Je toussotai pour lui rappeler ma présence.

Je crus entendre un soupir.

Je poussai la porte avec précaution.

Elle ne se retourna pas. Je vis son dos, son cou fin, les tresses dans ses cheveux noirs. Le plat avec le pâté en croûte était à côté d'elle. Les mots restèrent dans ma gorge.

Sans se retourner, elle dit :

« Je lis beaucoup, vous savez… Les livres donnent à voir la profondeur que l'on ne trouve guère ailleurs. Récemment, j'ai lu un livre d'un écrivain très pieux dont j'ai encore oublié le nom. Pardonnez-moi de ne pas être capable de le citer comme une personne instruite devrait pouvoir le faire. Il parlait du visage de Dieu et de la façon dont il était parvenu à se le figurer… et de l'Amour pur que Dieu ressent en nous regardant… »

Elle inclina la tête. Elle s'appuya sur la table, les bras écartés.

« Et comment Dieu... »

Elle se tourna vers moi.

« Comment Dieu... »

Elle chercha mon regard.

« Son visage... chuchota-t-elle. Et nous... nous qui... »

Elle leva la main. Ses doigts effleurèrent doucement ma joue, les poils de ma barbe. Sa paume était fraîche. Son pouce caressa mon menton.

« Ce n'est pas convenable », dis-je d'un ton hésitant.

Elle hocha la tête, retira sa main, baissa les yeux, puis m'embrassa soudain sur les lèvres.

Je la repoussai doucement. Mais c'était trop tard.

Nous nous embrassâmes encore. Sa langue était comme un désir humide de réconfort, d'autre chose, d'une vie sans attendre la permission de quelqu'un. Nous nous agrippâmes l'un à l'autre. Elle pressa son bas-ventre contre le mien. Le péché pouvait-il être une manifestation du désespoir ? Pourquoi poser cette question ? Je ne le savais que trop bien. À chaque baiser, chaque mot haleté, chaque battement de cœur qui explorait l'altitude, l'environnement perdait un peu plus sa valeur. Nos bonnes manières, quoi qu'elles aient pu signifier, furent les premières à tomber par terre. Elle tira sur la braguette de mes chausses. Les boutons s'arrachèrent. Elle cria, pleura.

On peut croire que les bonnes manières peuvent empêcher la catastrophe.

Mais c'est oublier à quel point le vide peut être vide quand personne ne vous touche.

Nous étions debout face à face, haletants. Je fis un pas en arrière, gardant mon équilibre de justesse. Elle souleva ses jupes. Sa main disparut entre ses cuisses. Ses doigts brillaient. Elle les porta à mon nez pendant que son autre main se glissait sous mes chausses et s'emparait de ma verge pour la serrer. Je criai quelque chose ; moitié mot, moitié cri, moitié grognement, moitié rien.

« *¡Sí!* » cria-t-elle, et elle frotta sauvagement sa main humide sur mon visage.

Je la soulevai et la poussai sur la table. Nous nous embrassâmes de nouveau, même si c'était plutôt nous happer que nous faisions, nous happer comme des bêtes baveuses. Je léchai ses larmes et goûtai le sel sur sa peau si blanche. Ses tresses se défirent. Le monde se rétrécit encore. Elle s'écarta de moi, se retourna, posa son torse sur la table et remonta ses jupes par-dessus ses hanches. Ses fesses blanches, les boucles humides de son vagin…

« *Vas-y* !* »

Mes chausses étaient à mes chevilles. J'introduisis mon sexe en elle.

Elle sanglota tandis que je lui imprimais mes coups de boutoir, ses deux mains serrant les bords de la table.

« *¡Mi alma… mi alma… Ven a mi alma!* » cria-t-elle.

Je doutais de pouvoir atteindre son âme, ce qu'elle demandait si ardemment, mais je rugis et éjaculai au fond de son corps.

Elle haletait en dessous de moi et sanglotait.

J'étais un dépravé.

« Combien ça a coûté, ce travail de ferronnerie ? demanda Margreet.

– Je t'ai dit que c'était remboursé par l'Espagnole…

– Avec un guichet, par-dessus le marché. Et des barreaux… »

Je soupirai.

« Tu es contre le guichet ?

– Je me demande pourquoi il y a un guichet. Tu as fait enlever une grande partie de cette porte.

– C'est bien fait, non ?

– C'est du travail de professionnel, les bords ont été renforcés avec de la fonte, et ces barreaux ont l'air solides…

– Qu'est-ce que tu essaies de dire ? Tu me rends fou.

– Que tu as transformé cette chambre en cellule de prison !

– En cellule de prison ? Tu as vu toi-même ce que ce salaud de Boubert a essayé de faire à la femme animal ? Je suis arrivé juste à temps ! C'est pour sa sécurité que j'ai fait renforcer cette porte !

– Pour sa sécurité… »

Je croisai les bras devant elle.

« Au nom de saint Amand de Maastricht, patron des brasseurs et des aubergistes : ça suffit !

– Dis, tu vois le diable en moi, ou quoi ?

– Encore une fois : ça suffit.

– Et ce guichet muni de barreaux, c'est aussi pour sa sécurité ?

– Mais non ! Ça, c'est pour les visites guidées.

– Pardon ?

– Des visites guidées en toute sécurité, Margreet. Depuis que ce connard de Boubert a essayé de tirer son coup, l'histoire a fait le tour de la ville. Tu penses vraiment que les gens vont se retenir ? Surtout s'ils sont ronds comme des queues de pelle ! Tout le monde va vouloir monter. Tout le monde va vouloir voir le monstre avec son petit. C'est couru d'avance, et on le sait bien, non ? Je fais ça pour la protéger, elle et son enfant. Les gens pourront la regarder, mais pas la toucher.

– Ça va être quelque chose à l'étage…

– Oui, là, je te donne raison. Ça pourrait devenir ennuyeux.

– Tu penses vraiment que tes autres hôtes vont apprécier ? Jusqu'où pousseras-tu la naïveté ?

– On ne leur donnera accès qu'à certaines heures », lui criai-je en retournant dans la salle.

Et une fois à la porte de la cuisine, j'ajoutai :

« Et nous demanderons une petite somme.

– Voyez-vous ça ! s'exclama Margreet à son tour. Après le dessin de Pierre le Drôle, v'là-t'y pas un nouveau spectacle dans cette auberge ! »

Je claquai la porte.

Regarder derrière soi n'illumine pas forcément. On continue parfois de ne pas comprendre ce qu'on a vécu, faute d'arriver à saisir totalement les conséquences d'un événement particulier. Ce qui n'empêche pas de se convaincre que certaines choses ont entraîné telles autres. Je reçois parfois à Amsterdam la visite de gens que j'ai connus dans ma vie précédente à Anvers. Nul n'échappe au passé. Il arrive que quelqu'un m'apporte des nouvelles de cette ville, et je constate chaque fois que cette personne me révèle la fin de partie d'une ville que je ne peux plus appeler mienne. Aussi terribles que soient ces histoires, elles éclairent ma compréhension de ce que j'ai vécu là-bas. Elles me rapportent l'amère récolte des semailles de la discorde dont j'ai été le témoin.

À la fin de l'année passée, en novembre 1576, Samson Wolboort frappa à ma porte. L'orfèvre avait une mine épouvantable. Je ne l'avais plus vu depuis plus de deux lustres, lorsqu'il avait fabriqué pour moi l'amulette que j'avais offerte à mon fils. Transi, il buvait à petites gorgées un bol de soupe que Marie lui avait préparé. Il avait fui Anvers et venait de débarquer à Amsterdam. La première demi-heure, nous parlâmes à peine. Il me faisait penser à moi à mon arrivée : hirsute et barbu, le pourpoint déchiré et les chausses en loques. Tout en le regardant manger, je décidai que je devais l'aider et peut-être lui offrir une petite chambre en échange d'un coup de main. Je pourrais aussi lui dire, pensais-je en même temps, qu'il devait se ressaisir, comme moi je l'avais fait, qu'il y avait de l'ouvrage pour un orfèvre, surtout un aussi bon que lui. Mais à ce moment-là, où je me faisais fort de l'encourager par mes promesses de jours meilleurs, je n'avais pas encore entendu son histoire.

Quelques mois avant que Samson se pointe chez moi, Philippe le Guère Prudent avait été déclaré en faillite. Les banquiers avaient cessé de le soutenir. Au cours de l'été 1576, ils avaient décidé de fermer les vannes et de s'en laver les mains, sans plus se soucier de la couronne sur la tête de l'Espagnol. Les caisses de l'État ? Vides, archivides. Aucune trace de la solde des soldats espagnols. Ce salopard d'Albe avait fait construire une citadelle au sud d'Anvers, soi-disant pour protéger mon ancienne ville contre des « troupes ennemies », mais avec les canons pointés vers elle. Le duc avait ensuite fait réaliser un bronze de lui-même qu'il avait placé au cœur de la citadelle, tel un glorieux apôtre de l'autorité et du savoir-vivre. Après avoir semé assez de misère sanglante et de violence, avec son savoir-vivre et son autorité, il s'en était retourné en Espagne. Les soldats espagnols, eux, étaient demeurés, et c'est ici qu'ils avaient été informés que les caisses de l'État étaient vides et que leur solde resterait en souffrance. Mettre en colère des mercenaires affamés plutôt que les rémunérer pour leurs services, c'était demander du sang. Vous ne croyez quand même pas que cette bande armée allait se taper l'Espagne pour obtenir son dû... Pourquoi l'auraient-ils fait ? Ils avaient une poule aux œufs d'or à Anvers, à deux pas de la caserne où ils étaient cantonnés.

Samson Wolboort regardait fixement devant lui.

« Content de retrouver un visage familier à Amsterdam...

– Allons, dis-je. Les Anversois sont blottis les uns contre les autres, ici. Ils habitent tous à deux pas, juste de l'autre côté, dans le coin qu'on appelle Op het Water. Tu verras, on marche dessus. »

Nous nous tûmes.
Je lui versai encore un peu de soupe.
Il la regarda, sa cuillère à la main.
« Sois content de ne pas avoir eu à vivre ça, Beer. Tu ne peux pas imaginer ce qui arrive quand autant de soldats espagnols perdent complètement la tête. Tu crois que tu en as déjà vu dans ta vie, mais ça...
– On m'a raconté une chose ou l'autre, dis-je, hésitant.
– Tu dois savoir que c'est parti d'un excès d'orgueil, et que cet excès d'orgueil venait de chez nous. Le gouverneur d'Orange et le conseil communal avaient recruté le double de soldats par rapport aux troupes espagnoles présentes dans la citadelle. Ils voulaient que les Espagnols s'en aillent, nous le savions tous. Ce que personne ne savait, en revanche, c'était si on avait bien de quoi payer ces mercenaires venus d'Allemagne et de Wallonie. C'était le règne de l'absence de discipline. Les troupes espagnoles ont attaqué en premier. Personne ne s'est défendu... Non, ce n'est pas tout à fait vrai. Nous savions que c'était sérieux. Mais une fois que ces Espagnols ont compris qu'ils n'avaient rien à craindre de la prétendue armée de mercenaires rassemblée par la ville, ils en ont eu après notre argent à tous. C'est devenu chacun pour soi. Comme beaucoup d'autres, je me suis enrôlé dans la garde civile, avec le pistolet que j'avais un jour pointé en tremblant sur un client qui refusait de me payer. Ah, je suis un orfèvre, pas un soldat ni un vaurien, mais tu sais comme les choses peuvent être rudes dans notre ville.
– Ce n'est plus ma ville... »
Dérouté, il posa sa cuillère.
« Non, bien sûr que non. Pardonne-moi. J'ai entendu que tu avais quitté Anvers dans des circonstances difficiles...
– J'ai été recraché.
– Ce n'était pas à cause de ton auberge ? Elle n'a pas été occupée à un moment donné par ce salopard, comment s'appelait-il déjà... ? »

Curieux de voir la façon dont quelqu'un qui avait vécu un calvaire cherchait si avidement du réconfort dans le malheur d'autrui, me dis-je. Je trouvais ça même un peu grossier. Mais je regrettai aussitôt ma sentence hâtive. L'homme assis en face de moi n'était plus que l'ombre de lui-même, au point que je ne parvenais pas à raccrocher son image au souvenir que j'avais de l'ami gai, généreux et cultivé qui avait accepté du vin en échange du bijou que je lui avais commandé.

« Tu en étais resté au fait que tu t'étais enrôlé dans la résistance. Tu veux un peu de vin ? »

Il acquiesça.

Je lui versai un gobelet.

Il porta le verre à ses lèvres, prit une petite gorgée, puis le repoussa.

Des larmes jaillirent de ses yeux sombres.

« Nom de Dieu, oh nom de Dieu… »

Il essuya la morve à son nez.

« Excuse-moi… »

Je posai une main sur son épaule.

« Cher ami, essaie de reprendre tes esprits.

– Les ordres n'arrivaient pas. Ma femme ne voulait pas me laisser partir. Mais j'entendais des coups de feu venant de la Grand-Place et, nom de Dieu… je l'ai laissée là. Je voulais défendre notre ville, tu comprends ? J'étais persuadé qu'on pouvait les arrêter, parce qu'on était plus nombreux. Mais une fois arrivé à l'hôtel de ville, j'ai vu les mercenaires allemands accourir vers nous pris de panique, les Espagnols à leurs trousses. On a fait ce qu'on a pu, nous autres comme les Allemands et les Wallons, dont beaucoup, soit dit entre nous, avaient vidé sans payer toutes les auberges entre le Zand et la Grand-Place. Quoi qu'il en soit, comme je l'ai dit, on a fait ce qu'on a pu, avec ces soûlauds terrifiés, dont certains se sont jetés à genoux et ont déposé leurs armes en criant : « Chers Espagnols, chers Espagnols… épargnez nos vies ! » Après quoi, ils ont tous été massacrés sous nos yeux, un à un, sans pitié. C'est alors que j'ai compris... que c'était foutu : leur rage rendait ces Espagnols invincibles. Nous étions la vache à lait qu'ils devaient abattre. Et je parle littéralement. Ce fut une boucherie sans nom, un carnage comme cette ville n'en avait jamais connu. Je...

– Seigneur Dieu... »

L'orfèvre cracha par terre.

« Laisse-Le en dehors de ça, Beer, c'est le Diable qui tirait les fils... Nous avons continué de nous battre de toutes nos forces, parce que, bien sûr, les Espagnols voulaient conquérir la Grand-Place, c'était leur but, comme on plante un poignard dans le cœur d'un homme. Et puis, je revois la scène comme si c'était hier, des cavaliers espagnols ont surgi avec de la paille enflammée au bout de leurs lances et, avant qu'on ait eu le temps de dire ouf, le feu était partout. Le ciel est devenu noir et orange et soudain, nous étions encerclés. Ceux qui sortaient paniqués de l'hôtel de ville étaient achevés comme des chiens. Les riches étaient déshabillés, massacrés, puis jetés à poil sur un tas. Et ce n'était que le début, comme il est apparu ensuite...

– Ce n'était que le début ?

– Toutes les nuits, je revis ce cauchemar sans plus jamais vraiment trouver le sommeil. C'était comme le Jugement dernier, mais sans Dieu, tu comprends ? J'ai vu ce que ça signifiait d'être dans un endroit où il ne règne aucune pitié, où l'on assassine sans la plus petite hésitation et où la soif de sang, d'argent et la colère ont le champ complètement libre comme si... comme s'il devait en être ainsi, comme si c'était l'état le plus naturel de notre espèce malfaisante. Tu comprends ? C'était une offrande au Cornu lui-même. Pendant trois jours et trois nuits, ils ont sévi au cœur de notre ville. Tu ne peux pas imaginer ce que c'est d'être obligé de voir tout ça. Les femmes étaient violées par plusieurs types à la chaîne, en pleine rue ou sur la place, puis achevées d'un coup de poignard dans leurs parties intimes. Il y en avait qui croyaient que jouer les putes désespérées devant tout le monde pourrait leur sauver la peau. Mais celles qui faisaient semblant d'accueillir de bonne grâce entre leurs cuisses ces chiens sanguinaires étaient tuées avec la même désinvolture que celles qui gueulaient ou qui mordaient. Des centaines de maisons brûlaient. Tous les riches étaient des proies. S'ils ne donnaient pas leur argent, les yeux de leurs enfants étaient arrachés sans avertissement. Au milieu de toute cette folie, j'ai vu des richards apparemment calmes négocier leur vie contre les bijoux qu'ils portaient à leur cou. Quand ils croyaient avoir convaincu le soldat de les épargner, celui-ci leur tranchait la gorge et leur arrachait leur dernière bague au doigt. Il y en avait qui essayaient de se réfugier sur les toits. Mauvais calcul, car tout le mal que les soldats avaient à les déloger ne faisait qu'exacerber leur rage meurtrière. Les gens étaient déshabillés et attachés par les chevilles du troisième étage, la tête en bas, et même s'ils disaient où était caché leur argent, les Espagnols les laissaient ensuite s'écraser par terre. Tu peux imaginer la cacophonie de gémissements et de lamentations qui montait vers le ciel, les cris des bonnes femmes, les hurlements des gosses ? Nous étions moins que du bétail pour ces soldats. Ils pillaient tout ce qu'ils pouvaient trouver, pissaient sur les cadavres dans la rue, glissaient dans les mares de sang qu'ils avaient eux-mêmes provoquées. J'ai vu des enfants devenus complètement fous, encouragés par des soldats hilares, découper au taille-plume le cadavre de leur père qui gisait nu, la tête défoncée, comme s'ils étaient des chirurgiens-barbiers. Comment j'ai fait pour être encore en vie, c'est la question que je lis dans tes yeux. Je me suis barbouillé le corps de sang et d'excréments et je suis resté étendu sans bouger sur la Grand-Place. Le ciel est resté noir pendant des jours, et même la drache glacée qui est tombée du ciel à un moment donné n'a pu laver toute cette saloperie. Les corps nus gisaient partout, la bouche ouverte, les yeux écarquillés, comme en état de choc. La dernière chose que j'ai entendue, ce sont les cris d'une femme qu'ils prenaient à la queue leu leu et les beuglements de deux bandes qui se battaient pour des ducats. Puis le silence est tombé. Plus de pleurs, plus de cris, rien. Jamais une ville n'a été plus calme. Même les oiseaux noirs qui se posaient pour se repaître des corps ne faisaient aucun bruit. Après avoir passé là plusieurs nuits, j'ai rampé vers la place du marché aux bestiaux. Sur le seuil de ma maison, j'ai vu le corps sans vie de ma femme Annabella. Je t'ai déjà parlé de mon amour pour elle ? Je crois que oui... »

Oh non, Annabella et son visage d'albâtre. Il s'était donc marié avec cette déesse des bains publics ? Celle qui m'avait... servi il y a si longtemps, à qui j'avais rendu visite après l'ardent éloge qu'il m'en avait fait durant ce terrible hiver ? Ce n'était donc pas seulement du désir sexuel qui l'avait poussé à me parler d'elle ainsi entre deux pintes, mais de l'amour ? La honte m'envahit. Je secouai la tête.

« Annabella ? demandai-je lâchement. Non, je ne vois pas.

– Elle était couchée là, comme broyée et régurgitée par un dragon de feu. J'ai vu du sang sur la porte d'entrée de ma maison et je n'ai pas osé entrer. J'ai couru comme un fou jusqu'à la Nouvelle Ville, puis j'ai quitté Anvers par les quais, sans rien en poche. Je ne pouvais plus rester là, tout ce que j'avais connu et aimé avait été englouti par les bouches de l'enfer, tu comprends ? Ça sentait le soufre, la merde, le sang, et ma propre bonne femme, ma pauvre, ma belle Annabella, pour qui j'aurais donné mon âme, était étendue là par terre, ses longs cheveux blonds traînant dans la boue, outragée comme... bon Dieu... comme un morceau de viande, comme un tas d'os et de peau étendu là pour nourrir les chiens et les vers... J'ai erré pendant des jours sans savoir où j'allais, du moment que je m'éloignais de cette ville maudite. J'ai été aidé par des fermiers. Après cet enfer, tu ne comprends pas ce qui se passe quand un inconnu est gentil avec toi. Avant de t'en rendre compte, tu lui as fait sauter la cervelle parce que tu n'arrives plus à croire qu'il existe encore quelqu'un qui ne soit pas juste un démon souriant. »

Il se remit à pleurer. Je pleurai avec lui.

Puis il s'abandonna au vin, et je finis par le conduire jusqu'à son modeste lit. Dans l'escalier, il chanta encore une chanson d'amour sentimentale.

« Ô mon Annabella, entre toutes amoureuuuuuse ! Petite fleur de Vénus, princesse gracieuuuuuse ! Libérée de mes bras, tu brilles dans l'au-delà ! Tu es à moi, tu es à moi ! »

La chanson vous pénétrait jusqu'à la moelle. Après quoi, l'orfèvre manqua de glisser et de dévaler l'escalier sur son derrière. Je le retins de justesse, ou nous y restions tous les deux. Il gloussa comme un gamin quand je le réprimandai.

« Désolé, Beer ! Encore un peu et j'y passais ! Et toi aussi ! Tu imagines ? L'orfèvre sans or qui écrase l'aubergiste plein de bière ? C'est pas une belle fin, ça ? »

Je le sommai de se taire, et il me regarda de ses yeux ivres, les joues mouillées. Quelle drôle d'espèce nous faisions…

Dans le soleil couchant du mois d'août, je repense à son histoire. Dans ma chambre, j'enfonce un peu de chanvre dans ma petite pipe en pierre. Sur la cheminée se trouve la statuette de la Vierge, l'un des rares objets que j'ai fourrés dans mon sac avec quelques vêtements quand j'ai quitté Anvers. La bougie brûle. La fin de partie a été amère pour la ville et peut-être n'est-ce même pas encore terminé. Les réfugiés comme Samson, qui est arrivé l'année dernière, continuent d'affluer. Il est redevenu orfèvre à Amsterdam, comme je l'avais prédit. Mais nous ne parlons plus de ce qu'il a vécu, et il n'a pas à entendre mon histoire non plus. Il vaut mieux que je me la raconte à moi-même. J'imagine que les Anversois ne partageraient pas tous mon opinion, à savoir que l'union avait déjà été dépouillée de ses habits par les citoyens, bien avant que les Espagnols ne la violent comme des anges exterminateurs et ne la réduisent en chair à pâté.

La division existait depuis très longtemps. Je l'avais éprouvée. Je l'avais vue apparaître. Cela avait commencé par un sentiment enivrant de liberté et d'orgueil démesuré, de colère contre tout ce qui trouvait un exutoire en dehors de la ville. Cela avait commencé par de bonnes intentions, par une foule de personnes qui croyait qu'un avenir meilleur poindrait à l'horizon pourvu qu'on écoute Ta parole, ô Dieu, relayée par des prédicateurs qui se prenaient pour Tes serviteurs.

C'était un dimanche, et le soleil était haut. Hugo et moi laissâmes derrière nous la porte de Kipdorp et prîmes à travers champs en direction de Borgerhout. Au lieu-dit du Luisbekelaar, nous suivîmes entre deux hautes haies un chemin qui sentait l'herbe piétinée et le crottin de cheval frais. De loin déjà, nous entendions des cris et des bavardages. Le sentier déboucha sur une rangée d'ormes longeant un ruisseau, derrière laquelle on apercevait un attroupement. Le champ où il se tenait était divisé en quatre et bordé sur les trois côtés par une forêt de feuillus. La foule était énorme. La moitié d'Anvers s'était rassemblée là, loin de l'œil du pouvoir. À chaque coin, des cavaliers en armes assuraient la protection.

Hugo se frotta les mains. Il chercha un endroit ombragé près du ruisseau, ouvrit les sacs à dos que je l'avais aidé à porter et déballa ses livres.

« Bienvenue au paradis… » fit-il avec un clin d'œil.

Bien vite, des gens vinrent s'accroupir dans l'herbe pour parcourir ses ouvrages. Il y en avait également qui en prenaient un au hasard, le regardaient brièvement et en demandaient aussitôt le prix.

Un premier rassemblement avait déjà eu lieu dans une jeune plantation de chênes et de hêtres à Berchem ; quatre mille personnes environ. Comme d'habitude, j'étais arrivé trop tard – le lot de l'aubergiste qui ne peut pas abandonner son négoce comme il veut. Mais ici aussi, il y avait plusieurs milliers de personnes, formant quatre groupes distincts autour d'un prédicateur. Celui qui était le plus près de nous venait de terminer. Des gens l'aidèrent à descendre de son estrade de fortune en bois, après qu'il eut ôté sa barrette et fixé le ciel, les bras écartés. Des psautiers avaient été distribués, et les gens enlevaient leur bonnet pour chanter tous en chœur. Des borgnes et autres éclopés vendaient de petits livres tout maculés, ainsi que des gravures sur lesquelles on pouvait voir le pape sodomisé par un démon, des religieuses serrant un crucifix entre leurs cuisses ou la régente Marguerite prenant dans sa bouche la verge du cardinal Granvelle. Ce salopard, que nous avions surnommé le « Dragon Rouge » et qui fut à un moment donné plus puissant que tous les autres réunis, avait disparu depuis des années, prétendument pour aider sa mère malade, mais tout le monde savait que le prince d'Orange et sa clique de pompeux aristocrates s'étaient si bien plaints qu'ils étaient parvenus à le faire expulser du pays. Ils célébraient d'ailleurs encore cette victoire, entendait-on ici et là. C'était la seule et unique fois qu'ils avaient réussi à convaincre de quoi que ce soit le roi espagnol et sa demi-sœur la régente. L'estampe représentant la bite du cardinal à moitié engloutie par une prostituée à la croupe ornée d'une couronne avait beaucoup de succès.

Un nouveau prédicateur monta sur l'estrade. On lui présenta une barrette, qu'il coiffa solennellement.

« Au nom de notre Seigneur, soyez tous bénis ! Extrait du livre de l'Exode, chapitre vingt : "Alors Dieu prononça toutes les paroles que voici : Tu n'auras pas d'autres dieux en face de Moi. Tu ne feras aucune idole, aucune image de ce qui est là-haut dans les cieux, ou en bas sur la terre, ou dans les eaux par-dessous la terre. Tu ne te prosterneras pas devant ces dieux, pour leur rendre un culte ; car Moi, le Seigneur ton Dieu, je suis un Dieu jaloux !"

– Exode vingt ! Exode vingt ! répétait-on ici et là.

– Tu ne te prosterneras pas devant eux ! cria un autre.

– Les idoles ne vous enseignent que faussetés et futilités, poursuivit le prédicateur. Pourquoi habiller des statues d'or, d'argent et de velours, quand nos pauvres, qui sont les vraies images de Dieu, sont privés de nourriture et de vêtements ? C'est assassiner notre âme que nous forcer à adorer des statues et des pierres. Aucune Vérité n'est plus grande que celle qui se trouve dans les Écritures, dit-il en brandissant sa bible. La voici, la Parole de Dieu, la Vérité et rien que la Vérité ! »

Je poursuivis mon chemin, curieux et un peu excité, comme tout le monde ; toute cette rébellion concentrée en un seul endroit, je n'avais jamais vu ça.

J'arrivai au prédicateur suivant qui, à force de gesticuler, s'était porté tout seul au bord de la crise de nerfs et était près de succomber à la puissance de ses propres mots.

« En vérité, je vous le dis : n'offrez pas votre confiance à ceux qui prétendent représenter le pouvoir. Quel pouvoir, je vous le demande ? Avons-nous besoin de ces marionnettes qui transmettent la parole de Rome, où réside et prospère l'Antéchrist ? Ils nous offrent du pain et du vin dans leurs temples païens et veulent nous faire croire qu'on peut boire Son sang dans leurs calices en argent ! Blasphèmes que tout cela ! Jésus-Christ est là-haut, à la droite de Dieu, son Père céleste, d'où il descendra bientôt pour juger les vivants et les morts ! Si les Saintes Écritures nous commandent d'adorer le Christ en esprit et en vérité, pourquoi l'adore-t-on dans un morceau de pain ? S'Il doit être mangé et bu au nom de la foi et de manière spirituelle, pourquoi alors des prêtres malfaisants nous font-ils croire qu'ils créent eux-mêmes Son corps et Son sang ? Prions, mes frères et mes sœurs, prions.

– Nous Te prions, entends-nous, Seigneur… » marmonnèrent quelques centaines d'auditeurs.

Un homme cria que les traîtres de l'hôtel de ville devraient être pendus par les couilles à la tour la plus haute.

Mais il eut peu de succès, et les relents qui s'échappaient de sa bouche trahissaient une piètre piété. Près des haies, je vis deux jouvenceaux entraîner derrière les buissons des pucelles qui gloussaient, puis s'affaler avec elles dans les hautes herbes. Un peu plus loin se tenaient des dames très richement habillées.

Hommes et femmes inclinèrent la tête et marmottèrent le Notre Père.

« Que Ton nom soit sanctifié… »

À l'autre bout du champ en partant des ormes, j'entendis un prédicateur dire qu'il voulait aborder une lettre de l'apôtre Paul aux chrétiens d'Éphèse :

« "En Lui, nous sommes devenus le domaine particulier de Dieu, nous y avons été prédestinés selon le projet de Celui qui réalise tout ce qu'Il a décidé…" Sa volonté est vérité, mes frères et mes sœurs, car Il a choisi certains d'entre nous et laissé les autres aux tourments du Cornu. Tout ce que vous voyez autour de vous résulte de Sa volonté ! »

Du visage de ses spectateurs, on pouvait déduire n'importe quoi. Chez certains, je croyais voir de la colère, de la rage même, tandis que d'autres essuyaient sur leurs joues des larmes de reconnaissance, avant d'implorer à genoux Ta miséricorde. Il y en avait beaucoup aussi dans ce champ qui se transformaient en vandales, comme des enfants qui seraient parvenus à échapper à l'attention de leur maître. Mais le plus frappant, c'était que la majorité semblait déjà habituée et avait l'air de considérer ce rassemblement, avec tous ces sermons, ces prières et ces cris, bref tout ce qui se passait ici, comme normal, alors que moi, je marchais la bouche ouverte et les yeux écarquillés. Hugo avait-il raison ? Ceci était-il le Paradis, qui serait apparu en douce ? Ou bien était-ce un paradis à cause de tous les livres qu'il parvenait à vendre, des livres qu'il écoulait aussi en ville, certes, mais jamais sans nervosité à cause de leur contenu subversif ou incitant à la résistance ?

« C'est encore mieux que votre auberge... » entendis-je derrière moi.

Jean Grouwels me scrutait en souriant.

« Vous pensiez que je ne trouverais pas cet endroit ?

– Je ne pensais rien du tout, soupirai-je, je ne pense pas tout le temps à vous.

– Ça, je sais, dit le petit homme à la barbe rousse. Vous profitez donc d'un jour de congé, monsieur Beer, dans cet endroit hors de la ville où l'on proclame la liberté ?

– Je suis avec un ami. »

Grouwels montra Hugo d'un signe de tête :

« Il est fort occupé. Son échoppe tourne bien. »

Nous nous dirigeâmes ensemble vers le dernier des quatre prédicateurs, que je n'avais pas encore entendu prêcher.

« Il n'est pas interdit de poser la question, mon bon Beer : la liberté vous est-elle réservée, à vous et vos amis, vécue en compagnie restreinte, loin de tous et en toute sécurité ou... est-elle pour chacun de ceux présents dans ce champ, certes une liberté dissimulée derrière des arbres, mais partagée par la multitude ? Je présente peut-être les choses de manière un peu caricaturale. Quel est votre avis à ce sujet ?

– Que la liberté est un cadeau empoisonné, répondis-je. Elle contient une mise en garde. C'est quelque chose de dangereux et de capricieux...

– Elle n'est donc pas pour tout le monde ? demanda-t-il, surpris.

– Elle est pour tous ceux qui cultivent la vertu de la prudence.

– C'est joliment dit... »

Une femme nous proposa du pain et des saucisses. Nous refusâmes poliment.

Soudain, je fus frappé par le nombre de mendiants présents, le nombre de gens avec le désespoir au fond des yeux. Les enfants couraient entre les jambes de tous ces crève-la-faim.

« Ceci, Beer, c'est le chaos, et cela ne mènera nulle part.

– Je n'ai pas l'impression que tout ça soit vraiment censé mener quelque part… »

Grouwels secoua la tête.

« Au fait, puis-je vous remercier pour le livre de maître Dee ?

– Ah oui… ça me fait plaisir d'apprendre que mon fils Ward a correctement rempli sa mission de courrier.

– Un jeune homme exceptionnel…

– Certes, certes.

– Et vous assumez de manière exceptionnelle également son anomalie. »

J'arrêtai de marcher.

« Vous dites ? »

Grouwels se gratta le crâne.

« Pardonnez-moi. Ce n'est pas ce que je voulais dire. »

Le quatrième prédicateur était le moins bien habillé. Ses chausses étaient retenues par un morceau de corde, sa blouse délavée était déchirée sur les côtés, et il portait une couverture de cheval grise en guise de manteau. D'un geste revêche, il refusa la barrette qu'on lui tendait avant qu'il entame son discours. Ses mèches rares collaient à son crâne.

« Justice, Seigneur ! Oh, justice pour nous tous ! »

Ses yeux roulaient horriblement. Sa bouche édentée crachait les mots. Son cou était couvert d'égratignures.

« Justice pour nous tous, je T'en supplie ! Nous sommes étranglés par le pouvoir des édiles ! Avec leurs statues de Marie scandaleuses dans leurs églises, ils tentent d'extorquer notre obéissance ! »

Contrairement aux autres prédicateurs qui rassemblaient plutôt des gens aisés, le prophète postillonneur attirait les laissés-pour-compte. Et les enfants… Ils n'avaient que la peau sur les os, étaient plus sales que sales et se grattaient comme des possédés. À chaque mot, ils hurlaient comme des loups. Cela me glaça le sang. Ils criaient, ils braillaient.

Certains eurent apparemment des visions d'anges qui tendaient vainement les bras vers eux. D'autres sautaient le plus haut possible, les mains tendues vers Toi, ô Dieu. Qu'est-ce que la famine n'engendrait pas dans cette ville, bon Dieu ! Je n'avais jamais vu autant de misère rassemblée. Je gardai mes distances, comme si leur pauvreté était contagieuse.

« Pitié, Seigneur, pitié ! Si la faim est notre lot, pourquoi alors ne Te mets-Tu pas en colère contre les faux prophètes, les chapes doublées en couille d'hermine, ces hypocrites qui fricotent avec des putes et étalent ouvertement leurs péchés ? Pourquoi ne T'emportes-Tu pas, comme Ton Fils qui a flanqué les marchands hors du temple ? Pourquoi tant d'indulgence pour ceux qui causent notre désespoir et se fichent bien de nous ? Pourquoi encore célébrer les apparences avec ceux qui portent la Vierge en procession et qui mentent derrière un brouillard d'encens, qui ne sert qu'à masquer le soufre et la griffe du Cornu enfoncée dans le trou de balle de chacun de ces porteurs de statues ? »

Des cris. Des pleurs. Un garçon d'une douzaine d'années se griffa le cou et leva les yeux au ciel. Une toute petite fille claquait des dents au soleil. Deux ou trois se mirent à se quereller, l'écume aux lèvres.

Grouwels et moi nous éloignâmes davantage.

« Regardez… » dit-il en désignant les dames bien habillées que j'avais déjà vues plus tôt au bord du champ.

Devant chacune s'allongeait à présent une file de traîne-misère qui tendaient la main pour recevoir une pièce de monnaie au creux de leur paume.

« Vous reconnaissez celle du milieu ? Sans aucun doute… c'est la femme du sieur Jonghelinck, un membre de votre Famille, n'est-ce pas ? Regardez-les distribuer cet argent…

– Et alors ? Ces pauvres gens en ont bien besoin, non ? Vous le voyez vous-même, monsieur Grouwels ? »

Il secoua la tête.

« Ce n'est pas de la charité, cher Beer. Ces femmes sont les épouses de riches calvinistes, elles donnent de l'argent parce qu'elles l'ont promis. Tous ces pauvres hères ont été exhortés à participer à ce spectacle contre paiement. Vous comprenez ? Ces indigents sont là parce qu'ils sont payés. On les mène à la rébellion contre rémunération, comme on pousse des mules dociles sur un chemin qui, comme je l'ai dit, ne mène nulle part… »

Parmi les femmes qui distribuaient de l'argent, je vis doña Maria. Nos regards se croisèrent, elle détourna les yeux.

Margreet n'avait pas pipé mot quand je lui avais dit que j'avais vu l'Espagnole. Mais on aurait dit que ça l'avait mise de mauvaise humeur. Quiconque lui adressait la parole se faisait rabrouer. Même mon fils Ward n'arrivait pas à la dérider.

« Non ! l'entendis-je un peu plus tard crier contre Alwin. Laisse les légumes comme ça ! Je vais le faire moi-même ! Sors d'ici, ouste ! Tu me rends malade, avec ta tête d'empoté ! »

Les clients regardèrent d'abord quelques secondes la porte de la cuisine d'un air amusé, avant de me dévisager, mal à l'aise, parce que je ne voulais pas lui rabattre son caquet.

« Eh beh, elle n'a pas l'air dans son assiette, dit Ward, tu ne devrais pas...

– On va la laisser tranquille... Elle a ses humeurs, tu le sais aussi bien que moi.

– Père...

– Quoi ? »

Il avait quelque chose sur le cœur que visiblement il ne savait pas comment dire. Ah, l'éternel problème du père et du fils, qui tournent en rond devant la porte l'un de l'autre, ces non-dits, les silences, les hésitations, les disputes qui montent d'un coup comme une marée et ne laissent que de l'aigreur. Je vis l'amulette scintiller à son cou.

« Nous sommes liés, père.

– Toi et moi ?

– Tout le monde. Nous nous laissons diviser.

– Toi et moi, nous nous laissons diviser ? » répétai-je gaiement.

Il rit avec moi.

« Non.

– Tout le monde ? »

Il hocha la tête.

« Et ce n'est pas la volonté de Dieu.

– Attention, le prévins-je, je n'ai peut-être pas lu autant de livres que toi, mais Lui, là-haut, il se pourrait bien qu'Il veuille nous diviser. Tu as déjà songé à ça, fils ?

– Même dans Sa colère, Dieu est amour et miséricorde. »

Il prononça ces mots si naturellement que j'en fus déstabilisé.

« Tu as lu ça où ?

– C'est ce que je ressens, père.

– Comment tu peux ressentir une chose pareille ? Tu n'as encore rien vécu dans ta vie qui te permette de ressentir ça. »

Je le vis réfléchir.

« Père ?

– Oui, fils.

– Pourquoi, avec les membres de ta Famille, tu parles d'Amour et de Lumière ?

– Tu te trompes. Je ne parle avec personne de ces choses-là.

– Toi, peut-être pas.

– Je t'ai déjà dit que j'aime autant que tu ne parles pas de la Famille, ce n'est pas prudent.

– Ce que je ne saisis pas, père, c'est que vous vous dites membres d'une Famille, mais que vous cachez cette Famille aux autres. La liberté règne entre vous, mais pas à l'extérieur ? C'est une Famille de l'Amour qui ne partage pas son amour ?

– Les idées ne doivent pas nécessairement être partagées. Surtout par les temps qui courent, fils. Je suis sérieux.

– Une mission m'attend.
– Et pas qu'une, j'ai plein de boulot pour toi, c'est vrai. »
Rire embarrassé du père devant le sérieux du fils.
« Je plaisante, mon garçon. Tu te sens élu, j'entends bien. Pour faire quoi ?
– Pour répandre l'Amour que j'ai dans le cœur. »
J'ébouriffai sa tignasse. D'un coup, spontanément. Il me laissa faire.
Il posa sa main sur la mienne et hocha encore la tête. Puis il se leva et se dirigea vers la cour. Je restai assis.
« Ward ? »
Il se retourna.
« Le monde n'est pas une scène de théâtre où tu peux dire tout ce que tu veux, fais attention. Les mots ont des conséquences. »
Il me regarda et, pour rire, frappa du poing sur sa poitrine.
Ses dents blanches étincelèrent à travers sa barbe.
C'est tout ce que je parvins à lui dire. Ajouter quelque chose n'aurait fait que mettre à nu mon impuissance.

Une bouilloire tomba dans la cuisine. Des jurons.
Je me levai.
« Pour l'amour du ciel... » dis-je après avoir refermé la porte derrière moi.
Devant l'âtre, Margreet me tournait le dos.
« Je sais, répondit-elle.
– Tu as du tempérament, on le sait tous, mais ça...
– Tout à l'heure, tu parlais de doña Maria. Je dois te dire quelque chose. Elle est venue hier me demander conseil. Je n'y comprends plus rien. Elle est enfin enceinte, tu te rends compte ? N'importe qui s'attendrait à ce qu'elle fasse des bonds de joie. Mais non... »
Je m'accrochai à la table et louai le ciel qu'elle me tourne toujours le dos.
« Enceinte...

– Et maintenant, elle ne sait pas si elle veut garder l'enfant... C'est quand même incroyable, non ? Elle veut que je lui donne quelque chose pour... »

Le Cornu dansait autour de la table en se moquant de moi. Il me tenait par la verge et tirait dessus.

« Et tu lui as...

– Nenni, tu es fou ! J'ai prétendu que je ne savais pas comment faire ça. Soit elle est devenue folle, soit il y a un loup dans l'affaire.

– Un loup ?

– Un autre homme.

– Oh ! »

J'aurais pu dire un tas de choses à ce moment-là, mais j'avais la chique coupée. Je ne voulais pas penser au ventre de doña Maria dans lequel ma semence – était-ce vraiment ma semence, peut-être que ce n'était pas ma semence – germait pour devenir l'enfant de Jan Boubert de Pergamont. Certes, il y avait des matins où je me levais avec cette idée, et ça me poursuivait toute la journée. Le plaisir adultère est tromperie, mais il est plaisir malgré tout, et je me torturais l'esprit à me souvenir d'elle, penchée en avant et prête à me recevoir. Ces jours-là, je ne pensais plus qu'à ça. Puis je sentais ses lèvres sur les miennes. Puis je voyais une vie où nous le ferions tous les jours. Puis je me voyais, après une autre nuit de torture, debout devant sa porte pour qu'elle me laisse entrer une nouvelle fois, et je la voyais se déshabiller à nouveau pour moi, aussi fébrilement que la première. Souvent, le souvenir de ma jouissance s'accompagnait d'une jalousie qui refusait de se laisser bâillonner par la conscience d'avoir commis un péché. Je devais consacrer le moins de mots ou de pensées possible à ce monstre vert, car chaque mot, chaque pensée engendrait encore plus d'images funestes. Et si l'enfant était mon portrait craché ? Et s'il naissait velu comme Ward ? Bien sûr, il était impensable que je sois un père pour cet enfant, mais, si je ne le pouvais pas, alors ce salopard de Boubert ne le pouvait pas non plus, « Boubi », cette espèce de dégénéré qui s'en était pris sous mon toit à la femme animal qui m'avait été confiée, et qui avait ainsi déshonoré sa maison. C'était néanmoins une pensée horrible, aussi coupable que l'acte en lui-même, que de vouloir faire partir l'enfant. C'était ma faiblesse qui avait causé tout ça, j'étais tout aussi responsable. Je l'avais souillée par ce scandale.

Margreet se retourna vers moi. Elle avait la tête toute rouge et les joues mouillées. Autour d'elle, des marmites étaient empilées, des poulets gisaient désossés, des légumes découpés formaient des montagnes.

« Je lui ai menti quand j'ai dit que je ne pouvais pas l'aider… Et je sens dans mes os que je n'aurais pas dû. »

Elle éclata en sanglots ; pour la première fois depuis la naissance de Ward, je la voyais pleurer.

Depuis que j'avais fait placer la nouvelle porte pour protéger le cadeau d'Ortelius, je me sentais un peu rassuré. Ma prédiction s'était réalisée. À présent, toute la ville savait qu'une femme animal chantante avait trouvé asile avec sa fille dans mon auberge. Les gens attendaient par petits groupes l'après-midi. Avant midi, en effet, j'avais encore des clients qui dormaient, ou alors les lits devaient être faits. Quant au soir, je trouvais ça trop dangereux ; je n'avais pas envie que l'ivresse s'en mêle. Pour une coquette somme, les gens étaient conduits à l'étage par mon copain l'aveugle, Jeroom, qui leur racontait en guise d'échauffement quelques histoires à glacer le sang sur le Grand Nord.

Pourtant, la première fois que je le fis monter dans ma chambre de bonne, il n'en menait pas large. Je crois d'ailleurs que la femme animal et l'enfant perçurent sa peur. Jeroom n'osait pas faire un geste. C'est alors qu'il entendit l'enfant fredonner. Tout en regardant le voile blanc qui recouvrait ses pupilles, elle s'approcha avec précaution de lui. Lorsqu'elle lui toucha le pied pour jouer, Jeroom sursauta.

« Incroyable, incroyable… » chuchota-t-il.

Il tenta de caresser l'enfant, mais c'était trop d'audace. La mère poussa sa petite derrière elle et montra les dents. Enfin non, je dois être honnête. Bien sûr, ses dents blanches luisaient dans la pièce sombre, comme celles d'une chienne qui protège sa portée, mais elle était debout et tenait les mains devant elle, comme sur certaines images les saints montrant leurs stigmates.

Je fus surpris de voir le genre de personnes qui se présentèrent pour jeter un coup d'œil à l'étage. D'abord, ce furent bien sûr les habitués de l'auberge. L'imprimeur Willem Silvius fut pour sa part l'un des premiers membres de la Famille. Après sa visite, il vint me chuchoter à l'oreille que nous devions causer, lui et moi. Il était d'ailleurs revenu avec une autre personne, et Jeroom m'avait dit que les deux hommes lui avaient donné un peu plus d'argent pour pouvoir observer plus longtemps la femme animal et son enfant. Je remarquai aussi que les commerçants allemands se laissaient volontiers entraîner en haut, dont beaucoup n'étaient jamais venus dans mon auberge. L'un d'eux demanda à Jeroom si la femme animal était à vendre. Souvent, des femmes venaient aussi regarder, généralement en compagnie de deux ou trois amies et de leurs époux. Elles montaient l'escalier en gloussant, mais redescendaient la plupart du temps en silence et buvaient ensuite quelques pintes. Jamais aucune ne venait avec ses enfants. Cependant, tout était calme là-haut.

Je n'avais pas la moindre idée de ce qui se passait dans la tête de la femme animal. Elle nous dévisageait l'un après l'autre, sans crainte ni sourire. Parfois, j'attendais qu'elle ait terminé de manger son poisson cru, ce qu'elle faisait avec des gestes très précis et une lenteur extrême, et pendant ce temps, j'essayais de l'imaginer se mettant un jour à rire, avec de petites lumières qui s'allumeraient tout à coup dans ses yeux. Ça restait une bête, me reprenais-je, et les bêtes ne rient pas. Elle ne chantait qu'à la pleine lune, parfois à la nouvelle lune, et la raison pour laquelle elle le faisait était un mystère. Mais tant de choses gardaient encore leur mystère dans ce règne animal que Tu as créé, ô Dieu.

Que pouvions-nous savoir de ces bêtes qui partageaient notre monde et nous ressemblaient tant ? Descendaient-elles aussi d'Adam et Ève, que Tu as chassés de Ton Jardin le jour où Ève a croqué la pomme ? Ou descendaient-elles des bêtes qui les entouraient ? Chaque fois que la femme animal ou sa fille bâillaient, les spectateurs éclataient de rire. Ils essayaient comme moi de leur parler, mais n'obtenaient pas de réponse. Ça restait des bêtes, et les bêtes sont indéchiffrables. Les gens sursautaient et s'esclaffaient lorsqu'ils reconnaissaient soudain quelque chose d'eux-mêmes. Mais c'était comme les singes que Bruegel avait dessinés sur mon mur et qui présentaient des traits de caractère trop humains. Nous pensions avoir un peu sondé et compris notre espèce, mais nous n'en étions encore nulle part concernant ces animaux qui nous ressemblaient le plus. Un jour, un sage a dit que les animaux qui nous ressemblent le moins sont les plus heureux. De cette maxime, on pouvait seulement conclure que le malheur était le propre de notre espèce, or chez la femme animal et son enfant, je percevais peu de souffrance, ce qui me troublait.

Cela dit, tout le monde n'était pas du même avis à propos d'elles. Il s'avéra que le père Marcellus les considérait d'une tout autre façon, ce qui sema le doute en moi.

Avec son gros ventre, il s'était hissé au sommet de l'escalier pour les voir et m'avait ensuite apostrophé.

« Beer, mon ami, c'est une honte, une véritable honte ! »

Son haleine aigre me prit au visage. L'homme buvait volontiers du vin, mais rarement de la meilleure qualité. Avait-il déjà trop bu ? Sa voix était néanmoins ferme, ses yeux en colère n'étaient pas rouges.

« Une honte ? m'étonnai-je.

– Il faut les convertir toutes les deux ! Ça ne va pas comme ça, vous le comprenez, tout de même ?

– Les convertir à quoi ? »

Ses traits trahissaient son exaspération.

« Mais que dites-vous, enfin ? s'exclama-t-il.

– Je dis qu'on ne peut quand même pas apprendre à ces deux-là ce qui nous distingue justement des bêtes.

– Vous entendez ce que vous dites, Beer ?

– Elles ne comprennent pas notre langue, monsieur le curé.

– Que notre langue, ou n'importe laquelle, d'ailleurs, soit inadéquate pour saisir la Parole de Dieu, c'est un fait. Mais la conversion peut se faire autrement que par des mots ! Elles doivent être baptisées, pour que la grâce de Dieu ne leur soit pas étrangère au Jour dernier. Vous ne comprenez vraiment pas ? Vous niez que ce sont des êtres humains comme vous et moi !

– Des êtres humains ? Mais elles sont différentes...

– Parce qu'elles ne sont pas baptisées ! » s'exclama à nouveau le père Marcellus.

Il but une gorgée de son gobelet en secouant la tête, puis essuya ses lèvres humides sur sa manche.

« Je sais bien, poursuivit-il d'un ton soudain radouci, que tout le monde est le bienvenu dans votre auberge, que chez vous se côtoient beaucoup d'autres croyances et opinions. Je ne vous ai jamais rien reproché à cet égard. Vivre et laisser vivre, voilà ma devise, même si vous ne me l'entendrez jamais dire en chaire. Mais... refuser à ces deux-là une place dans le giron de l'Église est non seulement une négligence honteuse, c'est aussi dangereux. »

Il me dévisageait de ses yeux autoritaires, plantés dans sa large tête couronnée de cheveux blancs.

« Vous comprenez ? Non baptisées, ces deux personnes sont dangereuses. Qui sait si elles ne sont pas un présage, en ces temps d'incertitude où ce que nous tenons pour sacré depuis si longtemps est moqué et ridiculisé à l'extérieur des portes de la ville. Ce sont des signes que vous ne pouvez pas ignorer. Notez donc la façon dont le respect et la dignité sont partout remis en cause et attaqués. Et ce n'est que le début. Le fait que ces deux-là soient chez vous aujourd'hui n'est pas un hasard. Qui sait si elles n'apportent pas la ruine… à moins qu'elles ne soient le signe annonciateur du Jugement dernier, comme des comètes aux queues enflammées éclairant nos nuits. Sommes-nous si sûrs d'avoir le droit de voler tout ce qui se trouve au-delà des mers, même un être humain ? Le vol n'est-il plus un péché dès lors qu'il nourrit grassement tant de gens ? Elles sont l'incarnation de notre péché, et le courroux de Notre Seigneur ne connaît pas… de… pitié… pour qui s'aveugle volontairement. »

Vers cette époque, je fis un rêve curieux. Je me trouvais dans leur chambre après une longue journée. Épuisée par les regards de tous ces gens qui l'observaient, la femme animal s'était couchée sur le flanc. À moitié enfouie dans la peau de bête, elle avait le visage tourné vers moi, les yeux clos. Sa tête reposait sur son poing droit serré, les doigts de sa main gauche enveloppant son coude saillant. De la tête aux pieds, elle se transforma soudain en chaîne de montagnes. Ses cheveux se jetaient dans un ravin entre le cou et les épaules. La ligne de crête culminait dans sa hanche, avant de descendre en serpentant vers les profondeurs, finissant à son pied nu. Au milieu, au niveau de son ventre, la fourrure rassemblée formait une forêt de plis.

Elle-même était absorbée dans un rêve, que j'étais capable de voir. Elle rêvait du Grand Nord, où elle était née parmi les glaces flottantes et les montagnes enneigées, et où, accroupie, elle avait à son tour mis un enfant au monde. Et c'est alors que je sentis son désir de se venger de cette vie sous mon toit ; je l'entendais ordonner à la neige de retrouver notre chemin et prier sa déesse, que je voyais tout à coup se dresser dans toute son horreur, pour qu'elle trempe sa main bleue et glacée dans le fleuve de cette ville, gelant tout à nouveau, nous mettant une fois de plus à genoux. La déesse dominait la ville de toute sa hauteur, et personne ne pouvait plus bouger. Puis je vis la femme animal rêver de mort, de repos éternel, du sein tendre et accueillant de sa mère ancestrale qui l'avait fait naître et la ferait renaître. Et puis je me vis moi, pauvre type encore plus prisonnier qu'elle, dans son propre rêve à lui où elle s'avérait être le geôlier et moi le misérable assis dans ma crasse.

On a rarement l'occasion de s'expliquer ses rêves, vu la rapidité à laquelle ils s'évanouissent. Les seuls rêves dont j'arrive à me souvenir sont ceux où j'ai conscience de rêver. Comme celui-là, par exemple. Et je ne parvenais pas à me défaire de l'idée que c'était la femme animal qui me l'avait envoyé.

Les yeux toujours clos, elle eut soudain un sourire hésitant qui me coupa le souffle. Puis l'enfant se détacha d'elle et me montra du doigt, avec des yeux soudain encore plus sombres et sans que le sommeil quitte sa mère. Je regardai le doigt pointé sur moi et déglutis. Je fis quelques pas en arrière, et l'enfant ne me vit plus. Puis l'obscurité m'engloutit et je me réveillai. Du moins, c'est ce dont je croyais me souvenir. Qui sait si ce n'était pas une illusion.

Environ deux semaines plus tard, Ortelius était là, accompagné de son jeune ami Joris Hoefnagel. Les deux messieurs étaient d'excellente humeur.

« Comment allez-vous ? me demanda Ortelius, innocent comme l'agneau qui vient de naître.

– Je vais bien. Ça fait longtemps que nous n'avons pas eu le plaisir de vous accueillir...

– Comment vont les Skrælingar ?

– Les quoi ?

– C'est ainsi que les appelait le peuple viking il y a déjà plusieurs siècles. J'ai eu le temps de faire venir quelques livres et d'effectuer des recherches un peu approfondies. Ma bibliothèque est vaste, comme vous le savez, mais on n'en sait jamais assez. Tel est le lot de tous ceux qui aspirent à la connaissance absolue : c'est de ne jamais y parvenir ! Saviez-vous que le grand Snorri Sturluson en parle dans ses sagas ? Skrælingar signifie petit peuple. Ils sont mentionnés çà et là dans des chroniques comme étant les descendants désormais inoffensifs d'une race de monstres, mais capables néanmoins de construire de petits bateaux ou des huttes. Ils vivraient aujourd'hui comme nos ancêtres les Cimbres, ceux-là mêmes dont parle notre grand ami l'érudit Johannes Goropius Becanus, qui ont fondé Anvers et parlaient la langue du jardin d'Éden, avant la Chute. Les Cimbres auraient en effet eu l'intelligence de partir immédiatement après avoir survécu au Déluge, de sorte qu'ils n'ont pas eu à vivre la confusion des langues à Babel. Donc oui, nous autres, Anversois, nous parlerions encore la langue d'Adam et Ève à cause de nos ancêtres. Vous connaissiez cette théorie, Joris ?

– Honnêtement, je ne pense pas que ces bêtes nous soient apparentées. Elles ne parlent pas. Elles chantent. La mère du moins.

– Ah oui, bien sûr, Beer. C'est vrai. La mère chante pour sa fille. Ma sœur et moi l'avons également entendue. Assez fort d'ailleurs. Pardonnez-moi. J'aurais dû vous le dire. »

Il farfouilla quelques instants dans sa poche et me tendit une bourse en cuir pleine de pièces de monnaie.

« J'avais oublié ça. Pardonnez-moi encore. L'accord était que je vous paie pour son entretien et celui de son enfant. J'espère que cela suffit à compenser les désagréments ? »

Ortelius me tapait sur les nerfs. Je le revoyais avec sa sœur et la façon dont ils m'avaient imposé ces « Skrælingar ». Le mépris de sa sœur me revint en mémoire. Je demandai poliment comment elle allait, l'espérant alitée pour cause de fistules dans ses intestins dédaigneux ou de délires encombrant sa cervelle condescendante.

« Anna va bien. Je dois d'ailleurs vous remettre son bonjour. »

Pendant ce temps, Joris Hoefnagel avait posé son sac sur une table et demanda poliment s'il pouvait avoir un petit bol d'eau. Il avait déjà retiré son élégant manteau et l'avait replié sur une chaise. Si un ange avait dû choisir un corps sur terre, il n'aurait pu passer à côté de celui de Hoefnagel. Il était une fois de plus superbement vêtu et se déplaçait comme un danseur. On aurait pu imputer sa perfection à sa jeunesse. Une vanité butée est l'apanage d'une expérience de vie limitée. Mais la chose remarquable était que Joris Hoefnagel ne semblait guère intéressé par la reconnaissance de son élégance. Son feu intérieur ne tolérait pas de comédies. Il n'avait besoin de personne.

« Notre artiste réalisera les premières esquisses à la plume de roseau et à l'encre bistre. C'est un maître en la matière. Ensuite, il en tirera des gravures.

– Des gravures ?

– De la Skræling, à ma demande.

– À la demande de mon père également, soupira Joris avec indulgence et en faisant un clin d'œil. Il n'avait jamais montré grand intérêt pour mon talent, mais maintenant il sait où me trouver.

– Nous aurons besoin de quelques jours, n'est-ce pas ?

– Difficile à dire, Abram. Ça dépendra des croquis. »

Je criai à Alwin d'apporter de l'eau.

Ils me suivirent dans l'escalier. Dans mon dos, Ortelius dit qu'il avait entendu que les Skrælingar avaient déjà attiré de nombreux visiteurs.

« Je n'ai pas à me plaindre…

– Vous faites payer la visite ? »

Je l'entendis s'arrêter dans les escaliers et me retournai. Joris et lui me regardaient comme si j'avais tapé du pied dans une flaque de boue et qu'ils avaient été éclaboussés jusqu'au menton.

« Messieurs, je vous en prie. Ce ne serait pas tenable autrement. Je demande effectivement quelques piécettes afin de contenir un tant soit peu la curiosité naturelle des gens. Ne prenez pas cet air outré, Ortelius. Vous voulez une commission ? Cela peut s'arranger.

– En aucun cas, Beer.

– Après tout, elles sont votre propriété. »

Ortelius me saisit au poignet.

« Elles ne sont certainement pas ma propriété. »

Sa voix était à la fois sévère et scandalisée, comme celle d'un père morigénant un fils qui aurait proféré des obscénités.

Alwin nous avait rejoints dans l'escalier avec un bol d'eau. Par-dessus l'épaule des messieurs, il me regardait d'un air interrogateur.

« Pardonnez-moi si je vous choque, Ortelius. Ces Skrælingar, comme vous les appelez, sont un miracle de Dieu, n'est-ce pas ? C'est pourquoi j'ai pensé que tout le monde devait pouvoir les admirer en échange d'une modique somme, tout comme vous, messieurs, allez pouvoir les étudier. »

Ortelius se gratta la barbe.

« Présenté ainsi… »

La femme animal nous regarda entrer dans la chambre. Alwin déposa le bol d'eau sur une petite table près de la fenêtre, puis déguerpit. Joris sortit ses affaires de son sac tout en regardant la mère et sa fille, qui était tranquillement couchée dans un coin. Il prit une petite bouteille, versa des grains marron dans un mortier en cuivre et se mit à les écraser. Ortelius fit un signe de tête aux deux « Skrælingar », mais la femme animal n'eut pas l'air de le reconnaître. Elle constatait notre présence, sans plus.

Joris ajouta un peu d'eau dans le mortier et mélangea jusqu'à obtenir un liquide épais.

Ortelius ne savait quelle contenance adopter, et, comme toujours dans ces cas-là, il déversait un flot de paroles continu.

« J'ai compulsé à ce propos mon auteur de récits de voyage favori, déclamait-il à la cantonade, mais le grand Jean de Mandeville n'a apparemment pas eu l'occasion d'aller dans le Grand Nord. Comme vous le savez…

– Vous pouvez aussi vous taire », l'interrompit fermement le sieur Joris Hoefnagel en étalant une feuille de papier sur la table.

Il n'était pas encore midi, la journée était claire, et une lumière généreuse inonda la feuille.

Ortelius était vexé.

« Pardon ?

– Excusez-moi, cher ami. Mais je dois me concentrer. La nature est ma seule maîtresse, jamais elle ne pourra tout m'apprendre, et à présent, ma maîtresse et moi avons besoin de silence. »

Joris gardait les yeux fixés sur la femme animal. Elle s'était un peu redressée, sa fille toujours couchée dans un coin, et soutenait tranquillement le regard du peintre. Je sentis qu'il aurait préféré être seul avec elle. Une certaine dureté se cachait chez le jeune Hoefnagel. Rien ne pouvait se mettre entre lui et la scène de vie qu'il voulait reproduire sur le papier. On aurait pu se méprendre sur les petits hochements de tête qu'il lui adressait, le pétillement dans ses yeux et son vague sourire. Ce n'était pas forcément de la curiosité amicale, mais plutôt de la faim. Ou peut-être était-ce les deux à la fois. Il mélangea encore un peu le liquide dans le mortier, puis trempa sa plume dans l'encre noire. J'étais trop loin pour voir les lignes se former sur la feuille de papier. Ortelius regardait par-dessus l'épaule du jeune artiste. Au début, il fronçait les sourcils, ne semblant pas comprendre ce que le croquis était censé représenter. Après quelques lignes de plus, je le vis sourire. Joris souffla doucement sur le papier et tendit ensuite le dessin à la femme animal. Je retins mon souffle. Il fallut quelques secondes avant qu'elle ne prenne le papier en main. Elle regarda le dessin, puis Joris.

Ortelius s'approcha de moi et murmura :

« Il a fait un croquis de sa fille. Remarquable d'ailleurs. Mais qui nous dit qu'elle est seulement à même de comprendre ce qu'il représente ? Qu'elle est capable de lire ce dessin ? Pour le même prix, elle ne voit que des griffonnages sur une feuille. »

Pendant ce temps-là, Joris continuait de lui faire des signes de tête, désignant l'enfant, puis le papier. La petite se leva. Mère et fille regardaient le dessin, puis Joris. C'est alors que la femme animal remonta sa cape de fourrure sur sa tête, souleva l'enfant et la mit sur sa cuisse gauche. Toutes les deux nous regardaient à présent.

« J'ai besoin d'une chaise... » chuchota Joris.

J'allai en chercher une, que Joris plaça au milieu de la chambre. Il fit signe à la femme animal de s'y installer. Elle prit sa fille dans ses bras et s'assit dans la même position qu'auparavant, l'enfant sur sa cuisse.

Personne ne soufflait mot. Joris prit une nouvelle feuille et se mit à dessiner fiévreusement.

« *Salve, Regina, Mater misericordiae, vita, dulcedo, et spes nostra, salve...* » murmurai-je, et je ris, sans savoir si c'était par moquerie ou par gêne.

Ortelius me regarda d'un air interrogateur.

Je montrai sur la cheminée la statuette de la Vierge Marie, dont la femme animal avait adopté la pose.

« On ne peut pas... hésita Ortelius. Dieu a tracé des frontières entre les personnes qu'Il a choisies et les autres.

– Vous avez raison, dis-je, ça reste une bête. Comme un singe, elle imite tout et n'importe quoi. »

On ne peut pas convertir quelque chose comme ça, ça ne peut pas être intégré au sein d'une Église, quelle qu'elle soit. N'est-ce pas ? C'est vrai, non ? En tout cas, à l'époque, il en était ainsi, c'était ma façon de penser d'alors.

« Vous avez entendu ce que le conseil communal a décrété la semaine dernière ? »

Willem Silvius me montrait un tract qu'il avait probablement imprimé lui-même et en lut un extrait :

« “Il faut éviter de sortir de la ville, que ce soit par curiosité ou pour tout autre motif, pour se rendre à quelque prédication que ce soit, interdite par Sa Majesté et par le conseil”... Vous me connaissez, je suis un homme obéissant, raisonnable aussi... et l'on m'interdirait de quitter la ville parce qu'il se trouve que je suis également quelqu'un de curieux ? C'est absurde et injustifié, au point que, même moi, cela m'a donné envie de désobéir. Donc... je suis sorti de la ville, avec une foule d'autres gens. J'estime qu'à Berchem, dimanche dernier, nous étions environ dix mille personnes rassemblées derrière des arbustes et des haies. Or il drachait ce jour-là. Les gens curieux peuvent être têtus.

– Eh beh !

– Oui, mon ami. Vous m'aviez dit que vous étiez combien au Luisbekelaar ?

– Quand j'y étais, environ quatre mille personnes... Mais dix mille, vous dites ?

– L'atmosphère est indescriptible, n'est-ce pas ? C'est comme si, de nos jours, les gens menaient une double vie : la vie bien sage qu'on attend d'eux, et puis une autre, à intervalle régulier et hors les murs de la ville, tout sauf sage, secrète et mue par la curiosité. À votre avis, les gens sont-ils surtout contents d'écouter des sermons interdits, ou y a-t-il plus que cela ?

– Je n'en sais fichtre rien », dis-je, soudain sur mes gardes.

Peut-être que ça m'embêtait de voir un homme prudent tel que Silvius parler aussi ouvertement de ces rassemblements. Sans doute avait-il raison de dire que beaucoup de gens menaient une double vie de nos jours, mais, si c'était le cas, il fallait maintenir un mur entre les deux.

« Oh, j'allais presque oublier. Je dois vous remettre le bonjour d'un bon ami à vous, un certain Jean Grouwels. Nous nous sommes rencontrés derrière ces fameuses haies à Berchem. Il m'a reconnu. Un grand admirateur de maître Dee, à ce qu'il m'a dit.

– Grouwels n'est pas mon ami.

– Ce n'est pas ce que j'ai cru comprendre. Il m'a complimenté pour le livre de Dee que j'ai imprimé. Vous lui avez prêté votre exemplaire apparemment ?

– C'est un homme qui voudrait bien faire partie du groupe.

– Du groupe ? Quel groupe ?

– Le nôtre », répondis-je.

Silvius tâcha de masquer sa surprise. Peut-être qu'à ses yeux lui et moi ne faisions pas du tout partie d'un même groupe. Mais l'homme était si poli qu'il se reprit aussitôt.

« Ce sieur Grouwels semblait avoir bien compris le *Monas Hieroglyphica*. Du moins, c'est l'impression que j'ai eue. Il m'en a fourni une explication complète.

– Alors, il y a quand même quelqu'un qui comprend... »

Silvius me regarda.

« Ce sont des mathématiques supérieures...

– Certes.

– Qui cherchent à démystifier euh... le mystère de la Création de Dieu.

– Merci », dis-je.

Silvius éclata de rire.

« C'est bon, l'aubergiste ! Vous m'avez attrapé. Ce petit livre de Dee a l'air simple, mais j'admets qu'il va au-delà de mes compétences également. »

Je laissai planer un silence pour faire comprendre que ces échanges badins avaient assez duré et qu'il pouvait passer aux choses sérieuses.

L'imprimeur s'éclaircit la gorge.

« Joris Hoefnagel connaît son prix », lâcha-t-il enfin, avant d'être interrompu par le vacarme de sa progéniture.

Comme beaucoup de commerçants de cette ville, il préférait faire affaire à domicile, où il convenait d'impressionner le client par des meubles en chêne, une tapisserie au mur et des hanaps, de préférence en argent, sur la table, mais la fenêtre ouverte rendait trop présents les enfants qui se disputaient à l'arrière de la maison. Il se leva en s'excusant et ferma la fenêtre.

Il me resservit en vin.

« Où en étais-je...

– Hoefnagel.

– En effet. Son talent est indéniable, mais un modeste imprimeur comme moi peut difficilement se permettre de tels tarifs. J'ai un ménage de six enfants à entretenir, plus six apprentis, et vous n'avez pas idée de tous les frais qui viennent s'y ajouter. Sans parler des combines et chamailleries de mes confrères de guilde. C'est chacun pour soi, savez-vous. »

Il reprit une gorgée.

« Non, je préfère épargner sur ces coûts-là. Je me suis rendu chez vous avec mon propre dessinateur pour observer la femme animal. Nous n'en ferons pas un livre. Je pensais plutôt à une brochure. J'ai eu l'occasion de voir que pas mal de gens se déplacent, il faut dire que votre ami l'aveugle est tout à fait savoureux.

– Il paraît que vous lui avez glissé un supplément pour rester plus longtemps...

– Oh, il vous l'a dit ?
– Je m'étais déjà douté de quelque chose... »
Silvius tambourina de ses pouces sur le bord de la table.
« Vous êtes encore trop modeste, cher Beer. Nous nous connaissons déjà depuis un certain temps et nous nous sommes entraidés à plusieurs reprises, n'est-ce pas ? Vous détenez quelque chose d'exceptionnel dans cette chambre de bonne. Les gens raffolent de ce genre d'histoires. Surtout les Allemands, je vous le garantis. Nous sommes habitués à toutes les étrangetés dans cette ville, mais quelque chose d'aussi nouveau que cette femme animal... ils ne connaissent pas, à Aix-la-Chapelle ou à Cologne ! C'est pourquoi j'aimerais proposer à des imprimeurs allemands une gravure de la mère, ainsi qu'une autre où elle est avec sa fille, et les diffuser sur les routes commerciales, par exemple dans les villes le long du Rhin. Avec une telle publicité, on viendra de loin pour les voir, j'en mets ma main au feu, et ils voudront passer la nuit, bien sûr. Vous pourriez même envisager de doubler le prix de vos chambres. Votre établissement sera plein d'Allemands. Vous comprenez où je veux en venir ?
– Qu'est-ce que vous attendez de moi ?
– Si vous prenez en charge une partie des coûts d'impression, c'est parti. La moitié, par exemple...
– Et les recettes ?
– De la brochure ? Elles sont pour moi, naturellement. C'est moi qui prends les risques, mais c'est aussi mon réseau personnel que je mettrai à profit pour diffuser l'ouvrage.
– J'accepterais éventuellement de soutenir votre projet, mais pas de le financer.
– Et quelle est la différence ?
– Par "soutenir", j'entends payer un dixième. »
Silvius rit.
« Vous êtes un fin renard ! Un cinquième, d'accord ? »
Il cracha dans sa main.

« Parce que c'est vous, Beer. Je n'ai pas envie de palabrer des heures. »

Je crachai à mon tour dans la mienne, et nous pressâmes nos paumes l'une contre l'autre.

« Oh, attendez », dit-il tandis que nous trinquions à notre marché.

Il se dirigea vers l'une des armoires qui débordaient de rouleaux.

« Voici déjà un premier jet de mon dessinateur. »

Je déroulai le papier. La femme animal y était plus élégante qu'attendu. Elle était représentée en pied. Sa fourrure lui moulait le corps. Ses seins étaient comme des pommes, et ses hanches semblaient larges. Les cheveux dépassant de sa capuche étaient bouclés, comme si quelqu'un l'avait coiffée et apprêtée à la dernière mode. Elle avait la main droite levée, le pouce replié contre son petit doigt abaissé. Son autre main reposait sur l'épaule de sa fille. Ses yeux et sa bouche étaient ceux d'une femme de la noblesse, de quelqu'un qui avait sa place parmi nous.

« Elle n'est pas comme ça, dis-je, plus pour moi-même qu'à l'imprimeur.

– Mais c'est comme ça qu'elle se vendra. »

L'imprimeur ouvrit la porte de sa maison sur le pont de la Kammerpoort, et nous prîmes congé l'un de l'autre sous un soleil radieux de juillet.

Je pris une grande inspiration, fermai les yeux et laissai la chaleur pénétrer en moi.

Oui, vraiment, tu es comme ton père, me dis-je à moi-même, tu es comme le beurre qui coule sur le rôti. Les occasions s'enchaînaient, une chose en entraînait toutes sortes d'autres. J'étais content de moi. Il y avait des gens qui perdaient tout, moi j'avais encore mon auberge. Pourquoi ne pas simplement être reconnaissant pour ce que j'avais en main et ce qui m'était servi sur un plateau d'argent ?

Le soleil ardent sur mon crâne me faisait comprendre que j'avais le droit d'en profiter.

La paix fut de courte durée.

« Henri de Brederode alias le Grand Gueux est arrivé chez nous ! entendis-je crier derrière moi. Accompagné de plusieurs centaines de cavaliers, il est entré par la Keizerspoort et a chevauché jusqu'à la Kammerstraat ! »

Je connaissais cette voix.

« Tous nobles, habillés en gris comme des mendiants ! Accueillis sous les acclamations ! Ils sont venus nous protéger ! »

Je me retournai en jurant et vis le Sécot glapir et effectuer des culbutes à moitié ratées.

« Fais gaffe, imbécile de bouffon ! Tes os n'ont plus l'âge de supporter ces singeries. Tu t'uses à chaque cumulet !

– Toi, fais gaffe, ou je t'enfonce ma langue dans la gorge.

– Gros dégueulasse. »

Le Sécot accueillit le compliment avec une profonde révérence. Puis il porta les mains à sa bouche comme pour sonner le clairon :

« Taratataaa ! Anversoises, Anversois ! Le chef des nobles mendiants est un véritable géant, mieux connu sous le nom de Grand Gueux ! Accourez le voir ripailler ! À l'auberge du Lion Rouge, lui et ses favoris ont déjà pris leurs quartiers ! Accourez voir, bonnes gens ! Ils vont se faire servir à manger ! Tout le monde là-bas ! »

Le bouffon avait raison. Les gens se mirent à affluer de toutes parts. Le Sécot resta dans son rôle et attrapa ma main comme si nous devions interpréter un numéro ensemble. Moitié dansant, moitié tirant, il m'entraîna jusqu'au Lion Rouge. Il n'y avait pas moyen de passer. Des milliers de personnes étaient rassemblées devant l'auberge. C'était la liesse générale.

« Le Gueux ! Le Gueux ! scandait la foule.

– Sans le Gueux, point de jeu ! » glapit le bouffon.

Il refit un cumulet, mais plus personne ne lui prêtait attention, tout le monde ayant le regard fixé sur les fenêtres de la salle au premier étage, où l'on supposait que les gueux prenaient leur repas de midi. L'absence d'intérêt pour sa personne calma un peu le Sécot.

« Henri de Brederode, mes chers amis ! Ha ha ! Si si ! Le seul, l'unique, assis là-haut avec ses camarades ! Celui-là même qui, en véritable héros, a planté son regard dans les yeux injectés de sang de cette pute de régente, la Marguerite de Jambon de Parme, et qui lui a dit : "Nous demandons justice !" »

À présent, grâce à sa voix forte, le bouffon attirait à nouveau l'attention. Les gens se retournaient sur lui, l'encourageaient et applaudissaient.

« Et qu'a chuchoté certain porc à l'oreille de la pute ? "Ne craignez rien, madame, ce ne sont que des gueux !" Après quoi notre grand Brederode et ses camarades se sont eux-mêmes proclamés gueux, car ce sont des hommes du peuple. Vrai ou pas vrai ?!

– C'est vrai, c'est vrai ! » rugirent certains en réponse.

C'est alors que des hourras assourdissants retentirent.

Brederode en personne était apparu à la fenêtre. Il avait enlevé son habit gris de mendiant. Sa chemise à moitié ouverte était d'un blanc étincelant. Visiblement détendu, il saluait la foule en bas. Dans sa main, il tenait une cuisse de poulet entamée, dans laquelle il mordit à pleines dents. Les acclamations redoublèrent. Ses compagnons se poussaient autour de lui aux fenêtres ouvertes, agitant la main. Ils étaient visiblement ivres. Parmi eux, je distinguai Boubert de Pergamont, qui jouait des coudes pour se frayer un passage à l'avant et profiter de l'ovation comme s'il en était l'instigateur.

Brederode, alias le Grand Gueux, leva la main. Les applaudissements se calmèrent. Quelques vivats s'échappèrent encore. Une femme lança :

« Quelle belle bête que v'là ! »

Les rires qu'elle suscita s'amplifièrent encore lorsque Brederode lui répondit par un clin d'œil.

« Anversoises, Anversois ! cria-t-il. Le moment est venu ! Me voici, avec mes camarades, pour vous protéger tous, citoyens pieux et courageux, de l'asservissement honteux que la couronne d'Espagne vous a imposé ! Nous sommes là, au péril de nos vies, dans la fosse aux lions, au risque d'être égorgés à cause de notre protection qui prend le nom de révolte. Mais nous ne les laisserons pas nous égorger, au grand jamais. Aucune troupe de mercenaires espagnols ne vous menacera plus, même si elles sont aux portes de votre magnifique ville. N'ayez plus aucune crainte, je vous en conjure ! Nous sommes là ! Voici les gueux ! »

Cris, clameurs. Les hommes se frappaient la poitrine en hurlant. Les femmes soulevaient leurs seins à deux mains de façon provocante. Le Sécot fit un nouveau cumulet.

Brederode jeta sa patte de poulet par-dessus son épaule et tâtonna vers son verre, que Boubert remplit avec tant d'enthousiasme que le vin rouge déborda.

« Que ce verre... cria le tribun du peuple en brandissant son gobelet qui gicla et forma une tache rouge sur sa manche. Que ce verre scelle notre solidarité et la liberté que je vous promets ! »

Les mains se levèrent. Je vis des larmes couler sur les joues.

« Vive les gueux !* Vive les gueux ! Vive les gueux ! »

Le Sécot me regarda et me fit un clin d'œil :

« Il n'y aura pas de meilleur spectacle que ça aujourd'hui. »

J'avais déjà vu le Sécot caracoler jusqu'à exaspérer son monde et jacasser jusqu'à ce que ses amis le bâillonnent. Mais cette fois, il avait parfaitement senti les gens. Le Grand Gueux avait parlé de liberté avec la nonchalance et l'aplomb d'un comédien hors pair, captivant la foule sans effort depuis sa haute estrade, avec pour seuls accessoires une patte de poulet et un verre de vin. Je me demandai où on allait, si des gens acquéraient soudain du pouvoir ou du moins gagnaient la confiance d'un grand nombre en rassemblant une bande de guerriers armés, mais surtout en prononçant quelques mots avec le brio d'un acteur. À l'époque, je n'en avais pas encore tout à fait conscience, mais ce Brederode, tel qu'il était là, perché à sa fenêtre, galvanisant la foule sans grand plan apparent, était l'un des signes avant-coureurs d'une toute nouvelle ère. Il m'enflammait aussi, d'ailleurs. Je ne l'acclamais pas avec les autres, ça non, mais tout à coup, un bref instant, je sentis moi aussi cet appel : liberté, liberté, liberté ! Or ça ne dura pas. Derrière ce cri de liberté, certains partisans un peu plus fortunés cachaient d'autres ambitions. J'eus l'occasion de m'en rendre compte dès mon retour à mon auberge.

« C'est quoi, ce discours, mon fils ! Joris, mon garçon, tu t'égares ! C'est pour ça que je t'ai offert la meilleure éducation, envoyé à l'étranger, inscrit à Orléans et à Bourges ? C'est ça, l'ouverture d'esprit dont tu te targues ? »

Nous étions au premier étage, à la demande de Joris qui était à la recherche d'une meilleure lumière. Margreet était dans la chambre de bonne auprès de la femme animal et de son enfant, de nouveau sur requête de l'artiste mais sans que je sache exactement pourquoi. Sur ces entrefaites, Hoefnagel père et fils étaient entrés dans une vive discussion, après que je leur eus raconté ce que je venais de vivre au Lion Rouge. Mon récit les avait amenés à croiser le fer, une excuse pour tenter d'avoir le dernier mot sur un ton de plus en plus venimeux.

« Brederode parle de liberté, père. Je t'ai juste demandé de quelle liberté il parle, c'est tout...

– Il parle de la liberté du peuple, bon sang ! La liberté de pouvoir enfin décider par nous-mêmes et de nous débarrasser de ce sale régime espagnol, avec ses ordonnances humiliantes imposées par leur roi hautain. Il s'agit de liberté religieuse ! Qu'on puisse enfin déterminer tout seuls la manière dont on veut vivre notre foi ! Voilà de quoi on parle ! Et voilà enfin quelqu'un qui dit : ça suffit ! Ce sont tes séjours dans les villes espagnoles qui t'ont tourné la tête, ou quoi ? Tu as oublié d'où tu viens ? »

Le fils Hoefnagel s'efforça de ne pas répondre en hurlant, mais en détachant bien chaque mot.

« Il y a beaucoup à redire, père. Je ne prétends pas que le roi n'a pas commis d'erreurs et je ne nie pas non plus l'hypocrisie des papistes. Mais...

– C'est quand même pas croyable, s'exclama Hoefnagel père, qu'un vieux bouc comme moi ait plus de couilles au cul que toi avec toute ta prétendue fougue de la jeunesse ! Ma parole, c'est toi le conservateur et moi le rebelle qui veut le changement ! C'est contre nature, bon sang ! L'heure de la liberté a sonné, c'est moi qui te le dis !

– Il n'y a pas la moindre troupe espagnole aux portes de la ville, père.

– Tu es vraiment en train de me dire qu'il est impossible que cette ville soit occupée manu militari par ces Espagnols ? Ou que ce pleutre de Philippe n'a pas encore pensé à le faire ?

– Non, ce n'est pas ce que je dis. Bien sûr qu'ils peuvent le faire, et qui sait, le prince l'a sans doute déjà envisagé. Surtout quand il a appris que les gens se rassemblaient hors les murs pour écouter des prédicateurs rebelles, et encore plus maintenant que la révolte est proclamée à l'intérieur même de la ville par ton grand Brederode. Mais le prince sait aussi qu'il a besoin de cette ville. Le commerce rapporte. Ce que je dis, c'est que la diplomatie est l'unique voie qui vaille, et que la provocation est le chemin vers l'enfer. En attendant, nous nous laissons diviser.

– Pas si nous nous rangeons tous derrière Brederode et ses gueux ! Pour l'amour du ciel, le droit et la liberté ne signifient donc rien pour quelqu'un qui a encore toute sa vie devant lui ? Diplomatie ? Moi qui suis un loup, j'aurais engendré un mouton ? C'est la lâcheté comme celle dont tu fais preuve, toi, mon propre fils, qui divise ! »

Là, le fils finit quand même par élever la voix, même s'il gardait encore son sang-froid :

« Mais tu t'en fiches complètement, du peuple, père ! Ce qui t'intéresse, c'est *ta* liberté, *ton* droit ! L'argent que *tu* as perdu en prêtant à l'État espagnol ! C'est ça qui vous préoccupe, toi et tes hypocrites d'amis bien nantis ! J'ai l'estomac qui se retourne quand je te vois parader en haillons gris, comme le dernier des sans-le-sou. Même ces chiffons, tu les as fait faire sur mesure pour que leur pauvreté ne te dépare pas trop ! »

Pendant quelques secondes, le père sembla envisager de donner une gifle à son fils. Sur une chaise près de la fenêtre, Ortelius retenait son souffle. Il voulut intervenir, puis se ravisa. Hoefnagel père serra le poing et détourna les yeux. Joris Hoefnagel se remit à ordonner compulsivement son matériel de dessin, comme si ces actes le transportaient ailleurs, là où triomphait la beauté et où son père crevait.

Le Vieux, pour chasser sa colère, s'ébroua dans ses guenilles de théâtre, prit une grande inspiration et se tourna calmement vers Ortelius.

« Votre regard sur cette affaire ? »

Ortelius annonça la couleur sans détour.

« Pour l'instant, j'ai confiance dans le talent diplomatique de Guillaume d'Orange.

– Mais il est de notre côté, du côté de Brederode !

– Ça, je n'en suis pas si sûr, monsieur Hoefnagel. L'initiative euh... énergique du sieur Brederode ne simplifie pas la tâche à Orange dans ses négociations avec la gouvernante.

– Mais son frère Louis de Nassau est un ami de Brederode ! Tout le monde le sait, quand même ? N'est-il pas évident que Brederode agit pour le compte des frères Guillaume et Louis ? Ceux-ci défendent la paix et la liberté ! Cela veut dire choisir un camp ! »

Le père continuait de secouer la tête devant le manque de clairvoyance politique de toutes les personnes présentes dans cette pièce. Ortelius se racla la gorge et servit à Hoefnagel sa voix la plus onctueuse :

« Ou peut-être, car c'est effectivement une autre possibilité, que Brederode facilite justement la tâche à Guillaume d'Orange. Qui sait en effet si l'intervention virulente du Grand Gueux ne permet pas au prince de renforcer sa propre position en montrant à la gouvernante, et donc à la couronne espagnole, que lui-même est partisan de la négociation et de la diplomatie, à l'inverse de Brederode qui...

– Mon cher Abram, vous qui êtes un érudit, savez-vous ce que répondit Alexandre le Grand lorsqu'on lui demanda comment il avait conquis la Grèce ? »

Ortelius fronça les sourcils.

« Cela ne me revient pas...

– Et toi, fils ? »

Joris secoua la tête.

« “En n'attendant pas !” Voilà ce qu'il répondit. Il conquit la Grèce en n'attendant pas ! Qu'on me coupe la tête si l'heure n'a pas sonné ! Et qu'on me la recoupe une deuxième fois si Guillaume d'Orange ne l'a pas compris, lui aussi... »

Hoefnagel rayonnait d'avoir enfin pu placer une citation antique.

« D'ailleurs, attendez-vous à ce qu'il arrive bientôt, ajouta-t-il plus bas.

– Qui ? Alexandre ?

– Nenni ! Orange, bien sûr. Vous verrez ce que vous verrez. Je n'en dis pas plus maintenant, mais la conquête de la liberté approche.

– On en est carrément à parler de conquête ? Serions-nous devenus des héros aux casques étincelants ?

– Fils, tes sarcasmes sont tout simplement déplacés, et tu ne m'as pas habitué à cela, pour être honnête. Tu ne comprends manifestement rien aux grandes questions politiques. Amuse-toi avec tes petits pots d'encre et tes petites plumes. À te voir, c'est déjà bien assez compliqué comme ça.

– Voilà qui est très bas, père, et indigne de toi... »

Le Vieux se rassit en soupirant.

« Je disais juste qu'il y a un moment opportun pour tout, reprit-il d'un ton radouci. Et ce moment est arrivé. C'est l'heure. Je trouve incompréhensible de devoir me disputer là-dessus avec mon propre fils. Tous les autres jeunes sont dans la Kammerstraat en train d'acclamer Brederode à sa fenêtre... »

La porte de la chambre de bonne s'ouvrit. La femme animal et son enfant apparurent, et, derrière elles, Margreet, un sourire mal à l'aise sur le visage.

« Bien, ces vrais habits leur vont à ravir, claironna le vieux Hoefnagel. Bravo ! Au travail, Joris. »

Margreet avait habillé la mère avec les vêtements que le père Hoefnagel lui avait donnés. Elle avait également tressé et relevé ses cheveux à l'aide de deux peignes. Les vêtements laissaient son cou très dégagé. Je vis la femme animal caresser doucement les cheveux de son enfant. Les stries de couleur sur son menton et les deux bandes horizontales qui traversaient son visage de part en part ressemblaient à présent à des gribouillages dans un livre sérieux.

« Comment tu as réussi à lui faire accepter ça ? » demandai-je aussi calmement que possible.

Ce n'est pas Margreet qui répondit, mais le jeune Hoefnagel :

« Je lui ai demandé. »

J'essayai de rassembler mes pensées, qui s'égaillaient dans toutes les directions comme des rats abandonnant un navire en train de sombrer. Elle parlait, alors ? Comment s'était-il fait comprendre ?

Je posai la question à l'artiste, qui me regarda, un peu confus.

« Ben, simplement », répondit-il en retournant à son matériel, qu'il disposa dans le bon ordre.

Simplement ? Personne ne réagit. Pas le moindre haussement d'épaules à ce mot banal. Simplement ? Je regardai la femme animal. Comment ça, simplement ?

Joris l'installa avec l'enfant sous la fenêtre, à la lumière du jour, et se mit à la dessiner, tandis que son père regardait par-dessus son épaule. La mère ne lâchait pas sa fille, mais elle savait désormais ce qu'on attendait d'elle et ne bougeait pas. Ortelius se taisait. Depuis qu'elle avait pris la pose dans la lumière, il ne la quittait pas des yeux.

« Si nous pouvions séjourner dans son pays parmi les siens, commença-t-il d'un ton hésitant, nous courrions le risque, au bout de quelque temps, de renier Dieu et de comprendre qu'aucun lien ne nous lie et que ce n'est qu'une illusion.

– Mais qui peut dire une chose pareille ? se moqua le père Hoefnagel, sans plus prêter attention au nom ni à la réputation d'Ortelius. Vous voulez dire que nous redeviendrions des animaux ? Dans la bouche d'un homme aussi éduqué que vous… C'est de la voir enfin habillée comme un être humain qui vous fait imaginer des choses pareilles ? Là, elle est présentable. Nous allons utiliser son portrait pour attirer de nouveaux investisseurs. Hooftman attend ça avec impatience.

– Vous voulez dire…

– Que nous voulons envoyer de nouveaux navires dans le Nord. Mais soyez tranquille. C'est une merveille que nous avons ramenée, vous le voyez à son visage : si nous poussons un peu plus haut, nous déboucherons sur l'Asie. Voilà ce qu'évoquera le portrait que mon talentueux de fils est en train de sortir si facilement de sa plume. »

Hoefnagel me regarda.

« Je viens d'avoir une idée. Vous savez ce qui serait amusant ? Ce serait de faire le portrait de votre Ward à côté d'elle. Lui avec ses poils partout, et elle avec ces vêtements. Et en dessous, des vers comiques ou le couplet d'une chanson que j'ai entendue pas plus tard qu'hier dans la rue : "Et dis-moi donc bergère/ N'as-tu pas peur du loup ?/ Eh ! par ma foi monsieur/ Pas plus du loup que d'vous..." Savoureux, non ? »

Sans un mot, je quittai la pièce.

J'entendis Hoefnagel père rire :

« C'était grossier ? Je l'ai vexé ? »

Mon fils m'avait annoncé qu'il ne voulait pas devenir aubergiste. Nous avions eu une terrible dispute, avec moi d'un côté qui hurlais, et lui de l'autre, qui attendait que j'aie fini de hurler pour répéter calmement ce qu'il avait déjà dit. Toutes ces années, je m'étais persuadé que faire tourner cette auberge était mon devoir en tant que père. J'occupais une place afin de la lui transmettre. Combien de fois je ne m'étais pas laissé imposer des choses, et j'avais tenu bon en me répétant que c'était nécessaire pour que l'auberge soit prospère et que mon fils ait en main de quoi gagner sa vie, ainsi qu'une place dans ce monde malgré son physique. Voyant qu'il rejetait cet avenir, je me mis à lui reprocher tous mes sacrifices. Mais il ne voulut rien entendre. Il ne m'avait rien demandé, disait-il, et il voulait décider lui-même de son destin. Au lieu d'en rester là et d'attendre qu'il revienne à plus de sagesse, je fis le contraire. Je le houspillai et découvris plus de choses que prévu, plus que je n'aurais voulu porter. Depuis que j'avais mis derrière les barreaux une mère et un enfant et transformé Jeroom en conteur stipendié, Ward ne me faisait plus confiance. Raison pour laquelle il gardait ses distances et refusait que j'aie un quelconque regard sur son avenir. Non, j'avais dit, tu prends ces histoires trop personnellement. Et c'est alors qu'il me ressortit le discours que je lui avais toujours tenu sur sa pilosité. « Sois qui tu es », je lui avais toujours dit. À l'époque, c'était avec fierté que j'avais constaté qu'il prenait ce conseil pour argent comptant. Toute sa courte vie durant, il avait fait fi des regards sur ses poils et sa barbe hirsute, et il avait fait preuve en cela de beaucoup plus de courage que son père. Mais – et cela me mit hors de moi - il établissait un lien entre la mère et l'enfant et sa propre vie, et, assenait-il calmement, seule la honte en réalité m'avait empêché de ne pas l'exhiber comme elles. Ce qui rendit ces mots impossibles à avaler, c'est qu'il les prononça avec amour.

Dans la cuisine, les pelisses de la femme animal et de son enfant reposaient sur un banc près de l'âtre. Suspendues à la crémaillère, trois marmites mijotaient pour le souper. J'avais du mal à imaginer qu'elle se soit déshabillée là, peut-être aidée par Margreet, apparemment sur une simple demande. Me croyant seul, je reniflai la fourrure. Je flairai sa capuche, les manches, le pli entre le pourpoint et la manche, l'intérieur de ses chausses en peau de phoque, ses bottes fourrées. Je sentais l'odeur de la bête qui n'était plus une bête, qui s'était laissé déshabiller. Je sentais l'odeur de mes illusions.

« Vous êtes tous des imbéciles, toi comme les autres. Si je n'étais pas une femme, je cognerais vos têtes les unes contre les autres jusqu'à vous faire voir trente-six chandelles. »

Je laissai tomber une pelisse. Margreet était là, les bras croisés.

L'aube point à Amsterdam. L'eau derrière la Warmoesstraat se colore de bleu foncé. J'entends les premiers mouvements dans la rue, un chariot et quelqu'un qui pousse un juron. Les cloches de l'église Saint-Nicolas sonnent. Les marins se préparent pour la messe matinale avant de partir pour le grand monde.

Et moi je suis là, la honte au front, dans ma chambre derrière ma bougie. Tant d'années plus tard, je me sens encore pris en flagrant délit par Margreet en train de humer cette pelisse. Quel sens ça a ? Je descends me servir à boire.

Marie est toujours assise à la table de la cuisine, là où je l'ai laissée silencieuse quelques heures auparavant.

« Ah, Marie...

– Ça y est, tu as fini de parler tout seul ? demande-t-elle.

– Non. »

Je tire un peu de vin d'un tonneau et je bois.

« Pourquoi tu ne vas pas te coucher, Marie ? Demain est un autre jour.

– Je préfère veiller. »

Elle secoue ses cheveux.

« Tu es fâchée contre moi...

– Ça changerait quelque chose ?

– Non. »

Je reprends une gorgée.

« Allons, mets-toi ici, dit-elle en tapotant la chaise à côté d'elle. Viens, tu seras en meilleure compagnie avec moi. »

Elle rit.

Je ris aussi, mais ne m'assieds pas.

« Je dois retourner penser à ta mère, Marie. Je dois me souvenir de la première fois où je l'ai vue rire. »

Ses yeux commencent à briller.

« Alors, c'était comment ?

– Comme si la Vierge Marie riait sur le mont du Calvaire au lieu de verser des larmes.

– Euh… je ne vois pas très bien ce que tu veux dire par là. C'était bien ou pas ?

– Au début, je pensais qu'elle se moquait de moi.

– Tu l'avais peut-être mérité », répond Marie en souriant.

Je regrette mes mots, et je regrette aussi de ne pas vraiment être capable de lui décrire ce que j'avais ressenti devant ce rire. On est toujours démuni face à la candeur.

« Ah, j'exagère un peu. Elle s'est mise à rire, et toi aussi, à cause d'un cadeau que je t'avais donné. C'était un jouet, tu te souviens ?

– La toupie ? »

J'acquiesce.

« Va dormir maintenant. Je vais remonter.

– Repose-toi, Beer. »

Me reposer ? Non, je n'en suis pas encore là.

Dans ma chambre, je cherche la toupie. Je l'ai mise quelque part, mais où ? Je l'ai emportée quand je suis parti d'Anvers. Ça s'est présenté comme ça, je n'ai pas réfléchi. Je l'ai vue et je l'ai attrapée. Ce n'est pas la première fois que je cherche cette toupie. Il y a quelque temps, j'ai demandé à Marie si elle ne l'avait pas vue quelque part. Elle m'a regardé d'un air interrogateur et a haussé les épaules.

Je continue de chercher.

Je regarde entre les draps. Je me penche, mais je ne vois rien sous l'armoire.

Et tandis que je cherche, j'entends à nouveau le rire de la mère de Marie.

« Le monstre du Nord, avec sa fille ! Mi-femme, mi-bête ! Venez la voir dévorer le poisson qui frétillait encore sur ses genoux l'instant d'avant ! Son haleine est aussi froide que le vent du nord ! »

Ward était venu m'avertir que Jeroom utilisait une crécelle pour attirer l'attention des clients dans le brouhaha de l'auberge. Mon fils avait fini par cacher l'objet.

« Les gens croient qu'il y a un lépreux ou un pestiféré », me dit-il d'un ton réprobateur.

Je n'avais pas grand-chose à objecter. Par ailleurs, le boniment de l'aveugle faisait trop de bruit pour moi aussi. Je pris Jeroom par le bras et l'emmenai dans un coin.

« Qu'est-ce qui ne va pas ? se défendit-il.

– Ça suffira pour aujourd'hui, Jeroom.

– Mais Beer... l'heure du souper est à peine passée, et je n'ai pas mangé, justement parce que je sais combien je peux gagner à cette heure-ci, et toi aussi par la même occasion... Pas plus tard qu'hier, j'ai eu cinq candidats pour la visite. Et ils sont tous restés après. Ils m'ont payé à boire pour me remercier de mes histoires.

– Félicitations. Je suis content pour toi, mais c'est fini pour aujourd'hui. »

Jeroom hocha la tête.

« Bon, j'avoue que ce n'est pas plus mal. Je ne sais pas comment ça se fait, mais je dois tout le temps lascailler comme le Raboin.

– Tu dois quoi ?

– Pisser comme le Diable en personne ! Ma vessie me harcèle toute la journée.

– Installe-toi donc près du feu, enlève tes chaussures et demande à Margreet de t'apporter de la soupe. Remplis-toi l'estomac et laisse-toi servir. C'est un miracle si tu n'as pas encore perdu ta voix. Il est temps de te reposer. »

Je montai dans la chambre de bonne.

La femme animal me vit lorgner à travers les barreaux avant que j'aie eu le temps de baisser la tête. J'ouvris la porte. Son enfant était assis par terre et ne me regarda pas. Je me mis face à elle. Je souris, mais elle se recula légèrement. De la poche de ma veste, je sortis le jouet que j'avais vu traîner dans la chambre de Ward et auquel il n'avait plus prêté attention depuis des années. Je lançai la toupie en tirant sur la corde que j'avais enroulée tout autour. La toupie rebondit sur le bois dur, mais resta en équilibre. Elle finit par tourner parfaitement verticale. L'enfant la fixa des yeux, puis me regarda. Elle tendit un doigt vers l'objet qui tourbillonnait, mais ne le toucha pas. Puis elle hocha la tête lentement, d'un air grave, comme si elle avait découvert une vérité profonde. Je dus me retenir de rire, tant elle avait l'air sérieuse et convaincue. La toupie perdit peu à peu en force et en vitesse, puis tomba sur le côté, tout en continuant de tourner autour de son axe. L'enfant dit quelque chose à voix basse, sans quitter l'objet du regard, les bras croisés. Je ramassai la toupie. Du pouce, je bloquai l'extrémité de la corde, la tendis à l'oblique et enroulai le reste lentement et méticuleusement autour de la boule. Puis je jetai la toupie qui de nouveau se redressa après avoir rebondi quelques fois. Tout à fait stable, la pointe de la toupie semblait à la recherche d'une faille dans le plancher où elle pourrait s'enfoncer. Un sillon irrégulier la fit vaciller un instant, jusqu'à ce qu'elle rencontre un clou et que résonne le fer contre fer, avant d'être à nouveau entraînée plus loin, vers un pan de bois sans rainures ni encoches. L'enfant baragouina quelque chose en haussant le ton, puis rit brièvement lorsque l'objet se coucha de nouveau. Je réenroulai la corde autour de la toupie, tout en coulant un regard en coin vers la femme animal. L'enfant profita de cet instant pour attraper la toupie dans ma main. L'impatience de la petite amusa sa mère. Je repris la toupie et réenroulai la corde autour. Puis je la lançai. La pointe rebondit et se renversa. L'enfant me regarda et dit quelques mots en skræling. La mère se leva, prit la toupie et me regarda. Je lui tendis la corde. Sans hésitation, elle l'enroula, exactement comme je l'avais fait, et tira dessus tout en lançant la toupie, qui tournoya parfaitement sur le sol. Mère et fille se regardèrent et se mirent à rire.

« Joli, hein ? m'exclamai-je tout à coup. Ici, on appelle ça... »

Elles s'arrêtèrent de rire.

Je me tus un instant.

« Une toupie », chuchotai-je.

Pendant quelques secondes, nous n'entendîmes que la pointe de la toupie tourbillonnant sur le bois.

Une fois le jouet à nouveau renversé, la mère s'en empara avant même que j'aie eu le temps de m'approcher. Elle regarda l'enfant et se mit à parler posément, tout en enroulant elle-même la corde. J'entendais des sons courts, tantôt brusquement tronqués par un *t*, tantôt prolongés par un *e*. On aurait cru entendre quelqu'un qui nettoie du poisson, avec parfois un coup de couteau sur la planche ou un bruit de raclage. Presque toutes les phrases commençaient par un *k*. Il y avait aussi des sons moins envoûtants, comme si elle graillonnait ou avait le nez bouché. Ou alors elle sifflait si fort que ses *s* étaient comme aspirés dans un marécage. Tous ces sons mis bout à bout formaient une chanson sans respiration qui n'en finissait pas.

Pendant ce temps, son visage demeurait impassible.

Durant toute l'explication, l'enfant hocha la tête, les yeux fixés sur la toupie, prononçant successivement quelque chose qui ressemblait à « houk » ou « youk ». Ensuite, elle essaya de reproduire ce que sa mère venait de lui apprendre.

Elle n'y arrivait pas.

Ma main intervint pour l'aider, c'était plus fort que moi.

Je lançai la toupie et vis alors le regard calme et en même temps implacable de la mère sur moi.

Tout à coup, son ventre se mit à vibrer de rire. Elle semblait se moquer de tout ce qui l'entourait, moi y compris. Et tandis que la toupie tournait, ce rire me pénétra profondément et, au bout d'un moment, je me mis à rire avec elle. C'était ça, le vrai miracle. Que nous soyons réunis tous les trois autour de cette toupie et qu'elle ne soit pas la seule à tourbillonner, mais le monde entier autour de nous aussi, et que ce rire soit une libération.

Puis la toupie perdit de sa vitesse et retomba.

Après que Brederode eut si ardemment promis la liberté aux Anversois, les gens s'en étaient allés par les rues en dansant. Les jours suivants, ses plus fervents admirateurs faisaient toujours la fête, narguant ouvertement les autorités, tandis que le reste de la population éprouvait un malaise grandissant face à ces troubles. Cette liberté allait-elle bien bénéficier à tout le monde ? Pour les papistes, c'était de la comédie. Continuez comme ça, clamaient-ils, les Espagnols vont rappliquer et vous verrez. Les luthériens rêvaient de vivre leur foi au grand jour, mais le commerce était tout aussi important à leurs yeux. Quant aux calvinistes, ils étaient convaincus de leur toute-puissance et de la nécessité de la lutte. « Enfin la justice ! » pensaient certains. « Fichez-nous la paix », pestaient les autres. Et ceux qui voulaient la paix étaient de plus en plus nerveux à cause de ceux qui réclamaient la justice. Et ça s'éternisait. Chaque jour, il y avait quelqu'un qui se fâchait contre un autre. De tous, les anabaptistes étaient les pires. Comme personne ne se souciait d'eux, ils enchaînaient les provocations.

« Plutôt turcs que papistes ! » criaient-ils d'un côté d'un canal.

De l'autre côté, on explosait de rage.

« Comment osez-vous ne serait-ce que penser ça, renégats ! Vous n'avez pas honte ? »

Cela en restait au stade des cris et des insultes, mais certains brandissaient malgré tout leur rapière ou leur poignard, prêts à verser le sang s'il n'y avait pas d'autre issue. La colère des papistes enflait. Ils affirmaient que tous ceux qui se rendaient hors de la ville pour écouter les prédicateurs adoraient le Cornu, le dimanche par-dessus le marché, et ils étaient furieux que le conseil communal n'intervienne pas. À leurs yeux, ce « plutôt turcs que papistes » ne faisait que mettre en lumière les intentions démoniaques des semeurs de troubles. Pour les calvinistes, en revanche, les adeptes de Belzébuth étaient à Rome, et quiconque considérait le pape comme le substitut du Christ puait le soufre et la perdition. Ils pointaient du doigt : vous, vous et vous ! Vous n'êtes que des hypocrites et vous aurez tous à rendre des comptes à votre heure dernière !

Aucun de ces groupes religieux ne parvenait à imposer la paix, car aucun ne représentait l'ensemble de la population.

Qu'à cela ne tienne !

L'homme dont on espérait qu'il ramènerait la paix dans la ville agitée était en route. Avec des cavaliers, bien sûr. Les gens se demandaient si le vicomte d'Anvers, j'ai nommé Guillaume d'Orange, avait emmené sa femme, Anne de Saxe, une Allemande pas vraiment catholique, comme tout le monde le savait, une chaude lapine, ça aussi tout le monde le savait ou du moins le disait et insistait. De même sur le fait que son mari ne savait plus quoi faire d'elle. Saurait-il quoi faire de nous ? À cette époque, Orange était encore bardé de titres et de fonctions, ce qui plaidait en sa faveur. Calvinistes et luthériens pouvaient se quereller des heures à son sujet, car les deux groupes le considéraient comme étant des leurs. Ceux qui croyaient encore dans le pouvoir du pape et de Philippe le Guère Prudent lui accordaient le bénéfice du doute. Quelle autorité émanait de lui ! C'était un diplomate ! Il allait satisfaire tout le monde !

Le magistrat de cette ville lui avait demandé de rétablir l'ordre, et cela, coûte que coûte.

« Ils sont dépassés par les événements ! », criait-on çà et là.

Ceux qui osaient affirmer qu'Orange venait compenser l'impuissance du conseil communal se faisaient copieusement insulter par ceux qui étaient convaincus qu'il avait été mandaté par la gouvernante. Elle aussi voulait la paix ! Dans son palais de Bruxelles, elle en avait royalement sa claque de cette ville de malheur, avec ses rebelles velléitaires, ses satanés hérétiques et ses effroyables blasphémateurs dans les champs. Mais cela changeait-il vraiment quelque chose de savoir qui lui avait demandé de venir ? Perdus dans nos chamailleries, nous avions besoin de lui, c'était clair ! Tout le monde ergotait, chacun se leurrait. On était fatigué, en fin de compte, de se crier dessus comme ça.

Les rues autour de la Keizerspoort étaient noires de monde. Tous voulaient le saluer, espérant obtenir satisfaction de lui.

Coups de clairon dans la nuit tombante. Des hourras.

« Il est là ! Il est là ! »

Ses cavaliers étaient indénombrables. Orange était là, en selle, vêtu d'une armure noire ornée d'or. Il affichait un vague sourire, agitait la main et hochait la tête sobrement. Le cheval de sa femme Anne ne marchait pas au même rythme que le sien. Elle lançait à la ronde des regards inquiets, même si le couple était protégé par deux rangées de cavaliers qui avaient l'air capables en un clin d'œil de se changer en monstres sanguinaires et d'arracher le foie à quiconque avant qu'il braque son pistolet ou lève son épée contre leur maître.

« *Vive les gueux** *!* cria quelqu'un. Vive les gueux ! »

Cela ne fit pas rire Orange. À côté de lui chevauchait le rebelle Henri de Brederode, qui avait clairement imposé sa présence au vicomte. Entendant cela, Brederode répondit bien sûr en agitant joyeusement la main. Il avait perdu en popularité. Même ses admirateurs voyaient bien qu'il faisait bombance depuis des jours à l'auberge de la Kammerstraat, où ses camarades et lui étaient occupés à se tailler une ardoise que personne, chuchotait-on, ne pourrait jamais payer. Mais cela n'avait aucune importance, car Guillaume d'Orange éclipsait tout le monde. Le bourgmestre extérieur Antoon van Stralen chevauchait à ses côtés également et brillait comme un soleil de minuit. Orange et lui étaient bons amis. Van Stralen l'accueillait comme un roi, et Orange serait célébré le lendemain à l'hôtel de ville au cours d'une cérémonie où il recevrait les clés de la ville, comme si le sauvetage d'Anvers était un service d'ami entre deux hommes bien nés.

Déjà à ce moment-là, ce sauvetage semblait n'être plus qu'une formalité. La ville s'était réunie avec allégresse autour du guide. Tout allait rentrer dans l'ordre à présent. Cet homme dégageait plus d'autorité que tout le conseil communal réuni. En d'autres termes, beaucoup de gens l'élevaient déjà au rang de saint, avant même qu'il ait levé le petit doigt. Sa présence suffisait, et la joie qui en découlait était partagée.

J'avais pris par les rues adjacentes pour éviter la foule et m'apprêtais à emprunter un petit pont enjambant un canal lorsque je faillis heurter doña Maria. Cette fois, elle ne détourna pas le regard, même si elle devait se remettre du choc de se retrouver nez à nez avec moi. Son ventre ne laissait encore rien deviner, mais elle y porta les mains dès qu'elle me reconnut.

« *Bonjour**, monsieur Beer…

– Mes salutations, madame… »

Je la laissai passer devant moi sur l'étroit pont de pierre.

« Vous aussi, vous êtes allé saluer Orange ? demanda-t-elle sans se retourner.

– Je voulais voir à quoi il ressemblait, répondis-je.

– Et ?

– À part sa barbe et son sourire hésitant, je n'ai pas vu grand-chose.

– Vous savez que nous les connaissons ? Surtout sa femme, Anne. C'est une amie très chère.

– Non, je ne savais pas. »

Elle se retourna.

« Vous et moi sommes très prévenants l'un envers l'autre. N'est-ce pas ? »

La journée avait été très chaude. L'air commençait seulement à fraîchir maintenant que le soleil se couchait.

Elle épongea la sueur de son visage avec un petit mouchoir en dentelle qu'elle garda ensuite pressé dans sa main.

« Je dois retourner à l'auberge…

– Je ne vous retiens pas.

– Vous auriez mieux fait de me retenir, au contraire.

– J'ai peur de ne pas comprendre. »

Nous nous regardâmes.

Elle soupira.

« Cet enfant dans mon ventre… Au début, je n'en voulais pas, et vous devinez pourquoi. Il est le fruit du désespoir et de la vengeance, je l'avoue. Pardonnez-moi si je vous dis ça. Mais à quoi cela m'avancerait-il de m'en débarrasser ? Le désespoir doit-il laisser la place à encore plus de désespoir ? Non, je ne peux pas me le permettre. *Cela ne sert à rien**. Cet enfant donne à mon mariage une raison d'exister, vous comprenez ? Il me rend ma valeur d'épouse. »

Je fis non de la tête.

« Qu'est-ce que vous ne comprenez pas, monsieur Beer ? Vous comprenez ce que je… Non, vous ne pouvez pas imaginer.

– Quoi donc, madame ?

– Ce qu'une femme doit faire pour se protéger. »

Chaque année, la statue en bois de la Vierge Marie était portée dans les rues d'Anvers au cours d'une grande procession, après laquelle on faisait la fête et on buvait. C'était un moment où la ville se célébrait elle-même, et j'avais décidé que la femme animal et son enfant devaient en profiter aussi. Margreet ne s'était pas opposée. Elle les avait habillées à la mode de chez nous. Elle avait paré la mère d'une coiffe blanche trop grande, de sorte que le visage brun aux rayures bleues et rouges sur le menton saute moins aux yeux. Elle avait enfilé à chacune de ces gants fins que portent les femmes pour ne pas exposer leurs plaques rouges ou leurs crevasses au soleil, au froid ou au vent vif. Elles se tenaient toutes les deux devant moi, le regard fixé au sol. Il y aurait tellement de monde dans les rues et sur les places qu'elles passeraient totalement inaperçues. Je commençais néanmoins à être un peu fébrile, craignant que mon plan ne soit tout de même un peu inconscient. La femme animal pouvait-elle vraiment passer inaperçue, même en costume local ? C'était l'âme qui se nichait en elle qui la rendait si différente, mais les âmes ne ressortent pas dans une foule ; une masse de gens forment une seule et même âme. Dans l'intimité d'une chambre, je la voyais, son âme. Et c'était de l'innocence que je voyais, pensais-je, un être humain, mais sans la gravité, une femme dans son état originel, sans chagrin ou du moins sans conscience de chagrin. Ortelius me l'avait dit, et c'était surprenant que cela ne me revienne à l'esprit que maintenant, mais ces deux-là n'étaient pas seules lorsqu'on les avait trouvées à bord d'une chaloupe dans les mers nordiques. Il y avait un homme avec elles, qui avait été massacré et jeté par-dessus bord. C'était son homme, le père de son enfant. À aucun d'entre nous elle n'avait montré de chagrin, du moins pas à moi. Cela me mettait de plus en plus mal à l'aise. Qui sait, peut-être qu'elle cachait son chagrin par colère.

« Mais je viens avec vous, dit Margreet, sinon elles restent ici.

– Je ne demande pas mieux... »

Ward avait mis ses plus beaux habits, comme de juste en ce jour spécial. Ça le surprit que les Skrælingar nous accompagnent à l'ommegang[1] en cette radieuse journée d'août.

« Elles sont libres », dis-je.

Ward fit la grimace.

« Assez libres en tout cas pour assister à la procession, ajoutai-je rapidement.

– Ce que tu arrives à te faire croire... » lâcha mon fils avec nonchalance.

Dehors, personne ne nous regardait. Tout le monde cherchait une bonne place, et ceux qui en avaient déjà trouvé une la défendaient bec et ongles.

« On arrive un peu tard », dit Ward, mais il nous trouva un emplacement sous un porche de la Hoogstraat, où nous étions tous les cinq légèrement surélevés et bénéficiions donc d'une très bonne vue.

L'ommegang était déjà là. La statue de la Vierge n'arriverait qu'en bout de procession, entourée de prêtres et de notables, dans une odeur d'encens. Avant elle, nous aurions droit à un cours en bonne et due forme. Des tracts

1. Une ommegang était à l'origine une procession religieuse dans les Pays-Bas méridionaux.

avaient annoncé que les chars seraient cette année placés sous le signe du « Temps présent », autrement dit l'époque à laquelle nous vivions et que nous partagions tous ensemble dans cette ville. Il était clair que chacun d'entre nous, jusqu'au dernier des imbéciles, devait être imprégné d'un message. Les processionnaires arboraient des écriteaux, et les premiers chars, des appels à la piété. Certains acteurs sur les chars levaient également des panneaux expliquant leur personnage. Le « Temps présent » devait ainsi nous parler de méfiance et de discorde ; on le voyait littéralement venir de loin. « La suspicion maligne mine une nation », était-il écrit sur le premier char, richement décoré. L'homme qui jouait le rôle du Temps était empêtré dans des fils qui le tiraient de tous côtés. Les enfants étaient déchaînés, surexcités par les grimaces du grand-père et par sa fausse barbe qui se détacha plusieurs fois. La piété sévère censée émaner d'un tel personnage n'était visiblement pas le fort de l'acteur, qui préférait faire vibrer une corde plus évidente : celle du rire prêt à jaillir malgré tout de chacun d'entre nous. À ma grande satisfaction, je vis la fille de la femme animal rire avec les autres enfants, et même applaudir et agiter les bras. Sa mère restait impassible. Sur le deuxième char, les personnages représentant les quatre continents étaient reliés par des fils. Tout comme le Temps, ils se débattaient comme des mouches dans une toile d'araignée. La mère ne reconnaissait pas son continent à elle, le Grand Nord ? Elle ne voyait pas son congénère habillé en blanc, entouré d'acteurs représentant des nuages bleus ? Elle ne sentait pas comme nous le froid qu'ils apportaient dans cette journée ensoleillée ? Voyait-elle les peaux d'animaux et les défenses des morses ? Non, elle semblait ne rien voir de tout le spectacle.

« Et je n'ai plus le droit de participer ! s'écria soudain le Sécot à côté de moi, me faisant sursauter. Je suis l'envie qui ronge le cœur et j'engendre la guerre !

– Et pourquoi tu ne peux pas ? » demandai-je.

Il chercha mes yeux et dit :

« À cause de mes mauvaises fréquentations ? À cause de toi et de ton auberge ? Parce que nous vivons apparemment à une époque où il faut choisir son camp, et qu'à cause de mes amis peu fréquentables, je ne suis plus en odeur de sainteté chez les papistes ?

– Oh, imbécile, dis-je, c'est n'importe quoi. Tout le monde est le bienvenu dans mon auberge !

– Je te charrie, glapit le bouffon.

– Si les gens pensent qu'on a choisi une couleur, toi, moi ou n'importe qui de nos connaissances, que nous sommes des gueux ou des papistes, des luthériens ou des calvinistes, des zwanzeurs ou des philosophes, des scélérats qui veulent la ruine générale…

– C'était pour te charrier ! répéta le bouffon en montrant le char qui passait devant nous. Mais dis-moi franchement : ma place n'est-elle pas là-dessus ? »

Je hochai la tête et tâchai de me calmer. Toutes ces manigances de tous côtés me mettaient en rogne.

Voilà qu'arrivait à cheval l'Avarice mondaine, habillée comme une vieillarde en haut et en bas comme un homme, le visage rougeaud et le ventre rond comme si la créature allait accoucher de sa fortune à califourchon. À sa droite, un type déguisé en mendiant se voyait donner un caillou, tandis que le chien à sa gauche recevait une miche de pain. Quelques personnes autour de nous commençaient à se fâcher.

« Ils se moquent de nous ou quoi ? On n'est pas les vrais traîne-misère, nom de Dieu ? Et on nous accuse d'être avares ? »

Je vis Margreet serrer les Skrælingar plus près d'elle. La mère observait l'effervescence et les chars colorés, une lueur d'amusement dans les yeux. Elle échangeait parfois un regard avec Margreet. Rien avec Ward ou moi.

Arrivait à présent le Tyran cruel, à cheval lui aussi, bien entendu, mais vêtu d'une armure rouillée et équipé de flèches usées qu'il n'arrivait pas à décocher. Bien sûr, le but était qu'il soit hué, car nous allions tous nous épanouir sous un régime sans tyrannie ni cruauté. Mais le Tyran Cruel fut traité de « salaud d'Espagnol » et de « pieux salopard de Philippe » ou de « roi de mes couilles ». Les prêtres et les curés participaient aussi à la procession, naturellement. Sous cette pluie d'aménités, leur mine s'allongea, et leur colère silencieuse leur fit perdre le rythme. Certains accélérèrent le pas, rattrapant les chars de devant, qui continuaient de fendre la foule à une cadence aussi solennelle que possible.

« Mais Dieu honorera son peuple ! » cria le déclamateur annonçant la deuxième série de chars, dont le premier, représentant la « Discorde », transportait quatre musiciens qui jouaient faux exprès.

« Inquiétudes injustifiées ! cria un acteur en rouge, qui marchait à côté du char cacophonique.

– Suspicion maligne ! claironna un autre.

– Mauvais esprit ! rugit le troisième par-dessus les fausses notes.

– Et entêtement ! » ajouta le dernier.

Sur le char, devant un énorme rouet, la méchante sorcière Discordia filait son courroux, ainsi que l'indiquait une pancarte à ses pieds.

« Je retire ce que j'ai dit, murmura le Sécot, je suis content de ne pas avoir pu participer… »

L'horrible tintamarre mêlé aux injures poussa la femme animal à ramener sa fille contre elle. Protégées par la cape de Margreet, toutes deux attendaient de voir ce qui allait se passer.

D'autres chars arrivèrent, certains moins tapageurs que d'autres. Les gens recommencèrent à rire, se sentant moins provoqués par de pieuses exhortations. Nous vîmes l'Espoir, ainsi que la Miséricorde, et un type à la longue barbe blanche éparpilla sa Sagesse sous forme de tracts.

Mais personne ne chercha à les attraper. Ils tourbillonnèrent et atterrirent dans la boue.

La statue de la Vierge Marie, portée par deux rangées de trois hommes et précédée de tous les prêtres qui avaient voix au chapitre dans cette ville, n'était pas encore passée devant le porche où nous étions, mais j'entendais déjà des cris de colère. Je vis apparaître au coin de la rue sa couronne qui dominait tout le monde, et, juste après, un jet de pierre qui la manqua de justesse. Les cris redoublèrent. La couronne n'avançait plus de manière régulière, mais se déplaçait chaotiquement d'avant en arrière, comme si le char était tiré dans des sens opposés. La colère populaire était parvenue jusqu'à nous à présent. Le char se rapprochait, se frayant un passage à travers une foule que même les cavaliers ne pouvaient plus contenir. Les premiers prêtres que je vis entourant la statue jetaient des regards apeurés autour d'eux. Les invectives étaient reprises en chœur.

« Rentre chez toi, la Mère !

– Demi-tour, la pute à curés ! »

La femme animal voyait la statue de la Vierge être insultée, les pierres qui tentaient de la toucher au visage, la colère de l'assemblée. Puis elle me regarda. Elle serra son enfant encore plus fort et se mit à chanter.

Le père Marcellus surgit de la foule juste à côté de moi.

« Qu'avez-vous fait, malheureux ! s'écria-t-il en montrant la femme animal qui chantait. Vous ne voyez donc pas ? Elle rend les gens fous !

– Elle ? rétorqua Ward, avant que je puisse dire quoi que ce soit. Vous voyez bien que personne ne fait attention à elle ! »

On ne s'entendait plus parler. Ward et le père Marcellus se menaçaient mutuellement de se casser la figure. Les gens tiraient et poussaient. La statue vacilla. Les cris se changèrent en chant guerrier.

« Fous le camp, Marie-Vorace ! Reprends tes sales pattes de rapace ! »

La femme animal continuait de chanter, les yeux levés vers le ciel. Seule Margreet pouvait l'entendre avec le vacarme ambiant. Le père Marcellus voulait néanmoins la faire taire et tenta de l'attraper. Ward et moi le retînmes toutefois par sa soutane, et ses bras s'agitèrent dans le vide. Toute la ville s'était transformée en un spectacle de tréteaux démentiel, grouillant de pitres aux lèvres écumantes, d'amertume et de gravité, de présages funestes, avec, juste au-dessus de nos têtes, la Vierge attaquée. Dans la peinture bleue de ses yeux, il y avait de la peur.

Ce même dimanche, cependant qu'une vraie résistance éclatait à l'intérieur d'Anvers avec des invectives lancées contre la statue de la Vierge, une foule de rebelles s'était de nouveau aventurée hors les murs pour écouter des sermons insurrectionnels à l'abri d'une haie. Les hommes et les femmes de l'« Église Verte » – oui, c'est ainsi que ces rassemblements extra-muros étaient maintenant appelés, tant par les pieux calvinistes que par ceux qui s'en moquaient – firent en sorte d'être de retour en ville pour assister à la dernière partie de l'ommegang, celle où les cris tournent aux beuglements et à la beuverie, car la traditionnelle kermesse de la saucisse et de la bière eut naturellement lieu, malgré le tumulte qui avait précédé. Rébellion ? Résistance ?

« Ouais, entendais-je éructer d'innombrables gosiers, attends que j'aie fini ma bière... »

Ainsi en allait-il encore de la colère spontanée à l'époque : elle s'éteignait très vite dans des flots d'alcool. Après une provocation musclée qui avait fait trembler les autorités, on se remit à picoler et à faire la fête, comme des gamins turbulents.

On disait qu'aux alentours de l'hôtel de ville, les gens s'étaient montrés un peu moins grossiers envers la Vierge, car Guillaume d'Orange s'était installé sur le perron pour forcer les gens à la prudence. Malgré tout, paraît-il, les moqueurs y étaient allés de leur complainte railleuse au passage de la statue.

« Pauvre Marieke ! avaient-ils crié à la statue, c'est ton dernier ommegang ! »

Chacun avait scruté Orange, espérant que l'homme témoignerait son soutien d'une façon ou d'une autre, par un sourire en coin ou un geste subtil. Mais, disait-on, même s'il était resté digne, il avait surtout pâli.

« Eh bien sûr ! s'excitait Ortelius deux jours plus tard. Qu'est-ce que les gens attendent de lui ? Qu'il applaudisse et appelle tout le monde aux armes ? Cet homme est ici dans le but de maintenir la paix et pour servir de médiateur entre le peuple et la régente. Bonne chance, avec tous ces marins qui crient tout et son contraire sur les quais. L'un souhaite qu'il décrète la révolte, l'autre espère qu'il ramène tout le monde à la raison, bref, quoi qu'il fasse, il sera accusé de trahison. Je ne voudrais pas être à sa place. Dans tous les cas, il est condamné à être spectateur de son échec. J'ai appris que la régente l'avait sommé de venir s'expliquer dans son palais à Bruxelles et qu'il n'avait aucune envie de laisser cette pagaille derrière lui pour aller présenter ses excuses. Comment la convaincre qu'il y a encore des gens raisonnables ici ? Car la régente aussi va devoir exposer la situation à son frère, et nous savons que le prince n'est pas enclin à la moindre concession quand on touche à la piété et à la bonne doctrine. C'était de la provocation pure… L'orgueil est en train d'étouffer le monde, Beer. »

Je répondis que c'était peut-être inéluctable, d'ailleurs prédire quelque chose qui était déjà arrivé ne demandait pas grand effort. Plus même : dans une auberge, on ne prédisait que ce qui était déjà arrivé – alors que l'inattendu semblait à peine mériter un commentaire –, et la prédiction était généralement suivie d'un condescendant « ce qui m'étonne, c'est que ça t'étonne »...

Ortelius leva les yeux du quignon de pain et du morceau de fromage que je lui avais servis. Les événements l'avaient tellement secoué qu'il avait quitté son bureau pour venir s'abriter ici, comme d'une grosse tempête. Se pouvait-il que cet homme se soit senti insulté par le vacarme de la rue qui l'avait distrait de son travail de cartographie du monde ? Il avait du mal à garder son calme.

« Rétrospectivement, tout semble toujours inéluctable. Nous vivons la fin des temps, Beer. Les signes deviennent seulement plus évidents. Vous le voyez aussi, quand même ? À mon avis, c'est le début de la fin.

– Le début de la fin ? Encore ?

– J'ai reçu une lettre de mon bon maître Mercator dans laquelle il m'assure que la fin des temps a commencé. Pour lui, les planètes n'ont plus de secrets depuis longtemps. Vierge Marie... Ça, nos amis calvinistes ne comprennent pas. Eux ne voient qu'intrigues et oppression ; ils n'ont pas tort bien sûr, mais moi je vois avant tout le lien. Et en même temps, je sais que ce lien opère seulement quand il reste inexprimé, quand il est considéré comme naturel, et qu'en revanche il explose lorsqu'un nombre significatif de personnes le mettent en doute ouvertement.

– Eh beh... » dit Margreet sans qu'on l'y ait invitée.

Elle était venue remplir la corbeille à pain.

« C'est quoi ces balivernes... Un lien ? Faut vraiment passer toute la journée son nez dans les livres pour sortir des choses pareilles. Un lien qui ne peut pas s'exprimer ? Mieux vaut entendre ça qu'être sourde... »

Elle reposa brutalement la corbeille de pain et retourna à la cuisine.

« Pardonnez-lui, dis-je, stupéfait par l'insolence de Margreet.

– Il faut faire attention ! s'écria Ortelius, qui ne se laissait distraire par rien ni personne. Garde ! Nous ne pouvons pas abandonner notre ville aux caprices de contestataires qui n'ont cure de l'avenir. Car nous serons jugés, tous autant que nous sommes ! »

La porte d'entrée s'ouvrit à la volée.

Mon fils Ward était là, haletant.

« Venez à Notre-Dame, vite ! » cria-t-il.

Devant l'autel de l'église, une vieille édentée se querellait bruyamment avec des petites crapules, moqueuses et arrogantes.

C'est pour ça que Ward nous avait fait venir ici ?

C'est alors que je remarquai que de nombreuses personnes s'étaient déployées dans les coins et sur les côtés. Tels des chasseurs à l'arbalète, elles se tenaient à l'affût dans cette forêt de pierre, le regard fixé sur une proie, sans se rendre compte qu'elles étaient elles-mêmes épiées ou prises en ligne de mire, car il y avait aussi des mouchards partout, que tout le monde connaissait d'ailleurs. Certains faisaient semblant de prier avec ferveur.

Aucun ne se mêlait de ce qui se passait près de l'autel.

Tout le monde attendait.

« Eh, la vieille ! l'apostropha l'un des gamins, complètement ivre. Demande un peu à ta sainte Vierge si elle ne veut pas nous chanter "Vive le gueux" !

– Vive le gueux, longue vie à lui ! Vive les gueux, longue vie à eux ! » reprirent en chœur ses compagnons.

Certains à distance battaient la mesure de la chanson contestataire en frappant dans leurs mains d'un air provocateur. Ma parole ! J'aperçus Boubert de Pergamont arborant un grand sourire, comme si ces petites canailles étaient ses meilleurs copains, cherchant des yeux d'éventuels alliés. Il ne me vit pas, Dieu soit loué.

« Elle veille sur chacun d'entre vous, petits ingrats ! répondit la vieille d'une voix stridente.

– Alors la vieille, elle veille aussi sur la queue entre mes deux couilles ? Parce que j'arrive pas à la contrôler, cette salope ! » lui lança l'un des malappris.

L'obscénité de ces mots fut immédiatement conspuée par les calvinistes qui savaient que les propos salaces, même venant de leurs partisans, ne favorisaient pas leur cause.

« À bas les idoles ! cria Boubert d'une voix forte. À bas les mensonges ! À bas le sacrilège de l'idolâtrie ! »

Sur quoi certains, comme répondant à un ordre, scandèrent :

« Tu ne feras aucune idole/ aucune image de ce qui est en bas sur la terre/ Tu ne te prosterneras pas devant ces dieux/ car moi, le Seigneur ton Dieu, je suis un Dieu jaloux.

– C'est un coup monté, murmura Ortelius, un spectacle pour les naïfs. »

C'est alors que je vis les haches dans les mains de certains, les gourdins, et les échelles qui attendaient contre les murs dans la pénombre.

« Où est mon fils ? » demandai-je à la cantonade.

Mon cœur battait dans ma gorge.

« Où est-il ? »

Ward semblait s'être évaporé, comme englouti par tout ce sombre peuple, par les ombres qui se pressaient partout, par notre sort à tous, qui étions réunis sous le toit du Très-Haut, sous Ton toit, ô mon Dieu.

« Il est là ! » s'écria Ortelius, le doigt pointé en l'air.

Mon fils avait grimpé l'escalier jusqu'à la grande chaire en bois et contemplait la foule d'en haut. Je n'osai pas l'appeler, car à ce moment-là, personne ne l'avait encore remarqué. L'attention était toujours monopolisée par la petite vieille et ses agresseurs, et les rires fusaient, à présent qu'elle tentait de se défendre en les aspergeant d'eau bénite.

Descends, mon garçon, descends, espèce de fou plein de poils, ils vont te démolir.

J'essayai de capter son attention, mais il avait fermé les yeux, comme attendant d'être béni, puis il défit les premiers boutons de sa chemise, dévoilant l'amulette en or que je lui avais offerte. Cela me fit une impression très déplaisante, comme s'il exhibait à tout le monde mon propre péché d'orgueil.

Descends, ils vont te démolir.

Aucun son ne sortait de ma gorge, et des larmes coulaient sur mes joues.

Pas lui, ô Père du Ciel, pas lui. Pardonne-moi mes péchés, mais ne T'en prends pas à lui, ne m'oblige pas à subir cet horrible spectacle de leurs haches sur…

« Je ne suis ni papiste, ni luthérien, ni calviniste ! » cria soudain mon fils, si fort que tout le monde tourna la tête dans sa direction.

J'étais cloué au sol.

« Pardonnez-lui ! » criai-je, mais personne ne fit attention à moi.

Ils n'avaient d'yeux que pour mon barbu de fils, qui se tenait là comme si l'archange Michel en personne avait pris possession de lui.

« Je suis un homme, votre frère à tous ! »

Personne ne cria qu'avec tous ces poils il ressemblait à tout sauf à leur frère.

« Et chacun d'entre vous sera bientôt nu devant Notre Seigneur. Alors pourquoi nous parer d'idées qui sèment la zizanie entre nous ? C'est le Saint-Esprit qui parle à travers moi… »

Mon fils palpa mon amulette autour de son cou et la tint serrée dans son poing.

« Sacrilège ! crièrent en pleurant quelques personnes ici et là. Sacrilège !

– L'amour est-il sacrilège ? répliqua aussitôt mon fils. Être ensemble est-il sacrilège ? Être guidé par la sainteté est-il sacrilège ? Embrassez-vous les uns les autres, vous verrez ce qu'est le sacrilège : un mot prononcé par ceux qui confondent l'amour avec la haine, et la force avec la peur !

– Sale morveux, tu vas voir ce que tu vas voir ! » rugit un type massif qui ressemblait à un capitaine de pêche.

Le colosse monta en trombe les marches de la chaire, ses énormes poings serrés. Je tendis la main comme si ce geste stupide allait protéger mon fils. Le pêcheur ouvrit la petite porte en haut de l'escalier. Mon fils se retourna vers lui. Son visage ne montrait ni peur ni tension. L'homme voulut lui donner un coup de poing. Ward leva la paume de sa main droite vers lui. Sa main trouva ensuite le visage du capitaine de pêche et le bénit. L'homme s'effondra, tenta de s'agenouiller et, ce faisant, faillit dégringoler les marches de l'escalier en bois. Un « ooh... » résonna dans l'église, suivi de cris d'enthousiasme çà et là.

« C'est un ange !

– C'est un démon ! »

Mon fils tendit les paumes vers nous et reprit son sermon. D'où provenaient ces mots ?

« L'amour, telle est la grande force, mes frères et mes sœurs. L'amour est une maison qui ne se laisse pas diviser. Tous ensemble, nous formons une seule famille. Soyez bénis. Bénissez-vous les uns les autres. Bénissez votre frère et votre sœur, accueillez-les dans votre cœur. Il n'y a rien ici qui nous divise vraiment... »

Ces mots poussèrent certains à s'agenouiller et à joindre les mains. D'autres observaient la scène d'un air moqueur ou demeuraient abasourdis. Le capitaine de pêche qui avait voulu s'en prendre à mon fils pleurait à présent au pied de l'escalier.

« Le pauvre, il est fou ! » rugit Boubert de Pergamont.

Et ses mots brisèrent l'état de grâce que mon fils avait su instaurer provisoirement. Certains se mirent à rire, en contaminant d'autres. On riait pour exorciser le malaise de s'être un instant laissé envoûter par ces mots. Les rires s'amplifièrent. L'église devint une véritable nef des fous. Quelques-uns imitaient mon fils en agitant les bras comme des singes. D'autres lui faisaient signe de reprendre son prêche. Les femmes se donnaient des coups de coude, montrant du doigt le guerrier sauvage aux ordres de l'Amour.

« Il n'est pas si fou... » dit quelqu'un derrière nous.

C'était Jean Grouwels, qui, à mon grand effroi, avait tout vu.

« Du moins, il ne l'est pas pour vous deux, messieurs. Car le fils ne prêche-t-il pas ce que prônent son père et ses semblables lorsqu'ils sont entre eux, dans ce qu'ils appellent leur Famille : l'Amour, le Cœur ?

– À qui ai-je l'honneur ? demanda Ortelius, tout aussi nerveux que moi.

– Jean Grouwels. Un ami de votre bon ami Beer, sieur Ortelius. Et un très grand admirateur de vous-même et de vos idées...

– Mes idées... » balbutia Ortelius en me regardant d'un air interrogateur.

Le bailli, Jan van Immerseel, fit irruption avec six de ses sergents et, dans leur sillage, le bourgmestre extérieur Antoon van Stralen, le bourgmestre intérieur Lancelot van Ursel et quelques échevins. Cette bande-là peinait à dégager encore une once de dignité. Sans Guillaume d'Orange, elle n'avait nulle autorité, or il était à Bruxelles pour expliquer une rébellion qui, ce mardi soir, prenait des proportions encore bien pires que ce qui s'était produit le dimanche précédent. C'est à ce moment-là seulement que tout le monde prit conscience à quel point les bourgmestres et les échevins s'étaient reposés sur... sur quoi au fond ? Ils avaient pu prospérer tant que tout le monde feignait d'obéir. Ils avaient vécu sur des apparences. Ils regardaient autour d'eux la foule rassemblée dans l'église qui commençait à les injurier. Ils n'avaient pas de plan, c'était manifeste. Ils ne savaient pas ce qu'ils devaient faire. Je vis le bailli s'entretenir avec le bourgmestre.

« On évacue l'église, rugit van Immerseel. Tout le monde rentre chez soi ! »

Mais tout le monde n'était pas prêt à recevoir des ordres.

Je vis mon fils emmené sans violence par deux types. Ce n'étaient pas des lansquenets. Ils lui tapaient sur l'épaule en souriant. Étaient-ce des disciples ? Avait-il fait des adeptes par ces quelques mots ?

L'or étincelait à son cou. Même en sortant, il ne chercha pas mon regard.

Nous sortîmes de l'église du côté du cimetière. Le jour commençait à baisser. Il y avait des milliers de gens dehors, en train de chanter des psaumes. Certains avaient apporté des torches. D'autres faisaient détoner leurs arquebuses. La foule s'étendait jusqu'au milieu du cimetière bordé d'arbres. Lorsqu'ils sortirent à leur tour, la peur dans les yeux, le bailli et sa garde armée furent assaillis de moqueries. Et quand les bourgmestres et les échevins apparurent dans l'embrasure de la porte derrière eux, les imprécations et les cris redoublèrent. Tandis que les sergents se postaient au portail, le bailli et les notables se hâtèrent en direction de l'hôtel de ville. Cependant, l'église n'était pas vide. Tout le monde gardait ses distances et continuait de chanter des psaumes, mais à travers les vitraux on voyait la lumière vacillante des torches qu'on allumait dans l'église. Du portail entrouvert parvenaient des beuglements d'ivrognes. Non seulement l'église n'avait pas été évacuée totalement, mais on y avait laissé les pires vauriens.

« Seigneur Dieu, murmura Ortelius à voix basse. Ils se sont enfuis. Vous avez vu ça ? Ils préfèrent défendre leur tout nouveau bâtiment sur la Grand-Place plutôt que cette église qui est là depuis des siècles.

– Ah, faire des choix... ce n'est pas toujours simple », ironisai-je.

Quelques dizaines de courageux interpellèrent les sergents qui montaient la garde soi-disant pour protéger l'église. Sous les huées, ces derniers se contentèrent de trembler, immobiles. Si on avait voulu s'engouffrer tous ensemble à l'intérieur, ils n'auraient pu s'y opposer. Certains continuaient de les invectiver, mais les chanteurs de psaumes étaient beaucoup plus nombreux, et ceux-là restaient plantés comme des piquets, si bien que même ceux qui auraient voulu protéger les statues ne bougeaient pas non plus. Nous étions comme figés.

« Il n'y a rien à faire, conclut Ortelius d'une voix triste. On ne peut rien contre des vandales. »

Le vacarme dans l'église augmenta. Nous entendîmes des rires, des craquements et un coup retentissant. De temps en temps, nous distinguions la silhouette d'une échelle. Puis nous entendîmes des statues se briser. De la fumée s'échappa par le portail. Les sergents ne bougeaient toujours pas.

Autour de nous, les gens poussèrent des cris de joie et reprirent leurs chants, encore plus fort, exultant comme si Toi, mon Dieu, Tu avais enfin été vengé, et qu'à chaque coup ou grondement sourd un veau d'or était abattu.

Les nuages de fumée noircirent, et les sergents s'enfuirent en toussant. Derrière les vitraux, nous vîmes des flammes.

Enfin, la bande ivre sortit, une cinquantaine d'hommes, une torche dans chaque poing, les yeux fous.

« Et maintenant, sus à Saint-Paul ! crièrent-ils à la foule d'une voix rauque. Et puis on s'occupera des autres ! »

Des applaudissements retentirent. Et la masse des chanteurs de psaumes emboîta le pas aux saoulards.

Ceux qui restaient se précipitèrent à l'intérieur.

Dans le crépuscule, l'église était éclairée par d'innombrables petits foyers où se consumaient des livres de prière. Le sol était parsemé de débris. La statue en bois de la Vierge gisait à terre, décapitée et tailladée à coups de hache. Avec une rage frénétique, les peintures avaient été défigurées au poignard, les yeux des saints grattés à la pointe. Certains panneaux avaient échappé à la violence parce qu'ils étaient trop hauts. À la force des bras, les pillards étaient parvenus à renverser les fonts baptismaux et avaient pulvérisé l'autel du Saint-Sacrement. Des morceaux de marbre et d'albâtre jonchaient le sol. L'orgue n'avait pas été épargné. Les tuyaux cabossés gisaient, disséminés, et les quelques enfants en liesse qui étaient entrés avec nous se battaient pour s'en emparer et s'en faire une épée ou une lance, dans des jeux imitant notre avidité meurtrière.

C'était comme si des démons s'étaient faufilés hors de l'enfer par les dalles et avaient laissé derrière eux des statues en miettes et des livres en flammes. Je frissonnai dans la pénombre. Je ne savais pas ce qui allait se passer, ce qu'il adviendrait de Ward, tout ce que Tu laisserais encore faire avant de prononcer Ton Jugement. Avais-Tu vraiment maudit cette ville ? Ou bien nous étions-nous maudits nous-mêmes : ceux qui avaient profané les statues et y avaient été encouragés, comme le peuple qui ne les en avait pas empêchés ?

Les riverains nous tendirent des seaux en cuir. Nous formâmes une chaîne pour déverser sur les foyers l'eau noire puisée dans les canaux. L'odeur de brûlé fut bientôt chassée par la puanteur de la merde et de la putréfaction.

Mon fils aurait baptisé des gens dans l'eau près des remparts de la Keizerspoort. Il serait lui-même descendu jusqu'à la taille dans le grand canal, suivi de ses disciples. Non, ce sont des mensonges ! Il serait allé se saouler avec ses copains à Borgerhout. Ils y auraient laissé une ardoise colossale, que personne n'avait osé leur demander de régler. Fadaises ! Il se serait fait payer en toute connaissance de cause par des puissants pour embrouiller l'esprit des petites gens et permettre à ces puissants de les plumer en couvrant leurs manœuvres secrètes. En échange de ces services, il serait, à l'heure où l'on parle, en train de se faire servir par les créatures les plus lascives de la ville dans un palais, non, à la Nouvelle Bourse, au pont du Meir, quelque part à un étage secret où seuls les Très Puissants se rencontrent et discutent. Quelles sornettes ! Il se serait installé dans une ferme abandonnée près de Merksem où il se promènerait nu à longueur de journée en compagnie d'hommes et de femmes, en tenant des discours sacrilèges, mais ah ! ça ne durerait pas, car les Espagnols allaient arriver, enfin non, ils étaient déjà là, et il allait payer pour ses pratiques scandaleuses, car on venait de décider qu'il fallait lui couper la tête, mais non, ce n'est pas vrai, il aurait réussi à s'enfuir in extremis en se changeant en lézard.

« Ce n'est là que la moitié de tout ce que j'ai déjà entendu sur ton fils aujourd'hui, résuma Hugo, et il n'est pas encore midi. Il n'y a pas à dire, tu as engendré un monstre.

– Mais je n'ai rien à voir là-dedans ! »

L'auberge était pleine. J'avais d'abord cru que les gens étaient venus à cause des histoires qui couraient sur Ward, mais seuls les amis étaient assez curieux pour avoir envie d'en savoir plus. Les autres buvaient et discutaient, s'efforçant de comprendre ce qui s'était passé dans nos églises ces derniers jours.

« J'essayais juste d'être drôle, dit Hugo le grincheux. Tu n'es pas obligé de me bouffer le nez. Sais-tu seulement où se trouve ton fils ?

– Non. »

Je ne savais pas où il était et je ne voulais pas le savoir. Mon fils m'avait tourné le dos, à moi et à mon auberge. En plus, il avait risqué sa vie. La seule raison pour laquelle son sort n'était pas encore scellé par le tribunal, c'était que la fureur iconoclaste avait fait bien plus de dégâts que son discours en chaire. À ce moment-là, j'espérais secrètement que cette violence inouïe et inédite à l'encontre des statues sauverait mon fils. L'énormité de l'événement le ferait oublier, tentais-je de me rassurer. Car oui, les jeunes saoulards avaient tenu parole. Ils avaient fait le tour des églises, armés de leurs haches, torches et bâtons. Aucun portail fermé n'avait pu les arrêter. Il n'était pas un prêtre, moine ou curé qui ne se soit cru en danger de mort. Les profanes avaient jeté à terre tout ce qu'ils avaient pu. Les chanteurs de psaumes les avaient suivis jusqu'au bout. À la fin, ils n'étaient peut-être plus des milliers, mais quelques centaines tout de même. Ça, je le savais parce que je les avais moi-même entendus arriver à l'abbaye Saint-Michel, non loin de chez moi, plusieurs heures plus tard, en pleine nuit, pour siffler le vin des chanoines. Les Prémontrés avaient certainement essayé de soudoyer la bande d'ivrognes avec les quelques prostituées qui traînaient toujours chez eux. Il avait fallu deux jours au bourgmestre intérieur et au bailli pour ramener l'ordre dans l'abbaye. Ils y avaient retrouvé un monceau d'objets volés, des livres aux fermoirs en argent, des calices et des coupes provenant de toutes les églises qui avaient été pillées. En attendant, de nombreux commerçants gardaient leur magasin fermé, et ce depuis des jours. Mais à l'auberge, la vie continuait. Les gens avaient besoin de parler, de se chamailler et de débattre.

Jeroom tira sur ma manche et demanda quand il pourrait de nouveau raconter ses histoires sur la femme animal pour attirer les clients à l'étage.

« Pas maintenant. Personne n'a la tête à ça.

– Il y a comme de la sorcellerie, là-haut.

– Où ça, là-haut ? Dans ta tête ?

– Nenni, je parle de toutes ces bonnes femmes avec les deux sauvages.

– Qu'est-ce que tu veux dire ?

– Qu'il y a du monde avec la femme et son enfant. »

Elle chantait, comme elle l'avait déjà fait tant de fois pour son enfant, mais elle n'était pas seule en effet. J'entendais des femmes là-dedans, qui haletaient et chuchotaient. Je me fis tout petit devant la porte, n'osant pas regarder par la grille. Une autre mélodie s'éleva, un air gai et presque faux, accompagné par un halètement, qui semblait produit par des soufflets. La mélodie se fit plus rapide et le halètement plus court. Après un brusque silence, j'entendis pouffer, puis murmurer. Ensuite, des claquements de langues, après quoi les halètements, les pleurs et les hennissements reprirent de plus belle. Je commençais à me demander si c'étaient vraiment des femmes à l'intérieur. Les bruits qu'elles faisaient étaient si étranges, si démentiels, qu'elles ne semblaient pas être de ce monde. Courage, me disais-je, je dois tenir bon et surtout pas me laisser décontenancer par toutes leurs bizarreries derrière la porte. Se pouvait-il que la chambre de la femme animal, où je la gardais à l'abri de types caractériels aux mains baladeuses, se soit transformée en temple pour bonnes femmes désireuses de se laisser tourner la tête ? Voilà qu'à présent on aurait dit qu'elles se préparaient à accoucher. Une peur ancienne me remonta des tréfonds. Ce n'était quand même pas des cantiques ? Le genre servant à invoquer des bêtes, à faire hurler les loups et grogner les ours. Voilà. C'était l'appel de la bête que j'entendais.

La porte s'ouvrit. Je me redressai d'un coup. Margreet me toisait d'un air sévère. Derrière elle, je vis sursauter plusieurs femmes, parmi lesquelles doña Maria. La femme animal continua de chanter, les yeux fixés sur l'Espagnole, sans se laisser distraire par moi. Sa fille non plus ne tourna pas les yeux.

« Nous sommes en train d'aider doña Maria, chuchota Margreet d'un ton sec.

– Pourquoi ?

– Pour son ventre… Mais tu n'as pas grand-chose à faire ici.

– On dirait que vous êtes…

– Quoi ?

– Rien, dis-je.

– Dis aussi à ton Jeroom de nous fiche la paix. J'ai l'impression qu'il n'a pas bien compris ce que je lui ai dit. »

Elle referma la porte. J'entendis des questions chuchotées avec hâte. Puis la voix de Margreet. Aucune idée de ce qu'elle leur répondit, mais ses mots furent accueillis par un profond soupir de satisfaction.

Une fois de retour en bas, j'entendis quelqu'un pleurer dans l'embrasure de la porte. À contre-jour, je ne voyais qu'une large silhouette qui cherchait en vacillant un appui contre le chambranle.

« Je vais la tuer ! Je vais la massacrer dans la boue à même la rue ! »

C'étaient les premiers cris intelligibles qui sortaient de sa bouche. Ils provenaient de la gorge d'un père Marcellus ivre.

« Où est-il ? Où est Beer ? »

Je fis signe à Alwin de filer chercher un verre de bon vin rouge. Le père Marcellus se dressa face à moi, les yeux injectés de sang et l'écume aux lèvres. D'habitude, Alwin était tout sauf dégourdi, mais cette fois, il avait compris que la boisson devait être servie rapidement.

« Buvez », ordonnai-je.

Le curé dut un instant se concerter avec son ivresse : « Je bois ou je lui casse la gueule ? » Il choisit la première option, et je poussai un soupir de soulagement. Il avait une hache avec lui. Il la posa négligemment sur la table.

« Ah oui ! dit-il après avoir bu une gorgée. Si eux peuvent entrer dans notre église paroissiale avec des haches, moi aussi je peux me promener avec une hache... »

Il me regarda d'un air de défi.

« Certes, certes, acquiesçai-je.

– Connais-toi toi-même », ajouta-t-il.

Je hochai encore la tête, même si je ne savais pas ce qu'il voulait dire par là.

« Ils sont donc passés chez vous aussi.

– Passés ? Ils ont tout cassé, bon sang. Mon église... mon église... elle est totalement dévastée... Jésus Marie Joseph... Le sol est jonché de gravats, mon orgue est détruit, les tableaux... Tout ! Tout ! Les salauds ! »

Il but.

« Qu'est-ce que je vous avais dit ? » cria-t-il ensuite.

Ses grosses mains agrippèrent ma chemise.

« Convertissez-la, elle et sa petite, voilà ce que je vous ai dit ! Je vous ai même supplié ! Laissez-moi convertir cette bonne femme basanée avec ses raies sur le menton ! Ou le malheur frappera ! J'avais raison ou pas ?

– Mais ce n'est pas sa faute, dis-je aussi calmement que possible, en essayant de détourner mon visage de son haleine aigre.

– Redites-moi ça ?

– Ce n'est pas sa faute.

– Plus fort, pauvre con, plus fort !

– Ce n'est pas sa faute ! » répétai-je, en colère.

Il y eut un silence. Tout le monde nous regardait.

Il me lâcha lentement.

« Peut-être pas, dit-il doucement. Peut-être pas... C'était idiot de ma part... Pardonnez-moi... »

Il porta à nouveau le gobelet à ses lèvres et but.

« Peut-être qu'elle était juste le présage d'un malheur qu'on aurait pu conjurer en la baptisant. Peut-être qu'on a raté cet ordre de Dieu, qu'on l'a ignoré, comme on le fait cent fois par jour, Beer. On ignore les signes de Dieu. Son monde est un livre ouvert, sauf qu'on refuse de le lire.

– Ce n'est pas mon sentiment.

– Que voulez-vous dire ?

– Que je ne sais pas ce que Dieu veut, et que je m'en moque de plus en plus... »

Le père Marcellus poussa un bref juron.

« Bon sang, ça fait des années que je vous vois dans notre église paroissiale, complètement profanée à présent. Vous hochiez la tête en écoutant mon sermon, et j'avais déjà compris. Vous faisiez semblant... »

Il posa son verre et rota. Puis le renvoi se changea en sanglot.

« Pardonnez-moi... pardonnez-moi pour la hache. C'est ignoble. J'ai tellement honte. Bien sûr, je ne voulais pas sacrifier cette femme. Ce sont des bêtes, des mécréants qui font ça ! Pas un homme de Dieu comme moi... et moi, oh moi...

– Allons, dis-je, allons.

– Vous devriez voir notre église, sanglota-t-il, vous devriez la voir... son intérieur profané... c'est bestial.

– C'est grave.

– Grave ? C'est une conspiration de la haine et de la folie. Vous n'allez pas me faire croire que ces jeunes rustres avinés ont eu l'idée tout seuls. On leur a monté la tête, pour sûr. Et pas des gens d'ici. Ma main à couper. Personne ne conchie sa propre maison comme ça, pardonnez ma grossièreté. Pendant des années, tout allait bien. Les gens se sont enrichis – personnellement, je regardais ça d'un œil critique, étant donné que Dieu nous met en garde contre la cupidité –, mais la vérité, vous le savez comme moi, c'est que beaucoup de gens baignaient dans le luxe. Une opulence infinie, dans de nombreux cas. Mais bien sûr, les Juifs ont commencé à semer la discorde. Ou plus exactement les influences étrangères que nous avons admises, parmi lesquelles les assassins du Christ sont évidemment les pires. Vous voyez bien qu'ils sont en train de gagner ! Ils ont monté la tête de nos jeunes jusqu'à les faire se retourner contre leurs propres maisons de Dieu. Il reste du vin ? »

Je me gardai de lui dire que ses réserves sur la cupidité ne l'avaient pas empêché jadis d'accueillir les dons de maints banquiers pour enjoliver son église, et criai à Alwin d'apporter un pichet.

« Mon père... dis-je d'un ton hésitant. Qui a rassemblé tous ces gens pour ces sermons, alors ? Ce sont quand même des gens d'ici ?

– Ce sont les Juifs qui les manipulent. C'est de l'argent étranger et du pouvoir étranger. C'est ce que j'essaie d'expliquer, pardieu ! Les Juifs nous montent les uns contre les autres. Ne vous faites pas plus bête que vous ne l'êtes. Les Juifs sont partout. Cette Espagnole qui vient souvent ici, n'est-elle pas juive, elle aussi ? Et n'est-elle pas mariée à l'un de ces saligauds qui s'emporte tout le temps, qui travaille de toute évidence pour les Juifs et qui a lié son destin au leur dans le lit conjugal ?

– Vous vous trompez. Boubert est un connard, c'est vrai. Mais doña Maria n'est pas juive, que je sache.

– Que je sache ! Vous le dites vous-même ! Mais que savez-vous, Beer ? Ces Juifs non pratiquants se sont soi-disant convertis, ils se sont régalés de viande de porc sous nos yeux, pour nous prouver qu'ils étaient comme nous, on devrait donc "savoir", mais ne sommes-nous pas entourés de mensonges et de faux-semblants ? Réfléchissez donc un instant... *Cui bono ?* À qui profite cette saloperie ? Pas aux calvinistes, quand même ? Ou à ces soi-disant gueux ? Non, au contraire, ce sont eux qui vont payer les pots cassés ! Les Espagnols vont rappliquer d'un moment à l'autre, et puis quoi ? Vous croyez peut-être que le roi Philippe va laisser couler ? On aurait dû laisser ces Juifs à la porte de chez nous. Mais personne à l'hôtel de ville ne le voulait, vous comprenez ? Ah non, parce qu'entre-temps ces faux jetons de Juifs ont gagné tellement d'argent que nos édiles ont toujours craint qu'ils ne s'allient aux Turcs, avec toutes leurs fortunes ! Et donc, le petit jeu a continué. Tout le monde fait des affaires avec les Juifs, même dans cette auberge, tout le monde ! Et les affaires restent les affaires. C'est comme ça. Allons, c'est teeeeeellement... évident. »

Il fit signe à Alwin de remplir son verre.

« Pas à ras bord, s'il te plaît. Oui... comme ça, c'est bien. Euh, où en étais-je ?

– Aux Juifs et aux affaires.

– Exact ! Et Dieu nous a envoyé cette femme et son enfant pour nous mettre en garde. Et qu'est-ce qu'on a négligé de faire ?

– De les baptiser.

– Exact ! s'écria le prêtre. Et c'est pour ça qu'on est foutus. »

À ce moment-là, doña Maria descendit l'escalier. Son ventre était désormais bien rond. Le père Marcellus me dévisagea. Un instant, je craignis qu'il ne change d'avis et me coupe la tête d'un coup de hache, la présence de doña Maria lui donnant soudain la preuve d'une grande conspiration juive, avec moi dans le rôle de l'hôte.

Mais il hocha tristement la tête, ne m'adressa plus un regard, reprit sa hache et quitta mon établissement sans demander l'addition.

« *Mes excuses**... » chuchota-t-elle.

Je fixai son ventre, trop fatigué pour tâcher d'être discret. Sa main s'y porta immédiatement, comme si elle avait peur que mon regard ne pénètre à l'intérieur de ses entrailles, et que l'enfant que j'avais conçu avec elle dans le péché ne sente la présence de son vrai père.

« Si vous me permettez... » murmurai-je.

Elle hocha la tête d'un air interrogateur.

« La grossesse vous va à ravir. »

Un instant, elle ne sut que faire de mon timide compliment. Elle passa une nouvelle fois la main sur son nombril.

« Mais dans quel monde ce petit va-t-il naître, cher monsieur Beer ? *Quel monde**...

– Ah, ne vous inquiétez pas pour ça maintenant. Les voies du Seigneur sont impénétrables.

– Boubi est dans tous ses états. Je ne sais même pas si ses camarades et lui ont l'impression d'avoir remporté une victoire ou subi une défaite. Il est constamment à la fois en colère et fou de joie. On ne peut plus lui faire entendre raison. J'ai peur, je suis agitée, et mon enfant le ressent, je le sais. »

Elle jeta un regard alentour.

« J'ai besoin de sécurité, de protection, d'avoir des gens autour de moi, dans cette ville que je ne pourrai jamais appeler mienne. Là-haut, avec les autres femmes... avec elle et son enfant, je me sens en sécurité. Et auprès de vous, bien sûr. Je ne veux pas vous embarrasser, mais avec vous aussi... »

Je ne savais pas pourquoi nous devions être aussi intimes en cet instant, pourquoi elle m'impliquait de cette façon. Était-ce à cause de mon compliment ? Même si son enfant était de moi, quel sens cela avait-il d'insister là-dessus, de désirer pour cette raison que je lui offre une quelconque sécurité ? Qui sait, peut-être avais-je contaminé ses entrailles avec ma semence maudite.

« Peut-être que ce ne serait pas une mauvaise idée de quitter la ville quelque temps, suggérai-je prudemment. Vous connaissez sûrement dans différentes régions des gens qui ont des maisons confortables et qui vous accueilleraient à bras ouverts ?

– Je préfère ne pas laisser Boubi tout seul… Même s'il serait sans doute soulagé que je m'éloigne quelque temps. Il est aveugle. Son arrogance l'a… »

Elle cherchait ses mots, le dit en espagnol.

« Blessé ? » crus-je comprendre.

Cela me semblait peu probable. Cet homme n'était pas blessé, loin de là.

« Non… dit doña Maria, ce n'est pas tout à fait ça… Elle l'a rendu… vulnérable… c'est ça, vulnérable, et lui-même ne s'en rend pas compte, parce qu'il se considère comme invincible. Et un homme qui se ment à lui-même ne peut pas être abandonné par son épouse. Vous comprenez ?

– Non, je ne comprends rien, en fait. »

Elle me dévisagea, confuse.

Sur la Grand-Place, une potence fut installée avant même que quelqu'un ait été accusé. Sur les ponts et aux portes de la ville, on cria que tous les biens ecclésiastiques volés devaient être rendus. Quiconque n'avait rien déclaré et était attrapé avec un bien serait pendu immédiatement. Quatre hommes moururent ainsi la corde au cou : deux gars d'Anvers, un Français et un Anglais. Bien sûr, il n'y avait aucune preuve. Ces pauvres diables avaient-ils participé au saccage des églises ? Avaient-ils eux-mêmes mis le feu et volé ces biens ? Pour le même prix, ils avaient juste tenté de les écouler, du moins c'est ce qu'affirmait la rumeur. D'accord, c'était punissable aussi, mais pas à la manière forte comme le pillage. La vérité, c'est que, coupables ou innocents, ils n'étaient que des offrandes à la déesse Justice. Fin de l'histoire. Le droit avait triomphé. On pouvait lire sur le visage des calvinistes que l'intention n'avait jamais été de mettre les églises à sac en se comportant comme une bande de fous furieux. Boubert de Pergamont était invisible depuis des jours.

« Tu sais pourquoi, n'est-ce pas ? ricana le Sécot, qui, en tant que bouffon, était au courant de tout. Pour qui tu crois qu'il travaille ? L'Espagnole ne te l'a jamais dit ?

– Pourquoi veux-tu que l'Espagnole me dise quoi que ce soit ? » rétorquai-je.

Le Sécot haussa les épaules :

« Je n'en sais rien, mon chaud lapin. »

Je le saisis à la gorge. Il se débattit.

« Aïe, arrête ! Tu ne peux pas être plus aimable ? Je dis ça juste parce que c'est une habituée des lieux, c'est tout. La Margreet et elle sont de bonnes amies.

– Pour qui travaille Boubert ?

– Lâche-moi et tu le sauras. »

Je le repoussai sur sa chaise. Le Sécot se massa d'abord longuement la gorge, émit quelques sons rauques, comme s'il voulait vérifier que sa voix fonctionnait encore, ce qui me fit sourire malgré moi.

« Mes excuses, bouffon.

– C'est bon, ça va déjà mieux… Concernant Boubert, il semble qu'il se soit un peu imposé à Louis…

– Quel Louis ?

– Louis d'Orange, le frère de Guillaume… Oui, je vois à ta trogne que tu es surpris. »

Le Sécot rit en se frappant la cuisse.

« Tu veux dire que Louis utilise Boubert pour exciter le peuple et mettre son frère Guillaume dans l'embarras ?

– L'un chie, l'autre nettoie.

– Je n'en crois rien.

– Te voilà bien avancé, Beer, mon ami. Vois ça comme un jeu, comme toute chose dans la vie, pas vrai ? Un des frères cherche secrètement à ce que les calvinistes aient un peu plus leur mot à dire et recourt à la destruction des statues comme moyen d'intimidation. Ensuite, l'autre frère va négocier pour qu'ils aient davantage droit au chapitre. Ça permet enfin au pieux Guillaume de donner quelque chose aux calvinistes, et il maintient ainsi l'église au milieu du village. Mais bon, ça a un peu dérapé. Certains dans le tas n'en avaient rien à faire, ils avaient juste envie de tout casser et ont volé ce qui leur tombait sous la main. Donc, à mon avis, le Louis n'est pas très content du Boubert, qui n'a pas su maîtriser ses morveux.

– À moins que l'intention n'ait justement été de faire déraper les choses, car qui est assez bête pour faire confiance à un type comme Boubert ?

– Tu ne l'aimes pas beaucoup, hein ? En tout cas, même ceux qui appelaient à la destruction des idoles ont été surpris. »

Il fallait le dire et le répéter : après le passage de la tempête, les calvinistes étaient un peu blêmes, mais ils ne restèrent pas tout à fait inactifs non plus. L'église Notre-Dame leur appartiendrait désormais, ainsi que Sainte-Walburge. Du moins, c'est ce qu'ils clamaient. Il n'en fut rien. Dès que Guillaume d'Orange revint de Bruxelles, où la gouvernante lui avait tapé sur les doigts, tout le monde essaya de bien se tenir. Les religieuses et les moines qui s'étaient tenus cachés se montrèrent à nouveau. Aucun papiste ne pouvait plus être attaqué ni même insulté dans les rues. Les calvinistes n'étaient plus les bienvenus dans l'église Notre-Dame. Mais ils pouvaient se construire un autre lieu s'ils le souhaitaient, et ils allèrent dans le quartier du Hopland, où ils se mirent à bâtir leur propre temple. Ils n'étaient pas les seuls. Bientôt, ce devint impossible à suivre. Les luthériens louèrent une grange à côté de l'abbaye Saint-Michel. Ils aménagèrent des trous dans le toit pour que tout le monde puisse les entendre chanter. Ils s'installèrent aussi dans les quartiers du Oudaan et de la Rode Poort. Des calvinistes wallons construisirent une église ronde au Wapper. Certains cherchèrent refuge au Mollekens Raam. Dans la nouvelle ville, près de la Hessenhaus, on transforma en temple une ancienne étable qu'on baptisa aussitôt « l'église des vaches », déclenchant l'hilarité de ceux qui imaginaient un fou prêchant pour du bétail qu'il prenait pour ses congénères. En revanche, les anabaptistes ne furent autorisés à rien. Ils furent les derniers à être contraints d'aller prêcher extra-muros, et ils se réunissaient d'ailleurs régulièrement dans un bois entre Hoboken et Wilrijk, où ils étaient alors quelques centaines. Les réclamations ne diminuaient pas. Beaucoup de choses devaient changer, et quelques-unes étaient accordées ici et là. Les frères cellites, qui devaient mettre les corps en bière et enterrer les morts, durent même s'expliquer quant à leur bure. Ils avaient l'air trop papistes. Désormais, ils ne portaient plus de capuce, mais de longues chapes noires brodées de squelettes. D'autre part, un décret les interdisant formellement, le port d'armes et le chant de psaumes devinrent affaire de discrétion. Bref, Guillaume d'Orange avait fait en sorte de satisfaire le plus de monde possible, octroyant un peu plus de liberté et de pouvoir. Mais au fond, personne ne savait ce que cet homme-là pensait, car il ne disait pas grand-chose, et ce caractère taciturne passait chez beaucoup pour de l'érudition.

« Il doit savoir ce qu'il fait, non ? »

Voilà ce qu'on entendait. Ainsi la plaie de cette nuit de folie se referma-t-elle pour quelque temps. La ville s'était tailladé la peau par bravade, pour voir ce qu'il y avait en dessous, et Orange l'avait recousue grossièrement. C'était du travail bâclé, vite fait mal fait, comme on dit par ici, et donc insuffisant. Et ça, tout le monde le savait.

Je contemple la statue de Marie dans l'église Saint-Nicolas, à deux pas de mon auberge à Amsterdam. Je viens parfois m'asseoir ici après une longue journée de travail pour regarder les statues qui ont survécu. À l'époque où l'on s'en prenait aux idoles à Anvers, des événements similaires se déroulaient ici. Et ici non plus, ce n'est toujours pas fini. La ville est encerclée par des gens qui se font appeler Gueux de mer et qui veulent occuper Amsterdam. Ici aussi, le conseil communal est mollasse, l'œil rivé sur le commerce, et se berce de l'illusion que tout finira bien par s'arranger, et ici aussi bon nombre de gens espèrent que les gueux l'emportent et que le bazar explose. Il règne la même agitation que celle que j'ai connue à Anvers il y a dix ans. Il est fatal que les dernières statues finissent par être brisées. Je n'aborde jamais ce sujet, mais laisse tout le monde s'épancher tranquillement quand il est question des gueux dans mon établissement. Il arrive bien quelquefois que l'un ou l'autre me demande mon avis et veuille savoir ce que j'ai vécu, mais je me contente de hausser les épaules. Si je disais qu'il est dommage de casser bêtement des objets dont les gens ont tiré tant de réconfort pendant des siècles, je passerais aux yeux de beaucoup pour un suppôt de Rome, ce que je ne suis pas. Et si je disais qu'il n'y aura pas plus de liberté une fois que toutes les statues seront par terre, je risque d'être applaudi par des gens opposés à tout changement, ce qui a tout aussi peu de sens, vu qu'on est tous condamnés à changer. J'accepte les temps qui viennent comme étant inéluctables. Qu'est-ce que je pensais il y a dix ans ? Qu'on avait perdu Notre-Dame. Ou plutôt, qu'on avait traîné hors des églises le « Notre » de Notre-Dame, et donc l'union, et donc peut-être Toi aussi. Car n'était-ce pas la Vierge qui unissait la ville à Ta Miséricorde ? Fichtre, quelles idées naïves j'avais ! Je ne pense plus comme ça aujourd'hui. C'était trop pompeux et pas assez réfléchi.

Je suis assis dans cette église Saint-Nicolas et contemple une fois de plus Notre-Dame. Quand sa statue s'écrasera par terre, la paix n'adviendra pas plus qu'à Anvers, même pas pour ceux qui voient en elle de l'idolâtrie. Mais peut-être que ce tumulte est nécessaire, allez savoir, parce qu'à sa place viendra autre chose de meilleur. Ou pas. Qui sait, comme l'a dit un jour Ortelius, peut-être sommes-nous de cette manière conduits au Jugement dernier, sans savoir si nous l'avons nous-mêmes provoqué ou si c'est Toi, là-haut, qui en avais ras le bol de la discorde et de ces divisions à n'en plus finir. Peut-être doit-on se résoudre au fait que nous ne savons rien du tout.

Pendant les troubles à Anvers, j'aimais m'enfermer avec elle et son enfant dans la chambre du haut. Je ne laissais plus entrer personne, mais je continuais de payer Jeroom pour je ne sais quoi. Il acceptait avec dédain les pièces que je lui donnais. Auprès d'elle, je pensais trouver la paix, et je me sentais revenir à moi. Je redevenais, c'était ma sensation, aussi nature, aussi vierge que ces deux-là. Cela me rappela l'histoire de cette femme, retournée à la vie sauvage, qu'on avait retrouvée à la lisière d'un bois près de Bruxelles. La pluie froide ne semblait pas la déranger, même si elle était pratiquement nue. On l'avait amenée devant le bailli, mais elle avait refusé de parler. On avait décidé de ne pas l'enfermer ni de la brûler sur le bûcher. Sa place était parmi les gens, et pourtant rien n'y fit. Sa nostalgie d'ailleurs s'avéra bien trop forte. Si elle devait rester trop longtemps à l'intérieur, elle devenait fébrile et ne se calmait que lorsqu'on la laissait sortir. Elle ne s'enfuyait pas, mais recherchait les arbres et se couchait sur la terre froide. Quand on l'entendit, dans ces moments-là, imiter les grognements d'un ours, on lui demanda de s'expliquer. Le mot « ours » la sortit de son mutisme.

« Ces animaux sont mes seuls compagnons », aurait-elle alors déclaré.

Après quoi elle disparut, même si, dans les années qui suivirent, des chasseurs affirmèrent l'apercevoir de loin en loin. Cela faisait des siècles qu'il n'y avait plus d'ours dans nos contrées, et pourtant on crut à son histoire, et on ajoutait qu'un ours, c'était comme un être humain, et qu'une femme qui vit avec eux ne peut être une sorcière, mais une sainte ou une folle.

« Femme sauvage, lui dis-je, tu es une femme sauvage. »

Je n'avais jamais utilisé ces mots auparavant, et je fus moi-même surpris lorsque je les prononçai.

« Et j'ai besoin de toi. »

Elle et son enfant portaient leurs fourrures. Dans ses yeux, je n'arrivais pas à lire si elle savait ce que j'essayais de lui faire comprendre. À l'extérieur de la chambre, il se passait des choses désormais incompréhensibles, que plus personne ne pouvait suivre, mais à l'intérieur, tout était clair. Peut-être devais-je mettre mes habits d'homme sauvage quand j'étais avec elles ? Comprendrait-elle alors ? Je pourrais lui montrer les armoiries d'Anvers sur une gravure, vu qu'elle avait compris tout de suite le dessin que Hoefnagel avait fait d'elle et de sa fille.

« Bien, dis-je en articulant. C'est bien, nous deux ensemble... »

Et je nous montrai, l'un puis l'autre. Elle était la Femme sauvage, et moi, l'Homme sauvage.

Elle me regarda. Je continuais de hocher la tête.

C'est alors qu'elle ouvrit la bouche et dit :

« Toi. »

Je n'en crus pas mes oreilles. Avais-je bien entendu « toi » ? Avait-elle vraiment voulu dire ça ? Cela provenait bien de sa gorge, mais on aurait dit un morse qui parlait. Elle vit mon trouble.

« Toi, répéta-t-elle en me montrant du doigt.

– Moi ?

– Toi... »

Et son index pointa à ma gauche et à ma droite. Elle semblait montrer plusieurs personnes, une à une.

« Vous ? » demandai-je.

Je sentis la joie m'envahir. Elle parlait ! Elle me parlait ! Elle voulait me dire quelque chose !

« Vous ? » demandai-je encore.

Elle hocha la tête et me montra une nouvelle fois du doigt, ainsi que ceux qui m'entouraient.

J'acquiesçai.

« Vous... » l'encourageai-je.

Puis elle porta son poing à sa bouche plusieurs fois et fit semblant de mâcher.

« Manger ! criai-je. Vous, manger ! Vous mangez ? »

Je montrai le bol de poisson à ses pieds.

« Ça, c'est ton manger... Tu vois bien. Du poisson, c'est ce que tu manges toujours, non ? »

Je la vis réfléchir un instant, avant de secouer énergiquement la tête.

Elle montra le bol et secoua à nouveau la tête. Elle avait l'air fâchée.

« Je comprends. Pas le poisson. Tu ne parles pas du poisson. »

Elle hocha la tête.

Puis elle se tut.

Je continuai de hocher la tête, heureux que nous apprenions enfin à nous comprendre.

Mais je m'impatientais.

« Qu'est-ce que tu veux me dire ? » demandai-je.

Elle prit une profonde inspiration, chercha à nouveau mon regard.

Elle ferma les yeux un instant, puis se montra elle-même du doigt.

« Toi ? » demandai-je.

Elle se désigna elle-même, puis sa fille.

« Toi et ton enfant ? »

Elle hocha la tête.

De nouveau, elle me pointa du doigt ainsi que tous ceux qui m'entouraient, puis porta son poing à sa bouche, avant de repointer le doigt vers elle-même.

Je ne dis rien. Elle gesticula à nouveau. Je ne trouvais toujours pas de mots. Ce n'était pas tout à fait vrai. Je ne pouvais ou ne voulais pas comprendre ce qu'elle me disait, ou ce que je pensais qu'elle voulait me faire comprendre. Elle recommença et, dans ses yeux, je vis une détermination que je ne lui avais jamais vue auparavant, elle semblait soudain si fatiguée et si vulnérable. Grâce à ses mots hésitants, nous nous trouvions à présent quelque part où peut-être aucun de nous, ni de son espèce ni de la mienne, n'était jamais allé. Et c'était elle qui nous avait attirés là. De toutes ses forces, elle voulait que je comprenne. Mais qu'est-ce que je comprenais ? Rien. Une fois encore, elle répéta ses gestes en me regardant d'un air interrogateur.

Finalement, je murmurai :

« Vous me mangez, moi et mon enfant... ? »

Elle cessa de mimer, joignit les mains sur ses genoux.

Elle me regarda.

Et je vis alors qu'elle était en colère.

En bas, dans la cuisine, Margreet demanda où était le bol de poisson que je leur avais monté.

« Je l'ai laissé là. Elles n'ont pas encore faim...

– Dis, tu devrais peut-être leur donner autre chose. À mon avis, elles ne mangent pas que du poisson cru. Je deviendrais chèvre à leur place. Pas toi ? »

Je reçus une lettre. Une voiture m'attendrait à la Keizerspoort, et je devais, dans mon propre intérêt et de toute urgence, m'y présenter sur le coup de midi. Signé : Jean Grouwels. Apparemment, le cocher me reconnut lorsque je traversai le pont, car il me héla. Il donna un coup de fouet aux deux chevaux. Les prés se déployèrent, on était à la dernière récolte de l'été, et la plupart des champs étaient déjà nus. J'étais nerveux, tandis que les merles dans les branches célébraient la chaude journée et que les fermiers digéraient leur repas à l'ombre d'un arbre avec une cruche de vin ou frouchelaient avec une pucelle derrière les haies. Nous roulions vers le sud-est, via Berchem, en direction de Mortsel. Nous dépassâmes d'autres coches et carrioles et fîmes halte un instant à la hauteur d'une chapelle pour laisser passer un gros chariot qui arrivait en sens inverse. De ma fenêtre, j'aperçus la tour massive de Cantecroy. Le cocher ayant bifurqué pour s'engager dans une drève, nous roulions désormais droit vers le château. Mon cœur se mit à battre la chamade. Cantecroy était le lieu où le cardinal Granvelle, alias le Dragon Rouge, avait reçu tout ce que le Brabant et la Flandre comptaient de beau monde pour lui faire la leçon avec arrogance et le forcer à écouter les ordres du roi d'Espagne. Et bien qu'il possède des palais tant à Malines qu'à Bruxelles, on disait que celui-ci était son lieu de prédilection. On affirmait qu'il y avait été envoyé en congé permanent par le roi lui-même, mais on murmurait çà et là qu'il se trouvait à Naples, bien loin de notre pays, de son peuple grincheux et de ses commérages. Mais soudain, tandis que le carrosse cahotait dans les nids-de-poule de la drève, je n'en fus plus si sûr. Et s'il était revenu sans qu'on le sache ? Imaginez qu'en Espagne, cet âne bâté de Philippe en ait eu tellement assez, avec tous ces imbéciles qui avaient fichu la pagaille à Anvers en détruisant les statues, qu'il nous avait renvoyé le Dragon Rouge en lui disant : trouve une solution, apprends-leur l'obéissance et pends par les couilles ce filou de Beer, avec son auberge remplie de traîtres et sa grande gueule de fils. Qui sait si un bourreau ne m'attendait pas là-bas, ainsi qu'un Jean Grouwels qui me présentait ainsi sa facture. Je tentai de me calmer, tandis que mon imagination galopante m'offrait des visions plus funestes les unes que les autres. Nous arrivâmes aux douves qui dessinaient un carré autour du domaine. Les murs d'enceinte n'étaient pas très hauts et descendaient en oblique. Du côté nord-est, la tour se dressait comme un géant. Une demi-douzaine de gardes laissèrent le cocher traverser le pont-levis. Au milieu de la place, le carrosse s'arrêta. Des poules et des coqs s'enfuirent en caquetant. Un lansquenet, qui astiquait sa cuirasse en prenant son temps, ne m'accorda pas un regard. Les bâtiments autour de moi étaient grands, larges et bien entretenus ; la richesse régnait en maître absolu. De petites statues de nymphes rieuses et de satyres jouant de la flûte de pan jambes croisées ornaient la margelle d'une fontaine sans eau. Derrière une rangée d'arbustes fruitiers, je vis quelques femmes ratisser des parterres de fleurs. Pour le reste, il y avait peu de mouvement, comme si la plupart des habitants avaient rejoint leur chambre pour échapper à la chaleur. Des abeilles bourdonnaient autour d'une quarantaine de ruches disposées le long d'un mur de refend. Il y avait des tonnelles et quelques arches, derrière lesquelles se déployaient de petits jardins garnis de roses et joliment aménagés. J'y voyais déjà les nobles juste vêtus d'une chemise blanche courant après les filles, sans personne pour les déranger, s'arrêtant de temps en temps pour essuyer la sueur de leur front et se désaltérer d'un peu de vin blanc frais, tandis que les pucelles se moquaient de leurs génitoires exhibées à l'air libre. La paix paradisiaque qui faisait vagabonder mon esprit de citadin fut soudain interrompue par le cri perçant d'un oiseau. Une bête turquoise passa en traînant derrière elle une énorme queue parsemée d'yeux bleus. Je reculai d'un pas. Elle semblait descendue du ciel. La créature colorée se figea, inclina la tête et me regarda. Le plumet ridicule qu'elle avait au sommet du crâne tressaillit.

Puis, presque en réponse au précédent, j'entendis un autre cri, humain celui-là. Et si celui de l'oiseau semblait provenir du paradis, celui-ci provenait directement de l'enfer.

Au coin d'un espace décoré d'arches et de colonnes, contre un mur couvert de rosiers, un homme était suspendu, nu, la tête en bas. Le sang ruisselait sur son corps. Autour de lui, des hommes riaient. L'un d'eux était Jean Grouwels. Son tablier de cuir était taché de sang. À côté de lui, un feu brûlait dans un panier en fer.

« Des noms ! hurlait-il. C'est tout ce qu'on veut. Donne-nous des noms. »

Le supplicié soufflait des bulles de sang. Il cria à nouveau.

Grouwels chauffa à blanc la lame d'un poignard dans le feu, inspecta un instant le corps mutilé comme un chirurgien à la recherche de l'endroit adéquat, puis l'entailla.

Encore un cri.

« Maudite tête de mule ! dit Grouwels en riant. Tu crois que tu te sentiras mieux quand on t'aura complètement éventré et qu'on te montrera tes entrailles, espèce d'idiot ? Des noms ! Donne-nous des noms. »

C'est alors que Grouwels me vit.

« Soyez le bienvenu, monsieur Beer ! Heureux de voir que vous avez réussi à trouver la voiture ! »

Il semblait avoir grandi, en taille et en dignité, pour pouvoir se tenir là comme un maître et un monstre sur ses terres. Sa pâleur avait disparu et, alors qu'auparavant toutes sortes de soucis et de malheurs alourdissaient sa démarche, son allure dénotait à présent de la joie.

« Venez donc avec moi à l'intérieur. Il y fait plus frais ! »

Il ôta son tablier de cuir et le jeta sur un banc. Il ouvrit un petit portail sur le côté du bâtiment.

Je lui emboîtai le pas, surpris de l'aisance avec laquelle il se déplaçait et délaissait une séance de torture en plein soleil pour chercher un peu de fraîcheur. Une fois dans la cuisine, il me servit du vin.

« Monseigneur Granvelle n'est pas là ? » tentai-je avec précaution, tandis que je buvais une gorgée de vin en tremblant.

Grouwels éclata de rire.

« Pourquoi ce type reviendrait-il ? Vous ne trouvez pas que la situation est assez grave comme ça ? Si le Dragon Rouge devait rappliquer, tout le monde en serait malade, à tous les échelons, et c'est là que le bazar exploserait vraiment. »

Son insolence à l'égard du cardinal me fit rentrer la tête dans les épaules, comme si je m'attendais à recevoir une gifle du Dragon en personne et non du sacrificateur que j'avais devant moi.

« Rassurez-vous, ajouta Grouwels, il n'est vraiment pas là. Mais… sa richesse, oui : ses tableaux et ses statues, ses livres et ses bijoux. Et vous pouvez être sûr que beaucoup de gens en ville le savent également. Au moment du grand chambard à Anvers, on a refoulé de justesse le même genre de petits vauriens. Ces iconoclastes avaient bien l'intention de détruire ici aussi les statues et les peintures jusqu'à la dernière, et de piller ce qu'il y avait à piller. Morillon, le secrétaire de Granvelle, était si inquiet qu'il a demandé à Guillaume d'Orange lui-même de protéger le domaine. Mais le prince a refusé. C'était prévisible : le prince et le cardinal se haïssent comme la peste. Mais bon, un peu de grandeur politique n'aurait pas fait de tort à Orange, vous ne trouvez pas ? Un véritable gentilhomme sait faire abstraction de vieilles frictions. Je ne me plains pas, loin de là. Parce que, après le refus hautain d'Orange – un refus brutal, sans tact, ce qui n'est pourtant pas son style –, le secrétaire Morillon s'est adressé à moi. Oui, Beer, à moi ! Et moi seul, avec les troupes que j'ai rassemblées autour de moi. Et donc je peux, temporairement certes, considérer ce modeste cadre comme le mien. Comme vous voyez, nous avons déjà mis la main sur un calviniste. Oui, il est amoché. Mais il faut parfois se montrer ferme. Ce n'est qu'un début. Une nouvelle ère s'annonce, et je suis au premier rang. La vie est curieuse, n'est-ce pas ? Parfois, elle est d'une lenteur désespérante, et puis d'un coup, un jour, on progresse à pas de géant... »

Il s'étira.

« Prenez votre verre et suivez-moi. »

Une porte s'ouvrit sur une pièce grande comme une salle. La plupart des armoires, chaises et fauteuils étaient recouverts d'un drap. Les murs étaient tendus d'un beau cuir aux motifs complexes. Le plancher en chêne luisait. Les trois chandeliers suspendus au plafond étincelaient dans la lumière du soleil. Il y avait des tableaux partout, la plupart couverts d'un drap.

« Vous êtes sur le cul, avouez ! » s'exclama le sieur Grouwels.

Il prenait visiblement du plaisir.

« Je vous félicite pour la mission qui vous a été confiée... » marmonnai-je, comme j'aurais récité une prière de miséricorde.

Grouwels balaya mon boniment.

« Ce n'est pas pour vous entendre dire ça que je vous ai fait mander. Vous, Beer, dit-il en se frappant la poitrine, vous êtes dans mon cœur. Vous êtes un homme loyal, quelqu'un qui sait ce qu'est l'amitié. Tout peut arriver en ces temps dangereux, et tout arrivera. Je ne vous cache pas que votre auberge pourrait devenir une cible. On en parle en tout cas, je vous le garantis. Et le fait que votre fils soit monté en chaire pour tenir certains discours et diffuser certaines idées qui, par ailleurs, vous tiennent à cœur, ainsi qu'à vos amis, et que…

– Je ne comprends pas pourquoi vous cherchez un lien entre ce qu'il a dit là-bas et ce que…

– Savez-vous où votre fils se trouve en ce moment ?

– Non, admis-je en tâchant de garder une voix calme.

– Moi, si. Je sais qu'il a rassemblé des personnes qui écoutent quotidiennement ses paroles. Je sais qu'il trouve ses adeptes parmi les pauvres, mais qu'il a aussi séduit quelques riches. Je sais également qu'il n'est pas en sécurité, Beer, que des gens ayant un certain pouvoir aimeraient bien lui voir imputer ce qui s'est passé dans les églises après son sermon. Oh oui, soyez-en sûr, cette accusation circule. Mais moi, je peux faire en sorte que ça change et écarter le danger. Oui, moi : votre ami. »

Dehors, l'oiseau cria.

L'homme qu'on torturait n'y répondit pas.

« Mon ami ? répétai-je.

– Ce mot vous surprend ? Réfléchissez bien à qui pourrait être votre meilleur ami en ces temps de turbulences qui vont tout bouleverser. Oui, je suis votre ami, et, en retour, j'ai besoin de votre amitié. Je devrai pouvoir compter sur vous à un moment donné, comme vous pouvez maintenant compter sur moi concernant votre fils, ainsi que votre auberge. Car soyez certain que personne n'en réchappera, à moins d'avoir des amis, de vrais amis, c'est-à-dire des amis qui ont du pouvoir. »

Il rit, comme s'il pensait tout à coup à quelque chose.

« En parlant d'amis, reconnaissez-vous ceci ? »

Il se dirigea vers l'extrémité sud de la pièce et retira d'un geste sec le drap d'un tableau accroché au mur. Une débauche de couleurs me coupa le souffle.

« Seigneur Dieu…
– Oui, s'esclaffa-t-il, et ce n'est pas fini… »

Il se rendit à grandes enjambées à l'extrémité nord de l'énorme pièce et fit tomber un second drap.

Je demeurai bouche bée.

L'oiseau cria, cette fois plus fort que jamais. Peu après, le pauvre homme cria aussi.

Les fenêtres à l'étage sont ouvertes, dans mon auberge d'Amsterdam. Il est encore tôt, mais on sent déjà qu'il fera une chaleur étouffante aujourd'hui. Je suis torse nu et regarde le rasoir dans ma main. Dans le miroir, un quinquagénaire en sueur à la barbe en broussaille me renvoie mon regard. Je lève le menton et racle les poils hirsutes de mon cou. Marie frappe à la porte.

« Je vais au marché. Tu as besoin de quelque chose ? »

Je secoue la tête.

Ces deux tableaux dans le superbe salon du Dragon Rouge hantent ma mémoire. J'essaie de m'en souvenir, mais les détails m'échappent. J'avais tout de suite compris qui les avait peints, grâce aux histoires d'Ortelius. Côté sud, on voyait un ange, l'archange Michel, qui combattait à l'épée les monstres les plus délirants. Personne d'entre nous, hormis Ortelius, n'avait vu cette toile en vrai, mais tout le monde savait à quoi elle ressemblait, et rien de ce qui se disait à son sujet n'était exagéré. Elle illustrait dans des couleurs vives le grand combat contre le Mal. Mais c'est surtout le tableau côté nord qui frappa mon attention. Celui-là représentait une femme, elle aussi armée d'une épée, un chaudron rempli d'argent suspendu à son bras et une poêle oscillant derrière elle dans un panier. Alors que je l'observais de plus près, avec la voix de Jean Grouwels intarissable en arrière-fond, je dus me retenir de jurer. Car qui donc pouvait être cette bonne femme, avec sa pomme d'Adam saillante et ses yeux écarquillés, sinon le Sécot ? Comment Bruegel, car c'était lui l'auteur de ces deux tableaux, avait-il fait pour le croquer aussi bien ? Tel un fantôme du passé, le Sécot surgissait dans cette ville en flammes, véritable théâtre où se carapataient des démons et des fripouilles à l'allure comique, où des femmes se battaient, volaient et ligotaient des diables à des échelles, où des armées régnaient, tous aveuglés par l'orgueil et la vanité. C'était une ville foutue, qu'aucun rhétoricien ou comédien n'aurait pu rendre de manière réaliste sur une scène. Je me souvins d'avoir vu le peintre dessiner comme un acharné pendant le *landjuweel*, je me rappelais qu'il avait regardé attentivement le corps singulier du Sécot, qu'il avait essayé de l'avoir, comme un chasseur armé de son arbalète épiant un lièvre derrière un arbre. Et comment diable Granvelle avait-il pu commander ces œuvres à Bruegel ? Qu'est-ce que les deux hommes avaient bien pu magouiller ? Qu'est-ce que ça voulait dire ? Le Dragon Rouge s'était-il déjà résigné au sort de notre ville, avait-il même voulu en tirer par avance un plaisir artistique ? Mais ce n'était pas ça qui m'avait fait jurer intérieurement, comme si un juron pouvait empêcher quoi que ce soit. C'était comme si Bruegel avait poussé la folie à l'extrême et montré avec ses pinceaux ce qui se préparait et sur quoi je médite aujourd'hui : une ville qui s'était amenée toute seule à la bouche de l'enfer, au point qu'une bonne femme affolée, aveuglée par un voile devant ses yeux, perdue au milieu des sept péchés capitaux, s'en enfuyait pour ne plus jamais y revenir. Avec le recul des années, ce que j'avais vu là, bon sang, c'était moi. Moi et tous mes compagnons d'infortune. À quel jeu funeste jouions-nous, tous les yeux bandés, tant avec l'archange qu'avec la bonne femme, le combat contre les forces du Mal ou le naufrage dans la folie ? Un homme jure parfois en silence, parce que dire pareille chose tout haut serait comme rompre une digue et laisser un flot de merde tout submerger par pur caprice.

Dans la cuisine, j'entends Marie chanter.

Au mois d'octobre de cette tragique année 1566, ce fut de nouveau la pagaille à Anvers. La commune voulut lever des taxes supplémentaires afin de payer les salaires de ses mille six cents agents, ce qui déclencha un tollé, tout le monde sachant que la ville avait engagé des centaines d'hommes depuis l'été parce qu'elle ne se sentait plus en sécurité. Chacune de ces nouvelles recrues s'était vu promettre quelques florins par mois, sans que soit précisé le nombre de mois. C'était donc au peuple de payer pour que ces messieurs de l'hôtel de ville se sentent protégés contre lui. Tant qu'Orange était en ville, les tensions restaient sous contrôle. Mais il n'allait pas demeurer toute sa vie à Anvers, et les édiles étaient plus nerveux que jamais. De temps à autre, le prince disparaissait ; on le voyait partir le matin à cheval avec quelques-uns de ses hommes et revenir le soir, sans que personne sache où il était passé entre-temps. Cela restait toujours un mystère de savoir où il était, ce qu'il pensait, quelle relation il entretenait avec son frère calviniste Louis, qui était connu pour son caractère impatient, peu enclin à la prudence. Une seule personne honorait cette noble vertu, le prince donc, et ce n'était pas beaucoup. Cela générait de l'inquiétude à l'hôtel de ville. Cela exigeait des forces armées, le tout à nos guêtres.

« Tout cet argent pour protéger ces papistes ! criaient les calvinistes dans les rues et sur les places.

– C'est du vol !

– Ces agents nous protègent », leur répondaient les papistes, et de plus en plus de luthériens aussi, qui en avaient soupé de ces têtes brûlées de calvinistes.

Ce qui rendait tout le monde nerveux, c'était que les calvinistes avaient mis les pauvres dans leur poche. C'étaient eux, les vrais gueux, clamaient-ils à la ronde. Les calvinistes n'aimaient rien tant que faire la charité. Les plus déshérités pouvaient s'adresser à eux. Ils n'avaient même pas à se convertir à la doctrine de Calvin, même si beaucoup le faisaient. Les luthériens regardaient tout cela avec méfiance et avaient tenté de suivre l'exemple des calvinistes dans l'espoir d'accroître leur popularité. Mais leur amour du prochain peinait à convaincre, vu qu'ils utilisaient les mêmes aumôneries que les papistes pour leurs œuvres de bienfaisance et qu'ils se méfiaient en outre des pauvres. En effet, un pauvre incité à la rébellion – j'avais moi-même eu l'occasion de le constater dans le champ où l'on prêchait à l'abri des haies – allait toujours très au-delà de ce qui était toléré, et qui pouvait le lui reprocher ? Les calvinistes, qui avaient en général beaucoup d'argent, spéculaient sur la colère des traîne-misère et des mendiants. Plus ils étaient radicaux, mieux c'était. Dans leur orgueil, les calvinistes croyaient que les pauvres se soumettraient à eux une fois qu'ils auraient pris le pouvoir par la force. Quant aux luthériens, ils ne voulaient absolument pas d'un soulèvement; ils l'avaient juré dans leur Confession et restaient fidèles à leur déclaration. Quand les pauvres criaient « *Vive les gueux** », eux répondaient « *Vive la Confession** », ce qui signifiait qu'ils étaient pour la liberté de culte, mais qu'ils ne souhaitaient pas pour autant brusquer le gouvernement. Ça criait beaucoup dans tous les sens ces dernières semaines : « *Vive** ci », « *Vive** ça »... *Vive** mes couilles et allez vous faire foutre ! Car oui, si vous ne vous sentiez pas interpellé par l'un ou l'autre, il ne vous restait plus qu'à pousser de profonds soupirs devant tant de cris, tant de conviction, tant de ridicule, tant de danger.

Tout cela se passait au grand jour. Plus personne ne se retenait. C'était comme si les Espagnols ne viendraient jamais, que personne ne devrait jamais répondre de ses actes. Comme s'il n'y avait rien du tout hors des murs de la ville. Les gens se berçaient de toutes sortes d'illusions et se considéraient comme riches et puissants. Sans compter que Brederode était prétendument en train de collecter de l'argent pour engager des mercenaires et « libérer » la ville, selon ses propres mots. Tous menaient leur forme ouverte de rébellion, se montaient la tête mutuellement, se détestaient cordialement et se recommandaient en jubilant des pamphlets blasphématoires.

« Ce n'est même plus drôle, soupira Hugo, quelques semaines plus tard. Je préférais quand on les échangeait sous le manteau. Maintenant, les gens débarquent dans ma boutique et demandent tout haut des livres interdits. Personne n'aurait envisagé une audace pareille l'année dernière. »

Et pendant ce temps, les complots se succédaient. Apparemment, ce même jour brumeux où Hugo regrettait le bon vieux temps dans mon auberge, on déjoua une conspiration papiste, qui aurait dû voir acheminés de la poudre et de petits canons vers les plus hautes tours de la ville en vue d'exterminer les calvinistes en bas comme des fourmis. Une courte réflexion sur le côté pratique de l'affaire aurait suffi à ramener les gens à plus de sobriété. Dans une ville où l'on avait déjà tout vu, quel homme sensé pouvait imaginer cette scène : de sinistres personnages d'une force herculéenne, poussant des canons en haut d'un escalier en colimaçon, suivis par des débardeurs portant la poudre ? Et quand bien même, par miracle, ils y seraient parvenus, cette personne de bon sens voyait-elle ensuite comment ces canailles allaient bien pouvoir tirer des boulets de canon gros comme des couilles de plomb uniquement sur des calvinistes ? On aurait pu consacrer ses journées à gratter la vase puante du mensonge pour dégager la vérité que ça n'aurait pas suffi. Il fallait renoncer à réfléchir. On abandonnait en soupirant : peut-être en était-il ainsi, la vase était indissociable de la vérité, les deux avaient besoin l'une de l'autre, parce que nul d'entre nous ne pouvait supporter la vérité sans un relent de mensonge. Peut-être que l'homme était ainsi fait : il voulait d'abord la tromperie, et la vérité si vraiment il le fallait. Car entre-temps, quelques centaines de personnes s'étaient massées devant les églises ayant les tours les plus hautes pour empêcher cet acte de trahison imaginaire.

Le Sécot entra et attendit à la porte que tout le monde l'ait vu.

Sa façon de faire était vraiment fascinante. Au bout de quelques secondes, toute mon auberge s'était tue et le regardait avec impatience.

« Taratata, écoutez-moi ! cria-t-il. Qui l'eût cru, c'est incroyable/ tendez néanmoins votre oreille charitable/ pour entendre l'annonce infâme/ oui, c'est reparti à Notre-Dame/ ça casse et ça fracasse, et comme la dernière fois/ ça n'est que quelques gars/ l'église est envahie de morveux, chapitre deux. »

Et d'agiter les grelots de son bonnet de fou.

Un instant, son visage fut caché, mais nous voyions le monde entier sous son bonnet.

Certains clients étaient sortis avec lui et s'étaient précipités à Notre-Dame, par colère ou goût de la sensation, difficile de faire la part des choses lorsque tout le monde est saoul. Quant à moi, je restai à l'auberge et me couchai très tôt, histoire que ce soit clair, avant tout pour moi-même, que j'en avais assez, j'étais au-dessus de toutes ces émotions et de ces tensions, et puis demain serait un autre jour, pardieu, avec son nouveau lot de mensonges et d'inepties. Le coq est roi sur son fumier, me dis-je. J'en avais par-dessus la tête des autres.

À travers le guichet, je regardai la Femme sauvage.

Elle et sa fille étaient endormies.

« Regarde-les dormir, me dis-je tout bas à moi-même.

– Je vais te raconter un truc, Beer… » entendis-je derrière moi.

Je jurai et me retournai. C'était Jeroom, bon sang, qui s'était mis par terre dans un coin comme un chien.

« Tu vas les réveiller, sifflai-je. Tu as quand même une chambre, non ?

– J'ai fait un cauchemar, je me suis réveillé avec une frousse bleue, or ici je me sens en sécurité. C'était un rêve plein de mistoufles du passé. »

Je ne savais qu'à moitié ce que « mistoufles » voulait dire, mais je supposais qu'il s'agissait de malheurs anciens. Son visage baigné de larmes me radoucit un peu.

« Allez, viens, je vais te servir un peu de vin en bas. »

L'aveugle se laissa aider à descendre l'escalier.

Après avoir bu une gorgée, il soupira et se mit à raconter.

« Si je ne me trompe pas, c'était dans une auberge à Cologne, et j'étais payé. Trois fois rien, mais bon, c'est le genre de chose qu'on ne sait jamais à l'avance. Quoi qu'il en soit, ces quelques pièces m'arrangeaient bien. L'aubergiste avait besoin de cinq aveugles pour un jeu. Il y avait un public pour ça, beaucoup de public même, et bien sûr chacun avait payé une petite entrée pour voir le spectacle. La chose se passait de la façon suivante : il y avait une table de banquet, ou quelque chose qui y ressemblait, avec un homme et une femme attablés qui attendaient prétendûment leur repas. Ils faisaient crisser leurs couverts dans leur assiette pour montrer qu'ils avaient faim. La nourriture, pour ainsi dire, devait d'abord être abattue par nous. C'était un sanglier, une bête féroce, et surtout bien vivante, qui était attachée à un poteau en plein milieu de la salle. À ce même poteau, il y avait nous, les aveugles, attachés comme le cochon, mais à une corde plus longue, de sorte que nous avions un peu plus de jeu…

– Bon sang…

– On nous avait donné à chacun un bâton avec une pique au bout, et le but bien sûr était que nous tuions la bête. Pour des gens qui auraient la chance d'avoir des yeux, ça demanderait du courage. Mais pour cinq aveugles dans un espace pas très grand… Tu comprends le vrai but du spectacle. C'était pour le plaisir des spectateurs, qui se tordaient de rire à voir ces aveugles s'entailler mutuellement au lieu d'entailler la bête. »

Je bus.

« Ils ont de drôles de mœurs, à Cologne…

– Ils rient pour d'autres choses que nous, Beer. Ça doit être ça. Nous étions en cercle et, à cause des rires et des cris autour de moi, je savais à peine ce que je faisais. Je sentais l'odeur de l'animal. Avant même que je puisse réfléchir à un moyen de me sortir de ce pétrin, l'un de mes camarades d'infortune m'a planté sa pique dans l'épaule, et la broche s'est si bien enfoncée qu'il a eu du mal à l'en ressortir. Moi j'ai juré comme un beau diable. Dès le début, chacun de nous hurlait et saignait, ce qui décuplait les rires. L'odeur de peur et de douleur qu'on dégageait rendait l'animal très nerveux. Il essayait de charger et faisait des bruits que je n'avais jamais entendus chez aucune bête. C'est ça qui était intéressant, tu vois, tu étais à la fois le chasseur et la proie… »

Un sourire triste apparut sur le visage de Jeroom.

« Et après ? demandai-je.

– Oui, et après… C'est une bonne question. Je crois que cette dernière pensée m'avait un peu calmé. J'ai encore reçu plusieurs coups de pique, mais je ne l'ai remarqué qu'après. En cas de danger, la vue t'entrave plus qu'autre chose, sache-le. Une personne voyante ignore ce que c'est de voir de l'intérieur. Ma pique s'est plantée dans la nuque de la bête. Elle a crié. Et à partir de ce moment-là, plus aucun d'entre nous ne s'est trompé, chacun était guidé, et les coups de pique se sont abattus sans discontinuer sur le sanglier. Les applaudissements qui ont suivi n'en finissaient pas, car nous étions ressortis du combat en chasseurs, pas en aveugles.

– C'était ça, ton rêve ?

– Non, ça, je l'ai vécu, et tout à l'heure c'est revenu me tourmenter en rêve. J'avais de nouveau en main le bâton avec la pique et j'entendais grogner le sanglier.

– Bois encore un peu…

– Non. »

Jeroom couvrit son gobelet de sa main.

« Le fait que ce rêve m'ait été envoyé maintenant, c'est significatif, Beer. Ça dit quelque chose sur nous tous. »

Il retourna dans son lit, et moi dans le mien.

Environ deux heures plus tard, on frappa violemment à ma porte. Confus et ensommeillé, dans ma chemise de nuit, je vis deux femmes devant moi. Elles étaient dans tous leurs états.

Doña Maria pleurait, et Margreet se tordait les mains.

« Pas dans le couloir… » dis-je.

Dans la cuisine, à la lumière de deux bougies, j'eus droit à toute l'histoire.

« C'est mon mari et quelques jeunes qui ont à nouveau saccagé l'église Notre-Dame. »

Je l'interrompis en pestant.

« Pas encore lui ! Votre gaillard n'en a jamais assez ?

– Il aurait crié aux jeunes d'enfoncer les portes de l'église avec des échelles de secours, et c'est ce qui s'est passé, on m'a raconté. Et il est très probable – j'ai tellement honte, mais ça ne vous surprendra pas – qu'il avait bu trop de vin.

– Exactement comme l'autre fois… »

Elle se détourna. Je vis son dos tressauter dans la faible lumière. Margreet posa une main sur son épaule.

« Mais cette fois-ci… sanglotait l'Espagnole, ils sont venus le tirer hors de son lit, et apparemment ils ne l'ont pas emmené au 's Heren Steen pour l'interroger, mais directement à l'hôtel de ville, vu la gravité des faits à leurs yeux… »

À ce moment-là, nous avions atteint un point où je ne pouvais plus imaginer que des actes aient des conséquences pour quelqu'un comme Jan Boubert de Pergamont. Dans mon esprit, son arrogance l'avait rendu intouchable, au-dessus de choses aussi triviales qu'une arrestation ou une obligation de rendre des comptes. D'une certaine manière, cela me paraissait même démodé, comme témoignant de mœurs d'un autre temps (en réalité, de la saison précédente), qu'il puisse maintenant être jugé pour vandalisme ou incitation à la violence, alors qu'à la première émeute, quelques mois auparavant, il n'avait pas été inquiété du tout. Le fait que les édiles aient souhaité lui parler tout de suite pouvait signifier qu'ils voulaient étouffer l'affaire.

« *Ce n'est pas juste** ... gémit son épouse.

– Qui sait, peut-être qu'ils veulent trouver un arrangement entre eux ? avançai-je prudemment.

– Mais il a essayé de s'échapper de l'hôtel de ville ! Il a sauté par une fenêtre de derrière pour revenir chez nous. Avant qu'il ait pu me dire quoi que ce soit, ils étaient déjà à notre porte. Je n'ai vu que le désespoir dans ses yeux. Il se croyait protégé, mais visiblement il ne l'est pas !

– Elle a besoin de toi, dit Margreet. C'est encore très agité dehors. On nous a embêtées sur le chemin, des malotrus qui avaient oublié leurs bonnes manières. On dirait qu'ils sont devenus fous...

– Voulez-vous s'il vous plaît m'accompagner chez Anne, la femme d'Orange ? Je la connais, elle est la seule personne à pouvoir convaincre son mari de libérer Boubi... »

Je lui demandai si ça servirait à quelque chose.

« M'enfin, me rabroua Margreet, un grand costaud comme toi ! Bien sûr que ça sert à quelque chose. »

Je toisai ma gouvernante sans rien dire. Elle bougonna encore, prête à me couvrir de reproches à la moindre protestation, comme sainte Je-Sais-Tout sur son âne, avec la pie qui jacasse sur sa tête, et qui croit toujours avoir raison.

« Ce que je voulais dire, c'est... est-ce que ça sert à quelque chose d'aller voir la femme d'Orange ? On dit qu'il n'est plus en ville.

– C'est ma seule chance, répondit doña Maria. Et vous, monsieur Beer, vous devez me protéger. »

Je hochai la tête et montai m'habiller.

En effet, il y avait encore du tumulte dans les rues autour de l'église Notre-Dame. Deux petits cons nous interpellèrent, mais ils étaient trop saouls pour vraiment entreprendre quoi que ce soit. L'un d'eux tenait une torche, mais ne savait plus quoi en faire.

« Les gueux libres ! essaya l'un d'eux.

– Sale pute ! » cria l'autre à doña Maria.

Je le mis à terre d'un croc-en-jambe et posai mon pied fermement sur sa mâchoire.

« On va rester poli, petit merdeux ? »

Les deux battirent en retraite, courant à leur propre perte. Comme c'était allé vite ! L'appel des gueux pour la liberté était devenu en quelques mois un cri d'ivrogne repris par le premier imbécile venu. Cette liberté ne m'intéressait plus du tout.

Nous étions devant le portail.

Honnêtement, je m'attendais à ce que la Maison d'Aix-la-Chapelle, cette demeure seigneuriale où le prince avait sa résidence, garde ses portes closes en plein cœur de la nuit. On n'apercevait pas le moindre filet de lumière à travers les fentes des volets, derrière les fenêtres à barreaux. Mais je me trompais.

À condition qu'il soit de noble ascendance, votre nom suffisait pour qu'un domestique monte réveiller sa maîtresse.

« Entrez avec moi, dit hâtivement doña Maria. Il serait malséant que vous soyez de nouveau impliqué dans une bagarre de rue. »

Tout à l'heure, j'étais le grand protecteur, et voilà que j'étais moi-même devenu une source potentielle de tapage nocturne. La chute était brutale. Je ne dis rien et acquiesçai.

Peu après, je contemplais la fameuse Anne de Saxe, l'épouse du prince d'Orange en robe de nuit, et pouvais constater premièrement qu'elle était loin d'être le friand morceau que la rumeur voulait faire croire, et, deuxièmement, que les gens de sang bleu se montraient très abordables dans leur petit entre-soi, à condition que moi je me tienne à une distance suffisante. On ne me proposa pas de chaise, et je restai planté comme une statue au fond de la salle de réception, à côté d'un buste de dieu grec non identifié.

« *Ma chère** … » roucoula notre hôtesse avec un fort accent allemand.

Il y avait quelque chose qui clochait chez elle. On aurait dit qu'elle avait dévalé un escalier ou qu'elle avait peut-être été éjectée d'un cheval au galop, puis mal réassemblée. Ses mouvements étaient heurtés. Néanmoins, elle n'était pas du genre à avaler n'importe quoi, comme il apparut tout de suite. Sa difformité lui avait peut-être appris à se défendre. Comme un trophée, elle avait été mariée au prince, qui avait vu dans cette union l'occasion d'une bonne alliance allemande, et donc aussi luthérienne, et qui n'avait sans doute pas remarqué que sa promise ne se déplaçait pas sans douleurs. On aurait dit un jouteur habillé en femme qui évaluait ses chances face à l'adversaire. Pendant que doña Maria lui racontait son histoire, ses yeux allaient et venaient à toute vitesse, et sa bouche se tordait dans des rictus d'aigreur. À la fin de l'explication, elle souffla.

« Votre mari s'est fourvoyé… je ne peux pas vous aider.

– Votre Altesse, pardonnez-moi, mais je pensais… *au nom de notre amitié** … Je sais que vous n'avez pas les mêmes opinions, mais…

– Je ne suis en tout cas pas calviniste, madame, si c'est ce que vous voulez dire… Et tout le monde le sait. »

Elle me regarda soudain avec méfiance.

« Ne vous inquiétez pas, Votre Altesse, il est avec moi et il est discret, tenta de la rassurer doña Maria.

– Il peut s'asseoir là... » répondit l'hôtesse, et on m'indiqua un endroit un peu plus loin sur le côté.

Il y eut un silence entre les deux femmes.

« Peut-être que votre mari... tenta à nouveau l'Espagnole, luttant cette fois contre les larmes.

– Il a quitté la ville, j'en ai peur. Sûrement un autre soulèvement quelque part en Hollande. Je ne sais même pas où il est. Il a négligé de me le dire.

– Mais nous, les femmes, nous savons tout... »

Encore un regard entre elles. Dans mon imagination, je vis Guillaume d'Orange se retirer sur la pointe de ses nobles chaussettes dans les coulisses de ce théâtre, essuyant la sueur de son front, heureux de ne pas s'être fait remarquer, et se servir un verre en frémissant à l'idée de l'avoir échappé belle. Était-il vraiment absent ?

Un toussotement discret fit apparaître un majordome qui apportait du vin pour les deux femmes. Maria porta le verre à ses lèvres, mais le reposa immédiatement.

« Allons, allons, *ma chère**, la consola l'hôtesse. Il s'agit fort probablement d'une formalité dans le cas de votre mari. Ils vont le libérer, j'en suis sûre, et je vous conseillerai de l'encourager à faire preuve d'un peu plus de discrétion...

– Il a agi sur ordre de Louis, Votre Altesse, sur ordre du frère de votre mari. »

Péniblement, Anne de Saxe reposa son verre. Ses épaules semblaient prises dans un étau. Après un moment de réflexion, elle soupira.

« Dans ce cas, j'espère, articula-t-elle lentement, qu'il n'a pas été soumis à la torture. Car s'il révèle ce nom, je ne donne pas cher de sa vie, même pas de la sienne, ni de celle de personne... »

Elle agita une clochette posée sur un guéridon.

« Du papier et de l'encre, *schnell* ! »

En un clin d'œil, la servante accourut avec le nécessaire.

J'entendis le raclement frénétique de la plume sur le papier.

Le majordome fut sommé de remettre la lettre à l'hôtel de ville et de ne pas revenir sans réponse.

Il fut de retour plus vite que prévu.

C'était une froide matinée sur la Grand-Place, avec des traînées de brume qui ne voulaient pas se dissiper. Doña Maria n'avait pas dormi. Elle s'était effondrée en apprenant la nouvelle, et je l'avais ramenée à l'auberge, où Margreet l'avait prise dans ses bras. Tout le restant de la nuit, j'avais entendu des sanglots, entrecoupés de chuchotements. Margreet ne l'avait pas quittée un instant. Quand arriva la dernière heure avant l'aube, j'entendis des chants en provenance de la chambre de la Femme sauvage.

Margreet, l'Espagnole et moi étions les seuls à attendre sur la place. Contre toute raison, doña Maria espérait encore que son mari échappe à la potence. C'est alors qu'apparut la charrette qui parcourait la courte distance entre le Steen et la Grand-Place, avec à son bord six hommes salement amochés. Doña Maria hurla quand elle reconnut son mari. Vêtu d'un lambeau de tissu gris, il tituba avec ses compagnons d'infortune entre les deux assistants de l'exécuteur, en direction de la potence à laquelle pendaient six nouvelles cordes. Je méprisais l'homme, ce n'était pas un secret, mais la personne que je voyais là avait peu de chose en commun avec ce qu'il avait été. C'était un acteur mis à nu, sans masque ni vers célèbres à sa disposition, qui s'avançait vers le bourreau et le bailli, postés au pied de l'échafaud. Il regarda sa femme et se mit à pleurer en secouant la tête.

« *Ne restez pas ici* !* » cria-t-il.

Même sa voix, rauque, était dépouillée de toute sa prétention et de toute son arrogance passées ; c'était presque un cri de bête.

« *Il n'en est pas question* !* » lui répondit sa femme.

Non, elle ne partirait pas. Nous non plus, d'ailleurs, même si je n'étais là que pour… Ah, pourquoi ?

On ne perdit pas de temps. Le chanoine ivre qu'ils venaient d'aller quérir à Saint-Michel pour l'instaurer confesseur était à peine capable de recueillir les derniers mots des condamnés. Chacun d'eux se voyait offrir un verre de vin avant d'être pendu. Tant le confesseur que le bailli buvaient chaque fois qu'un homme rendait son dernier soupir. Doña Maria pleurait à chacune des exécutions, continuant d'espérer un miracle. Son mari fut le dernier à subir le sort de ses congénères. On lui attacha les mains derrière le dos, l'aida à gravir les marches, on passa le nœud coulant autour de son cou, tendit la corde et fit tomber l'échelle d'un coup de pied. Elle hurla.

« *¡Bastardos!* »

Il se débattit. La potence grinça. Secoué de spasmes, il finit par expirer parmi ses compagnons de misère. Elle détourna le regard. Les pieds de son mari eurent un dernier soubresaut. Il se vida de ses excréments. Et le bailli, qui était resté parfaitement impassible jusque-là, recula discrètement, juste au bon moment, pour ne pas être éclaboussé. C'était donc Jan Boubert de Pergamont qui pendait là au bout d'une corde. Ainsi finissait-il, contraint d'abandonner toute prétention ou faux-semblant, comme tout le monde. Un serf pendu pour protéger son maître, pour ne pas embarrasser le frère de ce dernier, pour que le jeu puisse continuer sans que quiconque à ce moment-là en connaisse encore l'issue.

« Maria ! » hurla Margreet.

L'Espagnole se tortillait par terre comme un animal. Entre ses cuisses, sa robe était trempée. Elle se tenait le ventre à deux mains.

« Non ! » criai-je, sans émettre un son.

J'étais incapable de faire ou dire quoi que ce soit.

« Viens, chuchota Margreet, en essayant de calmer Maria qui hurlait. Fais confiance à la puissance de Dieu, tout ira bien, mais nous devons te ramener tout de suite à la maison.

– Elle habite tout près... dis-je.

– Ça, je sais », répondit Margreet.

Les hurlements de l'Espagnole avaient tout de même fait accourir quelques personnes. Tous ensemble, nous la portâmes jusque chez elle, derrière l'hôtel de ville où quelques heures plus tôt le sort de son mari avait été scellé. Margreet remplit une marmite d'eau et la suspendit au-dessus du feu. Elle était à nouveau sage-femme. Et je m'assis, dans le fauteuil dans lequel Boubert de Pergamont avait peut-être aimé s'asseoir, attendant la suite, tandis que les cris continuaient dans la pièce voisine.

Au bout de plusieurs heures, le calme revint enfin.

Je n'entendais plus que les sanglots de l'Espagnole et les chuchotements apaisants de Margreet.

Au sortir du ventre de sa mère et sans même respirer une seule fois, l'enfant dont personne ne savait que j'étais le père mourut, ce même jour où l'homme qui avait tant voulu être père rendait lui aussi son dernier souffle, étranglé par une corde.

Je commençai alors à m'empoisonner en buvant. C'était le pire que je pouvais faire. En tant qu'aubergiste je déshonorais ma profession, en tant qu'homme je me déshonorais moi-même. Mon alcoolisme faisait feu de tout bois : dans un voile de brouillard, tout lui devenait prétexte. Boire devenait un droit que je m'étais arrogé et qui n'avait d'autre but que de me permettre d'arriver au bout de la journée et de tout oublier. Mais quelle que fût la quantité d'alcool que j'ingurgitais, de midi jusqu'à tard le soir, je n'avais jamais la chance d'être frappé d'amnésie le lendemain. Je n'avais même pas la gueule de bois.

Un soir, rond comme une queue de pelle, je me dis qu'il fallait absolument que je montre l'Homme sauvage en moi à la Femme sauvage dans la chambre du haut. Il n'y avait personne pour m'arrêter. Mon fils avait déserté. Et Margreet s'occupait de l'Espagnole. Elle était venue chercher ses affaires et avait emménagé chez elle.

Je me tins tout un discours en enfilant mon costume. Je proclamai mon droit à la miséricorde, même si Toi, mon Dieu, Tu ne me l'avais jamais accordée. Mais cela faisait longtemps que j'avais cessé d'attendre quoi que ce soit de Ta part. Je voulais qu'elle me l'accorde. Et même si elle m'avait montré sa colère et m'avait fait comprendre que nous étions tous en train de la manger, elle et son enfant, je voulais croire que j'avais une chance de la faire changer d'avis, de la convaincre qu'au fond j'étais comme elle et que cet Homme sauvage avait sa place auprès de la Femme sauvage qu'elle était. Je grognai comme un ours en attachant mon masque. Une chanson d'amour me trottait dans la tête. « À mon jardin croît la fleur souveraine/ La plus belle de la chrétienté/ Si je la puis voir en très bonne estraine/ De tous mes maux serai réconforté... » Cela me fit glousser. Mais le dernier soupçon de raison qui me restait dans mon ivresse me rappela à l'ordre et me dit que l'heure était solennelle. Je montai l'escalier en titubant et faillis tomber en me prenant les pieds dans ma peau d'ours. Péniblement, j'atteignis la chambre de bonne.

Je les saluai, elle et son enfant, par ces mots :

« Si je vous puis voir en très bonne estraine, de tous mes maux serai réconforté. »

Elles me regardèrent avec de grands yeux.

Je m'assis par terre en face de la Femme sauvage.

Elle ne disait rien. Sa fille prononça encore ces fameux mots en « huh ». Mais la mère n'y réagit pas.

Elle continuait de me regarder. Sa surprise s'estompait.

Elle étudiait mon costume d'homme sauvage.

« Miséricorde... murmurai-je. Miséricorde. »

Sa main s'approcha de mes vêtements. Elle prit un pan de ma fourrure, le palpa doucement entre ses doigts.

« Toi et moi... » dis-je en hochant la tête.

C'est alors qu'elle éclata de rire.

Elle s'esclaffait, donnant des coups de coude à sa fille. Toutes les deux riaient à présent.

Je ne parvins plus à placer un mot.

Je continuai de boire tout l'hiver. C'en était fini pour moi de jouer à l'Homme sauvage. Ils pouvaient tous aller au diable. Les membres de ma Ligue cessèrent même de me poser des questions. Le printemps arriva et je buvais toujours. Parfois, je tentais de me ressaisir et ne buvais plus pendant quelques jours. Mais je replongeais. Anvers se dégradait. Les troubles et les conflits ne se calmaient pas. De plus en plus de commerçants papistes optaient pour la sécurité et mettaient la clé sous le paillasson. Les calvinistes saluaient ces départs, car chaque adorateur du pape en moins était à leurs yeux un pas dans la bonne direction. L'arrogance se propageait comme la peste. Si les papistes avaient remporté la palme à un moment donné, les calvinistes et les luthériens n'avaient plus rien à leur envier. Même les commerçants étrangers se mettaient à éviter Anvers. Les Italiens, les Portugais et bien sûr les Espagnols installés entre la Zirkstraat et le Wijngaardbrug commençaient à s'énerver de tout ce tumulte, furieux également contre ces différents groupes qui avaient désormais chacun leur temple. D'autres arrivaient, persuadés que cette ville était devenue un véritable paradis pour les libres-penseurs. La déception les guettait. Les exaltés qui ne comprenaient pas que l'équilibre était encore précaire et qui voulaient tout à coup fonder dans une Anvers « libre » leur propre communauté religieuse, quand ce n'était pas une Église pour quatre pelés et un tondu, étaient pourchassés par le bailli, et parfois condamnés. Cette ville était-elle « libre » ? Absolument pas. Nous étions enfermés dans la prison de l'incertitude. Et bien sûr, le prix des aliments et des céréales était reparti à la hausse, et certains s'enrichissaient à nouveau en spéculant, bien que ce fût officiellement interdit. Deux ans plus tôt, un hiver opiniâtre nous avait littéralement mis à genoux; désormais, nous faisions notre malheur tout seuls.

Et pendant ce temps, le jeu des ambitions se poursuivait.

Henri de Brederode, alias le Grand Gueux, qui, l'année précédente, depuis la fenêtre d'une auberge, avait promis la liberté, une patte de poulet dans une main, un verre de vin dans l'autre, avait maintenant collecté assez d'argent pour engager plusieurs centaines voire un millier de mercenaires. Ces soldats s'étaient rassemblés à Oosterweel, au nord de la ville, et attendaient le bon moment, et surtout les bonnes armes, pour attaquer et ainsi imposer définitivement l'autorité calviniste. En attendant, ils assaillaient tous les hameaux ou seigneuries autour d'Anvers et volaient tout ce qui leur tombait sous la main. Ils firent irruption partout, d'Ekeren jusqu'au Kiel. À Merksem, ils prirent néanmoins une belle raclée. Le bruit courait que plusieurs bandes de brigands rôdaient. La plupart ne nourrissaient aucun idéal, ni religieux ni d'aucune sorte, même si à chaque agression ou profanation ils criaient à pleins poumons « *Vive les gueux** », comme pour parer leurs violences d'une belle pancarte du genre « Pour la Liberté, la Justice et la Douce Paix des Cœurs ».

« Ils ont tous leur petite église personnelle, bafouilla Hugo, que je n'avais plus vu aussi saoul depuis très longtemps.

– Juste, susurra le Sécot en essayant d'attraper la cruche de vin pour se resservir.

– Si on pouvait tous... commençai-je, mais moi aussi j'avais du mal à formuler mes pensées.

– Nom d'un chien, cette largue gironde a bien failli m'amener à l'abbaye de monte-à-rebours ! »

C'était Jeroom. Il était vautré par terre.

« Y a encore quelqu'un qui comprend ce que cet imbécile vient de dire ? »

Nous attrapâmes un fou rire.

Hugo versa le contenu de son gobelet directement dans la bouche ouverte de l'aveugle. Celui-ci crachota et fit des bulles, puis laissa le vin couler le long de sa glotte, bienheureux comme un enfant au sein de sa mère.

Hugo et le Sécot me donnèrent un coup de coude.

Un individu que je n'avais pas vu entrer se tenait devant notre table.

Il avait son pistolet pointé sur moi.

« Je suis le frère d'Elisabeth Asseliers ! » beugla-t-il.

Hoquetant, je fis semblant de ne pas le reconnaître. Bien sûr, cela rendit le secrétaire communal encore plus furieux.

« Fameuse moustache que vous avez là ! » s'esclaffa Hugo.

Aucun de nous n'avait envie de prendre acte du sérieux de la situation.

Le pistolet était dirigé sur mon cœur et, s'il contenait une balle, ma fin n'était qu'à un coup de feu.

« Elisabeth Asseliers était mariée à ce coureur de bordels nommé Jacob van Wesenbeke.

– Ah, fit le Sécot d'un ton serviable, lui, je le connais ! Mieux connu sous son diminutif de Cobke !

– Ah oui, souffla Hugo, ce type vient parfois ici. C'est le bras droit d'Orange, non ?

– Exactement ! hurla l'homme à la moustache. Ce salaud sautait toutes les bonnes femmes qu'il pouvait attraper. Il a installé l'une de ses putains, une Brugeoise, chez un copain à lui dans la Cellebroedersstraat, où il pouvait lui conter fleurette bien à son aise, à l'abri des regards. Ces deux coquins ont ensuite manigancé pour tenter d'empoisonner ma sœur, l'épouse légitime de ce salopard. J'ai dû lui tirer les vers du nez, nom de Dieu ! Ma sœur a failli y passer ! Mon beau-frère, maudit soit son nom, a affirmé qu'il avait eu la drogue ici, dans cette auberge. Et je lui ai tapé sur la tête à coups de poêle jusqu'à lui faire cracher que c'est une sorcière qui travaille ici, dans ce maudit trou du diable, qui lui a préparé la drogue qui a causé ces maudites fistules à ma sœur. »

Il arma son pistolet et me dit alors d'une voix très calme :

« Où est cette bonne femme ?

– Vous pouvez fouiller toutes les pièces, dis-je, il n'y a pas de bonne femme ici. À l'étage, il y a une femelle avec son petit, mais elle est enfermée et distingue à peine le jour de la nuit.

– Que Dieu me pardonne, dans ce cas, j'assouvirai ma vengeance ici », cria la moustache.

L'homme hurla alors comme un possédé.

Sous la table, Jeroom avait planté son poignard dans le pied de mon agresseur. Un coup de feu partit, la balle me frôla. Le Sécot et Hugo maîtrisèrent la moustache, qui se mit à braire.

Nous bandâmes son pied tant bien que mal et l'abreuvâmes de vin.

À la fin, il ne restait plus qu'Hugo et moi.

Je regardai la flaque de sang.

« Ça ne ressemble pas à Margreet, commença le libraire.

– Bien sûr que non, répondis-je.

– Tu sais quoi ? dit Hugo, avec une lenteur exaspérante. Les monstres dansent, personne ne sait de quoi demain sera fait, et toutes les excuses sont bonnes pour envoyer quelqu'un au bûcher ou le regarder se vider de son sang. Nous sommes tous dans la barque bleue[1]. Nous perdons tous la boule, certains plus vite que d'autres, empoisonnés, avec des fistules au cul. »

---

1. *La Barque bleue* (*De Blauwe Schuit*) est une gravure de Pieter van der Heyden, réalisée d'après Jérôme Bosch et datée de 1559.

Margreet étant partie vivre chez l'Espagnole, j'avais confié à Jeroom la direction de la cuisine, après qu'il eut réclamé avec insistance quelque chose à faire. Un cuisinier aveugle, c'était de la folie, si bien que je restais vague face aux clients qui s'enquéraient de l'identité de la nouvelle recrue aux fourneaux. L'un dans l'autre, avec l'aide d'Alwin, cela fonctionnait plutôt bien. Chaque soir, on aurait dit que la cuisine avait été saccagée par une horde de charognards, mais là nourriture était honorable, même sans les épices dont Margreet assaisonnait ses plats en quantité pour le plus grand plaisir de la plupart.

Ortelius et Joris Hoefnagel avaient commandé de la soupe, et je les priai de s'attendre à quelque chose de simple. Ma remarque les laissa toutefois indifférents, les deux hommes s'étant de nouveau lancés dans un de leurs débats.

« Nous sommes maudits... »

Ainsi Abram Ortelius concluait-il son raisonnement à propos de la situation actuelle.

« Je trouve ça très exagéré ! rétorqua son jeune ami Hoefnagel en roulant des yeux. À vous entendre, on dirait que Dieu a désigné Anvers, comme une ville babylonienne de l'Ancien Testament, ou comme l'Égypte, punie par des fléaux... »

Ortelius gardait son calme. C'était son arme.

« Et si c'était effectivement le cas ? Pourquoi Dieu n'aurait-il pas pu maudire cette ville ?

– Mais parce qu'il y en a tellement d'autres ! Il y a des émeutes partout, on brise des statues partout, on renverse tout partout. Je trouve primitif de parler de Dieu de cette manière, alors qu'on ferait mieux d'ouvrir les yeux sur ce que les gens s'infligent les uns aux autres et sur la bêtise qui gouverne le monde.

– Primitif ? »

Ortelius tâchait de maîtriser son agacement :

« Laissez-moi vous l'expliquer autrement, dit-il. En admettant... Non, sachant que le Jugement dernier arrive, nous nous conduisons de façon terrible dans cette ville, et cela ne peut qu'empirer, vous et moi sommes d'accord là-dessus. Cela importe-t-il, dans ce cas, si d'autres villes sont également maudites ? »

Petit rire.

« Vous y tenez, hein ?

– À quoi ?

– À la fin des temps scellée par le Jugement dernier.

– Vous ne trouvez pas que ça y ressemble ?

– Mon problème, c'est qu'une fois qu'on admet cette idée dans notre réflexion...

– Oui ?

– Plus rien n'a de sens, si ?

– Au contraire, s'écria Ortelius en secouant la tête. Tout prend sens, et même plus que jamais ! L'âme de chacun s'en trouve anoblie ! Les actes ont des conséquences ! »

J'étais parvenu jusque-là à dissimuler mon ivresse, pensais-je. Personne ne m'avait regardé bizarrement. Mais peut-être devais-je tout de même dire quelque chose, histoire de montrer que j'étais encore présent dans cette conversation entre gens cultivés :

« Et pourtant, vous voulez partir... »

Ortelius me regarda :

« Nous y réfléchissons, Beer. Vous avez sûrement entendu dire que le souverain espagnol envisage de venir ici ? Que croyez-vous qu'il se passera alors ? On dit aussi qu'il pourrait d'abord nous envoyer le duc d'Albe. Je ne sais pas si vous connaissez la réputation de cet homme...

– La rancœur incarnée, dit Joris en hochant la tête d'un air grave. Il méprise Orange. Il méprise tout le monde.

– C'est un instrument de torture personnifié, poursuivit Ortelius. Cette ville peut s'attendre à un bain de sang, à un massacre aveugle ; il ne fera pas de quartier. Chacun sera en droit de se demander s'il n'est pas en danger. Tel un ange exterminateur, il apparaîtra. Il jouera à l'archange Michel, qui combat la dépravation, l'épée à la main, des ailes dans le dos. »

Il y eut un silence. Je songeai aux deux tableaux de Bruegel que Jean Grouwels m'avait montrés. Mais je pensais à d'autres choses aussi. J'étais en train de m'énerver.

« Donc vous vous enfuyez... »

Content d'avoir réussi à l'exprimer de manière encore assez amicale.

Les deux messieurs se regardèrent.

« Je pense, dit Ortelius, que la vérité sur Dieu que chacun prêche actuellement ne fait que diviser, car chaque groupe a sa propre vérité et n'en accepte aucune autre. À mon avis, la malédiction est là, et c'est elle qui déchire cette ville. Pour le moment, tout le monde n'a que sa liberté, ses droits, sa vérité à la bouche, et il convient de casser la figure à quiconque ne la partage pas. Les gens comme nous, Beer, ne parlent jamais de vérité, n'est-ce pas ? À cette vérité qui peut prendre tant de formes différentes, nous opposons l'Amour et...

– Magnifique, l'interrompit Joris, l'Amour, le Cœur, voilà l'essentiel pour nous, sans oublier l'Amitié ! Ne vivons-nous pas ensemble dans cette Ville éternelle qui s'appelle l'Amitié ? Et pas besoin de temples ni de cérémonies pour ça, il n'y a qu'à voir quand...

– Mais cet Amour, ou cette Amitié, ou ce Cœur, l'interrompit Ortelius à son tour, n'a pas l'ombre d'une chance dans ce théâtre de la “vérité”. C’est ce que je voulais vous dire, du moins, ce que j’essayais de vous dire... »

Tant de mots, tant de livres dans le crâne de ces hommes. Je m’étais mis à haïr prodigieusement leur savoir. À quoi ça nous avançait ? Les livres étaient montés à la tête de Ward. Et les beaux mots des membres de la Famille avaient achevé de l’empoisonner, à tel point qu’il s’était volatilisé et que j’avais perdu mon fils unique. Sans oublier ma cave, où s’entassaient des barils remplis de tonnes de livres que j’avais accepté d’entreposer comme un couillon pour faire plaisir à ce satané Sambucus. Pourquoi, bon Dieu, mais pourquoi ? À quoi ça avait servi ? Quelqu’un y avait-il gagné quoi que ce soit ? Et moi, qu’avais-je gagné au change ? Ma coupe était pleine.

« Dieu n’en a strictement rien à foutre de nous ! Vous me comprenez, tous les deux, avec vos balivernes, votre Amour et vos Cœurs ? Vous croyez vraiment que la carte du monde en forme de cœur sur laquelle vous vous échinez signifie quelque chose ? Vous croyez vraiment, Ortelius, que les gens comme moi, ou même les gens comme vous, pourront avoir une vraie conversation grâce à elle ? En contemplant cette carte ? Ou en exprimant de belles idées en toute amitié ? Dieu s’en fout ! C’est une illusion ! Voilà ce que vous faites tous les deux. Vous vous leurrez ! » hurlai-je aussi fort que possible, et ça m’était égal tout à coup qu’ils comprennent que j’avais bu.

Ils ne réagirent pas.

Le silence dura un moment.

« Alors, cette soupe ? » demanda soudain Joris.

Après ce spectacle honteux, je me promis à nouveau de rester sobre au moins quelques jours. Durant ce répit, je décidai de m'acheter un pistolet. Le port d'armes à feu était interdit par Orange depuis plusieurs mois, mais tout le monde s'en fichait, et je ne me sentais plus très à l'aise depuis que le type à la moustache était venu me menacer dans ma propre auberge. Un matin, vers 9 heures, je me rendis donc dans la Koepoortstraat, où plusieurs marchands d'armes vendaient leurs articles. Quand j'arrivai là, c'était l'effervescence. Des calvinistes entraient et sortaient des commerces, les bras chargés de lances, de boucliers, de casques et d'épées. Se dirigeait-on quand même vers une guerre ?

Je tombai sur le père Hoefnagel qui vivait son heure de gloire, avec son gros ventre ceint de noir et sa moustache en croc.

« Beer ? Je suis heureux de voir que vous avez choisi le bon camp. Prenez donc une lance, choisissez-vous un casque et venez avec nous au pont du Meir.

– Je suis juste venu acheter un pistolet, monsieur Hoefnagel. C'est tout. Après, je m'en vais. »

Hoefnagel posa les mains sur mes épaules.

« Vous avez peut-être discuté avec mon fils ? Ne l'écoutez pas ! J'ai appris qu'il voulait partir. C'est de la lâcheté, et je regrette de devoir employer un tel mot. Allons... Je vais rester poli et me contenter de dire qu'il se trompe. Car l'heure a sonné ! Ça va barder ! La ville est à nous ! Vous avez entendu qu'Orange a fait fermer la Slijkpoort et la Rode Poort, n'est-ce pas ? Nos camarades sont en train de se battre à Oosterweel contre les troupes du gouvernement espagnol envoyées par la régente, cette bonne femme méprisable, et on n'a même pas le droit d'aller à leur rescousse ! Mais ne vous inquiétez pas, nous sommes bien plus nombreux dans cette ville que ces centaines de pauvres diables aux ordres de Brederode, qui se battent maintenant pour leur vie. Au nord, le ciel est en flammes... Quant à Brederode, il n'est pas là, ai-je appris. C'est très tactique de sa part, et j'admire cela. Mais nous... nous occupons le pont du Meir depuis ce matin ! En signe de protestation ! Et nous sommes des milliers ! Venez avec nous, venez assister au déroulement de la grande Histoire.

– Je dois d'abord m'acheter un pistolet...

– Tenez, coupa Hoefnagel en sortant un revolver de sous son manteau. Vous pouvez avoir le mien. J'en ai un autre. »

Des centaines d'hommes rassemblaient des armes. C'était sans fin.

Je me laissai entraîner en direction de la Nouvelle Bourse.

« C'est vous qui avez payé toutes ces armes ? » demandai-je.

Hoefnagel rit.

« Vous êtes fou ? Je ne suis pas si riche. Nous les empruntons, cher ami ! »

Emprunter des armes pour occuper la ville... voilà autre chose ! Je repensai à la femme peinte par Bruegel, une épée à la main et un coffret d'argent sous le bras. Quelque chose brillait dans les yeux du père Hoefnagel. On ne pouvait guère parler d'égarement, comme dans le cas de la folle qui avait un fin voile peint devant les yeux, mais plutôt de l'avidité scintillante de celui qui croit enfin avoir droit à son propre triomphe.

Au milieu du pont du Meir se dressait depuis des générations une énorme croix en fonte. De part et d'autre de cette croix était suspendu un christ, comme s'il y avait eu à l'origine des jumeaux et que les Anversois étaient les seuls à avoir compris cette subtilité. L'un des christs regardait en direction de l'église Notre-Dame, tandis que l'autre était tourné vers la vaste place bordée d'étals sur laquelle débouchaient de nombreuses rues, toutes obstruées pour l'instant par les calvinistes, présents en masse avec chariots et charrettes. Les volaillers continuaient néanmoins de proposer leurs poulets, les carcasses de lapins écorchés pendaient à des crochets, les marchandes tiraient du vinaigre de tonneaux à leurs pieds pour les ménagères qui faisaient la queue, et l'on vendait encore des légumes frais. Un jour de semaine normal, on aurait vu une foule de commerçants, banquiers et assureurs marcher comme sur un nuage de prospérité d'un blanc immaculé en direction de la Bourse. Mais ce n'était pas un jour normal, cela faisait longtemps qu'il n'y avait plus de jours de semaine normaux, et les calvinistes avaient rassemblé leurs mendiants et autres traîne-misère, animés d'une rage permanente, pour gonfler leurs rangs et se rendre aussi impressionnants que possible. Pleins d'assurance, les pauvres criaient :

« Les bonnes sœurs, les béguines, les pères et les moines : dehors ! »

À l'autre bout du bassin s'était formé un cercle qui débattait avec animation. Hoefnagel nous y conduisit. Il y avait là notre vicomte et gouverneur, j'ai nommé le prince Guillaume d'Orange, entouré d'un corps d'archers embarrassé, manifestement incapable de choisir un camp, et de quelques échevins insignifiants, tremblant dans le vent de l'Histoire sur laquelle ils n'avaient aucune prise. C'était la première fois que je voyais le prince d'aussi près. Son regard était impassible, sa bouche prête à articuler des choses mesurées, il était le calme incarné. Hoefnagel le regardait avec un grand respect, ou plutôt une familiarité respectueuse, comme si le gouverneur était son allié envers et contre tout et n'avait aucun secret pour lui.

Quelqu'un traita Orange de « traître de merde », et les huées s'intensifièrent.

« Ouvrez les portes ! Les nôtres se font massacrer à Oosterweel !

– Cela ne vous avancera à rien, répondit le prince avec une telle force que cela sonna quelque peu téméraire et présomptueux. Le domaine du Lys Blanc est en feu, et la plupart de vos coreligionnaires n'ont pas survécu. »

Un exalté pointa son pistolet sur le prince. Les archers tardèrent à réagir.

« Traître, infâme, brigand ! cria l'agresseur. C'est à cause de toi si nos frères sont massacrés hors des murs de cette ville !

– Cela ne vous aidera pas », rétorqua le prince.

L'homme haussa les épaules et baissa son pistolet, l'air de se dire qu'au moins il aurait essayé.

« Bien, reprit Orange, je vois que vous êtes nombreux à avoir pu vous armer. Vous avez demandé ma permission à cette fin et je vous l'ai octroyée.

– On n'avait pas besoin de ta permission, paillasse ! » cria un mendiant.

Mais cette voix fut étouffée illico par une rumeur agacée. La plupart des chefs de l'occupation du pont du Meir ne voulaient pas offenser le prince.

« Voulez-vous autre chose ?

– Nous voulons occuper la Grand-Place ! Comme ici ! »

Acclamations. À nouveau, on cria :

« La ville est à nous ! La ville est à nous ! »

Orange leva la main.

« Ça, nous allons devoir en discuter. Je suis prêt à négocier à certaines conditions. Je comprends que vous soyez inquiets à cause de ce qui s'est passé aujourd'hui hors les murs de la ville… »

Le mot « inquiets » souleva de vives protestations. Il fallut un certain temps avant qu'Orange puisse à nouveau parler. Il attendit patiemment, mais je n'étais pas le seul à percevoir sa tension. Sa main trembla lorsqu'il la leva pour demander le silence.

« Moi non plus, je ne veux pas de troupes espagnoles dans cette ville. Que ce soit clair. Elles ont pris Oosterweel, et vos coreligionnaires sont maintenant en fuite. Mais je ne laisserai pas entrer ces troupes, aussi ivres soient-elles de leur succès, et nous nous défendrons si nécessaire. Je compte sur vous tous pour m'aider. Nous défendrons cette ville ensemble, s'il le faut. En ce moment, mille six cents agents en armes ont fermé l'accès à la Grand-Place, sous mon propre commandement et celui du collège des échevins. Et tant qu'aucun d'entre vous ne pourra me donner la garantie que l'hôtel de ville ne sera pas détruit, il en restera ainsi. J'espère pouvoir compter sur votre bon sens. Que voulez-vous d'autre ?

– Messire, nous voulons des armes plus lourdes, tonna Hoefnagel à côté de moi. Nous voulons des canons, de la grosse artillerie ! »

Des chuchotements excités s'élevèrent de tous côtés.

Le prince regarda Hoefnagel, qui lui adressa un signe de tête amical.

« Autrement, la bataille est inégale, ajouta-t-il d'un ton presque cajoleur.

– Vous savez que tout le matériel que vous demandez est entreposé près d'ici, au Schelleke. Vous pouvez aller le chercher, si vous le voulez… »

Silence général.

Était-il sérieux ?

Quelle était l'étape suivante ?

Rendre les clés de la ville ?

Hoefnagel hocha la tête, satisfait.

« Venez, dit-il aux gens qui l'entouraient. Allons les chercher. »

Quant à moi, je m'en allai oublier ma bonne résolution. Je voulais boire.

Les premiers canons furent sortis sous les hourras. Suivit un cortège d'engins d'artillerie lourde qui regagna le pont du Meir. Beaucoup de gens pointaient leur pistolet vers le ciel et tiraient des balles en l'air. Ça sentait la poudre. Des femmes se penchaient aux fenêtres et poussaient des cris de joie.

Hoefnagel prit la parole :

« Maintenant, ce n'est plus qu'une question de temps. Nous donnons à tous les habitants de cette ville quelques heures pour prendre conscience que, primo, nous sommes majoritaires et que, secundo, nous avons suffisamment d'armes pour mettre en pièces les papistes qui refuseraient encore de se rendre à l'évidence. Il faut donner aux gens le temps d'accepter l'inéluctable. Votre auberge est tout près, me dit-il. J'aimerais célébrer notre victoire. »

Autour de nous, plusieurs personnes hurlèrent.

« *Vive les gueux** *!* »

Alwin fronça les sourcils en me voyant revenir avec Hoefnagel et une trentaine d'hommes à notre suite.

Hugo était déjà attablé avec un verre de vin. Une fois tout le monde servi, il me fit signe de venir. Il me dit qu'il avait apporté quelques livres à un client qui habitait au Wijngaardbrug.

« Tous les gars du Sud sont rassemblés là-bas, armés jusqu'aux dents, avec des cavaliers.

– Combien ?

– Pas autant que sur le pont du Meir. Mais il y a un de ces silences. Tu comprends ce que je dis ? Ce sont des gens déterminés qui ne vont pas abandonner leur ville comme ça à des gens qui ne partagent pas leur foi. Tu ne fais pas ça aux Italiens ou aux Espagnols...

– Regarde Hoefnagel. Il est déjà prêt à faire la fête. »

Hugo poussa un juron. Il porta un regard méprisant sur Hoefnagel, qui semblait avoir encore grossi, gonflé par l'espoir d'une victoire et vénéré comme Bacchus lui-même pour ses tournées sans fin.

« Tu sais ce que disaient les Anciens, Beer ?

– Les Anciens ont dit beaucoup de choses, l'ami.

– Une chienne qui se hâte donne naissance à des chiots aveugles.

– Où vas-tu chercher ça ?

– Tu ne lis pas assez.

– Trop lire n'est pas recommandé non plus », soupirai-je.

Je demandai à Hugo de me suivre. Dans le brouhaha de la fête, personne ne remarqua que j'ouvrais la trappe de la cave et que nous y descendions. La lumière vacillante du chandelier que j'avais emporté éclaira d'innombrables tonneaux de livres, dont certains dépourvus de couvercle.

« Par saint Jérôme... » murmura Hugo avec révérence, délaissant son cynisme habituel.

Avec avidité, il feuilleta quelques exemplaires.

« C'est à devenir fou. Kabbale, alchimie, cosmologie, astrologie... Tout y est... Grand cachottier ! Où as-tu trouvé l'argent ? Il y a la moitié d'une bibliothèque, ici.

– Ils ne sont pas à moi... »

Je pouvais presque entendre Hugo penser.

« Attends... Ne me dis pas qu'ils sont au maître John Dee ? Je me souviens d'une conversation que j'ai eue avec toi...

– Tu y es presque, acquiesçai-je. Ils sont à Sambucus, son ami hongrois, c'est lui qui me les envoie. Je les lui garde. Je sais que c'est de la folie... »

Hugo effleura quelques couvertures du bout des doigts. Il se mit à rire.

« Ah, c'est idéal, en effet. Des tonneaux de livres dans la cave d'une auberge. Et tu les as tous lus ?

– Pas moi. Mon fils, oui.

– C'est pour ça que tu crois que ton fils...

– Je ne crois rien du tout. Je veux me débarrasser de ces livres ! Tu m'entends ?

– Mais ils ne t'appartiennent pas.

– Je t'autorise à les vendre. Je m'en fiche. Je ne veux plus les voir ici. »

Hugo secoua la tête et reposa le livre qu'il venait de prendre dans l'un des fûts ouverts.

« Tu me demandes sérieusement de t'aider à vendre la bibliothèque d'un homme qui est connu partout comme l'un des plus grands collectionneurs de livres ?

– Ils sont aussi très dangereux. Ils doivent partir. »

Hugo hocha la tête.

« Disons qu'un mauvais esprit n'aurait guère de mal à convaincre la meute du caractère blasphématoire de ces ouvrages, j'en conviens. Mais il peut tout aussi bien ne rien se passer du tout. Ton secret sera bien gardé avec moi. Qu'est-ce que tu as ? Tu tires une de ces têtes tout à coup.

– Je veux me débarrasser de ces livres. »

Hugo se mit soudain à jurer tout bas en secouant la tête.

« Quoi ? demandai-je.

– Tu es un beau salaud. Et tu te dis mon ami ? Tu veux que je risque mon cou ? Je ne veux pas être mêlé à cette histoire, tu m'entends ? Comment oses-tu m'impliquer là-dedans ? Je ne m'attendais pas à une telle saloperie de ta part...

– Mais tu es fou ? Ce n'est pas du tout mon intention ! » criai-je.

Sans plus un mot, Hugo s'en alla.

Je ne le reverrais plus jamais.

À peine avait-il tourné les talons qu'une rumeur agitée envahit la salle de l'auberge.

« C'était quoi, ça ?

– Taisez-vous tous ! »

Tout le monde se tut. Dehors, on entendait une troupe de cavaliers, le hennissement de chevaux.

Aussitôt après retentirent les cris de « *Vive le Roi** » et « *Vive la Confession** ».

« Nom d'une pipe, les luthériens ! »

Les gens se levèrent en renversant leurs verres et coururent à la porte.

Dehors, nous vîmes passer les cavaliers. Ils étaient tous armés de pistolets et d'épées. À leur côté marchaient des hommes en cuirasse, munis de lances et d'arquebuses.

« Vive le Roi ! cria l'un des cavaliers, déclenchant un tonnerre d'ovations.

– Ces traîtres ne sont pas si nombreux que ça », souffla Hoefnagel.

Mais nous étions loin d'avoir vu le bout de la parade. Les cavaliers se rassemblèrent au Schelleke et furent bientôt si nombreux qu'ils durent également se poster des deux côtés de la Steenhouwersvest.

« À bas le Roi, traîtres ! *Vive les gueux* !* » répondit l'un des ivrognes autour de Hoefnagel.

Les luthériens ignorèrent la provocation. Aucun cavalier ni aucun lansquenet ne daigna même regarder dans la direction du crieur. Ils se contentèrent de répéter « *Vive le Roi** », encore plus fort.

« On n'en voit pas la fin, dit un autre calviniste. Combien sont-ils ? Deux ou trois mille au moins ?

– Sur le pont du Meir, on est toujours plus nombreux qu'eux, le rassura Hoefnagel. Il fallait s'attendre à ce que ces sales luthériens ne choisissent pas notre camp. Je vois même quelques papistes qui ont rejoint leurs rangs. C'est blanc bonnet et bonnet blanc. Tous des traîtres. »

Il cracha de façon ostensible dans la boue.

« Mais nous n'allons pas nous laisser intimider. »

Entre-temps, quelques chanoines étaient sortis de l'abbaye Saint-Michel. Ces hypocrites agitaient de l'encens en chantant l'hosanna. Tout le monde se mit à cracher par terre.

Les derniers cavaliers étaient accompagnés d'un groupe entier de femmes, toutes issues des milieux les plus aisés.

Elles portaient de grands paniers de laine rouge, qu'elles distribuèrent. Les luthériens et les papistes se l'enroulèrent autour du cou ou s'en firent un nœud autour du bras.

Nous vîmes quelques capitaines se concerter, mais nous étions trop loin pour entendre quoi que ce soit.

Au coin de mon auberge, un autre brouhaha se fit entendre. Quelques secondes plus tard, nous vîmes passer Guillaume d'Orange se dirigeant vers les cavaliers, toujours entouré d'une poignée d'échevins et d'archers.

La mâchoire de Hoefnagel se décrocha littéralement et ses yeux s'écarquillèrent, comme sur une gravure comique, quand le type ouvre la porte de sa chambre et tombe sur sa femme en train de forniquer avec un autre. De l'écume moussa à ses lèvres.

« Il ne va quand même pas… ne me dites pas qu'il va… »

Le prince d'Orange rejoignit les capitaines, qui sautèrent aussitôt à bas de leur monture et lui serrèrent la main l'un après l'autre.

« Putain de bordel de saloperie de judas de merde ! » parvint à sortir Hoefnagel.

On aurait dit le long pet d'un homme qui crève d'une perforation des intestins.

Personne n'osait plus crier « Honte ! » ou « Traître ! » à Orange.

« Vous vous êtes réunis ici autour de l'une des couleurs qui représentent les libertés dans cette ville, clama Orange d'une voix forte. Et cette ville compte sur vous ! Je compte sur vous TOUS pour préserver l'union !

– J'aurais dû m'en douter, pesta Hoefnagel. C'est à cause de sa salope d'Allemande. Elle est pour la doctrine de ce poltron de Luther. Voilà le résultat quand ce genre de bonne femme porte la culotte à la maison.

– Quel traître, siffla quelqu'un.

– Nous aussi, il nous faut une couleur ! dit un autre, furieux.

– Venez, mes amis. Nous devons retourner au pont du Meir. »

Hoefnagel se tourna vers moi.

Je montrai mon auberge et haussai les épaules en signe d'excuse.

« À tout à l'heure, si Dieu le veut. »

Et la troupe qui, quelques instants plus tôt, filait droit vers le septième ciel de la soûlerie, s'en retourna comme une meute de béguines, complètement dégrisée, vers le pont du Meir occupé.

Quelques heures plus tard, les cavaliers avaient disparu, partis en direction des rues voisines du pont du Meir. De plus en plus de personnes venaient boire un verre chez moi pour entendre les dernières nouvelles ou pour s'en conter mutuellement. Certains affirmaient que les Espagnols étaient d'ores et déjà entrés dans la ville. D'autres ajoutaient que les Turcs étaient avec eux. L'un faisait l'éloge d'Orange, sans expliquer pourquoi. L'autre voulait lever son verre à ceux qui étaient morts trop tôt, qui avaient donné leur vie pour tous ceux qui pensaient juste, à Oosterweel, souvenez-vous d'eux, messieurs, souvenez-vous d'eux…

« Taratata ! Écoutez-moi ! Tout le monde est-il prêt à entendre ce qui se joue sur la grande scène de notre bel Escaut ? Oui ? Non ? Je ne le raconterai pas deux fois. Alors ouvrez bien vos oreilles, vous m'en direz des nouvelles ! »

Le Sécot était là.

« Alors… récapitulons ! Sur le pont du Meir, nous avons d'un côté les gueux et les calvinistes, immédiatement reconnaissables à leur couleur verte, couleur qu'ils ont choisie en réponse aux luthériens, accoutrés dans un rouge vif aussi flamboyant que la crête des coqs. Sur la Grand-Place est rassemblé – qu'est-ce que vous croyiez ? – le conseil communal et ses agents, armés comme les autres. Juste derrière, à l'Ancienne Bourse et sur le Wijngaardbrug, nous avons les Italiens, les Espagnols et les commerçants portugais, mais attention : quand il s'agit de tirer, les gars du Sud sont tellement prestes que l'autre est déjà raide mort dans la boue avant d'avoir senti l'odeur de la poudre !

Voilà, voilà ! On en est là !

Chacun ses armes, chacun ses opinions !

Boum, badaboum ! Comment allons-nous sortir de cette impasse ? Tout le monde veut occire tout le monde !

Tout le monde crie : "La ville est à nous !"

"Rendez les armes !" crient les coqs, alias les luthériens.

"Vous êtes fous ? répondent les gueux en vert. Jamais de la vie, cette ville est à nous, fichez le camp. Mieux encore, rendez les armes d'abord !"

Et tout le monde s'égosille en même temps, la cacophonie est totale !

Jusqu'à ce que l'un des capitaines des coqs chante :

"Oyez, les verts, laissez-moi vous présenter la situation : vous occupez cette belle place et avez fermé les rues des deux côtés, de la Huidevettersstraat jusqu'à la Klarenstraat. C'est bien beau, mais sachez ceci : vous vous êtes enfermés vous-mêmes, bande d'idiots. Car voici ce que nous, nous allons faire : autour de ces rues que vous avez fermées, nous allons tout boucler. Autour de votre filet, pour employer des termes plus imagés, nous jetons un filet encore plus grand. Et vous savez ce qu'on dit des poissons : ce sont les gros qui mangent les petits. Vous ne devriez jamais l'oublier."

Dans un premier temps, les verts répètent qu'ils sont beaucoup plus nombreux et que la ville est à eux, mais ils finissent par se rendre compte que les rouges les isolent et peuvent les affamer, bref leur en faire baver des ronds de citron jusqu'à ce qu'ils frétillent au sol, pris dans leur propre filet.

Bigre !

Peu après, ils jettent sur le pont les armes empruntées, et voilà comment, en deux temps trois mouvements, le grand danger est écarté, sans gloire du côté vert, comme un filet de pisse s'écoulant lentement d'une vessie de porc ! »

L'histoire du Sécot fut saluée par des acclamations.

Certains riaient aux éclats. D'autres voulaient lui casser la figure.

Le Sécot leva la main et cria :

« Et le meilleur est pour la fin... »

Tout le monde demanda que l'on fasse silence.

« Quand les gueux et les calvinistes ont décidé que leurs chances de prendre le pouvoir étaient nulles, leurs filles et leurs épouses en masse se sont mises à les quereller. Traités de lâches et de nuls par leurs propres bonnes femmes, c'est raide, avouez ! Et donc ce soir, mesdames et messieurs, pauvres verts, ils ne forniqueront guère ! Ils ne verront pas une cuisse, pas une fesse, tandis que les rouges devront supplier leurs drôlesses : pitié, j'en peux plus, qu'ils bafouillent, j'ai déjà tiré mon coup trois fois, aïe aïe mes couilles ! »

Il s'inclina.

C'était une véritable farce.

Et les murs de mon auberge tremblèrent sous le plus gros éclat de rire jamais entendu.

Même ceux qui étaient furieux contre le bouffon ne purent résister.

C'était le rire qui coulait comme du beurre sur le rôti.

Si seulement cela avait été un rôti.

C'était une carcasse.

Marie dit qu'un courrier est passé et a apporté quelque chose. Je suis assis à la table de la cuisine. Elle pose une lettre devant moi et me regarde tandis que j'en lis le début. « Mon très cher Beer... » Avant d'aller plus loin, je jette un coup d'œil à la signature : Joris Hoefnagel. Je me lève et me sers un grand verre de vin au fût.

« Tu ne la lis pas ? demande-t-elle.

– Tout à l'heure peut-être, dis-je en buvant.

– Tu as de nouveau veillé presque toute la nuit...

– J'ai dormi, Marie. Vraiment. J'ai dormi comme un loir.

– Tu veux dire que le vin a fini par t'assommer. Et aujourd'hui aussi, tu as bu, entre une chose et l'autre. Tu te caches. Mais je le devine à ta tête toute rouge. »

J'essaie de dissimuler ma colère. Mais elle a raison. Je dois de nouveau faire attention. Tout ce passé m'a ramené à la boisson. Non. C'est une excuse, bon sang. À partir du moment où je me suis remémoré ma période de soûlerie à Anvers, entouré de toute cette folie, je me suis autorisé à boire un peu plus de vin. Je sais que ça n'aide pas, mais c'est plus fort que moi. Dire ça est une excuse, comme quand je pense y avoir bien droit. Car je ne me fais aucun bien en buvant, au contraire, j'en perds mes forces. Or je dois être là pour Marie. Je suis responsable d'elle. Je dois me comporter en homme, et pas en ivrogne.

« Beer... commence-t-elle, tandis que je mène ce combat mental contre moi-même. Je ne tiens plus. Je t'aime beaucoup, mais je ne peux pas continuer comme ça. Tu te détruis.

– Le mois d'août est bientôt terminé. Tu sais que c'est un mois difficile pour moi.

– Pour moi aussi.

– Je te demande d'être patiente, Marie. C'est presque fini. Après, tu entendras de nouveau mon rire retentir dans la salle. Le Beer joyeux que tu connais sera de retour.

– Je m'en vais. Pour toujours. »

Sous le coup de la surprise, je me mets à rire.

« Allons, qu'est-ce que tu dis ? Où irais-tu ?

– J'ai de nombreux prétendants qui veulent m'épouser. L'un d'eux est fils d'aubergiste. Je sais qu'il est fiable et que je... »

Elle se tait. Elle pose les mains sur la table.

« T'épouser ! finis-je par crier. Mais tu es encore une enfant ! »

Non, elle ne l'est plus. Je la regarde. C'est une jeune femme. Je le sais bien. Je le sais depuis un moment. J'ai vu des hommes la regarder. Je l'ai vue les regarder parfois. J'avais tenté de me rassurer en me disant que ce n'était pas encore le moment, qu'elle devait rester avec moi encore quelque temps, que je devais prendre soin d'elle.

Elle se montre déterminée. Mais elle fait semblant, n'est-ce pas ?

« Allons, Marie... Tu ne peux pas partir comme ça ? Tu ne peux quand même pas te marier juste pour...

– Pour quoi ? »

Je soupire.

« Pour te débarrasser de moi.

– Non, je ne veux pas me débarrasser de toi. Mais c'en est trop. Tu t'enfermes toutes les nuits. Et le lendemain, tu fais comme si je n'existais pas.

– Mais c'est comme ça chaque année, à cette période, non ? »

Je sais que mon ton est désespéré. Ça me met en colère.

« Et c'était la dernière fois, en ce qui me concerne, dit-elle très calmement.

– Qu'est-ce que tu veux de moi ?

– Que tu me les racontes à moi, ces choses du passé. Pas tout, mais la fin… »

J'élève la voix :

« Non, Marie. Pas ça.

– Tu dis toujours qu'il n'y a pas de secrets entre nous.

– Tu n'as jamais posé de questions sur la fin de sa vie.

– Maintenant si, dit-elle d'une voix douce, mais ferme. Maintenant, je te pose la question. »

Je me lève, prends mon verre et la lettre.

« Non », je répète doucement, et je fuis à l'étage.

Dans ma chambre, il me reste de l'eau-de-vie. Je vide le vin cul sec et me verse de la liqueur. Non, je ne devrais pas. Mais je bois avec avidité. Tu peux, je me dis, mais à une condition : pas d'apitoiement sur ton sort. C'est un accord avec moi-même à la graisse de sanglier, mais ça suffira pour ce soir. J'essaie de lire la lettre calmement. « Je suis à Amsterdam », écrit Joris Hoefnagel, « à la demande de mon ami Hogenberg pour dessiner un plan de la ville destiné à une nouvelle édition de l'atlas qu'il compte publier. J'ai entendu parler de votre auberge, et vous pouvez attendre ma visite. J'aimerais vous montrer quelque chose… »

Et il faut que ce soit maintenant, dix ans plus tard, que cet homme vienne me voir. Je suis sous le choc. Que veut-il me montrer ? Vient-il exiger des explications pour ce que je leur ai infligé, à lui et Ortelius ? Je reprends une gorgée. Pendant quelques secondes, j'ai envie de prendre mes jambes à mon cou, de tout laisser en plan et de partir avec Marie, peut-être encore plus au nord, loin de tout. Non. Ne fais pas ça, lâche. Ne recommence pas. Je les ai tous trahis et il est temps que je rende des comptes.

Je dois revenir sans la moindre pitié sur la trahison dont je me suis rendu coupable.

Encore une gorgée.

Ma trahison à moi a suivi celle d'Orange.

Non, mais qui suis-je pour me comparer à lui ? C'est l'eau-de-vie...

Après cette comédie qui avait vu les Anversois s'affronter pendant toute une journée l'arme au poing, le désarroi des pauvres était complet. Ils se sentaient abusés et ils avaient raison. Ils s'étaient vu promettre monts et merveilles par les calvinistes et les gueux, qui les appâtaient depuis un an avec la perspective d'un grand bouleversement, mais après la honteuse défaite du pont du Meir, ils n'avaient strictement rien vu, à part le retour du désespoir. Histoire de leur faire peur une dernière fois, quelques traîne-misère hurlaient encore « Vive les gueux ! » quand ils apercevaient un curé, une bonne sœur ou un moine, mais ce genre de cri était désormais accueilli par un gros soupir ou un coup de pied au cul, assorti d'un complaisant « Fais gaffe ou je te dénonce ». Bref, les pauvres avaient été abandonnés, et ils l'avaient mal pris, même s'ils étaient habitués.

Celui qui semblait nous avoir tous abandonnés à notre sort, les riches comme les pauvres, c'était le prince d'Orange. Son projet d'armer tout le monde et d'obtenir une paix générale le même jour avait échoué. Personne ne pouvait dire s'il avait agi selon une stratégie préméditée ou s'il avait improvisé afin de sauver la ville, ou sa peau. Certains disaient qu'il avait au moins essayé ; d'autres trouvaient qu'il s'était comporté en amateur, voire que ce n'était qu'un vulgaire traître. Mais comment se tenir droit au milieu, si le milieu n'existait plus par manque d'envie collective ? Car si le milieu n'existait plus, ou n'avait même jamais existé, sinon dans votre propre esprit, alors vous deveniez un traître et non un réconciliateur. C'est vrai que les Espagnols qui avaient battu les gueux à Oosterweel n'avaient pas envahi notre ville à ce moment-là, mais quelle différence cela faisait-il ? La déchirure s'était produite à l'intérieur des murs, et elle demeurait. Un mois après les événements du pont du Meir, Orange quitta la ville, emmenant sa femme allemande et tous ses amis. Ceux parmi les calvinistes qui espéraient que son départ relance le chaos, les troubles et la destruction de statues furent déçus. Les troupes espagnoles avaient immédiatement envahi la ville, et pas un seul calviniste, ni même le plus docile des luthériens, ne fut plus autorisé à célébrer une messe dans son propre temple. Devinrent-ils soudain obéissants ? Bien sûr que non, mais parfois l'orgueil prend le pli de la discrétion et ce sont les plus forts en gueule qui, à défaut de résultats, se mettent à louer les bienfaits de la prudence, allant jusqu'à prétendre n'avoir jamais fait autre chose de leur vie que des sacrifices journaliers sur l'autel de cette vertu. Ceux qui s'agaçaient de telles billevesées étaient aussitôt traités de médisants ou d'agitateurs. On marchait tous avec le vent.

« Et s'il n'y a pas de vent, tu en lâches un, et tu avances pareil », aimait à dire Jeroom.

Deux semaines après le départ d'Orange, la régente Marguerite de Parme fit son entrée avec tambour et trompette et s'installa à l'abbaye Saint-Michel, où les Prémontrés se comportèrent soudain comme les gens les plus pieux de la terre.

Avec son arrivée vint la facture. On l'avait prédit et cela se réalisa.

Elle venait à peine d'emménager dans ses confortables pénates qu'elle annonça l'engagement de grands frais, que nous devrions payer tous ensemble. Au sud, l'enceinte de la ville allait être démantelée pour bâtir une citadelle où les mercenaires espagnols prendraient leurs quartiers de manière permanente. C'était pour notre « sécurité », bien sûr, mais les canons seraient naturellement également dirigés vers notre cœur à tous, notre duplicité ou notre mauvaise conscience, notre entêtement ou notre mauvais caractère, notre profonde division. Ainsi donc, ce « château des Espagnols » – comme il fut d'emblée baptisé – allait probablement nous coûter plus cher que la construction de l'enceinte tout entière une génération auparavant. Nous n'avions pas été sages et nous allions être punis. Enfin la paix ! chantaient les papistes dans les églises, mais qu'est-ce qu'on appelait la paix ? Beaucoup disaient au contraire que c'était loin d'être terminé, qu'Orange mijotait un grand soulèvement et prendrait la ville avec le « peuple uni » comme on disait, c'est-à-dire avec tous ceux qui partageaient les mêmes idées. Oui, Orange redevint instantanément un héros, ou du moins une promesse de jours meilleurs, aux yeux de ceux qui l'avaient jadis vilipendé. Une autre anecdote jetait un doute sur cette version : Brederode, le Grand Gueux, était si fâché contre Orange, après le massacre d'Oosterweel, qu'il l'aurait rayé de son testament. Mais qu'est-ce que cela avait à voir avec nous ? Le Grand Gueux regrettait-il cette ville, où il avait tellement fait la fête et où tant de gens l'adoraient au début ? Regrettait-il le mot de « liberté », qu'il avait fait descendre comme une manne du firmament sur les bourgeois d'Anvers qui, privés de leur rêve, devaient désormais mener une existence sinistre ou espérer partir pour s'enrichir ailleurs ? Beaucoup l'avaient fait avant eux, mais cela avait été interdit sur-le-champ à l'arrivée de la régente. Clic-clac, Marguerite avait verrouillé les portes ; on ne pouvait quasiment plus sortir. Vous pouviez aussi être sûr que les riches luthériens ou même les calvinistes qui habitaient encore en ville allaient être flattés et cajolés par cette Marguerite de Parme, qui était loin d'être stupide. Elle avait besoin d'argent et de bonnes volontés, et n'était donc pas assez bête pour mépriser la bourse de ceux qui auraient dû officiellement s'appeler des

« blasphémateurs ». En revenait-on à la situation d'avant ? Chacun la ferme et garde ses idées pour soi, tout en payant pour la ville et, l'espère-t-il, pour lui aussi ? Mais cet avant existait-il ? Avait-il jamais existé ?

Les affaires, encore les affaires, toujours les affaires. Ça, ça existait encore, et ça continuerait d'exister.

Mon auberge se remplissait à nouveau. Évidemment, on avait découvert qu'il y avait un aveugle aux fourneaux. Mais ça semblait intriguer. Certains clients demandaient s'ils pouvaient le regarder pendant qu'il préparait un ragoût. Jeroom suggéra de les faire payer, mais je ne trouvai pas de réponse adéquate, à part un rire gêné.

De temps à autre, des soldats espagnols venaient et riaient de bon cœur devant la fresque où un aubergiste qui me ressemblait était dévalisé par des singes. On ne pouvait faire autrement que rire avec eux. Mes clients habituels avaient arrêté de parler de la Femme sauvage. Tout le monde semblait avoir oublié qu'ils avaient autrefois pu l'observer et que j'avais demandé de l'argent pour ça. Je considérais cette perte de mémoire comme une bénédiction.

Margreet et l'Espagnole venaient parfois lui rendre visite par la porte de derrière. Nos rapports étaient difficiles. Mais j'avais arrêté de boire, ce qui aidait un peu.

Margreet avait insisté pour laisser sortir de temps en temps la Femme sauvage et son enfant. Je commençai donc à le faire, le plus souvent tôt le matin. Je laissais des vêtements normaux dans leur chambre, et elle et sa fille se changeaient. En général, je les emmenais au port, où les premiers bateaux de pêche amarraient avec leurs prises. C'est ce qu'elles semblaient préférer toutes les deux. D'après moi, son enfant devait avoir huit ans désormais. Elle appelait les mouettes. Je nous imaginais ensemble comme une petite famille. Dans ces moments-là, mon fils me manquait, mais je n'osais plus demander autour de moi où il était, de peur de réveiller le chat qui dort. Lui-même n'avait toujours pas donné de nouvelles. Les cris joyeux de la fille de la Femme sauvage me rappelaient ce rude hiver au cours duquel Ward avait écouté le craquement de la glace et m'avait dit – c'était un homme déjà, mais comme un enfant encore – que le craquement autour des bateaux était la langue parlée entre eux par les animaux des glaces. Tout en me remémorant ces souvenirs, je caressais les cheveux de la fille de la Femme sauvage ou je jouais un peu avec elle, ce qu'elle et sa mère m'autorisaient à faire. Cela me rendait heureux. Puis nous rentrions et je les enfermais à nouveau.

Marie… Ai-je le droit de l'appeler ma fille, alors qu'elle a appris à me connaître en tant que geôlier ? Peut-être que notre relation se termine ici. Peut-être veut-elle disparaître de ma vie. Que se rappelle-t-elle encore de cette chambre de bonne où elle vivait avec sa mère ? Qui sait, à ses yeux je suis peut-être encore celui qui la garde enfermée, et pas le père attentionné que j'ai essayé d'être. Elle veut savoir comment sa mère est morte. Moi, je préférerais lui raconter ces petits matins où elle appelait les mouettes et riait avec sa mère.

La paix que j'avais alors pu ressentir fut de courte durée.
Car Jean Grouwels réapparut.
C'était son heure. Qui devint aussi la mienne.

Il entra un soir et transforma mon auberge en scène de théâtre. Il était entouré d'une bande de gars armés, qui se postèrent aux quatre coins et devant la porte. Jeroom sortit alarmé de la cuisine, Alwin sur les talons. Il y avait eu beaucoup de monde, on avait bien mangé, car oui, même l'aveugle progressait. Grouwels n'eut pas à se racler la gorge avant de s'adresser à nous. Même ivre, tout le monde s'était tu. Ce petit rouquin, qui savait déjà depuis des années qu'il ferait couler le sang sur d'innombrables gibets et places publiques et pressentait le nombre d'exécutions qu'il allait perpétrer et auxquelles il allait assister dans un avenir proche, se tenait là avec un mélange d'humilité, de triomphe et de gravité. Il regarda tout le monde d'un air rassurant et hocha la tête, plus pour lui-même que pour nous, comme s'il lui en coûtait de nous livrer ses pseudo-vérités :

« Dans cette auberge, chers compagnons, est apparu le mal qui a mené à la destruction des statues de cette ville. Dans cette auberge se réunissaient des gens, toujours en secret et uniquement entre eux, ne tolérant aucun étranger dans leur cercle, et qui s'étaient eux-mêmes baptisés la "Famille". Cette prétendue "Famille" n'accepte ni loi ni commandements. Ses membres secrets se sont rendus coupables d'arrogance envers l'Église et tous ceux qui ne faisaient pas partie de leur groupe. Ils se sont fait passer pour des bourgeois ordinaires, qui allaient sagement à la messe comme tout le monde. Mais dans leur for intérieur, ils se considéraient comme des élus, des êtres supérieurs, supérieurs au peuple, à l'autorité, aux rites qui nous relient les uns aux autres, supérieurs à toute modestie envers Notre Seigneur. Ce ne sont point des marginaux ni des traîne-misère, ce qui aggrave encore leur crime, car ces traîtres pouvaient compter sur le respect et l'estime de tous. Il y a quelques années – oui, leur action se préparait de très longue date – une grande fête a eu lieu ici même, à laquelle chacun d'eux était présent. Des espions au service de la reine d'Angleterre avaient également été conviés, soi-disant des "membres de la Famille", eux aussi, car le réseau de cette société a des ramifications dans des pays qui nous sont notoirement hostiles. Maître John Dee, le plus grand espion parmi eux, a reçu les honneurs de cette fête et s'est vu offrir un hébergement. Et à la demande de la Famille, dans l'une des chambres au-dessus de nos têtes, il a... »

De la poche de son manteau, Grouwels tira le livre que je lui avais prêté, *Monas Hieroglyphica*, le livre que l'auteur lui-même considérait comme un semi-échec voire un échec total, un livre auquel absolument personne n'avait rien compris. Si tout cela, lors de ce spectacle sans tréteaux, n'avait été si terriblement effrayant, j'aurais éclaté de rire. Mais le moindre pas de travers pouvait devenir fatal, et chaque phrase être celle de trop. Grouwels poursuivit son explication. On le regardait bouche bée.

« En effet, dans cette auberge et sous la protection de cette Famille aujourd'hui de sinistre réputation, le dénommé Dee, un hérétique sans pareil, a écrit un livre sur le moyen de percer le mystère de Dieu Lui-même et de Sa création, sans besoin de recourir aux prêtres, sans reconnaître la valeur des Saintes Écritures, et il l'a écrit, j'aime à le souligner, pour le compte de ladite Famille. Non contents de perpétrer de tels actes impies, ces libres-penseurs présomptueux – qui sont tout sauf libres aux yeux du Très-Haut – ont ourdi un complot visant à briser les statues de nos églises, dans le but de détourner du droit chemin les autres bourgeois de cette ville, sûrs qu'ils étaient, avec ce livre en main, de pouvoir parler directement à Notre Père, en se passant de messes, de prêtres et de Bible. Oui, chers citoyens, c'est ici qu'a été manigancée la conspiration dont la mise à exécution nous a tous plongés dans une profonde division. Rarement l'hérésie s'est approchée aussi près du cœur de notre ville, rarement elle a été aussi sournoise, aussi présente sans que quiconque s'en aperçoive… »

Jean Grouwels adressa un signe de tête aux deux gardes postés à l'entrée. Ils ouvrirent la porte et d'autres hommes armés entrèrent. Dans la pénombre, encadrés par eux, menottés et anxieux, je reconnus Willem Silvius, Abraham Ortelius et Joris Hoefnagel, ainsi que quelques autres clients réguliers. Je portai la main à mon cœur. Je n'étais plus capable de rien émettre, pas un mot, pas un soupir, pas un juron. Une honte profonde me submergea. Je sombrais dans un fleuve merdeux. Grouwels désigna le sieur Silvius.

« Voici l'imprimeur de ce livre scandaleux, source de tant de malheurs, sur lequel il a gagné de l'argent, payé par ses acolytes, que vous voyez autour de lui. Le sieur Silvius n'est pas le premier venu, comme vous savez, puisqu'il est l'imprimeur du roi. Il a été honoré et loué, comme eux tous : honorés et loués sans que quiconque sache vraiment ce qu'ils tramaient à nos dépens. C'est comme la trahison d'un frère, il n'y a pas d'autre mot. Et tout cela s'est passé ici, sous votre nez, car c'est dans ce lieu qu'ils ont tenu leurs innombrables réunions. Ce n'est donc que justice – Grouwels prit une inspiration, cherchant un souffle encore plus puissant – que les initiateurs de cette conspiration soient temporairement emprisonnés à l'endroit même où ils ont ourdi leur complot. »

Les accusés fixaient le sol. Aux tables, certains lâchèrent des cris de stupeur, avant de plaquer aussitôt une main sur leur bouche, comme si même cela pouvait les mener à la potence.

« À ceux qui occupent une chambre ici, je conseille de trouver un autre logement », ajouta soudain Grouwels, presque en s'excusant, comme s'il n'y était pour rien et ne faisait qu'exécuter un triste devoir.

Oui, un fameux comédien, mais doté d'un pouvoir qu'aucun acteur n'aurait jamais à sa disposition.

« Mais c'est quoi, cette saloperie ?! s'époumona soudain Jeroom. Quelle bassesse infâme ! Vous n'avez pas honte d'accuser les gens pour des couillonnades pareilles ? »

À côté de lui, Alwin enfonça la tête dans ses épaules.

Sur un signe de Grouwels, quelques-uns de ses sbires se mirent à tabasser l'aveugle. C'est terrible comme l'esprit est capable de divaguer, car à ce moment-là me revint en mémoire ce rêve que Jeroom m'avait raconté, où lui-même et d'autres aveugles avaient reçu un bâton pour tuer un cochon sauvage et divertir la galerie. À présent, c'était lui, le sanglier, et ses agresseurs n'étaient pas aveugles. Il s'effondra aussitôt, tandis que les poings et les coups de bâton continuaient de s'abattre sur lui.

« Arrêtez ! Pour l'amour du ciel, arrêtez ça ! m'entendis-je enfin crier.

– Halte ! vociféra immédiatement Grouwels. Notre aubergiste est du bon côté de toute cette histoire. C'est grâce à lui que nous avons pu mettre au jour ce complot. Par respect pour lui, laissons tranquille cet ingénu à la langue trop pendue. »

Je ne comprenais pas pourquoi il disait ça. Pensait-il vraiment que j'étais de son côté ? Ou bien faisait-il ça pour régler ses comptes avec moi, parce que je ne l'avais jamais intégré réellement ? Quoi qu'il en soit, peu importait. Tout le monde me regardait, même les prisonniers me dévisageaient, effarés. Dans les yeux d'Ortelius, des larmes brillaient. C'était ça, le pire de tout : des larmes plutôt que la haine non dissimulée pour la trahison que je n'avais pas commise – ce que je n'aurais jamais l'occasion d'expliquer. Il avait suffi d'une seconde pour que je ne sois plus personne. J'étais tondu. J'étais sali. Mon nom était traîné dans la boue.

Alwin flageolait toujours sur ses jambes devant Jeroom qui gémissait par terre. Il me regardait avec dégoût. Dans ses yeux, je vis défiler toutes ces fois où je l'avais frappé pour sa maladresse, où je l'avais traité de paresseux et de bon à rien. Maintenant arrivait la vengeance du domestique maltraité, à l'éternel nez qui coule.

Il interpella les hommes armés à côté de lui et leur montra la trappe. Les gardes regardèrent Grouwels. Celui-ci hocha la tête, et ils descendirent à la cave. Mon cœur battait la chamade.

Ils remontèrent avec l'un des barils remplis de livres du sieur Sambucus, tous blasphématoires, des livres empoisonnés, qui pouvaient me conduire droit à la potence, des livres que moi-même j'avais commencé à haïr.

La trahison était complète.

Et Grouwels ? Il me regarda avec indulgence.

Et ce regard, tout le monde, les prisonniers inclus, le vit.

Cette nuit-là, je me mis en tête d'essayer de gâter mes nouveaux « hôtes », de les dédommager d'une manière ou d'une autre pour la honte et la souffrance infligée. J'allai voir parmi mes tonneaux de vin ce que je pouvais trouver de meilleur et ouvris sans hésiter le malvoisie qui restait de la fête désormais tristement célèbre qu'Ortelius avait donnée quelques années plus tôt. De ce tonneau s'éleva une odeur aigre qui me fit presque vomir. Je tirai alors des pichets du meilleur vin lourd d'Espagne. Je me rendis ensuite dans la cuisine, où je me demandai désespérément ce que je pourrais bien préparer, si tard le soir et sans l'aide de personne. Jeroom était parti, Alwin aussi. Tous les deux avaient réchappé au danger. Non pas qu'ils aient eu une quelconque importance pour Grouwels et qu'ils aient dû le fuir. Mais aucun d'eux ne voulait plus avoir affaire à moi. Or il y avait une douzaine de soldats dans la salle. Ils se mettaient à l'aise, s'allongeaient sur les bancs, buvaient mon vin. En un instant, mon auberge s'était métamorphosée. Je grappillai de la nourriture çà et là, un peu de saucisson, du fromage et beaucoup de bon vin, et apportai le tout à l'étage, où une dizaine d'hommes étaient enfermés. Je m'empêtrais dans mes mots. Je ne fis que bégayer :

« Je… je… »

Bien sûr, cela n'arrangea rien. Ortelius fut incapable de sortir un son, il se contenta de secouer la tête, sans même un regard aux boissons et à la nourriture. Le jeune Hoefnagel m'arracha la cruche des mains et dit :

« Fous le camp, salaud. »

Silvius pleurait sur le lit. Certains tentèrent de me cracher au visage. Pendant que je descendais l'escalier, des « sale traître » fusèrent dans mon dos.

Le lendemain, la ville envoya un certain sieur Hazelaer pour négocier. Cela en disait long. Elle n'avait pas dépêché le bailli avec les assistants du bourreau pour accuser Grouwels de priver illégitimement de leur liberté d'honorables bourgeois anversois et pour le traîner ensuite lui-même au Steen et l'y livrer au bourreau, qui aurait reçu l'ordre de n'épargner aucun os. Non, nous eûmes droit au sieur Hazelaer, sec et nerveux, le cheveu rare, un type qui travaillait au tribunal, mais y occupait une fonction tellement basse que peu de gens savaient qu'il faisait davantage que prendre les manteaux à l'entrée. Je le voyais parfois entrer avec d'autres agents de la ville à l'auberge de l'Étoile, en face de ma propre auberge, avide de vin du Rhin et parlant fort comme si tout ce qu'ils faisaient et disaient relevait au moins d'une affaire capitale, voire était une question de vie ou de mort. Et maintenant, ce crâneur se tenait sans mot dire devant le sieur Grouwels, qui pelait une saucisse sèche et beurrait un quignon de pain avec grand appétit.

« Il serait préférable… commença alors le sieur Hazelaer, toujours debout vu qu'on ne lui offrait pas de chaise… que vos prisonniers soient transférés au Steen pour y attendre le jugement du tribunal. »

Grouwels acquiesça, suçotant un bout de saucisse avant de répondre.

« Je suggère que la ville transmette ses doléances à Sa Majesté la régente, qui s'est installée à quelques centaines de mètres d'ici à peine. Mais avant, je vous demanderai – par simple et sincère intérêt – si la ville et vous-même savez pour qui j'exécute cette pénible tâche. »

Pas de réponse. Grouwels prenait son temps, grignota encore un morceau de saucisse.

« Pour le gouvernement central, finit-il par lâcher. Vous savez que l'arrivée du duc d'Albe est imminente ? C'est pour lui que je travaille. Et ce que cette ville qui vous emploie n'a pas réussi à faire, je le fais : je protège les bourgeois d'Anvers. D'après moi, vos patrons peuvent entendre cela, qu'en pensez-vous ?

– Nos lois sont cl...

– Ce que vous appelez "nos lois" est loin d'être clair. Au contraire : ces prétendues lois ont favorisé l'arbitraire et le chaos et semé la discorde là où aurait dû régner l'égalité entre bourgeois. Vous n'avez plus le prince d'Orange non plus, qui a également échoué à protéger cette ville. Les véritables lois, monsieur Hazelaer, vont arriver. Et quiconque voudra s'y opposer, même l'agent le plus insignifiant chargé du sale boulot, un homme tel que vous donc, risquera la potence. Vous savez comment ça se passe, en cas de grande purge... »

Le sieur Hazelaer acquiesça précipitamment et dit qu'il transmettrait ces propos au conseil communal.

« Soyez tranquille, sourit Grouwels, on n'attend rien de plus de vous. »

Le messager partit sans demander son reste.

Quelques gardes s'esclaffèrent.

« Vous me faites honte, dis-je, et vous êtes en train de me ruiner.

– Bien au contraire, mon cher Beer. Je suis en train de vous sauver, vous et votre auberge.

– Avec des mensonges éhontés ? Vous êtes fou ! Ou mauvais ! Ou les deux ! »

Grouwels me fit attendre. Il avait un morceau de saucisse coincé entre les dents. Son index et son pouce s'activaient patiemment. Enfin, il fit claquer sa langue d'un air satisfait.

« Vous parlez de mensonges dans une ville qui tient grâce aux mensonges, et tous ces mensonges se contredisent... Moi, je parle d'une histoire, de l'Histoire, déterminée par un regard sur ce qui s'est passé dans cette ville l'année dernière. Et l'Histoire que j'apporte va apaiser bien des esprits. Sinon, où croyez-vous qu'on va ? Vers encore plus de discorde ? Quel est votre avis sur la question ? Vous voyez quand même bien que ça ne mène nulle part ? Et que se passera-t-il quand le duc d'Albe arrivera ? Parce qu'il arrive, soyez-en sûr. Et vous me préférerez à lui, ça aussi, vous pouvez en être certain.

– Vous détruisez la vie des gens, comme ça, sans preuves.

– Des preuves ? Mais qu'est-ce qu'une preuve ? Pensez-vous qu'il faille des preuves pour pendre quelqu'un ? Dans la plupart des cas, il n'y en a pas, n'est-ce pas ? En général, l'accusé avoue sous la torture, et ça suffit à contenter tout le monde. Que voulez-vous au juste ? Ce traître de Boubert de Pergamont n'était-il pas un client régulier ? Votre propre fils n'a-t-il pas incité la populace à la révolte juste avant qu'elle ne se mette à briser les statues ? Attention, ce n'est pas moi qui le dis. C'est ce que les gens pensent, vous comprenez ? Et je devance ces gens en disant : vous avez raison, une conspiration est bien née ici, et c'est d'ici que le nouveau tribunal, et non ce bailli corrompu et ses comparses, va rétablir l'ordre. C'est tout. Pourquoi croyez-vous que vos amis ne sont pas au Steen ? Parce que leur tête aurait vite fait d'être coupée. C'est aussi simple que cela.

– Mais leurs vies sont détruites, avec ou sans tête !

– Vous écumez, Beer. Calmez-vous. Personne n'a sa vie détruite. Vous allez voir... »

Une heure à peine plus tard, Grouwels vit ses dires confirmés. On frappa de nouveau à la porte de mon auberge vide où plus personne n'osait entrer.

Les sieurs Hooftman et Hoefnagel père étaient là, distingués et sévères, même si le père Hoefnagel devait visiblement mordre sur sa chique pour ne pas laisser éclater sa colère. Aucun ne m'accorda un regard. Particulièrement prévenant, Grouwels leur offrit de s'asseoir à une table. Il me demanda gentiment, sans nulle condescendance, d'apporter du vin, ce que les deux messieurs refusèrent immédiatement. Hooftman s'assit, regarda Grouwels et dit :

« Je ne vous connais pas. »

Ses mots trahissaient son impatience.

« Nous nous sommes pourtant déjà rencontrés, répondit Grouwels avec un sourire conciliant. Je travaillais pour l'assureur maritime Philippe Dauxy. Peut-être vous rappelez-vous cette affaire de bateaux dont un seul est revenu ?... ces bateaux que vous et vos associés avez envoyés dans le Grand Nord ?... cette prétendue chasse aux morses qui s'est terminée si funestement ? »

Hooftman se caressait la barbe. Il se garda de réagir à la provocation contenue dans les mots « prétendue chasse ». Grouwels savait-il qu'une partie de la cargaison de ce fameux navire rescapé était ici, avec sa fille ?

« Bien sûr que je me rappelle, pardonnez-moi. Je vois défiler beaucoup de gens et je ne me souviens pas de tout le monde.

– Dauxy travaille aussi pour la régente, souffla le père Hoefnagel à Hooftman. C'est l'une des raisons pour lesquelles vous aviez voulu offrir cette bête et son petit à la gouvernante, en compensation. Vous vous souvenez ? »

Mon cœur se mit à battre la chamade.

« Êtes-vous sûrs de ne pas vouloir de vin, messieurs ? » demandai-je d'un air aussi détaché que possible.

Ils m'ignorèrent.

« Bien sûr que je m'en souviens, Jacob. »

Hooftman était soudain aussi tranchant qu'un rasoir. Hoefnagel détourna le visage et regarda fixement dehors, où le soleil brillait impitoyablement.

« Nous étions en fin de compte parvenus à un autre accord, déclara Grouwels d'un ton doucereux.

– Certes, rétorqua Hooftman, j'ai reçu une somme moins importante que celle à laquelle je m'attendais ou que m'avait promise votre monsieur Dauxy. Mais bon, je suis habitué. Les assureurs sont des escrocs. Je suis payé pour le savoir. »

C'était la toute première fois que j'entendais rire le sieur Hooftman. On aurait dit le grognement d'un chien féroce.

Grouwels bâilla derrière sa main.

« Excusez-moi, la semaine a été longue. »

Hooftman continuait de le regarder :

« Et maintenant, vous voilà devenu maître chanteur. M'est avis que c'est un pas vite franchi. Peut-être devriez-vous venir travailler pour moi. »

De nouveau ce rire, vraiment effrayant. Hoefnagel, qui ne s'était pas tout de suite rendu compte que son compagnon plaisantait, leva des yeux fâchés.

« Pouvons-nous passer au sujet qui vous amène ? demanda Grouwels.

– Abraham Ortelius et Joris Hoefnagel », répondit Hooftman.

Grouwels acquiesça.

« À l'abri derrière les verrous.

– Connard, siffla le père Hoefnagel.

– Tais-toi, Jacob. Il n'y a aucune raison d'utiliser de tels mots à l'égard du sieur Grouwels. Nous parlons affaires. Monsieur Grouwels, ces deux messieurs sont importants pour nous. Je me place au-dessus de la fourmilière, de la politique et des futilités en général. Ce que vous faites ne m'intéresse pas du tout, tout au plus prierai-je pour votre âme, même si je doute que cela fasse une différence, c'est entre vous et le Très-Haut, je n'ai rien à voir là-dedans… Ces deux-là. Maintenant. Dites votre prix. Et attention : ne m'insultez pas. Je répète qu'ils sont importants, et je tiens à me montrer équitable, mais je vous préviens que je m'y connais en matière de prix, comme vous le savez, à n'en pas douter. »

Grouwels me demanda aimablement de bien vouloir me retirer un instant dans la cuisine.

Un quart d'heure plus tard, je fus prié d'aller chercher les sieurs Ortelius et Hoefnagel à l'étage.

« Vous êtes libres, chuchotai-je en introduisant les clés dans les serrures et en ouvrant les portes. Pardonnez-moi, mes amis.

– J'y songerai… dit Ortelius. Mais notre amitié est gâchée. Il serait vain d'essayer de la réparer. Je prierai pour vous, si j'en trouve la force.

– Regardez-vous, me dit Joris Hoefnagel, tandis que les larmes me montaient aux yeux. On aurait presque envie de…

– Viens, Joris… »

Ortelius jeta son manteau sur ses épaules et lança un dernier coup d'œil à mon trousseau de clés.

« Disons adieu à ce geôlier et quittons cette prison.

– Et moi alors ? » s'écria la voix désemparée de Silvius, en nous entendant descendre l'escalier.

Seule la plus grande humilité pouvait me sauver. Je devais faire profil bas. Toute la ville m'avait tourné le dos. Évidemment, mon auberge restait vide. Ce n'était plus qu'une prison avec des gardes et de pauvres malheureux enfermés dont la famille ou les amis n'avaient pas de quoi payer la rançon. « L'ange détenu » : voilà comment on avait rebaptisé mon auberge. On me le crachait au visage.

« Je dois quitter cette ville. »

Doña Maria et Margreet me regardaient. Elles étaient toutes les deux vêtues de noir, comme unies par un pacte de deuil parti pour durer toute l'éternité. La qualité de la robe de Margreet n'avait rien à envier à celle de sa maîtresse. Il y avait entre les deux femmes une connivence d'une nature insaisissable. Se pouvait-il que l'Espagnole, affligée par la pendaison de son mari et la mort de son bébé, ait cherché du réconfort au-delà de ce que la morale consent, ou s'agissait-il de mœurs espagnoles dont les subtilités nous échappaient ? Ses origines lui permettaient en tout cas de ne pas être mal vue, même sous le nouveau régime. Elle s'appelait en fin de compte Maria de Teran et demeurait membre de la cour espagnole, même veuve d'un traître calviniste. Anne de Saxe avait veillé à ce que ses biens ne soient pas confisqués après l'exécution de son mari. Et lorsque Guillaume d'Orange et son épouse disparurent définitivement d'Anvers, l'Espagnole cessa subitement d'être la veuve d'un frondeur calviniste et retrouva le chemin des hautes sphères papistes. Doña Maria était à présent aussi catholique que l'hostie fondant sur la langue d'une béguine. C'était aussi la raison pour laquelle j'étais assis devant elle. Elle était la seule à pouvoir encore m'aider dans cette ville où j'avais perdu jusqu'au dernier de mes amis.

« Nous avons appris pour ton auberge, dit Margreet, à présent presque une dame distinguée.

– Ce n'est plus une auberge, murmurai-je. C'est une prison.

– Ce n'est pas ce qu'elle était déjà ? »

Margreet n'avait rien perdu de son mordant.

« Au moins pour une femme et son enfant. Avec toi pour geôlier.

– Tu m'avais prévenu, oui.

– Pour ce Grouwels aussi.

– Oui, admis-je. Pour lui aussi, tu m'avais mis en garde. »

L'Espagnole intervint :

« Ça ne sert peut-être pas à grand-chose de chapitrer monsieur Beer.

– Ça ne sert *plus* à grand-chose... »

Margreet prononça ces mots de manière appuyée, comme à l'égard d'un domestique qui se serait révélé incorrigible.

L'Espagnole hocha la tête d'un air pensif :

« C'est vrai aussi...

– Ce dont j'ai besoin... sauf votre respect... ce que je désire obtenir, doña Maria, avec votre approbation bien sûr... c'est votre protection.

– Ma protection... »

Elle savait parfaitement ce dont j'avais besoin. C'était un mot qu'elle comprenait. Peut-être était-ce même le seul mot qui comptait vraiment pour elle.

« Vous voulez un document signé de ma main, dans lequel je me porte garante pour vous. C'est cela, n'est-ce pas ? Vous voulez que je précise par écrit que notre cher conseil communal ne doit pas s'inquiéter des impôts ni des autres taxes éventuelles dont vous vous estimeriez exonéré une fois laissées derrière vous les portes de cette ville, car il pourra venir me réclamer l'argent dû, dans le cas où vous ne reviendriez pas... »

La façon dont les mots s'écoulèrent de la bouche de l'Espagnole me coupa le souffle.

« Vous êtes...

– Franche, directe, sans détour ? »

Les deux femmes souriaient. Elles s'amusaient.

Je serrai les dents.

« Je suis prêt pour cela à...

– Non, coupa l'Espagnole, ce n'est pas nécessaire.

– Et que vont devenir la femme et l'enfant ? » demanda Margreet.

J'hésitai. Existait-il une bonne réponse à cette question, ou plutôt une réponse qui remporte leur approbation ? Je ne savais pas ce qu'elles voulaient. Je ne savais pas non plus pourquoi elles avaient toutes les deux chanté dans sa chambre, ce que la Femme sauvage représentait vraiment pour elles, ce que Margreet voyait en elle.

« Je l'ai enfermée, c'est vrai, alors il me semble juste que je la libère.

– Faites ce que vous voulez, monsieur Beer, mais n'utilisez pas le mot "juste" pour expliquer vos intentions...

– Cette ville n'est pas un endroit pour elle et l'enfant...

– Pour moi non plus, fit l'Espagnole d'un ton tranchant. La fortune des armes tourne. Il peut arriver n'importe quoi. Les boucs émissaires sont toujours, le plus souvent à leur insu, mûrs pour le sacrifice. »

Elle détourna le regard. Margreet posa une main sur son épaule :

« Laisse-le, *mi amor*. Il a raison. Pire : c'est son destin. »

À la porte, Margreet me serra dans ses bras.

Je me raidis, ne sachant que faire.

« Toi et moi, c'est fini, dit-elle doucement. Notre histoire s'achève ici. »

Elle me gardait contre elle. Je détournai le regard, gêné.

« Prends soin d'elle et de l'enfant. Et prends soin de toi.

– Je ferai de mon mieux.

– Je transmettrai ton bonjour à Ward », murmura-t-elle.

Je me dégageai de son étreinte.

« Est-ce qu'il...

– Il est en sécurité, loin de cette ville, dit-elle. Fais-moi savoir où tu décides de t'installer, et je veillerai à ce qu'il t'écrive. »

« Mon fils, combien de tempéraments y a-t-il ? »

Il est en sécurité, me répétais-je à moi-même. Il est en sécurité.

« Et quel tempérament j'ai, père ? »

Lui et son caractère jovial, ses cumulets, ses bonds à travers la pièce, une boule de poils sur pattes, sa façon de rire pour un rien, malgré ma mélancolie, malgré mon passé, malgré les femmes mortes. Il m'avait échappé. Il était en sécurité.

« Qu'est-ce qu'on fête ? » demanda l'un des gardes, soudain joyeux.

Depuis des semaines, ils se tournaient les pouces et s'ennuyaient comme des rats morts.

« Y a plus personne qui entre ici. Faut finir cette bière ou elle va devenir mauvaise. Ça vous va ? »

C'était aussi simple que ça de faire boire les gens. J'avais attendu quelques jours que Jean Grouwels, impatient et agacé de ne pas parvenir à vendre tous les prisonniers, parte pour Bruxelles. La famille du pauvre Silvius tentait de rassembler ce qu'elle pouvait, mais ce n'était jamais suffisant aux yeux de Grouwels. Pendant ce temps, Willem écrivait à diverses personnes des lettres que j'allais leur remettre secrètement, mais personne ne voulait se mouiller pour l'imprimeur. La raison en était simple. Personne ne savait exactement tout ce que cet homme avait imprimé, et l'une de ces publications pouvait resurgir dans un avenir plus ou moins proche, être qualifiée de blasphématoire, obscène ou n'importe quoi d'autre qui ne réponde pas aux normes du jour, et compromettre du même coup les bienfaiteurs du pauvre prisonnier. Silvius rédigeait ses suppliques inlassablement, tout en me parlant encore et encore de ses six enfants qu'il devait entretenir.

Ce soir-là, je ne l'écoutai pas et ne mis pas non plus ses lettres dans ma poche.

Ce soir-là, je fis boire tout le monde jusqu'à plus soif, les gardiens comme les prisonniers, et les quatre tempéraments dansèrent, ivres morts, les colériques se battant comme des ours, les sanguins riant comme des agneaux, les mélancoliques vomissant comme des cochons et les flegmatiques dansant sur les tables et faisant les fous comme des singes.

Je les empoisonnai à la bière dans mon auberge empoisonnée.

L'eau-de-vie a eu ma peau. Je veux me lever, mais un terrible vertige me prend. J'ai la bouche sèche et je n'arrive pas à ouvrir les yeux. Je me laisse retomber dans les draps trempés de sueur. Ça faisait longtemps que ça ne m'était plus arrivé. Dehors, il fait encore frais, mais les hirondelles volaient haut hier ; ce dernier jour du mois d'août sera chaud. Il y a de fortes chances pour que Joris Hoefnagel se présente à ma porte aujourd'hui. Je frémis. Mais ça devait arriver, je l'ai mérité. Au bout de dix ans, il a le droit de me faire payer ma trahison. Un éclair de seconde, je vois un poignard dans sa main. Mais ça n'a jamais été son style. Il m'humiliera par des mots. Ce soir, d'ailleurs, c'est la pleine lune ; pas de meilleur moment pour se voir présenter la note. Les planètes sont alignées, aurait dit John Dee. Et les planètes ont toujours raison.

Je n'ai pas fini mon histoire.

Et si ce dernier règlement de comptes finit quand même par arriver, alors je ne peux plus rien dissimuler.

Cela veut donc dire que je l'ai fait ? Me suis-je tu quelque chose à moi-même ? Ce mois-ci, j'ai creusé dans mes tréfonds le plus possible. J'ai tout affronté en face. Est-ce que je me leurre ?

Ma tête cogne. Lentement, je me redresse.

Je sais ce qu'il me reste à faire.

Mes tempes battantes me rendent lucide.

Je frappe à la porte de Marie.

Elle ouvre en chemise de nuit.

« Tu as une mine affreuse, Beer. Ton haleine sent mauvais.

– Je suis désolé. Je dois te raconter ce que tu veux savoir. »

Nous nous asseyons sur son lit. Je garde un peu de distance, à cause de l'odeur aigre qui sort de ma bouche.

J'avais mis tes fourrures et celles de ta mère dans une grande gibecière. J'y avais fourré au hasard toutes sortes d'autres choses. Vous aviez enfilé les vêtements que vous portiez d'habitude pour sortir avec moi. Nous sortions chaque matin à l'aube. Tu adorais le fleuve et le cri des mouettes. Ta mère a dû penser qu'on partait en promenade. En bas, les gardes étaient couchés par terre dans tous les sens. Je les avais saoulés la veille. Silencieux comme des souris d'église, nous sommes descendus, obligés d'enjamber çà et là un ivrogne qui ronflait. Tout sentait la bière et le vomi, les rodomontades d'ivrogne et le sang qui avait coulé lors de deux ou trois bagarres qui avaient éclaté à la fin de la nuit. Tout à coup, un poivrot s'est redressé et nous a désignés du doigt en bafouillant. Il a secoué la tête pour avoir une vision plus nette. Aucun de nous n'a bougé. Finalement, l'homme est retombé en avant et ne s'est plus relevé. Je leur avais donné de la double knol[1], Marie, tu sais comment c'est. Personne ne gagne jamais contre une bière aussi forte.

En bas, j'avais déjà attelé le cheval à la charrette. J'avais couvert la plateforme d'une bâche pour vous cacher, vous deux et un tonneau de malvoisie qui avait viré au vinaigre. Au fond de ce tonneau, j'avais mis un sac en cuir avec toutes mes pièces de monnaie.

1. Bière forte d'Anvers.

Il faisait encore nuit, et nous avons roulé prudemment jusqu'à la Rode Poort, où deux sentinelles bâillaient. Je leur ai montré mon laissez-passer. En principe, il fallait encore un autre document disant que le conseil communal autorisait ton départ. Mais la bourse rondelette que je leur ai remise avec la lettre les a débarrassés de leurs derniers scrupules. Sans se gêner, l'un des deux gardes a même compté les pièces et fait un petit signe de tête à son collègue. Ils nous ont laissés passer et, quelques instants plus tard, nous traversions le pont et roulions cap au nord, dans le vide et le silence, en direction du flou.

Ce départ me donnait le tournis, comme si ce qu'on vivait là était à la fois un rêve et la réalité, comme si la vie elle-même n'était qu'un rêve. Vous dormiez toutes les deux. La main de ta mère reposait sur ta tête. Les cahots de la charrette dans les flaques de boue et les nids-de-poule ne te dérangeaient pas.

Je voulais aller au nord, toujours plus au nord, jusqu'à trouver un endroit, une ville où je pourrais recommencer, ou tout autre lieu dont je n'avais pas idée à ce moment-là. Je voulais vous protéger toutes les deux. Je voulais que tu sois en sécurité.

Nous avons trouvé refuge dans une cabane de pêcheur abandonnée. À notre arrivée, des mouettes se sont envolées en criant. Tu étais si contente, Marie. Toi et les mouettes…

Marie sourit.

La nourriture que j'avais emportée nous permettait de tenir au moins quelques jours. Près de la hutte, des filets avaient été abandonnés à la hâte. Je n'ai pas trouvé de blocs de tourbe, mais il restait du bois empilé sous un appentis.

À un moment, ta mère m'a regardé bizarrement.

Elle n'avait pas dit un mot, mais j'ai compris que je devais me retourner.

Derrière moi, je l'ai entendue remettre ses fourrures et t'aider à faire de même.

Puis vous êtes sorties.

Je ne vous ai pas retenues. On était en sécurité. Je vous ai entendues jouer ensemble.

J'ai fait du feu.

Les bûches crépitaient.

J'ai prié, Marie. Je regardais les flammes, j'ai joint les mains et je me suis mis à prier. Sainte Marie, mère de Dieu, priez pour nous, pauvres pécheurs, maintenant et à l'heure de notre mort, amen.

Tu es revenue avec un seau rempli de poissons que ta mère avait attrapés grâce aux filets.

Elle en a sorti quelques-uns et les a assommés en les frappant contre le sol. Elle m'en a tendu un.

J'ai fait non de la tête.

Alors, elle a pris mon couteau et a tranché la tête du poisson, l'a dépecé et me l'a offert. J'ai encore refusé et mordu dans du saucisson.

Oui, tu ris. Mais toi non plus, maintenant, tu ne veux plus manger de poisson cru.

Après le souper, elle a fait un nid pour elle et toi.

Tu t'es endormie tout de suite.

Ta mère est venue s'asseoir avec moi près du feu.

Elle a commencé à chanter tout bas en regardant les flammes.

C'est comme ça que ça doit être, je me suis dit alors.

Nous étions arrivés ensemble dans un endroit où vous pouviez toutes les deux être vous-mêmes et où moi aussi je pouvais être moi-même.

Je l'avais appelée la Femme sauvage, Marie. Et auprès d'elle, je pouvais être un homme sauvage.

Dans un coin de pénombre, je me suis déshabillé et j'ai enfilé mon costume d'Homme sauvage, que je n'avais pu me résoudre à laisser à l'auberge. La peau d'ours sentait encore la ville.

Et c'est en Homme sauvage que je suis retourné m'asseoir près du feu à côté de ta mère.

Tu ris encore, Marie. Ta mère aussi a ri à ce moment-là.

Et j'ai ri avec elle, tout bas, pour ne pas te réveiller.

Ta mère et moi, nous nous sommes regardés.

Et puis, sans qu'elle m'effleure, je l'ai sentie en moi. Elle m'a pénétré et je l'ai pénétrée. Elle a coulé en moi, et moi en elle. C'était extraordinaire et cela s'était fait naturellement. Jamais auparavant je n'avais ressenti une telle chose avec personne. Je ne veux pas me bercer d'illusions en disant que j'ai ressenti son amour pour moi. Et si cela avait été le cas, alors ce mot était encore trop faible. Elle s'est montrée à moi, et je me suis montré à elle.

Et je me suis incliné, Marie, c'est ce que j'ai fait. Je me suis incliné devant ta mère, sans comprendre à ce moment-là pourquoi je le faisais. Je me suis incliné profondément devant la façon dont vous étiez venues à moi, je me suis incliné devant la violence qui vous avait été infligée, à elle et à toi, devant la colère et le chagrin que ta mère avait éprouvés et mon propre rôle là-dedans. Je me suis incliné devant sa douleur et je lui ai demandé pardon.

Elle s'est tue, me forçant moi-même au silence.

Je ne sais pas ce qu'est l'acceptation, Marie. J'ai toujours eu le soupçon qu'il s'agissait d'un don, que certains possédaient et d'autres pas. Je ne le possède pas ; je n'oublie rien, comme tu dis parfois. Pour moi, l'acceptation est quelque chose d'absolu, quelque chose qui doit valoir pour le restant de tes jours. Mais là, près du feu, je me suis rendu compte que ça pouvait aussi se limiter à un instant. Ta mère était insondable, Marie. J'ignore si elle a connu l'acceptation. Mais je voyais en elle une paix que je ne trouverai jamais moi-même. Et à ce moment-là, mon cœur s'est ouvert. J'ai ressenti de l'amour pour vous deux. Je ne voulais pas faire d'elle ma femme. Je voulais juste m'occuper d'elle et de toi, et j'espérais que cela m'apporterait enfin la paix.

Et cet espoir m'a fait l'effet d'une bénédiction, qui venait non pas de ta mère ou de la Vierge, que j'avais invoquée dans ma prière, mais de quelque chose de profond en moi, tu vois, quelque chose que je n'avais pas voulu me donner avant, quelque chose qui allait faire en sorte que je puisse enfin aller de l'avant, que je sache que je devais continuer, malgré toutes les difficultés qui pourraient encore survenir.

Ta mère a recommencé à chanter.

Elle et moi, la Femme sauvage et l'Homme sauvage.

Elle était libre et, un bref instant, moi aussi.

Nous avions quitté une ville devenue folle, puis esclave, qui avait incorporé dans ses armoiries les effigies de l'Homme et de la Femme sauvages afin d'honorer la condition originelle qu'on peut retrouver en chacun de nous. Être libres ensemble est la plus belle chose qui soit, même si ce n'est que pour un instant, figé dans le temps.

Je me tais.

« Continue, Beer.

– Pourquoi ?

– Parce qu'il le faut.

– Je ne veux pas tenter d'expliquer ce qui s'est passé ensuite. C'est arrivé si vite. Sur le moment, tu comprends à peine ce qui se passe. Et le souvenir ne permet pas d'en saisir davantage.

– Raconte-le-moi, à moi. »

La porte s'est ouverte brutalement d'un coup de pied.

Trois hommes sont entrés. Des brutes épaisses.

Je me suis levé. Ça, je m'en souviens. Je me vois me lever et chercher à tâtons quelque chose que je n'avais plus à portée de main.

J'ai fait un pas vers eux, le bras tendu vers ta mère et toi pour vous protéger de la cruauté qui s'annonçait.

Un de ces salauds m'a frappé à la tête avec quelque chose de dur.

La dernière chose que j'ai entendue, c'est le cri de ta mère, le cri de la Femme sauvage. Je me suis écroulé sur le sol en terre de la hutte. Du sang coulait le long de mes oreilles. Je n'avais aucun moyen de défense, je ne pouvais plus rien faire, à part saigner, et je me le reprocherai jusqu'à mon dernier jour. Son cri… c'était un cri, j'y repense souvent, qui montait au-delà du ciel, qui couvrait le pays tout entier, qui recouvrait tout comme un linceul. Personne n'avait jamais crié comme ça. C'était un cri qui venait du Nord, là où ta mère et toi étiez chez vous, où règnent la glace et l'obscurité, où les gens comme nous sont frappés de cécité. C'était le cri de la Femme sauvage qui était mangée par tous, par des aveugles comme nous, qui dévorions ainsi nos propres âmes, qui continuerions de tout dévorer jusqu'à ce qu'il ne reste plus rien. Ainsi avait crié ta mère.

Marie pleure.

Je tends une main vers elle.

Elle la repousse.

Je t'ai entendue chanter, Marie. Je ne sais pas combien de temps je suis resté inconscient, mais quand j'ai repris connaissance, je t'ai entendue chanter. Tu chantais une chanson que t'avait apprise ta mère, qui gisait morte à tes pieds. Toi, tu étais indemne. Ils t'avaient laissée tranquille. C'était la seule chance dans ce malheur.

Mais à ce moment-là, ce n'était pas assez.
Je suis sorti et j'ai maudit Dieu jusqu'à en perdre la voix.

Dehors, en dessous des filets de pêche, il y avait une bâche.
J'ai enveloppé ta mère dedans.
Tu as continué de chanter.
Tu es sortie avec moi.
Tu as chanté encore pendant que je creusais à mains nues un grand trou dans le sable meuble.
Quand j'ai couché ta mère dans sa tombe, tu as arrêté de chanter.
Et puis tu as sauté dans le trou pour rester avec ta mère.
Quand j'ai voulu t'en sortir, tu t'es débattue.
Tu as lutté contre moi de toutes tes forces.
Je te répétais non, pas toi. Toi, tu continues de vivre. Tu continues de vivre, Marie.
C'est comme ça que je t'ai donné ton nom.

Marie pleure.
J'essaie de la consoler.
Elle ne veut pas.
« Laisse-moi tranquille, Beer. »

Je regrette de lui avoir raconté.
En même temps, j'ai honte parce que je me sens soulagé.
J'ai refilé mon fardeau à Marie.
C'est elle qui me l'a demandé, je tente de me persuader.
Mais ça n'aide pas. C'est lâche de dire ça.

Le voilà. Joris Hoefnagel se tient dans l'embrasure de la porte de l'Auberge de l'Homme Sauvage. Avec un clin d'œil, il désigne l'enseigne, puis me montre. Son visage n'est plus un masque, sa jeunesse s'est envolée. Mais il est toujours aussi élégant.

« Vous venez prendre votre revanche ? »

Il me regarde d'un air surpris.

« Oh non... Dès que j'ai appris votre fuite, j'avais compris. »

Je ne sais pas si je me sens libéré par ces mots.

Je lui sers un verre.

« Vous avez appris ce qui est arrivé à Verge Rouge, notre tortionnaire ? Jean Grouwels est devenu prévôt des maréchaux, une fonction qu'il a peut-être simplement achetée et qui l'a rendu encore plus puissant et encore plus sanguinaire, sans personne pour l'arrêter. Il a tenté de s'attaquer à tous les calvinistes et luthériens qui avaient de l'argent. Il rançonnait les gens, les faisait pendre, décapiter et parfois même écarteler ou briser sur la roue. Tout ce qu'il possédait, il l'avait volé. Deux ou trois ans après votre départ, il a été pendu à Bruxelles. Le duc d'Albe a laissé tomber son cher Verge Rouge comme une vieille chaussette dès qu'il a compris que le sieur Grouwels était encore plus haï que lui-même. Curieux, n'est-ce pas, les relations entre meurtriers ? On dit parfois que la forêt va mal quand les loups se mangent entre eux. Mais dans ce cas-là, ce n'était pas grave.

– Savez-vous quand exactement ?

– En quinze cent septante, je crois. Ou un an avant ? Non, c'était en septante, à la fin de l'hiver, aux environs du mardi gras peut-être. Pourquoi cette question ?

– Comme ça… »

Je pense à sa date de mort que lui-même avait demandée, qu'il voulait tant connaître, hanté par ses cauchemars sanglants, et à l'entrevue avec John Dee que par méfiance je lui avais refusée. Pendant des années, il avait cherché à reconstituer le bain de sang qu'il avait vu en rêve. Les histoires qui courent à son propos font de lui un monstre, mais, pour être franc, cette description ne me semble pas assez inquiétante. C'était un forcené, certes, mais néanmoins un homme, rien de plus, qui pensait que son heure de gloire avait sonné et voyait dans le charnier qu'il avait occasionné un monument au-dessus duquel il serait exposé en sauveur de la patrie. « Sans patrie », entends-je déjà riposter les Anversois, « mais bel et bien exposé, comme tous les arrogants, quand son tour est venu de grimper à l'échelle pour être pendu. »

« Quel genre de personne était-ce, Beer ? Je n'ai jamais cru que vous étiez amis. Qui sait si mon cher ami Ortelius le comprendra un jour, lui aussi. Dès mon retour, je lui parlerai de vous. Nous allons ensemble à Venise… En ce moment, ni lui ni moi ne supportons plus Anvers.

– C'est fort aimable, mon cher Joris. Mais à quoi bon ? Tant d'eau a coulé sous les ponts…

– Avant le début des troubles, j'étais commerçant ou je feignais de l'être, pour complaire à mon père, et le dessin n'était qu'un talent dont j'étais reconnaissant, guère plus. Mais toutes ces violences m'ont façonné. Les exécutions, la peur, la haine : tout cela a réellement fait de moi un artiste, comme un clou de fer à cheval[1] acquiert son tranchant grâce

1. « Hoefnagel », le patronyme de Joris, signifie littéralement « clou de fer à cheval ».

au feu et au marteau. Et vous ? En quoi les événements vous ont-ils forgé, Beer ?

– Il n'y a plus de mots pour le dire. Ils sont épuisés.

– Le duc d'Albe a toutefois apporté la terreur, qui fait de notre ville une bonne femme, tondue par des soldats brutaux... »

Nous nous taisons.

Je pense au Sécot habillé en femme dans le tableau de Bruegel.

Le peintre lui-même est mort beaucoup trop tôt, regrettent certains. D'autres estiment qu'au contraire, il est mort juste à temps. On n'a guère envie de vivre les dérives contre lesquelles on a mis en garde. Personne n'est capable de me dire si ce tableau de la folle lui a survécu.

« Et comment va votre fils Ward ? J'ai entendu dire qu'il est célèbre dans certains milieux. Dommage que vous ne m'ayez pas donné la permission de le dessiner.

– Il va plutôt bien », dis-je en souriant.

Mon fils est en Allemagne et a beaucoup d'adeptes. Il voyage de ville en ville. Certes, ce n'est pas sans risque à notre époque, mais, d'une manière ou d'une autre, d'après ce que je comprends de ses lettres, il est « préservé de tout danger par la Volonté de Dieu », et je le crois. Il a baptisé son église sans pierre « Le Cœur d'Amour », et ceux qui le considèrent comme leur berger se sont autoproclamés les « Compagnons du Cœur ». Il prêche tous les jours et vit des mots qui lui viennent du cœur. Il a le monde à ses pieds, c'est tout ce que je lui souhaite. Qu'il soit béni et qu'il le reste, bien loin de toute malédiction.

Hoefnagel toussote.

Il a quelque chose à me dire.

La facture arriverait-elle quand même ?

« J'ai ici dans mon sac l'amitié qui autrefois nous... »

Il ne peut finir sa phrase.

Je lui ressers du vin.

Il hoche la tête et boit, se racle la gorge.

« L'amitié est tout ce qui nous reste. Les livres que nous faisons encore, que nous nous dédions et nous envoyons les uns aux autres… »

Il sort de son sac un livre à la magnifique reliure, un bijou, altéré par les intempéries et visiblement passé entre de nombreuses mains.

« Regardez ce *liber amicorum* d'Ortelius, qui célèbre notre amitié à tous. Je rentre d'Angleterre, où je l'ai offert à John Dee, qui vient de fêter ses cinquante ans. Il y a fait inscrire ceci. Vous voyez sa devise autour du lion au milieu ? "*Ieova fortitudo mea, a quo timebo.*" Le Seigneur est ma force, qui devrais-je craindre… Qu'y a-t-il, Beer ? Qu'avez-vous ?

– Rien, Joris, des souvenirs, c'est tout. »

Je pense aux doutes de maître Dee, qui trahissaient tant de peurs cachées. Parfois les mots donnent de la force, c'est vrai, mais parfois pas. Et quand bien même ils sont épuisés, la vie continue.

« Qui sait, dit doucement Joris Hoefnagel, ce livre des amis nous survivra peut-être, comme un témoin de la résistance à la violence faite aux livres et aux gens, à tout ce qui a été massacré dans la boue de nos rues par les troupes d'Albe, et la Furie qui a suivi. Et regardez ce que j'ai collé dans ce merveilleux livre… »

Il me montre la Femme sauvage qu'il a jadis dessinée. Un morceau de peau de phoque a été incorporé dans le dessin. Du bout des doigts, j'effleure son image.

« C'est beau… » dis-je, et je détourne les yeux.

Tout à coup, Marie est là. Ses yeux sont gonflés par les pleurs. Hoefnagel manque de tomber de sa chaise, tant elle ressemble à sa mère. Elle porte ses cheveux noirs détachés. Elle salue Joris, puis remonte à l'étage.

« C'est… »

Je hoche la tête.

« La fille.

– Et sa mère ? »

Je ne peux pas répondre.

Hoefnagel comprend et soupire. Il déchire délicatement du livre la page avec le portrait de la Femme sauvage.

« Donnez-le-lui. »

Je frappe à sa porte.

Elle regarde le dessin.

« Je connais encore par cœur toutes les chansons qu'elle m'a apprises, dit-elle doucement, mais je ne sais plus ce que les mots signifient... »

Nous nous taisons.

Je trouve qu'elle est la plus belle de toutes les créatures.

Peut-être qu'elle se mariera.

Peut-être qu'elle n'a besoin d'être l'épouse de personne.

Peut-être qu'elle n'a besoin de rien du tout.

Peut-être qu'elle vivra simplement et chantera des chansons jusqu'à ce que quelqu'un les comprenne.

MERCI

À mon frère de sang, Stef Franck, qui m'a assisté dès le début et a effectué un important travail de documentation. Sans lui, pas de *Femme sauvage*. Notre amitié est l'artère qui irrigue ce livre. Dans ses pages se dissimulent des secrets que seuls lui et moi connaissons.

Au personnel du musée Mayer van den Bergh qui m'a permis de m'approcher au plus près de *Margot la Folle* et du monde de Bruegel. Je remercie en particulier Margit Didelez et Carl Depauw pour notre magnifique collaboration. Ce fut pour moi un véritable honneur.
https://www.museummayervandenbergh.be

Au personnel du musée Vleeshuis qui m'a généreusement offert un lieu où écrire. Je remercie tout particulièrement Marleen Maes, Timothy De Paepe, Annemie De Vos et Clement Caremans pour leur énorme soutien. Merci aussi au personnel de la réception qui m'a accueilli chaque jour pendant les deux ans qu'a duré l'écriture de ce roman.
https://www.museumvleeshuis.be

Au professeur Hugo Soly, à l'historienne d'art Tine Meganck, à Jan Lampo et Tom Hannes pour nos conversations et les idées qu'ils ont partagées avec moi.

À Katrijn van Hauwermeiren, à Chris Boudewijns, pour son énergie et ses conseils, à Suzanne Holtzer et tout le personnel des éditions De Bezige Bij. Je remercie particulièrement Katrijn pour ses encouragements et pour m'avoir guidé dans ma réflexion en m'empêchant de trop m'égarer.

JE REMERCIE

Ma mère, mon frère et feu mon père qui m'a fait découvrir l'œuvre de Bruegel.

La Nymphe pour son amour inépuisable, mon carburant.

Cet ouvrage a été composé
par Belle Page
et achevé d'imprimer en France
par CPI BUSSIÈRE (18200 Saint-Amand-Montrond)
pour le compte des Éditions Stock
21, rue du Montparnasse, 75006 Paris
en février 2024

PAPIER CERTIFIÉ

Stock s'engage pour l'environnement en réduisant l'empreinte carbone de ses livres. Celle de cet exemplaire est de :
1 kg éq. CO_2
Rendez-vous sur www.editions-stock-durable.fr

Imprimé en France

Dépôt légal : janvier 2024
N° d'édition : 02 - N° d'impression : 2076910
62-08-6142/5